Hinrichtung

WERNER STANZL

Hinrichtung

KRIMI

styria krimi

I. Der Tote von Cormons

Täglich um vier Uhr früh der gleiche Ärger. Wohl hätte Rudolfo noch schlafen können und auch wollen. Doch da war seine Blase. Oder war es die Prostata? Jedenfalls trieb ihn Harndrang mit schnöder Regelmäßigkeit aus den Decken. Und wenn er nach dem Wasserlassen wieder zurück in seinem Bett war, konnte er nicht mehr einschlafen. Sein Gedächtnis begann zu blubbern wie zu dick geratener Grießbrei über dem Feuer. Dabei drängte sich nach oben, dass Lisa, die Kuh, gestern Abend offensichtlich gefiebert hatte, dass der Motor der Melkanlage unrund lief, dass er zwei Helfer für die Obsternte brauchte. Und schließlich, dass er seinen Arzt wegen der Schmerzen, die ihn seit etwa zwei Monaten beim Wasserlassen plagten, endlich konsultieren müsse. An diesem Punkt angelangt, hatte sich Rudolfo noch jedes Mal mit Verwünschungen aus dem Bett geschwungen, um treppab ins Wohnzimmer zu wanken, als ob Dottore Poletti unten schon warten würde.

Er stellte den Wasserkessel für den Tee an. Dabei nahm er durch das Küchenfenster die Lichter eines Wagens wahr, der in der Kurve etwa zweihundert Meter vor der Einfahrt zu seinem Hof halb im Straßengraben hing. Offensichtlich hatte der Fahrer das Licht im Wohnzimmer und jetzt in der Küche gesehen, denn er blinkte ihm mit dem Aufblendlicht zu. Rudolfo überlegte nicht lange. So wie er war, im blauen Pyjama, marschierte er los, um nach dem Rechten zu sehen oder zu helfen – oder beides. Doch der Fahrer schien seine Hilfe nicht mehr zu brauchen. Denn kaum war Rudolfo aus dem Haus getreten, machte der Wagen mit aufheulendem Motor einen Satz aus dem Graben, bog scharf nach rechts durch die Hofeinfahrt und flog wie ein riesiges Wurfgeschoss direkt auf den vor Staunen und Schrecken Bewegungsunfähigen zu. Niedergemäht blieb

Rudolfo zwischen Wohnhaus und Stallungen liegen. Hätte er das Ereignis noch analysieren können, er hätte sich gewundert, dass er beim Aufprall nichts gespürt hatte. Für ihn war der frontale Zusammenstoß des Wagens mit seinem Körper ein bloß akustisches Erlebnis. Er hatte ihn gehört wie ein unbeteiligter Zuschauer, der optisch gar nicht recht mitbekam, was eigentlich vor sich ging. Rudolfo war wohl noch einige Momente bei Besinnung, als er so dalag, denn er dachte: Mir ist kalt. Danach gingen ihm die Lichter aus.

Indes stieg der Lenker aus, beugte sich kurz über Rudolfo, ließ ihn dann aber einfach so liegen und brauste auf und davon. Minuten später fuhr der mysteriöse Fremde wieder durch die Hofeinfahrt, diesmal allerdings in einem schweren Laster, randvoll mit Geröll aus Felsbruch. Er packte den leblosen Körper seines Opfers mit einem gekonnten Griff und stemmte ihn wie einen schweren Sack Kartoffeln über die Bordwand auf die Steine. Keine Minute später setzte sich der Laster in Richtung Cormons in Bewegung. Im Haus neben Rudolfos Hof, dem einzigen weit und breit, blieb alles dunkel und ruhig.

Motorenlärm weckte Maria Gambetti aus dem Schlaf. Sie spürte nur Müdigkeit. Sie war spät eingeschlafen und das erst nachdem sie die zweite Kopfschmerztablette eingenommen hatte. Auf Anraten ihres Gatten Benito.

„Wirf halt noch eine nach", hatte er mit ekelerregender Gleichgültigkeit im Halbschlaf neben ihr von sich gegeben, als er ihre Unruhe spürte. Denn der Herr litt an diesem Abend ebenfalls unter Schlafstörungen. Aber nicht wegen Kopfschmerzen, sondern weil er den ganzen Nachmittag auf dem Balkon vor sich hin gedöst hatte. Wahrscheinlich waren Marias Kopfschmerzen ohnedies die Folge ihres Ärgers genau darüber. Denn dieses durch Arbeitslosigkeit mehr oder minder erzwungene Nichtstun ihres Mannes brachte sie stets auf die Palme. Aus drei Gründen: Erstens, weil der Balkon auf die Piazza ging und es bestimmt nicht Benitos Ansehen in der Nachbarschaft förderte, wenn dieser für alle sichtbar auf dem Balkon faulenzte. Zweitens, weil Maria nicht staubsaugen konnte, ohne dass der Mann ihres Lebens wegen des Lärms Streit anfing. Drittens, weil sie genau wusste, dass ihr Benito absichtlich bei jedem Schritt und Tritt in der Wohnung im Weg stand oder lag, um zu signalisieren: Du lässt ja keinen Cent aus und gönnst mir nicht einmal das Glas Friulano mit Freunden im Astra. Das Astra war die kleine Caffetteria im Haus, die sich bei den Männern der Umgebung größter Beliebtheit erfreute, seit eine blonde Burgl aus dem Alto Adige mit ihrem kantigen Akzent, ihrem prallen Busen und einem tiefen Ausschnitt die Pacht übernommen hatte.

Die Morgensonne sandte ihre ersten Strahlen in das Schlafzimmer. Maria blinzelte zu ihrem Mann hinüber. Unschuldig wie ein Kind lag er da, tief im Schlaf, kaum hörbar atmend. Wird Zeit, dass die neue Klinik eröffnet und er seinen Posten als Heilmasseur endlich antreten kann, dachte sie, als plötzlich ein bedrohliches Schwingen ihr Trommelfell schmerzhaft vibrieren ließ. Ein unwillkürlicher Blick auf die Uhr verriet Maria, dass es gerade fünf vorbei war.

Den Ohrenschmerz verursachten Tonwellen von draußen, von der Piazza. Maria ging auf den Balkon, schob Benitos Liegestuhl zur Seite und gewahrte rechts von der Mariensäule einen Lkw, voll beladen mit kohlkopfgroßen Steinen. An der Säule lehnte ein Mann in Hockstellung. Um den Kopf und um die Schultern hatte er ein rotes Tuch gelegt. In diesem Augenblick begannen die Glocken mit ohrenbetäubendem Geläut. Dabei war doch erst kürzlich nach einer Bürgerbefragung beschlossen worden, dass die Glocken bis sieben Uhr morgens zu schweigen hätten.

Der Klang der Glocken lockte rundum rasch Leute im Pyjama oder in Unterwäsche auf die Balkons der Piazza. Einige riefen den Nachbarn etwas zu, andere redeten durch die geöffneten Balkontüren auf ihre Familienmitglieder ein, fast alle rieben sich die Augen oder hielten sich mit beiden Händen die Ohren zu.

Ein unangenehmes Gefühl beschlich Maria. Und richtig, der Nachbar von Tür vierzehn konnte es wieder einmal nicht lassen. Sein Balkon war gleich nebenan, etwa fünf Meter entfernt, und sein unverschämter Voyeurismus scheuchte sie immer wieder vom Oben-ohne-Sonnenbad auf. Benito hatte sich ja bemüht, die Sicht durch eine Plastikwand einzuschränken. Aber kaum war er damit fertig gewesen, war jemand vom Bauamt der Gemeinde gekommen und hatte auf „Rückbau", wie er es nannte, bestanden. Die Wand beeinträchtige das Ortsbild. Maria war sich sicher, dass die Behörde auf eine Anzeige des Nachbarn hin vorstellig geworden war, und erinnerte sich nun daran, dass sie abgesehen von einem hauchdünnen, extrem kurz geschnittenen Nachthemd so gut wie nackt war. In der über das Balkongitter gebeugten Haltung war wahrscheinlich die Hälfte ihres Popos unbedeckt. Kein Wunder, dass der Nachbar an nichts sonst interessiert zu sein schien.

Sie wollte also gerade zurück ins Zimmer, um sich etwas überzuwerfen, als sich, von unsichtbarer Hand gesteuert, die Ladefläche des Lkws hob und langsam zu kippen begann. Die Szene wurde für den Mann an der Säule extrem bedrohlich. Die Schieflage würde die ganze Ladung abrutschen lassen und ihn unter sich begraben. Maria erstarrte. Am vergeblichen Aufbäumen des Bedauernswerten erkannte sie jetzt, dass er an die Säule gebunden war. Just in diesem Moment verstummten die Glocken und für einen Augenblick war es auf der Piazza beängstigend still. Bis irgendwo ein Kind aufschrie. Ein Schrei, der sogleich vom höllischen Scheuern, Kratzen und Poltern übertönt wurde, mit dem sich die Lkw-Ladung über den Mann an der Säule ergoss.

Maria konnte das Geschehen nicht begreifen und starrte unentwegt auf das Geröll, das bis hinauf zu den Füßen der Madonna reichte. Den anderen Augenzeugen ging es um nichts besser, sodass es nun wieder gespenstisch still war. Nur das Kind weinte noch immer irgendwo in den Häusern gegenüber. Dieses Kindesweinen rief Maria zur Besinnung. Sie wollte sich abwenden, um Benito zu wecken, ihn hinunterzuhetzen, um den armen Mann auszugraben, irgendwie zu helfen. Doch der Laster, der eben noch regungslos dagestanden hatte, schüttelte sich unvermittelt wie ein riesiger nasser Hund, woraufhin auch noch die letzten Steinkrümel von der Ladefläche rollten. Sodann wurde das Rütteln von einem gewaltigen Seufzer der Hydraulik übertönt, mit dem die Ladefläche wie erschöpft in die Waagrechte fiel.

Benito brauchte ziemlich lange, um nach dem Sturmläuten des Nachbarn von Tür vierzehn aus dessen Worten schlau zu werden.

„Ihre Frau liegt auf dem Balkon und hat einen hysterischen Anfall."

Was Freunde und Kollegen über Commissario Bruno Vossi sagten, war nicht von der Hand zu weisen: Er ähnelte der Werbefigur auf den Plakaten für Birra Moretti, als ob er dafür Modell gesessen hätte. Optisch entsprach er jedenfalls nicht dem gängigen Bild, das man sich ganz allgemein von einem Italiener machte. Eher hätte er ein Bauer von jenseits der ein paar Häuserblocks entfernten Grenze zu Slowenien sein können oder ein Austriaco des Nordens. Mit Vorliebe trug er seinen dunklen Hut mit weiter Krempe und grünem Band, vor allem im Winter den dunkelgrauen Lodenanzug mit Knöpfen aus Hirschhorn und stets hohe Schnürschuhe. In den üblichen Halbschuhen oder Schlüpfern schmerzten ihn schon nach kürzerem Fußweg die Knöchel.

Vossis Welt waren die Colli, die Hügel zwischen Gorizia und Cormons, mit ihren Weinbergen und Obstspalieren zwischen den schmucken, niemals aber protzigen Häusern, Gassen und Plätzen. Gleichwohl blickte man in seiner Familie mehr nach Südost, der verlorenen Heimat Istrien. Vater und Mutter hatten sie unter dem

Diktat der Siegermächte des Zweiten Weltkriegs und Marschall Titos verlassen müssen. Bruno war da noch nicht geboren. Umso weiter hatten sich die Erinnerungen an das alte Zuhause von der bescheidenen, ja kargen Wirklichkeit entfernt. Dazu trug auch die unfreundliche Aufnahme der italienischen Landsleute bei, als man mittellos hier in Gorizia ankam. In Triest, wo der Vater eigentlich hinwollte, waren die Flüchtlingslager ja überfüllt.

Andächtig hatte Bruno der Mutter zugehört, wenn sie von den Schönheiten des istrischen Heimatdorfes schwärmte. Sie erzählte auch von dem Grabstein auf dem alten Friedhof, der noch den alten Familiennamen trug, den die Faschisten 1928 vom österreichischen Voss auf Vossi zwangsitalienisiert hatten. Die Familie wurde nicht gefragt. Widerstand, Beschwerden, ja selbst Nachfrage bei den Behörden hätten äußerst unangenehme Folgen haben können. Als Bruno das Dorf ihrer Herkunft als frisch gebackener Gymnasiast erstmals besuchen konnte, zeigte ihm der Großvater den Platz, auf dem ihr Haus und das der Nachbarn gestanden hatten. Jetzt erhob sich darauf frech ein schmieriger Plattenbau mit einer schmutzigen Kneipe im Erdgeschoss, die nie Besseres als Betontristesse gesehen hatte. Statt Coca-Cola gab es Jugo-Cola, nicht bei Agip, sondern bei einer schmutzstarrenden Tankstelle mit der Aufschrift Jugopetrol. Den erwähnten Grabstein konnte der Großvater auf dem alten Friedhof nicht mehr finden.

Trotz all der Geschichten war Bruno stolz, Italiener zu sein. Es regte sich etwas wie Patriotismus für die Republik Italien in ihm, so glaubte er zumindest. In Wahrheit war er bloß froh, dass er nicht in diesem Kaff hatte aufwachsen müssen. Stolz war er auf sein Zuhause, das Land zwischen Triest, Gorizia, Palmanova und Cividale, das Land mit den Alpen im Norden, der Küste von Duino im Süden und den Ufern des Isonzo. Oft blieb er auf der Straße zu den Weinorten dieses Fleckens Heimat stehen, um sich am Anblick der Rebstöcke zu erfreuen. In Reih und Glied bewachten sie die sanften

Hänge wie in Habtachtstellung. So musste es dem Preußenkönig beim Anblick seiner langen Kerle ergangen sein, von dem Großvater in einer der vielen Stunden erzählt hatte, in denen Bruno Deutsch eingetrichtert bekommen hatte.

Brunos Deutschkenntnisse waren über die Jahre recht ordentlich angewachsen. Sein Großvater wäre stolz gewesen. Dazu kam mit der Zeit noch ein respektables Slowenisch. Diesen zusätzlichen Sprachschatz verdankte er Jelena, seiner Frau, die aus der Gegend von Kobarid stammte – Kobarid am Oberlauf der Soča, wie der Isonzo in Slowenien heißt. Dort hatte er sie kennengelernt. Er war damals auf der Polizeischule gewesen. Einige Kameraden hatten ihn dazu überredet, bei einer Kajakfahrt mitzumachen. Er war entsetzt, wie wenig diese Soča mit seinem Isonzo gemein hatte. Während sich der italienische Teil des Flusses gemächlich durch die Landschaft schlängelte, in den Windungen mit Sandhaufen spielte, die er da abgrub, um sie an anderer Stelle wieder aufzuschütten, gebärdete sich diese Soča wie ein Stier, der es nicht ertragen konnte, dass ihn überhängende Felswände in ein enges Kleid zwängten und ihm an einigen Stellen gar völlig den Weg verstellten. Mit weißer Gischt bäumte der Fluss sich zornig und unversöhnlich dagegen auf. Noch nie hatte Bruno Wildwasser live erlebt. Kein Wunder, dass der in Eskimorollen Ungeübte schon nach der ersten Stromschnelle Kopf unter im Kajak steckte und Wasser schluckte. Hatte ihn der Fels, an dem er sich festklammern konnte, tatsächlich vor dem Ertrinken gerettet? Vermutlich, jedenfalls kam er sehr gelegen und irgendwie gelang es ihm schließlich, das Boot abzustreifen wie eine Raupe ihre Haut bei der Schmetterlingswerdung. Noch immer nach Luft schnappend, erreichte er eine Sandbank, auf der er sich ausruhen und einen gewagten Aufstieg nach oben zur Straße ausmachen konnte. Die wenigen Wildwasserspezialisten, die voll konzentriert an ihm vorbeiflitzten, hatten mit den Launen der Soča zu tun und bemerkten ihn kaum. Die Freunde waren längst stromabwärts außer Sichtweite, also blieb ihm gar nichts anderes übrig, als sich noch etwas aufzuwärmen und den Aufstieg zu wagen. Mit letzten Kräften erreichte er die Kante der Wand zur vorbeiführenden Straße und blickte hilflos nach rechts und links. Da stand sie, sah ihn und lachte lauthals auf. Bruno ärgerte sich über die Kuh und kam sich derart erniedrigt vor, dass er automatisch ein paar Schritte zurück und dazu noch den Fehler machte, nach unten zu schauen – in diesem Fall in eine Leere, auf deren Grund sich der eiskalte Fluss laut rauschend mit der Topografie maß. So hielt er sich krampfhaft an ein paar Wurzeln fest und starrte regungslos auf die junge Frau, die endlich den Ernst der Lage begriffen hatte und Hilfe herbeirief. Und tatsächlich, aus dem Nichts griffen vier starke Männerhände von oben nach ihm und zogen ihn auf die Straße.

Als er wieder klar denken konnte, befand er sich im nahen Dorfgasthaus. Wortlos trank er den Glühwein, den ihm die Wirtin, seine spätere Schwiegermutter, kredenzte.

„Nach Hausrezept", sagte Jelena neben ihm auf Italienisch und goss nach.

Ein paar Tische weiter saßen drei Männer. Zwei erkannte er an den Hemdsärmeln als seine Retter. Heftig klopften sie dem Dritten, den sie in ihre Mitte genommen hatten, auf die Schulter und tranken ihm unablässig zu.

„Ist Polizist, will machen sich wichtig mit Protokoll. Besser er trinkt und kein Protokoll", meinte Jelena verschwörerisch.

Nach dem vierten oder fünften Glühwein nach Hausrezept wankte der Polizist durch die Wirtsstube, drehte sich vor dem Ausgang noch einmal um und lallte: „Protokoll morgen, morgen Protokoll."

Dann war es still in der Stube. Von draußen hörte man den Schlag der Wagentür, das Starten des Motors und die Abfahrt des Polizeiwagens mit quietschenden Reifen.

Brunos fragendem Blick erwiderte Jelena beschwichtigend: „Nema problema, Polizeistube gleich um die Ecke."

Von seinen Kameraden erfuhr Bruno später, warum der arme Dorfpolizist mit Glühwein arbeitsunfähig gemacht werden musste: Das Befahren der Soča war seit Tagen verboten, weil sie Hochwasser führte.

„Habt ihr das nicht gewusst?", fragte er.

„Natürlich, deshalb sind wir ja losgezogen. Bei Niederwasser einfach so zu paddeln ist doch was für Bubis."

Weil sie wussten, dass er angesichts des Verbots und der erhöhten Gefahren nie mitgekommen wäre, hatten sie das Hochwasser mit keinem Wort erwähnt. Aber er war ihnen nicht ernsthaft böse. Denn was sich später bewahrheiten sollte, ahnte er bereits: dass nämlich an diesem Sonntag das Schicksal gleich mehrmals entscheidend die Weichen für ihn gestellt hatte. Erstens, weil das kurze Hängen in der Wand mit Blick auf die unter ihm tosende Soča genügte, um für alle Zeiten sportliche Betätigung nur noch passiv als Zuseher zu genießen. Zweitens, weil er sich seither ein Leben ohne Jelena nicht mehr vorstellen konnte, und drittens, weil er in den Besitzern der vier lebensrettenden Hände mit Schwiegervater und Schwager brüderliche Freunde gewonnen hatte, die ihm Werte erschlossen, von denen er als Einzelkind bis dahin keine Ahnung gehabt hatte.

„Bruno, dein Telefonino."

Jelenas Stimme kam aus der Küche, wo sie das Frühstück zubereitete. Und da er sich nicht rührte, folgte der Stimme alsbald die Person, schon in Jeans, die Gartenhandschuhe im Gürtel, während er sich noch nicht einmal den Sandmann aus den Augen gerieben hatte. Sie warf ihm das läutende Handy zu. Bruno klappte es auf, doch er hielt es schlecht und es schnappte gleich wieder zu.

„Pronto", sagte er laut und verärgert, doch seine Ungeschicklichkeit hatte die Leitung gekappt. Zufällig sah sich Bruno dabei im

Schminkspiegel seiner Frau. Noch vor zehn Jahren hätte er jeden für anstaltsreif erklärt, der „Pronto" in seine Faust rief, die ein schwarzes Etwas umschlossen hielt, und auf eine Antwort daraus wartete.

Das schwarze Etwas begann wieder zu läuten.

„Morgen, Chef", wünschte ein putzmunterer Roberto Vialli, sein sizilianischer Assistent. „Ich glaube, wir haben eine Leiche."

„Was heißt das, du glaubst?"

„Auf der Piazza in Cormons wurde ein Mann von einer Lkw-Ladung Felsbrocken verschüttet. Sie haben ihn gerade erst ausgebuddelt. Könnte sein, dass er noch lebt."

„Und was geht das uns an?"

Bruno registrierte, dass Jelena inzwischen für das Frühstück auf der Terrasse aufgedeckt hatte, und hoffte auf eine Antwort, die ihm die ersten Freuden des neuen Tages nicht verderben würden.

„Es sieht nicht nach Unfall aus, eher nach einer Hinrichtung."

Roberto litt wohl unter einem Anfall heftigen Heimwehs. Hinrichtungen, im Norden, in seinem Revier gar? Mit einem gönnerhaften Lacher meinte Vossi: „Mafia, hier bei uns?"

„Ich kann nur weitergeben, was mir die Kollegin der Polizia Cormons gesagt hat – und die war ziemlich aus dem Häuschen."

Bruno glaubte die Polizistin zu kennen. Wahrscheinlich eine gewisse Rita Jurinec. Falls es sich tatsächlich um sie handelte und sie wirklich aus dem Häuschen war, musste Ungewöhnliches vorgefallen sein. Denn leicht war diese Rita nicht aus dem Gleichgewicht zu bringen.

„Hol mich ab", sagte der Commissario nur knapp und das Handy schnappte zu, diesmal gewollt.

„Wieder im Geschäft?", fragte Jelena und goss ihm eine Tasse ihres frisch gebrauten schwarzen Goldes ein. Er griff dankend danach und ging schlürfend ins Bad.

Als Roberto mit dem Dienst-Lancia um die Ecke bog, stand Vossi schon vor der Gartentür und klopfte sich die letzten Brösel des Croissants von seinem Revers. Während der Fahrt schwiegen beide. Roberto konzentrierte sich auf die Fahrt und sein Chef nützte die Gelegenheit, die Schönheit der Landschaft zu genießen, die sich im zarten Morgenrot zu rekeln schien.

Die Piazza war voll von Neugierigen. Polizia und Carabinieri teilten sich die Aufgabe, sie vom eigentlichen Tatort zurückzudrängen. Der Commissario erkannte Rita Jurinec und ging auf sie zu, während Roberto den Lancia so parkte, dass er mit den Fahrzeugen der Carabinieri, der Polizia, der Ambulanz und dem Wagen des Gerichtsmediziners eine Wagenburg um die Mariensäule bildete, in deren Lücken sich ein paar Gemeindebedienstete gegen die Gaffer stemmten.

„Morgen, Rita, was gibt's?"

„Ah, Commissario, gut, dass du da bist. Das Opfer war gegen die Mariensäule gebunden, als sich der Lkw entlud. Es lebte noch, als die Rettung kam, ist aber vor ein paar Minuten gestorben, wie mir der Medico sagte."

Erst jetzt sah der Commissario die Leiche und stellte sein Wahrnehmungsvermögen von freundlich auf dienstlich. Er registrierte: Leiche, eindeutig männlich, blauer Pyjama mit grauen Längsstreifen, um sie herum Felsbrocken, darauf ebenfalls Blutspuren. Die Leiche lag auf einer Decke, der Aufschrift nach Teil der Ausstattung des Ambulanzwagens, Decke blutverschmiert. Rechte Gesichtsseite sowie Schulter stark blutverschmiert, Haar blond, Gesicht zerschmettert, Alter aufgrund der Verletzungen schwer einschätzbar.

„Kennen wir unseren Kunden?"

Rita schüttelte verneinend den Kopf.

Der Commissario wandte sich einem eleganten Mittvierziger zu, der neben der Leiche kniete und das Schienbein des Toten studierte.

„Guten Morgen, Dottore. Was wissen wir schon?"

„Wenn ich mir seine Hände anschaue, ist er kein Tourist, keiner aus der Stadt, sondern ein Arbeiter oder Bauer", antwortete Dottore Stefano Lamberti von der Gerichtsmedizin, ohne aufzusehen.

Der Commissario sah keinen Grund, ihn bei seinem Studium am Objekt weiter zu stören. Die Todeszeit war bekannt, die Todesursache offensichtlich, also wandte er sich Roberto zu und winkte Rita wieder herbei.

„Ihr sucht bitte nach Augenzeugen. Jemand muss den Lastwagen hierhergefahren haben, jemand muss den Mann an die Mariensäule gebunden haben, jemand muss den Lkw entleert und an die hundert müssen das gesehen haben. Also bringt mir so rasch wie möglich brauchbare Zeugen."

Sein Blick fiel auf die Caffetteria Astra: „Rita, du kennst hier die Leute. Mach den Besitzer dieses Lokals ausfindig, weck ihn auf. Er muss aufsperren und uns seine Bude als vorläufiges Einsatzzentrum zur Verfügung stellen."

„Ich kenn die Pächterin, sie steht da drüben. Sie ist sicher für alles zu haben, was ihr Geschäft fördert", antwortete Rita und war schon weg.

Wenig später lieferte Roberto einen ersten Zwischenbericht. Der technisch versierte Sizilianer hatte herausgefunden, dass die Hebebühne des Lkws über einen Empfänger per Funk ferngesteuert worden war. Eine Kamera auf einem Stativ abseits der Marienstatue hatte die visuelle Kontrolle ermöglicht. Der Täter habe irgendwo in der Nähe, aber doch aus sicherer Entfernung bei seiner Gräueltat Regie geführt und die Ausführung jedes gefunkten Befehls überwachen können. Zur Reichweite des Empfängers, respektive Senders konnte Roberto keine Angaben machen. Er habe von dem Gerätetyp noch nie gehört. Das Ding sehe nach Armeebestand aus.

Vossi war beeindruckt. Da erkannte er unter den Uniformierten den leitenden Capitano der Carabinieri, Giuseppe Scarpa.

„Morgen, Giuseppe. Gut, dass ihr so zahlreich erschienen seid. Bitte sag deinen Leuten, alles was zwischen den Steinen zu finden ist, muss für eine spätere Auswertung gesammelt werden. Alles, jeder Zigarettenstummel, jeder Zahnstocher. Falls wo hingespuckt wurde, Spucke sichern und so weiter."

„Okay, Bruno. Das Ganze schaut nach einer riesen Schweinerei aus. Soll ich Verstärkung anfordern? Ich könnte vier Mann vom Ersatzwochenende einberufen oder bei der Dienststelle in Palmanova betteln."

Vossi zögerte keine Sekunde: „Bitte versuch, was du kannst, Giuseppe. Zähl die Fenster auf die Piazza, dann weißt du ungefähr, wie viele Zeugen zu befragen sind."

Er zeigte auf die Häuser, die die Piazza umrundeten, und gewahrte dabei Rita.

„Wir können schon in die Caffetteria, die Wirtin hat für dich aufgesperrt", sagte sie und zeigte in Richtung der Westseite der Piazza.

„Astra" stand in einer kühn geschwungenen Schrift über Tür und Fenster des kleinen Lokals. Vossi konnte ein Schmunzeln nicht unterdrücken. Offensichtlich hatte die Wirtin ein paar amerikanische Krimis gesehen. Denn auf einen großen Bogen Papier hatte sie mit schwarzem Filzstift „Crime Scene, Solo Polizia" geschrieben und damit das einzige Schaufenster ihres Etablissements verklebt. Dem Commissario konnte dies nur recht sein.

„Commissario, diese Signora sollten Sie anhören. Sie hat alles mit angesehen", sagte Rita, die nun eine blasse junge Frau im Schlepptau hatte.

„Maria Gambetti", sagte das Schlepptau schüchtern. „Ich wohne hier, in diesem Haus, zweiter Stock, Tür zwölf."

Rita bedeutete ihr mit einem Blick, einfach weiterzureden.

„Die Glocken vom Dom haben mich geweckt. Das war ärgerlich, denn nach einer Petition der Bürger beim Rathaus dürfen sie vor sieben Uhr nicht läuten."

Der Commissario beugte sich vor: „Moment, das ist sehr wichtig, Signora Gambetti. Nochmals genau: Wie spät war es, als Sie von den Glocken geweckt wurden?"

„Der Wecker auf meinem Nachttisch zeigte zwanzig Minuten nach fünf."

„Das wissen Sie genau?", hakte der Commissario nach.

„Ganz sicher. Allerdings ist er um zehn Minuten vorgestellt, noch aus der Zeit, als mein Mann Arbeit hatte."

„Aha, Ihr Mann. Wo war der zu dieser Zeit?"

„In seinem Bett."

„Das heißt, er hat die Glocken vom Dom nicht gehört?", vergewisserte sich Vossi.

„Genau weiß ich das nicht. Um diese Zeit brummt er höchstens. Darum geht ja unser Wecker gewohnheitsmäßig vor. Wenn ihm nicht die Zeiger drohen, bewegt er sich nicht."

„Es haben Sie also die Glocken geweckt. Was taten Sie dann?"

Signora Gambetti dachte nach: „Geweckt wurde ich eigentlich nicht vom Läuten der Glocken, sondern von einem Summen."

„Von einem Summen?"

„Ja. So, als ob irgendwo einer dieser Tonverstärker, wie er bei den Rockkonzerten auf der Piazza verwendet wird, ganz laut gestellt wäre. Erst danach begannen die Glocken zu läuten."

„Sind Sie da ganz sicher, denn das ist sehr wichtig, Signora Gambetti?"

Der Commissario sah sie an wie ihr Mathematiklehrer, wenn sie bei der Lösung einer komplizierten Gleichung gut unterwegs gewesen war und ihr nur noch der Mut gefehlt hatte, das Endresultat auszuspucken.

„Commissario, wenn Sie hier wohnen und jeden Sommer vier bis fünf Auftritte dieser Bands miterleben müssen, sind Sie in diesen Dingen Experte."

Der Commissario nickte voll Mitgefühl: „Mögen Sie diese Art Musik nicht, Signora?"

„Es geht gar nicht um die Musik, sondern um die Lautstärke. Die ist so, dass ich oben im zweiten Stock bei geschlossenen Fenstern und mit Ohropax kein Auge zumachen kann. Und für so etwas zahlt die Jugend auch noch Eintritt. Doch vielleicht hat mein Mann recht, wenn er sagt, ich sei für so etwas schon zu alt."

Der Commissario schätzte ihre Jahresringe auf dreißig bis fünfunddreißig, sagte etwas vom schönsten Lebensalter und schloss mit einem verbindlichen Lächeln, dass sie wohl ohnedies zu dem Typ Frauen gehöre, die mit jedem Jahr schöner würden.

Das nahm Maria nicht ungeprüft zur Kenntnis. Da der Commissario aber ihrem Blick standhielt und seine Miene so ernst blieb, als hätte er eben die Quadratwurzel aus sechzehn gezogen, kam sie zu der Erkenntnis: ein schrecklich sympathischer Mensch, dieser Commissario.

Der blickte weiter in die klugen braunen Augen der jungen Frau und las in etwa ihre Gedanken. Rasch unterdrückte er ein Schmunzeln, weil er genau wusste, dass sie dann sein Kompliment nicht ernst nehmen würde. In der sich daraus ergebenden kurzen Pause dankte er der Fügung, die ihm schon für die erste Abfrage eine so brauchbare Zeugin beschert hatte.

„Bitte, Signora, Sie sagten ja, nach so vielen Konzerten auf der Piazza würde man zum Experten. Wie erklären Sie sich also dieses Summen?"

„Moment, Commissario ... Es läuteten gar nicht unsere Glocken! Erst jetzt fällt mir das auf."

„Wollen Sie damit sagen, es läuteten Glocken vom Turm des Doms, aber nicht die Glocken des Doms? Das ergibt doch keinen Sinn!" Vossi hatte Angst, den Faden zu verlieren.

„Ganz sicher, Commissario. Unsere Glocken haben einen höheren Ton, dies aber war ein volles Schwingen in einer viel tieferen Lage."

„Spielen Sie ein Musikinstrument?"

Da Maria Gambetti nur verlegen den Blick senkte, nahm er dies als ein Nein und hakte nach: „Wie können Sie dann so sicher sein?"

„Ich singe seit meiner Firmung im Kirchenchor", sagte sie leicht gekränkt.

„Ach, Sie sind Sängerin", antwortete Vossi und strahlte sie dabei an, als würde er sie als Nächstes um ein Autogramm bitten.

„Seit meiner Schulzeit", sagte Maria noch etwas trotzig. Doch sie hob wieder ihren Blick.

„Wie erklären Sie sich das Ganze, Signora?"

„Ich bin mir ganz sicher, dass nicht unsere Glocken läuteten. Nach den sieben Jahren, die ich hier wohne, klingen mir unsere Glocken schon fast so vertraut wie die Stimme meiner Mutter."

Vossi sagte keinen Ton in der Hoffnung, sie würde weiterreden, was sie nach einiger Bedenkzeit auch tat: „Ich habe nur eine Erklärung. Das schreckliche Läuten kam über einen Verstärker von einem Tonband, einer Schallplatte oder einer CD. Das erklärt das Brummen und das fremde Geläute."

Vossi schwieg.

„Natürlich, so muss es gewesen sein", setzte sie nach einer kurzen Pause nach.

„Nicht schlecht", murmelte der Commissario und kam nochmals auf das Geschehen vor der Mariensäule zu sprechen: „Es war also kein Mann bei dem Laster?"

Die Signora verneinte.

„Und der Mann an der Säule schien die ganze Zeit ohne Bewusstsein", subsummierte der Commissario.

„Die ganze Zeit. Als er aber die Steine auf sich zukommen sah, rüttelte er an seinen Fesseln. Oh Gott, es war furchtbar, das hilflos mit ansehen zu müssen." Die Signora war jetzt doch dem Weinen nahe.

Umso schneller setzte Vossi nach: „Und er hatte ein rotes Tuch um Kopf und Schulter. Wie groß war das Tuch? Wie dieses Tischtuch etwa?" Er zeigte auf den Nebentisch.

„Nein, kleiner, eher wie ein Geschirrtuch."

Der Commissario bat die Wirtin um ein Geschirrtuch aus der Küche und forderte danach die Signora auf, es ihm so umzulegen, wie es das Opfer umgelegt hatte.

Sie bedeckte seine rechte Gesichtshälfte und seine rechte Schulter.

„Signora Gambetti, ein letzte, ganz wichtige Frage, bitte lassen Sie sich mit der Antwort Zeit: Könnte es sein, dass es sich nicht um ein Tuch handelte, sondern um Blut, das dem Mann über sein Gesicht auf die Schulter geflossen war?"

Die Signora musterte konzentriert den Commissario, der mit dem Tuch über dem Kopf dasaß, als ob er sich vor der prallen Mittagssonne schützen wollte.

„Kann sein. Die Entfernung war doch sehr groß."

Der Mann an der Säule war also schon verletzt, bevor die Steinlawine auf ihn niederprasselte, dachte der Commissario und beendete mit einem zufriedenen Aufatmen das Gespräch. Es musste schrecklich gewesen sein, Zeugin dieses Verbrechens zu werden und sich bei der Befragung das grausigste Detail nochmals ins Gedächtnis zu rufen.

Der Capitano der Carabinieri klopfte an die Tür des Lokals und steckte seinen Kopf herein: „Bruno, ich hab die Verstärkung, kann ich sonst irgendwie helfen?"

„Ja, bitte, Giuseppe. Gib mir fürs Erste einen Mann, der hier als ständige Anlaufstelle präsent ist. Ich muss auf den Kirchturm."

„Viel Glück, Bruno, laut Tourismusbüro sind das 706 Stufen."

Die Wirtin unterbrach das Zwiegespräch, strahlte den Carabiniere an und fragte: „Darf es ein Captain's Coffee sein, Capitano?"

Dieser wurde etwas verlegen und sagte: „Ja, bitte, Burgl, aber nicht so stark wie sonst."

Vossi wusste nach langjähriger Zusammenarbeit, dass damit nicht die Menge des beigemischten Koffeins gemeint war, sondern das andere, das der Capitano als Zugabe bekam, wenn man ihm in einem Lokal, in dem man ihn kannte, einen Captain's Coffee servierte. Meist war es Grappa. Sein Patriotismus war aber nicht so engmaschig gestrickt, Cognac oder Calvados prinzipiell abzulehnen.

„Was ist mit dem Lkw, Roberto, irgendetwas herausgefunden?", fragte Vossi im Hinausgehen.

„Noch nicht, Commissario."

„Ist die Spurensicherung schon da?"

„Drei Mann, eben vorgefahren."

„Gut, einer von ihnen soll mitkommen. Und ruf den Mesner mit dem Turmschlüssel, wir müssen hinauf in die Glockenstube."

Der Mesner war dürr wie seine weit entfernte Verwandte, die Kirchenmaus. Commissario Vossi war ihm aus zahlreichen Zeitungsartikeln und aus dem Regional-TV ein Begriff. Als er ihm jedoch plötzlich gegenüberstand, zischte er Roberto zu: „Bin gleich wieder da, ich hol mir nur schnell meine Zähne."

Inzwischen machte sich der Kollege von der Spurensicherung mit Pinsel, Pulver und Klebestreifen am Turmtor zu schaffen.

„Das Tor ist ja gar nicht verschlossen", sagte er nach kurzem Augenschein.

„Dann gehen Sie schon mal vor, damit wir keine Spuren verwischen können."

In diesem Moment kündigte sich klappernden Schrittes der Kirchendiener an.

„Gestatten, Rasedic", sagte er mit strahlend weißen Zähnen und übergab stolz den Turmschlüssel, einen mittelalterlichen Riegel aus gehämmertem und gefeiltem Eisen.

„Signore Rasedic, wer hat noch so einen Schlüssel zum Turm?", fragte der Commissario streng.

„Niemand, es gibt nur diesen da. Er hängt stets in der Sakristei neben der Eingangstür oder ich habe ihn bei mir in meiner Tasche."

„Ist die Tür immer offen?"

„Nein, nein, sie ist immer zu."

„Und das?", fragte der Kollege der Spurensicherung und stieß ostentativ die Tür zum Turm auf, ohne das Schloss mit dem Schlüssel auch nur berührt zu haben.

Der Messner schaute verdattert vom Spusi-Mann zum Commissario, vom Commissario zu Roberto und von Roberto auf den Schlüssel in der Rechten des Spusi-Mannes.

„Sie kommen mit und sagen mir, ob da oben irgendetwas verändert wurde oder ob irgendetwas in der Glockenstube ist, was da nicht hingehört. Das ist ganz wichtig."

Der Blick des Messners wechselte von verdattert auf traurig: „Das wird schwierig."

„Wieso?", fragte Roberto unwillig.

„Weil ich seit gut fünf Jahren nicht mehr da oben war." Bei diesen Worten sah der Kirchendiener geradezu weinerlich in den Torbogen, in dem soeben der Kollege der Spusi verschwand.

Roberto und der Commissario ließen ihm einen Vorsprung von ein, zwei Minuten, in denen sie sich wohl oder übel die ständigen Beschwörungen des Messdieners anhören mussten: „Das waren bestimmt die Ministranten, diese Rotzlöffel. Kein Respekt, fürchten weder Gott noch den Teufel."

Schließlich setzten sie sich in Bewegung. Es dauerte nicht lange, da hörten sie das Keuchen des Kollegen von der Spurensicherung vor ihnen. Wie eine der Steinfiguren auf den Podesten um den Kirchenvorplatz sah er von oben auf sie herab.

„Das hat so keinen Sinn, Commissario. Auf den Stufen gibt es Erde. Sie stammt von einem rechten Schuh. Zum Teil sogar noch feucht, jedenfalls feuchter als das Umfeld. Bei 706 Stufen brauche ich die Hilfe eines Kollegen. Also, wenn nicht gerade ein Sterbender da oben liegt, sollten Sie uns zwei Stunden geben und uns in Ruhe machen lassen."

Unwillig sah der Commissario ein, dass es der Sache nur geschadet hätte, irgendetwas gegen das Diktat des Fährtenhundes vorzubringen. Auf eine Sache beharrte er aber dennoch: „Sie werden meinem Kollegen zwei Ihrer wunderschönen Schuhüberzieher geben. Roberto, du gehst jetzt hinauf und gibst mir über das Handy einen ersten Bericht. Wenn ich nicht irre, findest du da oben einen Verstärker, der nicht hingehört, und irgendeinen Tonträger. Schallplatte, Magnetofonband, CD ... Ich will wissen, was die Turmstube mit dem Verbrechen zu tun hat."

Mittlerweile hatte die Sonne die Piazza aufgeheizt. Die Spurensicherung im Bereich des Tatorts war verstärkt worden und zufrieden stellte der Commissario fest, dass die Männer und Frauen in ihren weißen Anzügen wirklich jeden Stein zweimal umdrehten. Im Ergebnis hatte ihre Arbeit bereits zwei Haufen erbracht, einen kleineren von Steinen und Felsbrocken mit Blutspuren und einen größeren ohne.

„Es geht nicht nur um Blutspuren, aber das brauche ich Ihnen ja nicht zu sagen. Dennoch, sammeln Sie mir jedes Stück Papier, jeden Zigarettenstummel, einfach alles, was sich zwischen oder unter den Steinen finden lässt."

Plötzlich stand Rita neben ihm.

„Gut, dass ich dich sehe. Schon irgendetwas über den Lkw in Erfahrung gebracht?"

„Negativ", sagte Rita und überraschte mit einem Begriff aus den amerikanischen Fernsehkrimis, den der Commissario aber so nicht kannte.

Fragend sah er sie an, was Rita als Kritik wertete, weshalb sie rasch versicherte: „Wir sind dran, Bruno. Alle ziehen am selben Strang. Übrigens, der Doktor hat etwas für dich und wartet im Astra."

Alle zogen an einem Strang? Das wäre ein Novum, dachte der Commissario und wunderte sich, dass noch niemand den Lkw vermisste. Er war davon ausgegangen, dass es irgendwann nach sieben Uhr einen Anruf geben würde, von einem Bauunternehmen etwa. So ein Arbeitsvieh von Fahrzeug wie das Mordwerkzeug auf der Piazza müsste doch inzwischen von irgendeiner Schicht vermisst werden. Schließlich war es schon halb acht.

Vor der Caffetteria Astra sammelten sich die selbst ernannten Experten aus dem Volk, die sich über das Verbrechen austauschten. Da entschloss sich Vossi zu etwas sehr Ungewöhnlichem. Er stellte sich auf die obere Stufe des Lokals und rief in die Menge: „Hört, Freunde! Geht doch hinüber zur Absperrung und schaut euch den Toten an. Vielleicht erkennt ihn wer. In diesem Fall sagt mir Bescheid, wer er ist."

Und über Funk gab er durch: „Rita, lass jeden durch die Absperrung, der den Toten sehen will." Und weil sich Rita sehr wunderte, setzte er nach: „Im Ernst, es ist zwar ungewöhnlich, könnte aber unsere Arbeit ungemein beschleunigen."

Im Astra wollte Vossi den Gerichtsmediziner nach seinen ersten Erkenntnissen befragen. Ihm war aufgefallen, dass den Dottore zuletzt Verletzungen der Beine des Opfers besonders zu interessieren schienen.

Die Stimmung im Lokal war blendend. Alle Anzeichen sprachen dafür, dass nicht nur der Capitano, sondern auch Dottore Lamberti mit der Wirtin vertraut war. Sie hatte ihr Dekolleté zwischen einer Magnumflasche Martell und einem Apfelsinenkorb als weiteres Warenmuster des Hauses platziert und der Dottore sprach auf die Rundungen ein. Jedenfalls ließ seine Blickrichtung keinen anderen Schluss zu.

„Wie klein doch die Welt ist! Stell dir vor, Bruno, ich mach Urlaub im Alto Adige und wen treffe ich dort? Unsere Wirtin da."

„Und wie war der Urlaub?"

Der elegante Leichenschnüffler war ein Single mit ausgesprochen schlechtem Ruf. Zumindest von der Warte heiratswilliger Frauen aus gesehen.

„Kein Grund zu klagen – und wie du siehst keine Beschwerden", sagte Stefano Lamberti, der als Angehöriger der slowenischen Minderheit lieber Stipe genannt wurde, was seine Freunde wohl wussten und auch gerne beherzigten. Schließlich bestand die kleine Welt, in der man hier lebte, ausschließlich aus Minderheiten.

Auch Vossi, der sich als italienisch bezeichnete, blieb eine Zuordnung nicht erspart. Da seine ganze Familie aus Istrien vertrieben worden war, hielt man es zumindest für abwegig, wenn nicht gar ungehörig, ihn der slowenischen Minderheit zuzuzählen. Gegen Italiener wiederum sprach sein oft artikulierter Hinweis auf die Tatsache, dass er eigentlich Voss heiße und sein wahrer Familienname von den Faschisten vergewaltigt worden sei.

Nach mehreren Runden Friulano hatte einmal sein leider schon verstorbener Amtsvorgänger mit einem Geistesblitz aufgewartet: „Jetzt weiß ich es! Unser Bruno ist kein Italiener. Er ist auch kein Slowene oder Kroate, natürlich auch kein Österreicher oder Deutscher, welch ein Unsinn. Er ist ein Epocano."

Niemand wusste etwas von dieser Minderheit oder hatte je von ihr gehört, aber auf das fröhliche „Willkommen, Epocano" ließ sich vortrefflich anstoßen. Bruno sah keinen Grund zu widersprechen, ja, er empfand die Zuordnung als Kompliment und überprüfte unwillkürlich den Sitz seines Hemdkragens. Vor zwanzig, dreißig Jahren hätte mit dem Wort „Epocano" niemand etwas anfangen können. Seit die Wende in Europa und das Ende des Kalten Krieges aber zeigten, dass die gemeinsame Vergangenheit die Willkür der Grenzen albern erscheinen ließ und Nationalismus kleinkariert, stand die „Ära der Epoca" – die Zeit Kaiser Franz Josephs – für den Adel der Beständigkeit. Die Ersten, die sich dieses Empfinden zunutze machten, waren die Immobilienmakler Triests. Rissige

Wohn- und Verwaltungspaläste der Stadt waren plötzlich in ihren Anzeigen nicht mehr bloß geräumig oder sonnig, sondern aus der „Epoca". Sie verhießen plötzlich gediegenes Baumaterial, hohe Säle nach Entfernung hässlicher Zwischendecken und Stuck, in dem noch die Haken für die Kronleuchter verankert waren, deren Kristalle alsbald wieder von restaurierten Decken strahlten und bei offenen Fenstern in der Zugluft mit vornehmem Klicken gegeneinanderstießen wie zu Kaisers Zeiten. „Epoca" stand plötzlich für intarsierte Möbel, die nach alten Büchern rochen, und bezog sich alsbald im ganzen Küstenland auf alles aus der Ära, als stolze Schiffe, die hier gebaut und getauft worden waren, die Meere befuhren.

Seit dieser Stammtischrunde taxierte der Commissario die Menschen nicht nur in Hinblick auf alt oder jung, arm oder reich, intelligent oder gebildet, sondern auch auf ihre Zugehörigkeit zu einer der Minderheiten, aus denen sich seine Heimat zusammensetzte. Für die Zuordnung als Epocano legte der Commissario die Latte nicht allzu hoch, wie er meinte. Aufnahmekriterium war, in einem gedachten Quiz richtig beantworten zu können, dass der 18. August nicht irgendein Tag, sondern der Geburtstag Kaiser Franz Josephs war und ist. Da an diesem Tag Jahr für Jahr der große Umzug in Cormons stattfand, bei dem ein Bursche als Kaiser Franz Joseph und ein Mädchen als Sisi huldvoll Freundlichkeiten des Volkes entgegennehmen durften, war das die vielleicht leichteste Frage. Die Beantwortung der Übrigen würde aber einem richtigen Epocano auch nicht schwer fallen. Etwa, dass Triest 1382 habsburgisch-österreichisch wurde, dass das Schloss Miramar Maximilian, dem Bruder Kaiser Franz Josephs, gehört hatte, der als Kaiser von Mexiko erschossen worden war. Oder dass die Reederei Österreichischer Lloyd, die größte Linie des Mittelmeeres, hier den Heimathafen ihrer Schiffe gehabt hatte, die der Region Arbeit, Brot und Wohlstand gebracht hatten. Und zu wissen, dass man hier wie in Wien Schinken nicht in Gramm sondern in Deka bestellte, konnte auch im täglichen Leben nicht von Nachteil sein. Es schaffte spontan Verbindungen zwischen Kunde und Verkäuferin, die dann meist freundlich fragte, woher man käme.

Vossi rief sich zurück in der Caffetteria Astra und stellte fest, dass sich die Wirtin trotz offizieller Sperre als „Crime Scene" nicht über schlechten Geschäftsgang beschweren konnte. Im Gegenteil, in dem Caffè ging es zu wie im sprichwörtlichen Taubenschlag. Die Hausparteien nutzten ihren Heimvorteil und kamen vom Stiegenhaus durch die Hintertür, um möglichst viel von dem aufzuschnappen, was Carabinieri durch die Vordertür ihrem Capitano zutrugen. Natürlich waren die Meldegänge der Uniformierten meist bloß ein Vorwand für einen Espresso. Hoffentlich nicht solche mit dem Feuerwasser im Captain's Coffee ihres Chefs.

„Irgendetwas Besonderes, Stipe?", fragte er den Dottore in gedämpftem Ton.

„Ja. Der Tote hat einen Schnitt und ein klar begrenztes Hämatom quer über seine Schienbeine, das kaum älter ist als die Todeswunden von der Steinlawine."

„Will heißen?"

„Er muss kurz vor seinem Tod einen Schlag über die Beine bekommen haben. Der war natürlich nicht tödlich, ja nicht einmal lebensgefährlich, ist aber sicher interessant, oder?"

Der Commissario wurde ungeduldig: „Komm, Stipe, spekulier ein wenig. Mach mir eine Geschichte daraus."

„Also, meine Geschichte erzählt sich so: Der Mann hatte einen Autounfall. Das heißt, eigentlich einen Fußgängerunfall. Ein Wagen hat ihn angefahren, Tempo circa vierzig. Es muss ein Pkw gewesen sein, vermutlich mit einer Stoßstange aus schwarzem Hartplastik, blau gestrichen, vermutlich wie der Rest des Fahrzeugs."

„Gibt es irgendwelche Lackreste, die wir später als Beweis gebrauchen könnten?"

„Mit freiem Auge war nichts zu sehen. Sollten wir in der Gerichtsmedizin etwas finden, bekommst du es gerahmt auf deinen Schreibtisch. Noch etwas fiel mir auf: Der Tote hat Einstiche auf beiden Oberschenkeln, die in ihrer Summe ein strumpfbandartiges Muster ergeben."

„Verletzungen infolge irgendwelcher sexueller Spielarten?"

„Wenn, dann solche, die ich nie probieren möchte. Bei mir wären die Schmerzen, die solche Stiche auslösen müssen, absolut erektionstötend."

„Na, da hast du uns ja in rekordverdächtiger Zeit ein paar ordentliche Nüsse zu knacken gegeben."

Die unersetzliche Rita näherte sich im Laufschritt.

„Bruno, du hattest recht", keuchte sie. „Am Anfang dachte ich, was für eine absonderliche Idee, das Opfer den Gaffern zur Besichtigung freizugeben, aber es hat sich gelohnt."

„Jetzt atme erst einmal durch und dann sag, was sich gelohnt hat."

„Das Opfer heißt Rudolfo Schnabel, ein Bauer. Sein Hof liegt etwas außerhalb von Staranzano."

„Welches Staranzano?"

„Das bei Ronchi."

Das Telefonino läutete und Roberto berichtete: In der Glockenstube des Turmes gebe es tatsächlich einen Verstärker in eher professioneller Dimension, offensichtlich fabriksneu. Damit er in Funktion gesetzt werden konnte, sei die Lichtleitung für die Illuminierung des Kirchendachs angezapft worden. „Ziemlich brutal und sehr provisorisch", wie Roberto sich ausdrückte. Auf dem Boden hätte er etliche Zigarettenstummel entdeckt. „Sonst nichts auf ..."

An dieser Stelle endete der Bericht mit einem Schrei Robertos. Gleichzeitig ertönte vom Läutwerk der Neunuhrschlag.

„Rita, irgendetwas ist da oben passiert. Schnell, ein Jüngerer von den Carabinieri soll mit mir da rauf."

Dem Commissario ging bald die Luft aus. Einerseits wurde nach der dreißigsten Turmstufe der Atem immer kürzer und heftiger, andererseits betätigte er ständig die Kurzwahltaste und brüllte immer wieder „Roberto, melde dich" in das Handy. Sie hatten etwa fünfzig Stufen unter sich gelassen und waren gerade dabei, die Kollegen von der Spurensicherung zu überholen, die jeden Quadratzentimeter der Treppe unter die Lupe nahmen, als endlich das Telefonino läutete.

„Roberto?", brüllte der Commissario zum x-ten Mal in seine Faust und ein dickes Fragezeichen schwang mit.

„Chef, jetzt hör ich wieder."

„Was war das für ein Schrei?"

„Tut mir leid, Chef. Aber der Stundenschlag ist hier oben so laut, dass Sie glauben, es sticht Ihnen jemand ins Ohr."

Der Commissario atmete tief durch: „Na gut, wir kommen jetzt rauf."

„Da sind wir aber sehr dagegen", sagte einer der vornübergebeugten Männer von der Spurensicherung und blies sich in seinem weißen Overall langsam zur vollen Manneshöhe auf. Und wieder musste sich der Commissario von einem Kollegen der Spusi den Weg versperren lassen, allerdings zu Recht. Resignierend schaute Vossi nach oben, wo er Roberto wusste.

„Wir können jetzt noch nicht kommen, die Spusi lässt uns nicht durch."

„Hier oben gibt's ohnedies nichts mehr zu sehen. Wenn es Ihnen recht ist, Chef, komme ich hinunter."

„Das wär mir sogar sehr recht. Wir müssen nämlich nach Staranzano."

Der Commissario registrierte, wie sich die Farben der Landschaft seit ihrer Herfahrt in den frühen Morgenstunden verändert hatten. Das zarte Rot der Morgensonne war in gleißendes Gelb übergegangen, das den Tau weggetrocknet hatte. Dadurch war das Grün gesättigter, dunkler geworden.

Roberto sah von all dem offenbar nichts. Der Commissario irrte aber in seiner Annahme, sein Untergebener konzentriere sich auf die Fahrt. Tatsächlich nahm Roberto gar nicht wahr, dass er fuhr und dabei je nach Gegebenheit beschleunigte, bremste, den fünften Gang einlegte oder vor einer engen Kurve runterschaltete auf die Zweite. Er dachte über den Mord nach. Ein Mann, festgebunden an der Mariensäule, ein Lkw voll Steine, die den Mann unter sich begruben und töteten. Roberto dachte an die Diskussionen in den Medien über manche Moslems, die neuerdings die Städte Italiens mit Integrationsverweigerung auf eine harte Probe stellten und in Syrien alles niedermetzelten, was ihnen im Weg stand. Vielleicht hatten sie es mit einer Art Steinigung zu tun, wie sie im Koran Ehebrechern angedroht wurde? Aber wurden nicht nur Frauen für Ehebruch gesteinigt? Er hatte darüber vor ein paar Tagen einen Bericht im Fernsehen gesehen. Hier hatten sie es jedoch mit einem Mann zu tun. War es nicht bis vor wenigen Jahren bei ihm zu Hause im italienischen Süden Brauch gewesen, dass der gehörnte Ehemann seinem Rivalen den Garaus machte? Aber da war man zivilisiert, man nahm dazu ein Messer. Was da aber an der Mariensäule geschehen war, sah nach Steinigung aus …

Roberto stellte das Grübeln ein und fragte stattdessen: „Wie heißt der Tote eigentlich?"

„Der Tote?", wiederholte der Commissario und riss sich vom visuellen Genuss der Weinstöcke los. „Der Tote heißt Rudolfo Schnabel."

„Aus der Gegend oder zugereist?"

„Eigentlich bist du lange genug bei uns, um dich dieser Frage nähern zu können."

Wieder einmal musste der Commissario zur Kenntnis nehmen, wie schwer es dem Südländer Roberto fiel, das Besondere des Hiesigen nachzuvollziehen. Also war eine weitere Nachhilfestunde in Heimatkunde fällig.

„Um deinen Beruf hier bestens ausüben zu können, musst du die örtlichen Gegebenheiten wirklich intus haben, Roberto. Namen sind hier nicht Schall und Rauch. Wenn jemand Schnabel heißt und Bauer ist, ist nicht der deutsche Name Schnabel auffällig, sondern dass er Bauer ist. Schnabel klingt zunächst nach einem rangniedrigen Beamten oder Unteroffizier aus der Zeit der Habsburgermonarchie. Die nächstliegende Frage lautet also: Wie wurde ein Schnabel in den kaum hundert Jahren seit damals Besitzer von Vieh und Scholle? Das klingt nach Familiendrama. Entweder hat eine geschwängerte Tochter den Übeltäter in Person eines Beamten oder Soldaten heiraten müssen und der übernahm schließlich im Generationenwechsel den Hof oder eine friulanische Bauernfamilie hat sich überschuldet und wurde davongejagt. Jedenfalls gibt es da irgendwo eine Bruchstelle."

Roberto machte auf Alain Delon, die linke Hand am Steuer, die rechte vor dem Mund, mit den schlanken Fingern lässig gegen die beneidenswert weißen Zähne klopfend. Für den Commissario ein Zeichen, dass sich sein Zuhörer geschulmeistert fühlte. Also versuchte er das Gleiche mit anderen Mitteln: „Ha, stell dir vor, das ist unsere Stadt Gorizia mit ihren vier Sprachen, nämlich Deutsch, Italienisch, Slowenisch und vor den Toren Friulanisch. Als sie aber diese schlossartige Bahnstation der Transalpina bekamen, konnten sie sich nicht einigen, welchen Stationsnamen die ganze Pracht bekommen sollte. Also gab es überhaupt keinen Namen."

Roberto gab sich versöhnt: „Eigentlich gar nicht so blöd. Gestern kam ich mit meinem Wagen zu einer Straßenkreuzung. Nach rechts ging es in drei Sprachen, nämlich Italienisch, Slowenisch und Friulanisch in Richtung Gradisca d'Isonzo, nach links in drei Sprachen nach Triest und geradeaus in drei Sprachen nach Monfalcone und in zwei Sprachen nach Grado. Das Straßenschild war so voll mit

Buchstaben, dass diese natürlich klein gehalten werden mussten. Wenn man die Hinweise tatsächlich als Richtungsweiser gebraucht hätte, hätte man aussteigen müssen, um das Schild aus der Nähe zu lesen. Wenn einem die Namen nämlich nicht irgendwie geläufig sind, hat man anders keine Chance."

„Nächste Möglichkeit: Bitte wenden", meldete das Navi.

„Du musst die Abzweigung nach links versäumt haben", gab sich der Commissario ortskundig.

Roberto ließ den Motor aufheulen, brachte die Reifen zum Quietschen und in Sekunden hatte der Wagen eine Wende von 180 Grad vollzogen, ohne dass er reversieren hätte müssen.

„Manchmal glaube ich, du verfährst dich absichtlich, um mir dieses Kunststück zu zeigen", sagte der Commissario nicht gerade erfreut.

Noch bevor rechts oder links eine Abzweigung kam, meldete sich das Navi erneut: „Wenn möglich: Bitte wenden."

„Schlag ja nicht wieder einen deiner 180-Grad-Haken!"

Doch Roberto dachte gar nicht daran. Die Satelliten und die EDV-Gläubigkeit seiner Jugend veranlassten ihn vielmehr, darüber zu grübeln, wer mit welchen Mitteln quasi über Nacht eine Abzweigung samt Beschilderung verschwinden lassen könnte. Darauf, dass in dem System vielleicht ein Rechenfehler steckte, kam er erst gar nicht.

„Und jetzt?", fragte der Commissario nicht ohne Vorwurf in Stimme und Blick, so als ob Roberto das Navi erfunden und somit die volle Verantwortung für die widersinnigen Weisungen der Blechstimme hätte.

Die beiden fuhren schließlich einfach weiter in die Richtung, aus der sie gekommen waren, schalteten das Navi ab, das sie ständig aufforderte, wenn möglich zu wenden, und bogen in eine schmale Feldeinfahrt. Nach zwei Kilometern wurde ohne ersichtlichen Grund die Straße breiter, sie kamen an einem Straßenschild mit der Aufschrift Staranzano vorbei – interessanterweise nur in einer

Sprache –, fuhren durch ein winziges Dorf und erreichten etwa drei Kilometer danach einen Bauernhof mit einem schmucken Landhaus gleich daneben. Alles passte zu Ritas Beschreibung.

Die Tür zum Haus stand halb offen, dennoch schien das Anwesen völlig verlassen zu sein. Jedenfalls blieben die Rufe Vossis unbeantwortet, sodass die beiden langsam und unter wiederholten Hallo-Rufen das Haus betraten. Die Treppe nach oben ließen sie links liegen und traten durch eine nur angelehnte Tür in das Wohnzimmer. Menschenleer, also weiter in die Küche. Hier brannte das Deckenlicht. Der Commissario zog sich die Gummihandschuhe über, drehte das Licht ab und ermahnte Roberto, ebenfalls Handschuhe überzuziehen. Auf dem Ofen stand ein elektrisch betriebener Wasserkessel, voll mit Wasser, kaltem Wasser. Die Glastür einer Küchenvitrine stand offen, eine Lücke zwischen Kaffeepackung, Kakaopackung und Keksdose ließ darauf schließen, dass da die Teedose hingehörte, die geöffnet auf dem Tisch stand.

Bei so viel Ordnung in den Küchenregalen lag nahe, dass es zu Signore Schnabel und diesem Hof eine Frau geben musste. Damit war wieder Rita gefordert, die sich auch sogleich am Telefon meldete: „Moment, Chef, so viel wissen wir bereits: Signore Schnabel ist Witwer. Seine Frau ist vor sechs Jahren auf der Umfahrung mit dem Traktor auf dem Heimweg gewesen, als ein Lkw auf sie auffuhr. Sie starb noch am Unfallort. Seither führt ihm die Nachbarin, eine Signora Lisa Vivarelli, den Haushalt. Sie liegt aber zurzeit im Krankenhaus von Monfalcone. Sie hat vor zwei Tagen einen Kreislaufkollaps erlitten."

„Irgendetwas verdächtig am Unfall der Frau oder am Kreislaufkollaps der fürsorglichen Nachbarin?"

„Negativ", antwortet Rita und der Commissario fragte sich einmal mehr, wie sie zu dieser Formulierung anstatt eines schlichten und einfachen „Nein" gekommen sein mochte.

In die Stille einer Denkpause öffnete sich wie von Geisterhand die Tür vom Flur in die Küche und herein stolzierte erhobenen Hauptes und erhobenen Schwanzes ein schwarz glänzender Kater, der sich vor dem Commissario hinsetzte. Seine weit offenen Augen fixierten den Fremden und signalisierten erhöhte Wachsamkeit, ein forderndes Miauen heftigen Appetit. Roberto entdeckte im Küchenregal einen Vorrat an Katzenfutter, öffnete eine Dose und griff nach der Untertasse vor ihm.

Der Commissario fuhr dazwischen: „Doch nicht von dieser Tasse. Denk mal kurz nach: Offensichtlich wollte sie der Hausherr für das Frühstück benutzen. Aber jemand hat ihn daran gehindert. Vielleicht hat dieser Jemand die Tasse in der Hand gehabt. Also muss alles, was hier so offen in der Küche herumsteht, zur Spurensicherung."

Mit einem „Die Armen trifft es aber heute ganz schön schwer" zeigte Roberto Anteilnahme. Und weil er mit der geöffneten Futterdose in der Hand noch immer etwas ratlos im Kreis ging, empfahl der Commissario: „Klatsch das Futter einfach auf die Bodenfliesen dort in der Ecke. Der Kater wird an dem Stilbruch kaum Anstoß nehmen."

Danach rief er den Capitano der Carabinieri an und ersuchte, dass der Hof rund um die Uhr bewacht werden möge.

Der Capitano war überschwänglich freundlich und leutselig. Er begann ein Gespräch über Fußball. Offensichtlich zeigte sein Captain's Coffee Wirkung. Bevor sich der Commissario ernsthaft darüber ärgern konnte, drängte sich Rita in die Leitung und korrigierte den Namen der Nachbarin im Krankenhaus von Monfalcone. Sie hieße nicht Lisa Vivarelli, sondern Rosa Salta. Lisa Vivarelli sei eine Freundin. Nein, nicht von Rudolfo Schnabel, dem Opfer, sondern von der Nachbarin. Ja, die liege im Krankenhaus von Monfalcone. Der Commissario und Roberto stöberten einige Schubladen nach Fotos durch, steckten einige ein und sahen sich danach draußen am Hof um. Auffällig waren Reifenspuren, die unübersehbar in dem sandigen Boden ihre Furchen zogen.

„Da hat sich jemand wenig Mühe gegeben, unentdeckt zu bleiben. Hoffentlich zu wenig. Sag den Spusis, dass ich alles, was über die Reifen herauszufinden ist, wissen muss."

Mit diesen Worten setzte sich der Commissario hinter das Lenkrad und forderte durch Handaufhalten die Wagenschlüssel. Offensichtlich reichte dem Chef ein 180er-Haken in einem Zug ohne Reversieren.

Vossi lenkte den Wagen gegen Osten, Richtung Monfalcone. Die Landschaft hatte sich geändert. Hügel und Weinstöcke waren zurückgeblieben, die Welt präsentierte sich als Obst- und Gemüsegarten. Dementsprechend wurden rechts und links der Straße die Früchte der Jahreszeit angeboten: Pfirsiche, Sommeräpfel, Zitronen, Melonen und – wie der Commissario erfreut feststellte – auch Kirschen.

„Was ist so besonders an Kirschen?", wollte Roberto wissen.

„Ha, das war einmal unser Gold, als dies hier noch des Kaisers Kirschgarten war. Du musst nämlich wissen: Bevor auf den Hügeln hier Weinbau betrieben wurde, wuchsen überall Kirschbäume. Mein Großvater hat mir erzählt, dass Ende März, zur Zeit der Kirschblüte, alles weiß von der Blütenpracht war. Es hätte jedes Mal ausgesehen, als wäre der Winter zurückgekehrt. Und die Kirschen galten als die besten weltweit. Im Juni sammelten sich die Bauern aus der Umgebung, um auf der Piazza ihre Ware feilzubieten. Dabei galten strenge Regeln. Die Körbe waren abgedeckt und keine einzige Kirsche durfte vor dem Signal des Marktleiters verkauft werden. So sollte verhindert werden, dass sich ein Bauer über einen frühen Zuschlag einen Preisvorteil sichern konnte. Die Käufer kamen aus Wien, Warschau, Moskau und Sankt Petersburg. Jüdische Händler, so zahlreich, dass es zur Hochsaison sogar eine improvisierte Synagoge gab. Übrigens, in der Via Dante in Cormons siehst du heute noch die Ringe in der Mauer für die Maultiere."

„Und was verdarb dann das Geschäft?"

„Das Ende der k. u. k. Monarchie 1918. Damit gehörte alles Land hier plötzlich zu Italien. Die Italiener aber hatten ihre eigenen Kirschen vor ihrer Haustür. Die Kirschbauern von Cormons standen also vor dem Nichts und es brauchte Jahrzehnte, bis sich der hiesige Wein seinen Ruf aufgebaut hatte und die Kirschen ersetzen konnte."

Die beiden ließen üppige Maisfelder hinter sich und von einer Minute auf die andere roch es nach Meer. Das Licht hatte sich verändert. Man ahnte die Nähe der Lagune von Grado.

Das Krankenhaus von Monfalcone war ein Neubau von strengem Äußerem. Effizienz war angesagt und schon nach fünf Minuten saß der Commissario am Krankenbett von Rosa Salta, Roberto neben ihm, Notizblock und Kugelschreiber einsatzbereit. Ein kurzes Gespräch mit dem diensthabenden Arzt hatte zutage gebracht, dass Signora Salta mit Verdacht auf Kreislaufprobleme eingeliefert worden war und die Untersuchung einen Gehirntumor zutage gebracht hatte. Eine Operation sei unumgänglich.

Es lagen noch drei weitere Patienten im Krankenzimmer. Sie schienen immerhin so weit geheilt, dass sie sich ohne Mühe aufrichten und die Ohren spitzen konnten, als sich der Commissario mit „Bruno Vossi, Mordkommission Gorizia" vorstellte.

Alles im Raum war typisch Krankenhaus. Die einzige Überraschung war Signora Salta selbst. Hatten die zwei Herren der Mordkommission eine rundliche Pasta-Oma mit fettgepolstertem Gesicht und roten Wangen als Haushälterin von Signore Schnabel erwartet, so saß ihnen im Krankenbett eine drahtige Vierzigjährige gegenüber. Kein Hinweis auf die Schwere ihrer Erkrankung.

Die Stationsschwester eilte herbei und bot dem Commissario ein Einzelzimmer an, in das man das Bett von Signora Salta rollen könne. Zur sichtbaren Enttäuschung der Bettnachbarinnen wurde der Vorschlag dankbar angenommen.

In einem nüchternen Raum auf der anderen Seite des Korridors erklärte Vossi den Grund der Vorsprache und begann die Befragung. Die Signora schien ziemlich gefasst, sie antwortete und Roberto notierte. Ja, sie mache gerne den Haushalt für Rudolfo Schnabel. Er habe sich immer korrekt benommen, immer gut bezahlt, auch wenn er ihre Tierliebe für reichlich überzogen hielt und sich manchmal darüber lustig machte. Wie viele Tiere sie habe? Mindestens zwanzig Katzen, so genau wisse sie das nicht.

„Was soll aus den armen Geschöpfen jetzt nur werden? Signore Schnabel hatte bis auf Weiteres Fütterung und Pflege übernommen", war nach der Betroffenheit über den Tod des Nachbarn ihr erster Kummer.

„Keine Sorge, ich werde mich sofort nach unserem Gespräch der Sache annehmen. Für das Wohl ihrer Katzen wird von berufener offizieller Seite gesorgt werden", beruhigte Vossi sie.

Wovon sie lebe? Nun, die Arbeit bei Signore Schnabel bringe ihr jenes Einkommen, das sie zusätzlich zu ihrer Witwenrente brauche, um sich und ihre Schützlinge durchzubringen. Und die Arbeit sei ohnedies nur möglich, weil Signore Schnabel immer Verständnis dafür gezeigt habe, wenn sie schnell mal rüber musste, um bei ihren Tieren nach dem Rechten zu sehen.

Ihr Mann? Antonio sei Lehrer gewesen und vor sechs Jahren mit dem Motorrad verunglückt. Seither lebe sie mit den Katzen.

Signore Schnabel? Nein, über den gebe es nichts zu berichten. Der Unfall seiner Frau, ja. Eine Zeit lang habe er eine Partnerin gesucht, die Suche aber vor rund vier Jahren aufgegeben.

„Sie und Signore Schnabel ...?"

Nein, er habe ihr keine Avancen gemacht. Einmal habe er sie heulen sehen und sich als Rächer angeboten: „Sagen Sie mir, wer es ist, und ich gebe ihm ein paar Ohrfeigen." Da habe sie sich ihm unter

Schluchzen anvertraut: „Das würde Ihrem guten Ruf schaden, Signore Schnabel. Der Er ist eine Sie."

Ausnahmsweise kapierte Roberto einmal schneller als sein Meister. Sein Grinsen brachte den Groschen bei Vossi zum Fallen. Um davon abzulenken, fragte der Commissario lauter als gewollt: „Wie konnten Sie dann einen Mann heiraten?" Und als er die Signora zurückweichen sah, setzte er so freundlich wie möglich nach: „Verzeihen Sie, das war nicht als Frage gemeint und hat nichts mit unserem Mordfall zu tun. Ich wollte keinesfalls neugierig erscheinen. Ich versuche nur, mir für einen Augenblick vorzustellen, wie sehr Sie gelitten haben."

„Nicht nur ich, sondern wir beide. Zumal sich herausstellte, dass ich nicht die Spur bisexuell veranlagt bin. Unaufgeklärt und fromm erzogen, wie ich als Kind vom Dorf war, hatte ich von meiner lesbischen Veranlagung bloß eine vage Ahnung und meinte, die Heirat mit Antonio würde schon alles zurechtrücken. Er war ein besonders lieber und rücksichtsvoller Mensch. Kein Wunder, dass ich meinte, ich wäre in ihn verliebt. Dass dies so nicht geht, hat Mutter Natur mir erst in der Hochzeitsnacht offenbart. Bald sprachen wir von Scheidung. Und was sollte er als Scheidungsgrund angeben, ohne mich bloßzustellen? Also war er dagegen, meinte, als Lehrer könne er sich so kurz nach der Trauung keine Scheidung leisten. In der Folge ging jeder von uns seine Wege. Wir bewahrten uns so eine Freundschaft, die bis zuletzt keine Sprünge hatte. Antonio war der geborene Kamerad. Das Einzige, was mich dabei störte, war, dass er insgeheim Mitleid mit mir hatte, so als ob ich irgendwie behindert sei."

Signora Salta war müde geworden und streckte sich im Bett aus. Der Commissario half ihr dabei ein wenig und registrierte mit einem Seitenblick die Betroffenheit in Robertos Gesichtsausdruck.

„Können Sie sich vorstellen, wer Interesse an Rudolfo Schnabels Tod hätte haben können?"

„Es kann nur ein Missverständnis sein. Jemand muss den Falschen erwischt haben. Signore Schnabel war ein ausgesprochen liebenswürdiger Nachbar. Zurückgezogen, ja, aber immer da, wenn ihn jemand brauchte. Als er von meiner schweren Krankheit erfuhr, erklärte er sich spontan bereit, meine Tiere zu versorgen. ,Nur bis der Tod uns scheidet', hatte ich gesagt und er hat mir die Hand gereicht und gesagt, solange er atmen und gehen könne. Und jetzt stirbt er vor mir."

„Was wurde aus der Partnerschaft mit jener Frau, die Sie vorhin erwähnten? War es etwas Dauerhaftes?"

„Bedenken Sie, Commissario: Als Lesbe war ich mit meinen damals achtundzwanzig Jahren sexuell ungefähr so erfahren wie ein vierzehnjähriges Mädchen. Da hält man jedes Verliebtsein für etwas Dauerhaftes."

„Ich muss Sie jetzt nach Namen und Verbleib dieser Frau fragen, reine Routine."

„Sie heißt Lisa Vivarelli und lebt heute, soviel ich weiß, wieder in ihrer istrischen Heimat."

„Genaueres wissen Sie nicht?"

„In einer Villa bei Poreč. Ein alter Familienbesitz, den ihr die Kroaten nach der Wende zurückgegeben haben."

„Da ist sie aber die Ausnahme", meinte der Commissario aus der Erfahrung seiner Familie, die leer ausgegangen war. „Gab es einen besonderen Anlass für Ihre Trennung?", setzte er nach.

„Es hatte mit der Rückgabe der Villa zu tun. Sie sagte, sie bekäme sie nur, wenn sie dort auch ihren festen Wohnsitz einrichten würde. Ich sollte mit, wollte mich aber nicht von meinen Tieren trennen. Die Liebe war für ein Opfer dieser Art wohl nicht groß genug. "

„Wann war das?"

„Ach, das ist auch schon wieder fast vier Jahre her."

Das Gespräch begann im Gemütszustand von Signora Salta Spuren zu zeigen. Sie unterdrückte erste Tränen.

„Um Ihre Katzen machen Sie sich zunächst mal keine Sorgen. Sie können sich auf mich verlassen. Ich werde sofort die notwendigen Schritte einleiten. Falls Ihnen etwas einfällt, hier meine Telefonnummer. Sie können mich Tag und Nacht erreichen."

II. Das Scripsi

Der nächste Morgen begann mit einer mittleren Katastrophe. Der Commissario knallte mehrere Tageszeitungen auf Robertos Tisch und fauchte: „Da konnte wieder jemand sein Wasser nicht halten!" „GESTEINIGT!", stand in der einen oder anderen Form, aber immer mit Rufzeichen auf den Titelseiten der Blätter zwischen Triest und Mailand. Die Spekulationen der Journalisten hatten es in sich. Sie schlossen auf Terroristen, Gotteskrieger, Scharia, Ehrenmord, Islamisten und Kirchenschänder – immerhin spielte ja die Mariensäule in dem Kriminalfall eine Rolle, wenn auch nur als immobiles Requisit.

„Roberto, du hast doch gestern nach dem Besuch im Krankenhaus von Monfalcone etwas von Steinigung gesagt. Du erinnerst dich?"

„Ja."

„Deshalb muss ich dich jetzt fragen: Hast du im Gespräch mit Teamfremden oder gar Journalisten das Wort wiederholt?"

„Ich bitte Sie! Nur dem Capitano gegenüber, ja, der wollte unbedingt wissen, was ich von dem Fall hielt."

Für den Commissario war damit alles klar. Er addierte ein paar Captain's Coffees mit dem Bedürfnis, zu imponieren, und schon hatte das Wort Steinigung seinen Staffellauf angetreten. Dazu ein kleiner Tipp der Wirtin als Gegenleistung für einen PR-Artikel über das Astra und schon hatte die Einschätzung seines Untergebenen Eingang in die Schlagzeilen gefunden. Was sollte der Commissario machen? Ein „Roberto, wie konntest du nur?" wäre ungerecht gewesen. Stattdessen hätte er „Capitano, wie konntest du nur?" brüllen müssen.

Wurde seine Behörde in der Presse auch nur erwähnt, rief Questore Luigi Donadoni, Vossis Vorgesetzter, schon zum Rapport.

Angesichts des Vorkommens in solch ungewöhnlicher Üppigkeit überschlug sich diesmal seine Stimme beinahe, als er den Stapel der Gazetten auf die Schreibtischplatte knallte. Eine Heftigkeit, die die Zigarre am Rand des Aschenbechers aus der Balance brachte. Sie kullerte unter ein Bündel von Dokumenten, aus dem unmittelbar blauer Rauch aufstieg. Der fahrige Löschversuch des Questore ließ die randvolle Kaffeetasse umstürzen und Vossi registrierte mit Sympathie das heftige Bemühen der herbeigerufenen Sekretärin, einen Lachanfall zu unterdrücken. Aber immerhin, der Questore hatte sich beruhigt.

„Commissario, gesteinigt, wissen Sie, was das heißt?", fragte er mit beinahe weinerlicher Stimme und trocknete sich dabei die Finger mit seinem Stecktuch.

Die Frage war nicht auf kriminaltechnische Überlegungen aus. Sie war einzig und allein als vorauseilender Vorwurf gemeint – für den nicht ganz unwahrscheinlichen Fall, dass das Presseecho lästige Hilfe aus Rom zur Folge haben könnte.

In den nächsten Tagen suchten Rita und Roberto nach allen Menschen, die in den letzten zehn Jahren irgendwie mit Signore Schnabel in Berührung gekommen waren, sie befragten diese und jagten das jeweilige Ergebnis durch den Computer. Nichts, kein brauchbarer Link, eigentlich überhaupt keiner.

„Warum muss ich den Briefträger überprüfen?", hatte Roberto die einsatzfreudige Rita etwas widerwillig gefragt.

„Was weiß ich, vielleicht weil er von den Hunden der Signora Salta gebissen wurde", hatte sie geantwortet.

Am zehnten Tag fasste Vossi für sich zusammen: Sieben Mann und zwei Frauen der vom Innenminister entsandten Sonderkommission „Mariensäule" waren neun Arbeitstage ununterbrochen unterwegs gewesen. Das Ergebnis? „Negativ." Na bitte, er dachte bereits in Ritas Jargon. Zum Glück herrschte zwischen dem Innenminister in Rom und seinem Ministerpräsidenten gerade Kriegszustand wegen irgendeiner Bestechungsaffäre. Und die Zeitungen vergaßen das Thema allmählich wieder.

Doch für Vossi, Roberto und Rita blieb es unfassbar: Ein Mann hatte auf äußerst spektakuläre Weise vor mehr als fünfzig Augenzeugen sein Leben lassen müssen und es gab keinen Hinweis auf ein Motiv, geschweige denn auf den Täter.

Über den Lkw hatte man herausgefunden, dass er aus den Beständen der aufgelösten Jugoslawischen Volksarmee stammte. Der Täter hatte ihn wohl gekauft, denn niemand schien das Gefährt zu vermissen. Wahrscheinlich war es aus den Beständen der alten Narodna Armi „organisiert" worden. Die Funkanlage, mit der der Täter das Verbrechen ferngesteuert in Szene gesetzt hatte, hatte sie nach Vicenza geführt. Im dortigen US-Army-Headquarter für Afrika hatte ein US-Offizier Vossi das Können des Geräts vorgeführt und seine Zuverlässigkeit beschworen, während er damit über einen Joystick einen Schützen sein ganzes Können vorführen ließ – vom Kurvenfahren über Wendemanöver bis zum Abfeuern der Bordkanone mit Übungsmunition. Auch die Untersuchung der Lautsprecher und des Verstärkers auf dem Kirchturm von Cormons hatten nichts erbracht. Es handelte sich um uralte Kinolautsprecher von Siemens. Die Produktionsnummer führte über den Hersteller in München zu einem Händler im steirischen Graz, der 1974 Konkurs angemeldet hatte und kurz danach verstorben war. Mehr konnten die österreichischen Kollegen Vossi nicht liefern.

Das Desinteresse der Journalisten war Vossi nun einerseits lieb, andererseits hatte er doch gehofft, dass der Presserummel irgendetwas Brauchbares aus dem Kreis der Medienkonsumenten ergeben könnte. Nun aber machten die amourösen Abenteuer des Ministerpräsidenten in Rom das Rennen um die Druckerschwärze. Der typische Katzenjammer nach einer Serie von ergebnislosen Recherchen hatte seinen Höhepunkt erreicht, als der Commissario den Anruf einer Signora aus Triest erhielt. Sie hätte Signore Schnabel gekannt, sagte die Frau leise in den Hörer, so als ob sie damit das Mithören Dritter ausschließen wollte. Voraussetzung für ein Gespräch mit dem Commissario sei aber die Garantie, dass es ihr nicht zum Nachteil geraten dürfe.

„Signora, falls Sie sich strafbar gemacht haben, kann ich Ihnen diese Garantie nicht geben."

Die Frau am Apparat ereiferte sich: „Was denken Sie von mir? Ich habe mir nichts zuschulden kommen lassen." Nach einer Pause des Zögerns fuhr sie fort: „Aber sagen wir mal so: Müssten Sie bestimmte Details unseres Gesprächs dem Finanzamt melden?"

„Wenn es dabei um sehr große Summen geht, ja. Wenn es um unrechtmäßig erworbenes Geld geht, müsste ich Sie auffordern, es dem Geschädigten zurückzuzahlen. Wenn Diebstahl oder gar Raub im Spiel ist, müsste ich unsere zuständigen Dienststellen befassen."

Die Leitung blieb still. Der Commissario hörte das Atmen der Anruferin, fühlte ihr Zögern und sagte, was sie vermutlich hören wollte: „Wenn Sie allerdings vergessen haben, ein paar Hundert Euro Nebeneinkommen dem Finanzamt zu melden, dann Willkommen in der besten Gesellschaft Italiens. Jedenfalls werde ich davon nichts wissen wollen."

Offensichtlich hatte er ins Schwarze getroffen. Die Frau meldete sich in das Gespräch zurück und nannte sogar mit Augusta Tolli ihren Namen. Man verabredete sich im Caffè Tommaseo in Triest – so etwas wie das Hotel Sacher in Wien, das Caffè Florian auf der Piazza San Marco von Venedig oder das Café Kranzler auf dem Ku'damm Berlins.

Der Commissario fügte in ungezwungenem Tonfall hinzu, er werde privat kommen, das sei wohl für beide angenehmer. In Wahrheit machte er aus der Not eine Tugend. Denn Triest war für den Leiter der Mordkommission Gorizia feindliches Ausland. So hieß es zumindest im Dienstjargon.

Für den Fall, dass die Frau zu dem Stelldichein nicht kommen sollte und nie wieder von sich hören ließ, bat der Commissario sein Team, die Telefonnummer zurückzuverfolgen. Einen Besenstiel würde er schlucken, wenn ihr Name tatsächlich Augusta Tolli wäre.

Zum Glück wurden die Diensträume ausschließlich mit Staubsaugern gepflegt, sodass kein Besen greifbar war. Denn es stellte sich nach kurzem Nachblättern heraus, dass die fragliche Telefonnummer der Privatanschluss einer Signora Tolli Augusta war, die laut Melderegister unter diesem Namen in der Nähe der Oper und damit auch nächst dem Caffè Tommaseo wohnhaft war.

Das Gespräch mit der zweiundvierzigjährigen Signora, unverheiratet, keine Kinder, ergab, dass Signore Schnabel sie insgesamt viermal aufgesucht hatte. Man konnte sie bestimmt nicht als Prostituierte bezeichnen, auch wenn sie einräumte, von Schnabel Geld genommen zu haben. Dieser sei ein wortkarger, sehr schüchterner Freier gewesen. Einmal, nach dem Verkehr, habe sie gehört, wie er sich in ihrem Badezimmer für sein Kommen mit Flüchen und Schimpfwörtern überhäufte. Ein andermal habe er sie gestreichelt und gemurmelt: „Du bist ja unschuldig, ich bin der Sünder."

„Signora Tolli", setzte Vossi an, um auf die Einstichmale auf Schnabels Oberschenkeln zu sprechen zu kommen, „haben Sie bei Ihrem Beisammensein sexuelle Praktiken angewendet, die diese Verletzungen auf seinen Beinen erklären könnten?"

„Um Gottes willen, nein. Signore Schnabel hat solche Einstiche vor oder nach seinen Besuchen bei mir bestimmt nicht gehabt."

„Warum, glauben Sie, ist er nach dem vierten Besuch weggeblieben?"

„Er hat sein Fernbleiben nur angekündigt, aber nicht begründet. Ich glaube, er war sehr religiös. Aber nicht so wie wir Katholiken, sondern wirklich, eher wie die Angehörigen einer Sekte."

Roberto, der das Gespräch von der Bar aus beobachtet hatte, charakterisierte Signora Tolli bei späterer Gelegenheit als abgetakelt.

Dem konnte der Commissario nicht zustimmen. Ihm erschien sie damenhaft, vor allem imponierte ihm ihre Bereitschaft, der Polizei zu helfen. Die ausgesetzte Ergreiferprämie von zehntausend Euro war dabei bestimmt nicht das einzige Motiv. Sie war offensichtlich intelligent genug, um zu wissen, dass die Natur der Mitteilungen das Bild von Signore Schnabel schärfen, aber kaum den Ausschlag zur Ergreifung des Täters geben würde. Nein, Signora Tolli schätzte ihren Kunden Schnabel auf ihre ganz besondere Art und wollte, dass die Tat nicht ungesühnt bleibe. So sah es Vossi.

Sich mit der Signora im fremden Revier zu treffen, war eine Sache. Um sie zu observieren, brauchte es aber die Hilfe der Triester Kollegen über den Amtsweg. Und observiert musste sie werden, daran führte kein Weg vorbei. Sie hätte ja alles Mögliche erzählen können. Alles, was Bruno Vossi im Sinne seiner Diskretionszusage tun konnte, war nun, seinen Triester Kollegen Commissario Gastone mit Nachdruck zu bitten, darauf Rücksicht zu nehmen.

Die Beschattung ergab nach einigen Tagen, dass die Frau alleine wohnte, so unauffällig, dass auch die Hausparteien nichts Negatives oder gar Böses über sie sagen konnten. Es gab noch drei weitere regelmäßige Besucher: einen Marktfahrer, einen pensionierten Lehrer und einen Schlafwagenschaffner. Alles unauffällige Zeitgenossen, einsam vielleicht, aber fiel Einsamkeit heutzutage noch auf? Gegen einen überschaubaren Obolus richtete sich die Frau mit Straps und Negligé für die Besucher zurecht, hatte manchmal sogar für sie gekocht und sie zwischendurch unter ihre Decke gelassen. Meist blieben die Männer vom frühen Abend bis nach Mitternacht. „Aber immer nur einer", diktierte Signora Tolli mit Nachdruck in das Abschlussprotokoll, verärgert über die Beschattung.

„Sie waren nicht fair", sagte sie beim Abschied zu Commissario Vossi.

„Sie auch nicht, Signora Tolli. Sie haben mir die anderen drei Besucher verschwiegen."

„Von diesen wussten Sie ja nichts. Sie hätten mich also in jedem Fall beschattet und das passt nicht zu Ihrer Zusage bei unserem ersten Telefonat."

Sie hatte recht und Commissario Vossi schämte sich ein wenig dafür, getan zu haben, was getan werden musste.

Von Giuseppe, dem Capitano der Carabinieri, erfuhr er später im Astra, dass die bis dahin unbescholtene Frau nach den Observierungen übersiedelt sei, weil sie den Tratsch der Nachbarn nicht ertragen konnte oder wollte.

„Und das nennen die Kollegen in Triest also diskret", ärgerte sich Vossi.

Was immer das Team als mögliche Fährte in die Nachforschungen aufnahm, am Ende hieß es, mal früher, mal später: negativ. In dieser Phase wurde die Furcht des Ermittlers, etwas Wichtiges übersehen zu haben, zum Dauerstress. Vossi frühstückte meist im Büro, um seine Frau Jelena von seiner schlechten Laune zu verschonen. Abends ging es einigermaßen, weil Jelena so klug war, in diesen Krisen für Gerichte einzukaufen, von denen sie stets behauptete, er könne sie besser zubereiten. Mit der Arbeit am Herd lenkte sie ihn von seinem Frust ab. Denn Kochen war Vossis ganz große Leidenschaft, auch wenn sie ihn nur ungern an den Herd ließ. Gerangel gab es auch beim Abwasch. Jelena verstaute selbst sperrige Pfannen im Geschirrspüler. Vossi rechnete ihr dann vor, was für eine Geldverschwendung und unnütze Umweltbelastung das wäre. Er bevorzugte in solchen Fällen jedenfalls ganz generell den Handabwasch. Auch jetzt stand er gedankenversunken an der Spüle und scheuerte an den Töpfen herum. Er wurde das ungute Gefühl nicht los, irgendetwas übersehen zu haben. Ein Mann, der so etwas machte, der wollte etwas beweisen. War es ihm darum gegangen, Schnabel zu töten, oder wollte er Aufsehen erregen? Wohl primär Letzteres. Wenn es ihm nur darum gegangen wäre,

Schnabel zu töten, hätte er hundert Möglichkeiten gehabt, dies schnell, sauber und unauffällig zu tun. Im Sinne eines Mörders eben effizient. Was aber machte sein Freund? Er organisierte einen Lkw, Kinolautsprecher, eine Funkanlage und inszeniert ein bühnenreifes Spektakel. Das hieß nichts anderes als: er würde es wieder tun. Nicht weil er der klassische Serientäter war, sondern weil er etwas vorhatte. Etwas Großes, Weltbewegendes. Und dazu brauchte er Schlagzeilen.

Der nächste Morgen sollte zeigen, wie recht Vossi hatte. Denn *La Gazzetta,* ein Käseblatt Udines, nahm das Thema Steinigung wieder auf. Ein Anruf von einem unbekannten Leser sei in der Redaktion eingegangen. Vossis Ermittler hätten schlampig gearbeitet. Ein „Scripsi" sei übersehen worden.

„Was soll das sein, ein Scripsi?", fragte Roberto gereizt in die Runde.

„Quod scripsi, scripsi. Du weißt doch: ‚Was ich geschrieben habe, habe ich geschrieben.' Pontius Pilatus nach der Verurteilung Jesu zu den Juden."

„Und was hat er geschrieben?", fragte Roberto zur Schande seines Religionslehrers.

„INRI, I für Jesus, N für Nazareth, R für Rex, König, I für Judäa oder Juden."

„Also suchen wir eine Holztafel wie auf dem Kruzifix?", fragte Rita.

„Kann sein, aber ich glaube, so leicht wollte es uns der Täter nicht machen. Außerdem hätten unsere Kollegen von der Spusi eine Holztafel kaum übersehen."

Roberto las aus dem Internet vor: „Scripsi, Pilatus, König der Juden, das stimmt alles, aber hier ..." Er zeigte auf seinen Bildschirm und las weiter: „Scripsi: bis in das 19. Jahrhundert anstatt einer Unterschrift unter Drohbriefen, stand später manchmal auch einfach für Notizzettel."

„Wir suchen also einen Zettel mit irgendeiner Botschaft, unterschrieben mit ‚Scripsi'. Her mit allem, was zu unserem Fall in die Asservatenkammer ging."

Rita und Roberto machten sich sofort auf den Weg.

Vossi konnte sich beim besten Willen nicht vorstellen, dass er bei der ersten Sichtung aller relevanten Funde irgendetwas übersehen hatte. Es gab ja fast nichts. Die Zigarettenstummel vom Kirchturm hatten laut DNA-Abgleich tatsächlich zu einem frühreifen Ministranten und einer Ministrantin gepasst, die die Glockenstube auf dem Turm zum Schmusen missbraucht hatten und dafür stillschweigend aus dem Dienst am Altar Gottes entfernt worden waren.

Vossi sah auf die Uhr. Es war gegen zehn. Also müsste in der Redaktion der Udineser Zeitung schon jemand erreichbar sein. Er wählte die Nummer und ließ sich mit dem Lokalchef verbinden. Ob dieser zweckdienliche Angaben zu seinem Artikel machen könne. Nein, der Anruf sei von einem Callcenter des Verlags entgegengenommen worden. Ja, er werde die Kollegin oder den Kollegen ausfindig machen und Commissario Vossi zurückrufen.

„Und warum haben Sie mich nicht gleich angerufen?"

Der Lokalchef wurde unverschämt: „Wir haben dem keine besondere Bedeutung beigemessen", log er in den Apparat.

„Aber so viel Bedeutung schon, dass ihr daraus einen riesen Bericht mit Hinweis auf der Titelseite macht."

Der Lokalchef steigerte sich von unverschämt auf rotzfrech: „Das war eine rein journalistische Entscheidung. Über die Polizeiarbeit haben wir ehrlich gesagt gar nicht lange nachgedacht, denn es war für uns undenkbar, dass ein Commissario Vossi bei seinen Ermittlungen etwas übersehen könnte." Und es ging noch weiter in diesem Ton: „Kommen Sie, Commissario, Sie haben doch sicher etwas für uns, sonst hätten Sie doch nicht selbst bei mir angerufen. Wollen Sie mir nichts sagen? Es könnte ja bis auf Weiteres unter uns bleiben."

Vossi überlegte. Seine Leute würden jetzt alles nochmals durchsuchen. Vielleicht würden sie etwas finden. Danach wären sie die Blamierten. Warum also nicht flunkern? Eine Pressekonferenz war ohnedies fällig. Hatte der Artikel des Udineser Boulevards erst einmal die Runde gemacht, würden alle Journalisten der Region sein Telefonino zum Glühen bringen.

Also bluffte er: „Wir haben da schon etwas, aber nicht für Sie exklusiv, sondern für die Presse insgesamt. Dabei wird es fair zugehen, wie immer. Deshalb wird es morgen um elf Uhr eine Pressekonferenz bei uns im Hause geben. Aber da Sie eine so gute Meinung von meiner Arbeit haben: Rufen Sie mich am frühen Nachmittag an, vielleicht lasse ich mich zu ein paar Andeutungen für Ihre morgige Ausgabe hinreißen. Sie würden mich aber keinesfalls zitieren dürfen, ist das klar?"

„Echt? Ist ja toll", freute sich der Lokalchef wie ein dummer Junge, dem man als zehntausendstem Besucher bei McDonalds zum Big Mac ein Cola schenkte.

Rita und Roberto kamen aus der Asservatenkammer, einer riesigen Halle, die diesen Namen wirklich nicht verdiente. Sie hatten nicht schwer zu tragen: Vom Bereich Mariensäule ein paar weitere Zigarettenstummel, eine Zwei-Euro-Münze, einen flach getretenen Kaugummi, aus der Kabine des Lkws einen Putzlappen und Teile der Webcam, mit der der Mörder die Funktion seines Tatwerkzeugs überwacht hatte. Den Verstärker und das US-Hightech-Remote-Control mit dem Joystick hatten sie, weil zum Tragen zu schwer, zurückgelassen.

Der Commissario breitete alles auf dem Tisch aus und ging mit den Teilen so vorsichtig um wie ein Priester mit Reliquien vom Heiligen Kreuz. Aber schon bald war klar, dass sie dies nicht weiterbringen würde. Doch Vossi hegte einen Verdacht. Irgendetwas musste zwischen den Steinen übersehen worden sein. Vielleicht war einer davon beschriftet.

„Wir müssen jeden der Steine nochmals umdrehen. Vielleicht ist einer davon das Scripsi, das wir suchen."

Die Steine waren zusammen mit dem Lkw in einer Garage der Feuerwehr zwischengelagert. Nach einem Mittagshappen in der Kantine machten sich die drei an die Arbeit. Trotz Ritas Einwänden wollte der Commissario unbedingt dabei sein. Niemand sollte ihm vorwerfen können, er wäre bei einem unangenehmen, aber wichtigen Schritt der Ermittlungen an seinem Schreibtisch geblieben. Um sich aber die Arbeit etwas zu erleichtern, ließ er Roberto bei der OMV-Tankstelle halten und kaufte drei Paar Arbeitshandschuhe zur Schonung der Finger.

Diese Vorsichtsmaßnahme wäre nicht nötig gewesen. Es waren nur die Steine mit Blutflecken darauf gelagert worden, also etwa fünf Prozent der tödlichen Fuhre. Die anderen fünfundneunzig Prozent waren zur weiteren Verwendung in den Steinbruch von Aurisina gekarrt worden.

„Die guten ins Töpfchen, die schlechten ins Kröpfchen, hieß es nicht so in dem Märchen?", wollte Rita wissen, erhielt aber keine Antwort.

Konzentriert begannen alle drei, jeden Stein mehrmals umzudrehen, an verdächtigen Stellen zu schaben und zu kratzen – nichts.

Roberto kletterte in die Fahrerkabine des Lkws, um sich dort noch einmal umzusehen. Er klappte die Sonnenschutzblende oberhalb der Windschutzscheibe herunter, so als ob er von tief stehender Sonne geblendet würde und rief: „Chef, da steht etwas."

Der Commissario sah sich die Schriftzeichen lange an. Es war eine Zahlenkombination. Die letzte Ziffer war etwas verwischt. Das Zeichen konnte ein Rufzeichen sein oder eine Eins, eventuell auch eine Vier.

„Neun Komma neunundzwanzig", las er laut. „Das könnte es sein. Es könnte sich aber auch um irgendeinen Preis handeln, den er – oder vielleicht auch sie – sich aufgeschrieben hat."

„Vielleicht ist es ein Code für die Fernbedienung, mit der der Täter die verhängnisvolle Ladung aus sicherem Versteck gegen sein Opfer ins Rollen brachte", meinte Roberto.

„In welcher Lage würdet ihr je etwas ausgerechnet auf eure Sonnenblende hier schreiben? Ich muss mir ständig etwas im Auto notieren. Aber auf die Idee, etwas auf die Sonnenblende zu schreiben, bin ich noch nie gekommen", wunderte sich Vossi.

„Das wär auch Sachbeschädigung unseres Dienst-Lancias."

„Ich meinte eigentlich meinen alten Mazda. Der unterscheidet sich von diesem Laster gar nicht so sehr. Nein, niemand würde jemals in irgendeiner Situation etwas auf die Sonnenblende seines Autos schreiben, es sei denn in einer ganz bestimmten Absicht."

„Wenn uns der Täter wirklich etwas sagen wollte – und ich betone ‚wenn' –, dann hätte er es doch deutlich wo hinterlegt", gab Rita zu bedenken.

„Überleg mal, Rita. Er ruft bei einer Zeitung an, nicht bei uns, um darauf hinzuweisen. Er bekommt damit automatisch Publicity. Um die geht es. Einer der in unserem Jahrhundert steinigt, möchte doch Circus Maximus, oder? Und jetzt inszeniert er mit uns in aller Öffentlichkeit ein Versteckspiel. Publicity Nummer zwei. Wir nehmen dies jedenfalls mal ernst und handeln danach."

„Publicity Nummer drei", erlaubte sich Roberto zu bemerken.

Zurück in der Questura ließ der Commissario zu einer Teamkonferenz zusammentrommeln und präsentierte die Zahlenkombination als Rätselaufgabe. Roberto bemühte derweil flüchtig in seinem Büro das Internet und war sich sicher, dass er mehr eingeben müsse als bloß die Ziffernkombination 9,29, um eine vernünftige Antwort zu bekommen. Als jedoch seitenweise Möglichkeiten mit dem Vermerk „Ungefähr 60,800.000 Eintragungen" einprasselten, setzte er sich erst einmal hin.

Es fanden sich Links zur Bibel der Juden, zum Neuen Testament der Christen, zum Koran, zum Gesetzbuch der Region, der Republik, zu den Bedienungsanleitungen von Automarken genauso wie von Staubsaugern und Bohrmaschinen. Er überflog die ersten achtzehn Seiten auf der Suche nach einem ersten konkreten Hinweis. Negativ.

Roberto ging in die Teamkonferenz hinüber und forderte die Kollegen auf, ebenfalls die Suchmaschine mit 9,29 anzufüttern. Jagdfieber machte sich bemerkbar.

„He, hier habe ich etwas: 929 Restposten bei Amazon. Und wenn ich 3.929 eingebe, bekomme ich 3.929 Restposten bei Amazon. Wahnsinn, oder?"

Ein anderer zitierte: „Berichtigung Verwaltungskommission für die soziale Sicherheit der Wanderarbeiter, Amtsblatt der Europäischen Union vom 29. September 2009."

Und alsbald kam es zu einem pfingstlichen Sprachgewirr in der Questura, wie es in der Bibel beschrieben wird: „Hier, erstes Buch Moses: Noah wurde neunhundertundfünfzig Jahre alt."

„Die Bibel – das könnte hilfreich sein", überlegte Vossi.

Ein anderer war im zweiten Buch Moses gelandet: „9,29: ,Und Mose sprach: Wenn ich zur Stadt hinauskomme, so will ich meine Hände ausbreiten gegen den HERRN; so wird der Donner aufhören und kein Hagel mehr sein, dass du innewerdest, dass die Erde des HERRN sei.'"

Und so ging es quer durch das Alte und Neue Testament. Roberto zitierte die betreffende Stelle aus der Apostelgeschichte: „,Er redete auch und befragte sich mit den Griechen; aber sie stellten ihm nach, damit sie ihn töteten.' Ob es das sein könnte?"

Der Commissario wurde ungehalten: „Schluss damit, das bringt uns so nicht weiter. Alles aufschreiben. Konzentrieren wir uns also zunächst mal auf die Heilige Schrift. Aber nicht via Bildschirm. Ich muss das Buch in der Hand haben, um damit etwas anfangen zu können. Also bringt es mir."

Es stellte sich heraus, dass dieses Werk nicht zur Standardausstattung der Dienststelle gehörte. Doch der Commissario blieb unnachgiebig. Er wollte sich nicht mit Auszügen aus dem Internet begnügen, er wollte das „Buch live", wie er sagte. Dabei sah er auf die Uhr, dachte an den Anruf des Journalisten aus Udine und griff in seine Brieftasche.

„Roberto, hier sind fünfzig Euro. Schick jemanden runter in die Buchhandlung."

Eine halbe Stunde später war der betreffende Kollege mit dem gewünschten Buch und der Banknote zurück. Der Commissario sah ihn fragend an.

„Gab es das Buch gratis?"

„Nein, es ist aus der Sakristei der Kirche. Ein Kaplan hat es mir geborgt. In der Buchhandlung gab es nur einen Koran, aber keine Heilige Schrift der Christen."

„Ist das zu fassen?", fragte Rita in die Runde, erhielt aber keine Antwort.

„Hast du den Koran gekauft?"

Der junge Polizist sah den Commissario bloß verständnislos an.

„Den Koran. Es kann sich um den Koran handeln, die neunte Auflage vielleicht oder das neunte Kapitel, Absatz neunundzwanzig, was weiß ich! Nur das Buch kann uns da helfen." Der Commissario wandte sich an alle: „Herhören, Kollegen: Ab sofort gehören Koran und Bibel zu unserer Ausrüstung."

„Ich bin sicher, bei Gericht haben sie einen Koran", sagte Rita.

„Wenn nicht, dann kaufen, aber unbedingt her damit, und zwar noch heute, wenn ich bitten darf!"

Damit griff er nach der Bibel und überlegte auf dem Weg zurück in sein Büro: Die einzige Stelle in der Heiligen Schrift, die von einer Steinigung handelte und ihm geläufig war, erzählte von der Sünderin. Jesus wurde Augenzeuge der Hinrichtungsvorbereitungen und sagte zu den Vollstreckern des Urteils, dass jener, der frei von

Schuld sei, den ersten Stein werfen solle. Da der Commissario im Gebrauch des heiligen Buches nicht gerade versiert war, suchte er im Vorwort nach einer Art Bedienungsanleitung, fand aber nichts allzu Hilfreiches. Also ging er zurück zur Teamkonferenz und fragte in die Runde: „Wer von euch weiß, wie man hier etwas findet?"

Rita wusste Bescheid. Natürlich. Mit den Worten „Darf ich?" nahm sie ihm das Buch der Christen aus der Hand und frischte Vergessenes aus dem Religionsunterricht auf: „Es gibt vier sogenannte Evangelisten. Wir kennen sie als Matthäus, Markus, Lukas und Johannes. Sie schrieben in Kapiteln und Versen, die nummeriert sind. Soviel ich weiß, ist die Nummerierung in allen Übersetzungen gleich. Ich nenne euch ein Beispiel, das ihr wahrscheinlich kennt: Johannes beginnt mit ‚Am Anfang war das Wort und das Wort war bei Gott und Gott war das Wort.' Das ist Absatz 1, Vers 1. Als Vers 2 heißt es weiter: ‚Dieses war im Anfang bei Gott.'"

Der Commissario dachte an seinen Anruf und wurde ungeduldig: „Zur Sache, Rita. Wir brauchen etwas mit 9,29."

Sie blätterte sich durch die Seiten und sagte: „Hier, Johannes 9,29: ‚Wir wissen, dass Gott mit Mose geredet hat; woher aber dieser ist, wissen wir nicht.'"

Es entstand eine Pause, weil alle mitschrieben, während Rita weiterblätterte.

„Und Markus 9,29: ‚Er sprach: Dieser Geist kann mit nichts ausfahren denn durch Beten und Fasten.'"

Ad hoc war der Commissario überfordert: „Kann jemand etwas damit anfangen?"

In welche Richtung er auch schaute, er sah nur ratlose Gesichter.

„Kollegen, der Anrufer bei La Gazzetta in Udine ist der Täter. Ihn suchen wir. Ich nehme die Sache ernst, ihr bitte auch. Teilt die Seiten des Internets unter euch auf und bringt mir morgen früh erste Erkenntnisse."

„Wenn ich alle Abteilungen hernehme, sind wir zwölf Männer und vier Frauen. Wie sollen wir mit so vielen Eintragungen fertig werden?", fragte einer aus der Runde hoffnungslos ratlos.

Bevor sich der Commissario dazu äußern konnte, platzte der junge Kollege wieder herein. Er kam von der Gerichtsbibliothek, kein Koran. Aber der Hausmeister, ein Moslem, habe ihm nach einem ehrfürchtigen „Allahu akhbar" die Sure 9,29 aus dem Koran auswendig hergesagt. Und er las von einem Zettel ab: „Kämpft gegen diejenigen, die nicht an Gott und den jüngsten Tag glauben und nicht verbieten, was Gott und sein Gesandter verboten haben, und nicht der wahren Religion angehören. Kämpft gegen sie, bis sie kleinlaut Tribut entrichten!"

„Das ist es! Die Steinigung eines Christen oder Juden." Roberto war sich schon wieder ganz sicher.

Und die meisten pflichteten ihm bei: Ein Islamist, der wahrscheinlich aus nichtigem Anlass einen Christen steinigte. Zogen nicht gerade Gotteskrieger durch den Irak und Syrien, um den Islamischen Staat zu errichten, von der türkischen Grenze bis zum Atlantischen Ozean? Vielleicht war Schnabel auch Jude?

Ein Kollege strich ein paar Mal über sein iPad und sagte: „Hier hab ich was, wenn es erlaubt ist." Er räusperte sich laut und las im Ton eines Schulmeisters: „Koran, 2,191: ,Und erschlagt die Ungläubigen, wo immer ihr auf sie stoßt, und vertreibt sie, von wannen sie euch vertrieben; denn Verführung zum Unglauben ist schlimmer als Totschlag.'"

Rita war damit nicht einverstanden: „Erschlagen, aber nicht steinigen."

Roberto wurde ungeduldig: „Steinigen ist erschlagen, wo ist da der Unterschied?"

Seit der ersten Tatortbesichtigung klammerte sich Roberto an seine Theorie, ein islamisches Komplott stecke hinter der Tat. Der Commissario wehrte jedes Mal, auch diesmal, ab: „Und das Theater mit dem Glockengeläut und der Webcam? Wozu tut sich der Täter das

an, den Verstärker auf den Turm zu schleppen, die Lichtleitung an-
zuzapfen? Und das Läuten der Glocken, alles per Funk ferngesteuert in Szene gesetzt mit einem Hightech-Ding von der US-Army in
Vicenza?"

„Weil er ein Spinner ist?"

„Vielleicht ein Ami?", rätselte ein anderer.

„Jedenfalls ein Spinner. Doch jeder Spinner hat seine eigene verrückte Logik. Also müssen wir uns auch verrücken, damit wir ihn
verstehen. Ich glaube aber nicht, dass wir es mit einem Spinner
im herkömmlichen Sinn zu tun haben. Ich glaube eher an einen
Religionsfanatiker. Ein Moslem? Vielleicht. Es könnte aber auch
ein einsames Schaf sein, das plötzlich Wolf spielt. Was hat der Täter, den wir nicht kennen, mit dem Opfer gemein? Vom Opfer zum
Täter, das ist der Weg, den wir gehen müssen. Deshalb müssen wir
noch mehr über Schnabel erfahren. Bis dahin: Nichts ausschließen!
Denn was haben wir schon: Ein paar Ziffern, eine Million Möglichkeiten aus dem Internet, in Summe ergibt das Null. Wir werden
jedenfalls dem Täter über die Medien zu verstehen geben, dass wir
sein Scripsi gefunden haben, auch wenn wir nicht sicher sein können, ob es nicht irgendwo mit den Felsbrocken im Steinbruch von
Aurisina entsorgt wurde. Wir reden hier über Markus, Matthäus,
Lukas, Johannes und den ganzen Koran – und unter Umständen
hat der Code Bezug zur Hausordnung eines Kleingartenvereins.
Bedenken Sie, wie viele Prozesse mit ultimativer Gehässigkeit geführt werden, nur weil einer seine Hecke zu hoch hat oder seine
Katze in das Stiegenhaus scheißt. Ach ja, wichtig, und nochmals
herhören: Dem erfolgreichen Pfadfinder spendiere ich aus meinem
ganz privaten Sparstrumpf ein Abendessen für zwei im Subita."

Lachen mischte sich mit gedämpftem Klopfen der Fingerknöchel
wie im Hörsaal einer Universität. Denn das Subita war eine Gostilna in den Hügeln zur slowenischen Grenze, die berühmt war für
ihre Köstlichkeiten, vor allem für Wild, und geradezu belagert we-

gen der hausgemachten Strudel und Kekse. Und außerdem war sie für junge Polizisten unerschwinglich.

Vossi dankte leicht verlegen für den akademischen Applaus und erinnerte Roberto daran, alles für die Pressekonferenz vorzubereiten.

Ein kurzer Anruf bei Dottore Lamberti ergab, dass Schnabel nicht beschnitten war. Also kaum Jude und sicherlich kein Moslem. Diese Erkenntnis besagte momentan noch wenig, schloss aber einige Spekulationen aus. Danach telefonierte Vossi mit Udine. Der Lokalchef der Zeitung meldete sich sofort. Vossi ging es darum, den Täter zu einem neuerlichen Anruf zu provozieren, den man zurückverfolgen könnte, also musste er bluffen. Zunächst stellte er klar: „Wir waren sicher, dass sich der Täter auf die eine oder andere Art melden wird. Und wir wissen schon einiges über ihn. Erstens: Der Anrufer in ihrer Redaktion ist zweifelsfrei der Täter. Nur er kann wissen, dass am Tatort etwas für uns hinterlassen wurde. Zweitens: Er ist publicitygeil, er will Presserummel. Damit hat er uns seine Schwäche gezeigt. Er soll seinen Rummel bekommen. Warum er sich dafür gerade Ihre Zeitung auswählt, wirft einige Fragen nach seiner Intelligenz auf, aber bitte. Soll er diese Wahl haben."

Vossi überlegte kurz. Er musste ein paar Nüsse aus dem Hut zaubern, damit die Journalisten in Udine etwas zu knacken hatten. Er erzählte von der Botschaft 9,29. Dafür gäbe es über Millionen Erklärungen im Internet.

„Das Suchen und Spekulieren überlasse ich Ihnen gerne. Nützen Sie das weite Feld des Angebots, lassen Sie Ihre Leser teilhaben. Von mir aus, machen Sie ein Kriminalrätsel daraus, setzen Sie einen Preis aus, machen Sie richtig Tamtam. Der Täter wird das zu schätzen wissen. Wie gesagt: Der Hinweis am Tatort besagt 9,29. Hinter dieser Zahlenkombination versteckt sich sehr wahrscheinlich das Tatmotiv. Haben Sie das?"

Der Lokalchef bejahte und ergoss sich in einem geradezu peinlichen Mischmasch aus Komplimenten und Entschuldigungen.

„Sparen Sie sich das, dafür haben wir beide nicht die Zeit", fuhr der Commissario dazwischen. „Wichtiger ist unser Erfolg."

Der Lokalchef registrierte mit Genugtuung, dass sich der Commissario zu „unser Erfolg" hinreißen ließ.

Vossi fuhr fort: „Sie, wohlgemerkt Sie, die Redaktion und Ihr Blatt, veranstalten die Jagd. Die Questura oder ich, wir haben damit nichts zu tun. Es ist allein Ihre Idee, Ihre Initiative und, wenn wir Glück dabei haben, Ihr Verdienst. Haben Sie das?"

„Habe ich. Wir werden ein richtiges Halali zur Online-Jagd blasen, jawohl. Ich habe alles, Commissario."

„Unser Vorhaben braucht bestimmte technische Einrichtungen. Also wird sich morgen ein Nachrichtentechniker unserer Dienststelle mit Ihnen in Verbindung setzen. Wir werden bei uns eine eigene Leitung für Ihr Callcenter einrichten und diese mit einem Mitarbeiter unserer Presseabteilung besetzen. Und das Folgende ist jetzt besonders wichtig und muss pannenfrei klappen: Ihr Callcenter wird den Täter bei Anruf direkt an die von uns freigeschaltete Nummer weiterverbinden. Daraufhin wird sich ein Kollege unserer Pressestelle so melden, als ob er ein Redakteur Ihres Ressorts wäre. Damit haben wir den Mann bei uns im Haus, können seine Nummer zurückverfolgen, das Gespräch aufzeichnen und die aus polizeilicher Sicht richtigen Fragen stellen. Und sagen Sie Ihren Leuten, wenn sich alle strikt daran halten, kann das eine Ergreiferprämie bringen. Wir sind nahe dran. Bitte dieses ‚nahe dran' aber nicht zitieren. Es könnte den Täter einschüchtern – und alles war umsonst."

Den Abend wollte Vossi mit Bibellektüre und Koranstudien verbringen – und nickte dabei ein. Von den Zügeln des Wachzustands befreit, gaukelte ihm sein Gehirn allerlei Traum- und Trugbilder vor. Unter dem Dröhnen der Glocken starrten ihn die toten Augen des Mordopfers von der Piazza an, das Geläut wurde abgelöst vom Klingeln der Pausenglocke aus der Schulzeit. Professore Stallo, sein Gymnasiallehrer für Altphilologie, stand vor der Tafel und referierte wie vor gut fünfundzwanzig Jahren eindringlich über das Orakel von Delphi. Dazu fuhr er die schwersten Geschütze der griechischen Syntax und Grammatik auf und verlangte von Vossi, alles zu wiederholen. Doch so sehr sich dieser bemühte, mehr als ein gelalltes „Neun und neunundzwanzig" brachte er nicht über die Lippen.

„Bruno, komm endlich, das Essen wird kalt."

Vielleicht hätte Professore Stallo etwas zu 9,29 sagen können, doch Jelenas Ruf hatte ihn aufgeschreckt und so war er mit weit geöffnetem Mund in der Endlosigkeit gespeicherter Erinnerungen entschwunden.

Einen Augenblick lang trauerte der Commissario dem Trugbild nach, doch plötzlich roch es sehr konkret nach gegrilltem Branzino, erklang das verheißungsvolle Glucksen des Friulano auf dem Weg von der Flasche in das Glas, saß Jelena ihm gegenüber und die Welt gab sich wieder warm und freundlich.

Doch der Triumph von Branzino, Friulano und Co über die Trugbilder seines Traumes entpuppte sich als Pyrrhussieg. Die schwarz glänzenden Oliven in der Insalata Mista riefen die Erinnerung an die Augen des Toten an der Mariensäule wach und Vossi fröstelte. Lustlos schob er den halb vollen Teller beiseite und Jelena verwickelte sich, wie bei solcher Gelegenheit üblich, in Widersprüche.

Sie, die ihn meist wegen seines Übergewichts zur Mäßigung mahnte, bettelte jetzt geradezu: „So iss doch, Bruno, es wird dir guttun."

Sie taxierte ihn. „Ist dir nicht gut oder ist es wegen des Falls?"

Aus irgendeinem Grund hatte er mit Jelena über den jüngsten Mord, der ihn so beanspruchte, bisher kaum gesprochen. Also beschränkte sich ihr Wissen im Wesentlichen auf das, was sie den Zeitungen entnehmen konnte.

„Ich glaube, es sind die Oliven", sagte schließlich der Commissario, um nicht unhöflich zu erscheinen.

„Es sind die von Nachbar Fabio, genau die, die du immer so magst", sagte Jelena, räumte den Tisch ab und zog sich leicht verstimmt in der Küche zurück.

Später am Abend hatte er, um ihre Laune wieder zu verbessern, gefragt: „Wir haben eine Botschaft gefunden. 9,29, geschrieben auf die Rückseite der Sonnenblende des Lasters. Was könnte es deiner Meinung nach bedeuten?"

„Bist du sicher, dass es eine Botschaft sein soll? Vielleicht ist es nur eine Notiz zu einem Gebrechen am Auto. Man müsste die Bedienungsanleitung des Fahrzeugs hernehmen und nachschauen."

Schon wieder eine Möglichkeit mehr! Hätte er nur gar nicht erst gefragt. Doch immerhin, seine Betroffenheit erheiterte und versöhnte Jelena. Zumal ihr nicht verborgen blieb, dass ihr geliebter Mann, nun doch hungrig geworden, den kalten Fisch in der Küche verschlang wie eine Katze.

III. Meet the press

Die Questura war zum Tollhaus geworden. Vossi dachte zuerst, es sei die Pressekonferenz vorverlegt worden und er hätte die diesbezügliche Benachrichtigung übersehen oder nicht erhalten. Doch als er an sein Bürofenster trat, erblickte er Schreibtische, Schreibtischlampen, Kartons mit der Aufschrift „Geheim" auf einem Tapeziertisch aufgereiht und mobile Klimageräte. Die erhielten hochgestellte Beamte des inneren Dienstes zugeteilt. Allerdings wurden sie nie angestellt, weil kein Mensch die Zugluft und das Pfeifen des Rotors aushalten konnte und weil sie die Raumfeuchtigkeit bis ins Unerträgliche erhöhten. Verzichten wollte dennoch keiner der Privilegierten, waren die Kisten doch so etwas wie ein Rangabzeichen.

Rita steckte den Kopf durch die halb offene Tür in Vossis Büro: „Commissario, Pressekonferenz in einer Stunde, gelt?"

„Was geht das draußen vor? Ist der Staat so pleite, dass er Teile der Questura untervermieten muss? Vielleicht gar an Journalisten?"

Rita lachte und beruhigte: „Nein, das sind die Römer von der Sonderkommission ‚Papstbesuch'."

„Wann kommt der Papst jetzt genau?"

„Am 1. September."

„Wir haben doch erst den 22. Juni. Was machen die bis dahin?"

„Da musst du sie selbst fragen."

Vossi wusste nur, dass sich der Papst zum Hundertjahrgedenken des Ersten Weltkrieges angekündigt hatte. Er wollte am Sacrario Militare im benachbarten Redipuglia den Weltfrieden predigen und für ihn beten. Vossi fand Anlass und Ort des Auftrittes gut gewählt. Das Mahnmal hatte zwar unter den Faschisten einen ursprünglich nicht geplanten Anstrich der Heldenverehrung bekommen, nirgendwo sonst aber hatte der Krieg solche Seiten des

Wahnwitzes geschrieben. Hunderttausend Italiener, Österreicher, Ungarn, Tschechen, Slowaken, Slowenen, Kroaten, Bosnier, Rumänen lagen hier, zu einem Berg aufgeschüttet, unter Steinplatten begraben. Dazu machten noch immer die haarsträubendsten Geschichten unter den Einheimischen die Runde. Etwa darüber, dass die Kriegshandlungen der elften von insgesamt zwölf Isonzoschlachten eingestellt werden mussten, weil angesichts der Leichenberge mitten im August des Jahres 1917 Seuchen zu befürchten waren. Und so schaufelten Italiener und Österreicher Schulter an Schulter die Gräber. Ob für Freund oder Feind tat nichts zur Sache. Und als alle Leichen unter der Erde waren, sammelten sich die Soldaten, jeder auf seiner Seite der Front, und auf den Befehl „Feuer frei" wurde weitergeschossen. Ein gut gewählter Ort, um den Frieden zu predigen, fand Vossi. Aber dass Staatspolizei, Carabinieri und die Polizia aus Udine und Rom schon Wochen vorher hier einzogen, hielt er für reichlich übertrieben. Vor allem weil er wusste, sie würden ihn bei seiner Arbeit behindern.

Für die Pressekonferenz musste die Kantine herhalten, weil der große Konferenzsaal für die römische Truppe hatte geräumt werden müssen. Während der Leiter der Presseabteilung die polizeilichen Erkenntnisse lückenlos für die Journalisten aufzählte, saß der Commissario an seiner Seite und musterte die Meute derer, die die Medien entsandt hatten. Das also war die freie Presse Italiens. Diese im Halbrund kauernden, teils unfrisierten, zum Teil pickelbespickten, ungepflegten Mittzwanziger, bei deren präabituriellem Abgang vom Gymnasium vermutlich der Lehrkörper einen Dankgottesdienst hatte buchen lassen, repräsentierten die Medien des Landes. Ein langhaariger Typ gähnte unausgeschlafen, ohne sich die Hand vor den Mund zu halten, ein anderer mit Tätowierung auf beiden Handrücken hatte die Beine in voller Länge vor sich ausgestreckt und signalisierte durch Lümmeln Desinteresse. Der Commissario erschauerte bei dem Gedanken, dass diese Runde eine Stütze der Demokratie sein sollte, zu deren Schutz es eigene Gesetze gab.

Waren das die Chefredakteurinnen und Chefredakteure von Morgen? Würde eine oder einer dieser Typen beim nächsten Generationenwechsel für den Inhalt seiner geliebten *La Repubblica* verantwortlich sein? Vossi blieb sich die Antwort schuldig, resümierte aber später einigermaßen versöhnt, dass immerhin kluge Fragen gestellt worden waren. Vielleicht sollte diese Art aufzutreten ein stummer Protest der jungen Journalisten sein, weil sie eben begriffen hatten, dass es im Kapitalismus pure Pressefreiheit nicht gab, vielleicht gar nicht geben konnte?

Dabei dachte Vossi an den schwer illuminierten Reporter alter Schule, der ihm nach einer Lobeshymne auf irgendeinen Gewinner des regionalen Journalistenpreises in den Ohren gelegen war: „Trinken Sie nicht auf die Pressefreiheit, Commissario. Es gibt sie nicht. Ein Skandal darf nicht veröffentlicht werden, wenn der Bericht einen möglichen Inserenten kränken könnte. Damit sind Wirtschafts- und Finanzgrößen schon einmal sakrosankt. Spielt uns die Staatsanwaltschaft Informationen zu, damit sie dank unseres Berichts aktiv werden kann, verhindert der Verleger, dass sie veröffentlicht werden, weil mit Sicherheit einer seiner Freunde mit hineingezogen werden könnte, vielleicht sogar er selbst. Und mit einer Story einmal zu früh aus dem Fenster gebeugt, kann mehrere Hunderttausend Euro Inseratenstorno bedeuten." Die Höflichkeit Vossis schien den Erzähler zu ermuntern. Also wurde er „vertraulich": „Hören Sie, ich habe mir von Schwarzarbeitern einen Kamin setzen lassen. Ehrlich, ich hatte ein schlechtes Gewissen. Da erzählen mir diese Pfuscher, sie hätten dem Finanzreferenten der Region zweihundert Quadratmeter Terrasse verfliest. Einfach so, ohne Rechnung. Sie überließen mir sogar Fotos vom Corpus Delicti. Doch was soll ich Ihnen sagen, die Story konnte wegen eines Vetos des Herausgebers nicht erscheinen. Im Falle einer Veröffentlichung hätte der Verlag die staatliche Presseförderung von mehreren Millionen wahrscheinlich in den Wind schreiben müssen. Der Verleger meinte, ich solle mir die Story sonst wo hinstecken, sie würde Redakteursposten kosten, wenn nicht gar die Existenz unseres Blattes gefährden. Unter diesen Umständen war sogar ich dagegen, die Enthüllungsgeschichte erscheinen zu lassen."

Der Commissario war in sein Büro zurückgekehrt und sah das Blatt Papier mit der Sachverhaltsdarstellung auf seinem Schreibtisch. Ein solches Schriftstück wurde prinzipiell für jede Pressekonferenz von der Presseabteilung mit den Ermittlern erarbeitet und danach an die Journalisten verteilt. Eigentlich hätte er die Endfassung des Textes schon vor der Pressekonferenz erhalten sollen, um noch letzte Korrekturen vornehmen zu können. Das war aber nicht passiert. Das Elaborat hätte jedoch kaum besser und vollständiger ausfallen können. Es wich im Detail nur insofern von den Akten ab, als der Pressereferent statt „9,29" als korrekte Wiedergabe des Hinweises auf der Sonnenblende im Lkw „9:29" getippt hatte. Mit diesem Schönheitsfehler konnte der Commissario aber leben. Zufrieden zeichnete er das Schriftstück ab. Zwar im Nachhinein, aber was wurde in diesem Haus nicht alles im Nachhinein sanktioniert, damit die Dinge so liefen, wie sie laufen sollten.

Inzwischen war es Mittag geworden und höchste Zeit, sich um die Sicherheit von Signora Tolli, der Gesponsin des unglücklichen Rudolfo Schnabel, zu kümmern, der die Kollegen aus Triest durch amtliche Rüpelhaftigkeit offensichtlich übel mitgespielt hatten. Er musste Rita ersuchen, die nach sonst wohin Übersiedelte ausfindig zu machen und aufzusuchen. Die Tolli musste unbedingt erfahren, dass als Mörder Rudolfo Schnabels ein religiöser Fanatiker infrage käme. Er könnte sie als Ehebrecherin auf seiner Opferliste haben. Vossi hatte nämlich dem Alten Testament wie dem Koran bei seiner nächtlichen Lektüre entnommen, dass bei Ehebruch beide Beteiligten zu töten wären. Damit war Signora Tolli ein potenzielles Opfer und das musste sie erfahren. Rita hätte das richtige Gespür für so ein Gespräch und würde auch jedes Wort richtig bewerten. Dann könnte er entscheiden, ob und welches Schutzprogramm für die Frau zu organisieren wäre.

„Warst du schon essen?", fragte er Roberto, nachdem er Rita informiert hatte.

Da der verneinte, schlug der Commissario vor, nach Slowenien rüberzufahren. „Am Freitag gibt es bei Liz in Dobrovo immer ihre berühmte Fischsuppe und hausgebackenes Weißbrot. Komm, ich lade dich ein."

Sie fuhren über die Via Roma an der Piazza Transalpin vorbei nach Nova Gorizia und auf der slowenischen Seite den Berg hinauf. Roberto glaubte zu wissen, was kommen würde. Und richtig, wieder gab es zehn Minuten Heimatkunde für den Sizilianer.

„Halt an", sagte der Commissario nach einer der Serpentinen. Sie stiegen aus und versorgten die Tiefen ihrer Lungen mit einem Geruchscocktail aus allerlei süßen und herben Kräutern bei einer leichten Dominanz von Lavendel.

„Ich bin hier noch nie, ohne anzuhalten, hochgefahren", sagte Vossi und zeigte in das Tal der Soča tief unter ihnen. Oder war die Soča hier schon der Isonzo?

„Sieh mal, ein Konstruktionswunder. Die größte Steinbogenbrücke der Welt. Beachte den Schwung und wie sie ihre Aufgabe erfüllt, ohne die Landschaft zu belasten. Im Gegenteil, gereicht sie ihr nicht vielmehr zur Zierde? Im Zweiten Weltkrieg hatte sie eine amerikanische Fliegerbombe voll getroffen. Aber wie durch ein Wunder explodierte diese nicht."

Die beiden waren schon zweimal hier gewesen und an derselben Stelle stehen geblieben. Und jedes Mal hatte Vossi das Gleiche gesagt. Ob er langsam in das Alter kam, in dem sich Wiederholungen dieser Art häuften? Roberto wollte nicht unhöflich sein und ließ sich seinen Verdacht nicht anmerken. Vossi wiederum hielt die Wiederholungen für angebracht. Schließlich konnte er nicht sicher sein, ob Roberto ihm davor je zugehört hatte. Denn dieser hatte jeweils bloß teilnahmslos in die Landschaft geguckt.

Bei der Fischsuppe von Liz ging es dem Commissario wie so oft, wenn Köstliches aufgekocht wurde. Er wusste nicht, was er mehr genoss, den Duft oder die Substanz. Wer ihn jetzt zugreifen sah, hätte allerdings keine Schwierigkeit gehabt, die Frage mit „Substanz" zu beantworten. Und Roberto erwies sich diesmal uneingeschränkt als Schüler seines Herrn.

Als die meisten Gäste gezahlt hatten und gegangen waren, brachte Liz zwei Palatschinken, die von Großmutters Rezept nur insofern abwichen, als um die austretende hausgemachte Marillenmarmelade hausgemachter Honigschnaps flackerte. Ob schwarz gebrannt, konnte Vossi egal sein. Schließlich war er ja in Slowenien, amtliches Ausland.

Liz hatte sich zu ihnen gesetzt. Von der Gaststube sahen sie hinunter in das schattige Tal und hinüber in den lichtdurchfluteten Westen, den Bereich der sinkenden Sonne, die allerdings jetzt noch ziemlich hoch über den Rebstöcken und der Ebene von Palmanova stand.

„Ich höre, du bist sehr beschäftigt", sagte Liz in die Kaffeeschale, die sie zum Mund führte.

„Was fällt dir zu 9,29 ein?" Der Commissario schrieb die Zahlengruppe auf eine Serviette und reichte sie Liz.

„Als brave Klosterschülerin würde ich sagen: Matthäus, Markus, Lukas oder Johannes oder eines der Bücher des Alten Testaments."

„Daran haben wir auch gedacht und das Internet bemüht. Wir können aber mit den Textstellen nichts anfangen. Also bräuchten wir jemanden, der uns hilft, Zusammenhänge herzustellen, die uns zum Täter führen."

„Unsere Mutter, das heißt die alte Schwester Oberin, die könnte da am ehesten helfen. Vorausgesetzt sie lebt noch."

Vossi war enttäuscht und versuchte, es so gut wie möglich zu verbergen.

„Vielen Dank, Liz, aber ich glaube, das hilft mir auch nicht weiter." Der Commissario sah auf die Uhr, bat um die Rechnung und mahnte zum Aufbruch. Der Abschied von Liz war herzlich. Auch Roberto bekam einen Abschiedskuss. Danach wischte sie ihm mit dem Handrücken den Lippenstift von der Wange. Roberto verzog sein Gesicht, hielt aber still wie ein braver Junge. Diese Sizilianer! Eine Frau braucht nur fünf Tage älter zu sein und schon machten sie nicht mehr auf Romeo, sondern auf Mama und Bubi. Dabei war Liz vielleicht fünfunddreißig und eine ausgemachte Schönheit.

„Glauben Sie, der Täter wird sich noch einmal melden?", fragte Roberto im Auto unvermittelt.

„Ich glaube es nicht nur, ich weiß es. Unser Mann will Aufsehen, sucht die Öffentlichkeit. Dafür spricht erstens die ganze Inszenierung und zweitens sein Anruf."

„Wenn Sie so sicher sind, warum schauen Sie dann so unglücklich?"

Der Commissario machte tatsächlich ein Gesicht, als ob er Zahnweh hätte.

„Er inszeniert seine Taten wie ein bühnenreifes Drama, er ruft bei einer Zeitung an. Das heißt, er sitzt zu Hause und wartet auf unsere Reaktion. Auf unseren Applaus oder Appell oder Wutausbruch. Noch wissen wir über ihn selbst wenig. Doch das, was wir wissen, genügt, um davon ausgehen zu müssen, dass wir es mit einem potenziellen Serientäter zu tun haben, den irgendein Sendungsbewusstsein reitet. Das heißt, es steht uns noch einiges bevor."

„Was können wir dagegen tun?"

„Das Übliche: nichts überhören, nichts übersehen, Geduld aufbringen und warten. Und genau deshalb könnte der Täter uns für untätig halten, genau das könnte ihn provozieren, sich grausam zu wiederholen."

Vossi spürte das Schweineschmalz, in dem Liz prinzipiell ihre Palatschinken braun werden ließ, im Magen und ärgerte sich, dass er aus Rücksicht auf Robert, der ja fahren musste, zu dem alten Sljivovica Nein gesagt hatte, den Liz angeboten hatte.

IV. Der Tote von Grado

Ein fremder Wagen hielt vor dem Haus in der stillen Straße von Monfalcone und ein älterer Herr stieg mit jugendlichem Elan aus dem Fahrzeug. Er straffte sich, trug dabei, gewollt oder ungewollt, seine sehnige Hagerkeit zur Schau und winkte begleitet von Dankesrufen dem Fahrer nach. Paolo, der die Szene vom Fenster seiner Villa aus beobachtete, war erleichtert. Natürlich war ihm klar gewesen, dass sich der Freund nicht leichtfertig verspäten würde. Aber welche Möglichkeiten hatte man schon, wenn man aus der Schweiz anreiste, die italienischen Eisenbahner „Dienst nach Vorschrift" angesagt hatten, man weder Auto noch Führerschein besaß und alle Flüge ausgebucht waren?

„Man ist auf Gottes Fügung angewiesen und Gott meinte es gut. Er schickte mir den Mann aus Rijeka, der anhielt und mich mitnahm", lachte Padre Giovanni bei einem Glas Wasser.

Paolo, lange nicht so drahtig wie sein Altersgenosse Giovanni, blickte auf die Uhr. Es war acht vorbei, deshalb drängte er: „Wollen wir mit der Eucharistiefeier beginnen? Ich wäre bereit und, ehrlich gestanden, das Fleisch ist schwach, ich bin schon etwas hungrig und freue mich auf unser Essen danach."

„Ich habe alles dabei. Bis auf den Messwein, du hast doch einen, oder?"

Paolo nickte und zeigte auf die Karaffe, die neben einem kleinen Wasserkännchen auf dem Hausaltar stand. Giovanni, geweihter Priester der römischen Kirche und Jesuit, registrierte anerkennend, mit welcher Sorgfalt alles vorbereitet war. Er wusste, wie sehr sich sein Freund darauf freute, die Messe in Latein zu hören und dabei den Messdiener zu machen. Für die gemeinsame Kommunionfeier hatten beide den ganzen Tag gefastet, so wie das bis vor wenigen Jahren noch Voraussetzung für die Teilnahme an der Eucharistie gewesen war. Danach sollte Jovanca, seine slowenische Köchin, eine kalte Platte mit ausgesuchten Leckerbissen auftischen. Zwar hätte Paolo gerne für seinen Freund aufgekocht, doch kochen hieß Speisen kosten, abschmecken und war unvereinbar mit dem selbst auferlegten Vorhaben des Fastens.

Der Introitus stimmte sie auf die Feier ein: „Introibo ad altare Dei." Paolo hatte kurz zuvor seine dicke Lesebrille blank geputzt und rezitierte von einer Gebetstafel. Gebraucht hätte er weder Brille noch Tafel, die Gebete waren ihm ebenso geläufig wie das Vaterunser oder das Glaubensbekenntnis.

„Ad Deum, qui laetificat juventutem meam", antwortete er dem Priester, wie er es seit seiner Kindheit vor dem Altar des Herrn gehalten hatte.

Mit „Hoc est enim Corpus meum" und „Domine, non sum dignus" erreichte die Andacht ihren liturgischen und spirituellen Höhepunkt.

Die lateinische Sprache, so empfand und argumentierte Paolo, kam ihm bei der Andacht entgegen. Für ihn machte sie Gott größer und ihn selbst kleiner, darum betete er gerne aus seinem alten Messbuch. Auch diesmal war er in tiefe Andacht versunken und fühlte Christus in ihrer Mitte, zum Greifen nahe. So wie er den Seinen versicherte: „Denn wo zwei oder drei in meinem Namen versammelt sind, da bin ich mitten unter ihnen."

Giovanni sprach mit „Ite, missa est" das Schlusswort. Da läutete es an der Tür. Die beiden Freunde fühlten sich jäh aus ihrer Andacht gerissen. Paolo nahm die Brille ab, als ob sie ihn an der Rückkehr vom Beten in die profane Gegenwart hindern könnte.

„Das muss Jovanca sein", meinte er.

Mit dieser Erkenntnis meldete sich auch sein Magen wieder und eiligen Schrittes ging er hinaus, um der tüchtigen Hausgehilfin und selten guten Köchin zu öffnen. Giovanni polierte derweil seinen Messkelch. Er hatte das sakrale Gefäß von seiner Mutter zur Primiz bekommen. Jedes Mal, wenn er es in die Hand nahm, erinnerte es ihn an sie und ihre Freude darüber, dass er das Priesteramt gewählt hatte. „Werde ein guter Hirte, der sich um seine Herde kümmert", war ihr Wunsch an diesem großen Tag in seinem Leben gewesen. Giovanni wusste tief in seinem Inneren, er hatte ihn nicht erfüllt, nicht erfüllen können. Zu groß war seine Liebe zur Wissenschaft, vor allem zur Philosophie, und bald hatte er auf bischöfliches Geheiß Herde gegen Lehrstuhl getauscht.

Inzwischen war er sechzig und das Suchen nach einer Herde war stärker geworden. Also hatte er einen alten Pfarrer bei Solothurn vertreten, als dieser krankheitsbedingt pausieren musste. Doch die Herde nahm ihn nicht an, und auch er spürte, dass sie ihm die Wissenschaft nicht ersetzen konnte. So hieß es weiterhin: Bücher statt der Herde Christi. Er fand sich nur zu leicht damit ab. Deshalb empfand er diesen Handel wie ein Nein zu Gott. Der Berufung zur Arbeit im Weingarten des Herrn nicht nachzukommen, war das nicht Sünde?

„Quatsch", sagte dazu sein Bischof. „Du hast dir einen Beruf erträumt, aber Gott hat dich da hingestellt, wo du jetzt stehst."

„Heißt das, Ihr seid Gott, Exzellenz?"

„In diesem Fall schon."

Man hatte herzhaft darüber gelacht.

Doch dann wurde der Bischof ernst: „Was glaubst du, was ich lieber wäre, Bischof oder Seelsorger irgendwo da draußen? Gibt es Schöneres, als zum Beispiel eine Jugendmesse am Ende des Schuljahres, eine Erstkommunionsfeier, ein Fußballspiel mit den Ministranten, verliebte Paare zu vermählen, ihr Kind zu taufen. Natürlich gehört dazu auch, mit Gott zu hadern, fassungslos zu hinterfragen, was er sich wohl dabei gedacht hat, einen zehnjährigen Buben oder eine junge Mutter aus meiner Herde zu reißen und sterben zu lassen. Einmal diesen Zorn der Auflehnung ausleben zu dürfen, zu weinen und am Abend mit ein paar Bauern Karten zu spielen im Gasthaus ... In meinem Amt als Bischof darf ich nicht einmal daran denken."

Während Giovanni seinen Kelch polierte und gegen das Licht hielt, hatte Paolo das Gartentor geöffnet. Ein Mann stand mit hilfesuchendem Blick neben einem Rollstuhl und bat, undeutlich sprechend, um etwas. Offensichtlich suchte er eine Adresse. In letzter Zeit waren am unteren Ende der Straße etliche Reihenhäuser gebaut worden, die noch kein Hausnummernschild hatten.

Paolo öffnete das Tor und bat um Verständnis: „Ich fürchte, ich kann nicht helfen. Ich habe nämlich zu den neuen Nachbarn keinen Kontakt und weiß auch keine Namen."

Vorgebeugt studierte er die Zeilen auf dem Zettel, den ihm der Mann wortlos gereicht hatte. Er musste sich Mühe geben, beugte sich von der Hecke ins Licht, hatte er doch in der Eile seine Brille auf dem Schreibtisch liegen lassen. Da spürte Paolo einen heftigen Stich in der Halsgegend und nahm – willenlos geworden – gerade noch wahr, dass ihn der Fremde wie eine übergroße Stoffpuppe in den bereitstehenden Rollstuhl gleiten ließ. Mit einer Fata Morgana hellgrüner Flächen, grob wie Asphalt, verabschiedete sich sein Bewusstsein.

Ein Beobachter der Szene hätte meinen müssen, ein Gehbehinderter sei zu einer Rollstuhlfahrt an der frischen Luft abgeholt worden. Aber niemand beobachtete die Szene. Die meisten Anrainer standen bei ihrer Rückkehr vom Wochenendausflug noch irgendwo in den durch den Bahnstreik endlosen Staus und aus den wenigen offenen Fenstern tönte die Sportschau mit Berichten zu den Spielen der Serie A. Padre Giovanni jedoch konnte sich nicht erklären, wo sein Freund Paolo blieb. Als schließlich Jovanca kam, um den vorbereiteten kalten Platten den letzten Pfiff zu geben und zu servieren, fragte auch sie nach dem Verbleib seines Freundes. Den plötzlichen Abgang Signore Fontanas erklärte sie sich und dem Padre mit einem dringenden Ruf zu einem Todkranken oder zu einem schweren Unfall, um einen Sterbenden zu begleiten.

„Passiert das öfter?", wollte der Padre wissen.

„Es passiert, Signore Fontana ist sehr beliebt in der Gemeinde."

Nachdem Padre Giovanni noch eine Weile gewartet hatte, verabschiedete er sich von Jovanca. Er müsse nun wirklich zu seiner sehr kranken Mutter und würde sich dann morgen wieder melden.

Marco drosselte das Tempo. Doch zu spät! Die Carabinieri, die gleich nach der Abzweigung Monfalcone Richtung Grado lauerten, hielten ihn an und wollten siebzig Euro Bußgeld wegen überhöhter Geschwindigkeit. Marco sah auf die Uhr, es war kurz nach sieben. Carabinieri um diese Tageszeit? Der Tag fing ja gut an! Er unterdrückte einen Fluch. Da er nicht genug Geld und auch keine Kreditkarte bei sich hatte, notierten die Uniformierten seine Personendaten und kündigten eine Strafanzeige an. Sein Vater würde ihm wohl wieder einen Vortrag halten.

„Arschlöcher", zischte Marco, nachdem er endlich weiterfahren durfte, und schlug mit der Rechten wütend gegen den Bogen des Lenkrads. Natürlich war ihm klar, dass er damit nichts änderte. Nicht mal erleichtern konnte ihn die Tirade.

Keine zehn Kilometer später stellte er mit einem Blick auf den Tacho fest, dass die Nadel schon wieder auf hundertvierzig zeigte. Offensichtlich verleitete das schöne Wetter dazu, schneller zu fahren. Denn es war wirklich ein herrlicher Morgen. Kein Wunder, dass Jahr für Jahr zig Tausende an den Stränden hier Urlaub machten.

Grado selbst aber schlief noch – bis auf die Fischer, die mit ihren Booten schon draußen auf dem Meer waren. Wie zum Beweis ihres Eifers hatten sie dicke Dieselwolken mit ihren meist betagten Motoren zurückgelassen, die sich jetzt zwischen den Wäscheleinen auf den Balkons und über der Terrasse der Pizzeria an der Ecke zur Altstadt allmählich auflösten.

Unter der Blechlaube vor dem Hotel Metropole gewahrte Marco einen Mann. Mit reflektierenden Sonnenbrillen saß er da in seinem Rollstuhl und schien das Schauspiel der Möwen über dem Hafenbecken zu studieren. Marco bremste, schaltete den Ventilator der Klimaanlage zurück, öffnete das Fenster und fragte den Alten nach der Via Francesco Petrarca. Dort war ein Geschäft zu vermieten, das er im Auftrag seines Vaters besichtigen sollte. Der wartete schon lange auf ein Schnäppchen als Filiale für seine Bäckerei. Doch der Mann im Rollstuhl schien sich zu gut, um zu antworten. Oder er war ein Tourist und verstand kein Wort Italienisch. Aber das hätte er wenigstens andeuten können.

Marco fluchte erneut. Erst die Carabinieri, damit die Aussicht auf Vaters Gardinenpredigt und als Gipfel jetzt noch dieser Tourist, der einfach dasaß, stocksteif, die pure Unfreundlichkeit. Marco streckte ihm den erhobenen Mittelfinger entgegen und ließ die Pferdestärken seines BMW-Cabrios aufheulen. Die Reifen drehten quietschend durch, bevor das Fahrzeug die rechtwinkelige Kurve in die Piazza XXVI Maggio nahm. Auf dem nächsten Straßenschild las Marco „Via Francesco Petrarca".

Eine ältere Frau beobachtete aus einem Fenster über der Eisbar die unerfreuliche Szene. Auch Dr. Emil Schuller, Landarzt in Arnoldstein, einem beschaulichen Ort gleich hinter der österreichisch-italienischen Grenze, beobachtete das Manöver, während er sich vorsichtig mit der gecharterten Bavaria 36 dem Kai näherte. Er wollte festmachen, musste Wasser bunkern, um Kaffee für das Frühstück seiner Crew aufkochen zu können. Man war gestern spät nachmittags nach fünf Segeltagen steil am Wind in der Marina von Darsena San Marco eingelaufen und hatte das Ende des Turns etwas zu ausgiebig gefeiert. Und als Emil frühmorgens mit Kopfschmerzen aufgewacht war, hatte er feststellen müssen, dass nur noch kohlensäurehaltiges Wasser vorrätig war. Daraus konnte man keinen Kaffee machen, jedenfalls keinen guten.

Er wusste von den fünf, sechs Betonstufen, die in Grado vom Hafenbecken zur Straße hinaufführten, und dass es in der Fußgängerzone gegenüber einen Coop-Markt gab. Also hatte er kurzentschlossen den Motor angeworfen, um die knapp zwei Kilometer vom Liegeplatz per Hafenpropeller zurückzulegen. Die Rückgabe des Bootes würde ja ohnedies dort stattfinden. Seine zwei Kumpels hatte er schlafen lassen. Schließlich kannte er die Fahrrinnen der Lagune wie seine Westentasche und die frische Brise würde seinem Kopf nur guttun.

Kurz bevor er an der Hafenmauer festmachen wollte, wurde er unfreiwilliger Zeuge der hässlichen Szene mit dem jungen Verkehrsrowdy. Dabei wurde er auf die Möwen aufmerksam, die sich an dem Alten, der in seinem Rollstuhl kauerte, zu schaffen machten. Er ahnte Böses.

Denn Fischer hatten ihm einmal in einer Hafenkneipe erzählt, wie die gefiederten Biester zu Mördern werden konnten. Es genüge, dass ein Vogel ein Stück Fleisch aus dem Skalp oder aus einer Wange picken konnte. Das sei das Signal für den Rest der Meute, sich auf sein Opfer zu stürzen und es zu Tode zu picken. Und in einer solchen Lage war jetzt der Alte im Rollstuhl. Ein Vogel war ihm schon so nahe gekommen, dass er nach dessen Sonnenbrille pecken konnte. Scheppernd fiel sie zu Boden und drei oder vier aus der Schar der Möwen stürzten sich gierig darauf.

Für Emil ein Startschuss. Ohne das Boot festzumachen, hechtete er nach den Stufen, die auf die Straße führten, und verjagte die Biester. Dass für den Alten jede Hilfe zu spät kam, war ihm, dem Landarzt mit Erfahrung und Praxisjahren auf der Intensivstation, sofort klar. Er lief zum Boot zurück, schaffte es mit kühnem Sprung bis aufs Deck, machte es fest und wählte 112 auf seinem Handy. Die Möwen indes hatten aus der Vogelperspektive seinen

Rückzug beobachtet und setzten zu neuen Feindflügen gegen den Leblosen im Rollstuhl an.

Die Polizei traf fünf Minuten später am Tatort ein. Bis jetzt war alles ruhig geblieben, abgesehen von dem Reifenquietscher des jungen Verkehrsrowdys vor vielleicht fünfzehn Minuten und dem Geschrei der Möwen – hier am Hafenbecken allerdings eine alltägliche Geräuschkulisse. Der Inhaber des Eissalons, der gerade dabei war, seinen Laden aufzusperren, trat hinzu und grüßte die Exekutivbeamten freundlich mit einem „Ist etwas passiert?".

„Vermutlich Herzschlag", sagte einer der Streifenpolizisten eher desinteressiert. Und fügte hinzu: „Kennen Sie den Mann?"

Der Eismann trat näher und besah sich das Gesicht des Toten im Rollstuhl. Dabei stieg er auf die Sonnenbrille, deren Gestänge unter seinem Tritt zerbrach. Das Erste, was ihm auffiel, war, dass die Möwen bereits erfolgreich auf Kopf und Gesicht eingehackt hatten. Widerlich. Er war nahe daran, sich zu übergeben.

„Nein", sagte er hastig. „Nie gesehen."

Minuten später stand der Eismann hinter seinem Tresen und genehmigte sich einen doppelten Fernet. Da er den nicht gerade einladenden Geschmack ebenso gut kannte wie seine wohltuende Wirkung, schüttelte er sich und schloss die Augen, bevor er das Glas zum Munde führte.

Inzwischen war der Bus aus Monfalcone auf dem Platz vorgefahren und entlud Frauen und Männer aus der Umgebung, die täglich für das Wohl der Gäste Grados zu sorgen hatten. Denn die guten Geister gradensischer Gastronomie kamen fast zur Gänze aus Palmanova, Cervignano, Ronchi oder eben Monfalcone. Die Fahrgäste hatten also nur ihren Arbeitstag im Sinn und kümmerten sich nicht um den Polizeiwagen. Aber einige Pensionisten, die um diese Zeit nach einem kurzen Spaziergang ungeduldig auf das Öffnen der jeweils bevorzugten Espressostube warteten, schienen etwas Abwechslung zu schätzen und gafften. Deshalb musste sich der herbeigerufene Amtsarzt vordrängen, um seines Amtes walten zu dürfen. Er hob sich durch einen weißen Anzug sowie eine exklusive Duftnote aus teurem Parfum von den übrigen Anwesenden ab und blickte seine Kundschaft, den Leblosen im Rollstuhl, über seine Tom-Ford-Sonnenbrille hinweg flüchtig an. Ohne den Toten auch nur zu berühren, diagnostizierte er: „Herzschlag, ihr könnt ihn abholen lassen."

Emil Schuller, der direkt neben ihm stand, fragte in perfektem Italienisch: „Wie wollen Sie das wissen, Dottore? Sie haben den Toten ja nicht einmal richtig angesehen."

Einen Augenblick überlegte der Mediziner in Weiß, ob er darauf reagieren sollte, entschied sich dagegen, machte kehrt und ging zu seinem Mercedes Coupé, die Grüße einiger Passanten huldvoll entgegennehmend. Emil wollte das nicht auf sich beruhen lassen und gab sich gegenüber einem der Polizisten als Arzt zu erkennen: „Ich würde den Anweisungen Ihres Dottore nicht Folge leisten, sondern den Toten in die nächste Forensik bringen. Mag sein, dass er an Herzschlag verstarb, doch sehen Sie sich mal den Einstich oberhalb seines Hemdkragens an. Wie ein Bienenstich sieht das nicht aus."

Tatsächlich war der Kopf des Toten vornüber gefallen, so als ob er von der Szene nichts mehr sehen wollte. Dadurch wurde hinter seinem linken Ohr eine runde Einstichwunde inmitten eines münzgroßen Hämatoms sichtbar.

„Gehen Sie einfach weiter, mischen Sie sich nicht in eine Amtshandlung. Wir wissen schon, was wir zu tun haben", antwortete der Polizist und schob ihn sanft, aber entschieden von sich und damit auch vom Fundort der Leiche weg.

Emil war empört. „Mit großer Sicherheit wird da soeben ein Kapitalverbrechen vertuscht", sagte er an Bord der Bavaria zu seinen Mitseglern, die immer noch in ihren Kojen schnarchend ihre Alkoholfahne aus- und Frischluft einatmeten. Emil sah auf die Uhr. Es war erst halb acht. Für Grado und seine Kumpel nachtschlafende

Zeit. Dass er sich seinen Freunden nicht mitteilen konnte, steigerte seinen Zorn auf den überheblichen Amtsarzt. Und so erinnerte er sich an Massimo Alberti, Arzt am Krankenhaus von Monfalcone, Chirurgische Abteilung, der eine Zeit lang Emils Schwester mit italienischer Heftigkeit und Kurzlebigkeit nachgestellt war. Massimo war inzwischen zum Chef der Chirurgie aufgestiegen. Allerdings hatte Emil seine Nummer nicht. Er rief das Krankenhaus an. Nach vielem Hin und Her über „Datenschutz", „Der Chef will nicht gestört werden" und „Der Chef darf nicht gestört werden" stellte man ihn endlich durch. Emil erkannte Massimo sofort an seiner Stimme. „Pronto?"

Emil gab sich zu erkennen und berichtete. Massimo wusste, dass er seinen Anrufer ernst nehmen musste. Daran ließ dessen Vortrag keinen Zweifel.

„Sag, wie lange bist du noch in Grado?"

„Ich wollte jetzt das Boot zurückgeben und dann abreisen."

„Kannst du noch bis mittags in Grado bleiben?"

„Das würde passen. Die Rückgabe findet ohnedies erst um die Mittagszeit statt."

„Dann warte bei Nico im Restaurant, du weißt doch, wo wir mit deiner Schwester Silvester feierten. Wir könnten dort gemeinsam zu Mittag essen. Und ich werde schon mal die zuständige Questura in Gorizia verständigen. Die haben einen hervorragenden Chef. Ich kenne ihn persönlich und werde ihm von deiner Beobachtung berichten. Er wird nach meinem Anruf bestimmt mit dir Kontakt aufnehmen."

Massimo ließ sich noch den Namen von Emils Charterboot geben, bat ihn, unbedingt bei Nico auf einen Commissario Vossi zu warten oder wenigstens Nachricht zu hinterlassen, wo, wie, wann er zu erreichen sei, und verabschiedete sich mit einem „Bis mittags also".

„Was gibt es denn?", fragte einer der beiden Mitsegler mehr trunken als schlaftrunken aus seiner Koje.

„Nichts, Dietmar, schlaf weiter."

Das ließ sich dieser nicht zweimal sagen. Emil aber stieg wieder die Stufen hinauf und überquerte die Straße zu der Stelle, an der sich bis vor wenigen Minuten noch die Menschen geschart hatten. Jetzt war der Platz leer – bis auf den Rollstuhl, der achtlos in Richtung Botanik geschoben worden war. Und das Gestänge der Sonnenbrille. Kleine Splitter lagen herum. Das mussten die Reste der Brille des Toten sein. Vorausgesetzt er würde mehr Interesse an den wahren Zusammenhängen des Ereignisses zeigen als die bisher befasste Exekutive, würde er sie dem Commissario aus Gorizia geben.

Dieser war gerade in einen Kommentar zu den Schriften der vier Evangelisten vertieft, als das Telefonino anschlug. Der Commissario hob ab. Nur Roberto und Jelena kannten die Nummer seines Diensthandys. Jelena war in der Küche, also konnte es nur Roberto sein. Deshalb fragte Vossi unvermittelt: „Hat sich unser Mörder endlich gemeldet?"

Zwei Wochen warteten sie jetzt schon auf einen Schmähruf oder irgendein sonstiges Lebenszeichen als Reaktion auf die Falle, die man ihm mit der Falschmeldung zu dem Scripsi gestellt hatte.

„Vielleicht, aber wenn, dann auf seine Art", antworte Roberto.

„Was soll das heißen?"

„Es gibt wieder eine Leiche."

„Wo?"

„In Grado."

„In Grado?"

„Genau, und zwar direkt am Hafenbecken vor dem Hotel Metropole."

„Mord?"

„Komische Geschichte. Der Amtsarzt sagt Herzschlag. Aber ein Dr. Massimo Alberti vom Krankenhaus Monfalcone hat angerufen.

Er konnte Sie natürlich nicht direkt erreichen. Seine Botschaft an Sie, Commissario, es sei Mord."

„Mehr nicht?"

„Nein, mehr nicht."

„Okay. Ich werde Dr. Alberti zurückrufen. Hol mich aber gleich ab."

Vossis Versuch, Dr. Alberti zu erreichen, schlug fehl. Zuerst war die Nummer der Chirurgischen Abteilung ständig besetzt, dann, endlich durchgekommen, hieß es, der Chef operiere. Der Commissario hinterließ die Bitte um dringenden persönlichen Rückruf.

„Mist", schimpfte er dann. Denn zu spät fiel ihm ein, dass jetzt, nach der dringenden Rückrufbitte, womöglich das Gerücht durch Monfalcone gehen könnte, Dr. Massimo Alberti, Chef der Chirurgie, werde von der Mordkommission gesucht.

Wer auch immer gemordet hatte, hätte sich – falls es überhaupt ein Mord war – für diesen keinen schlechteren Platz aussuchen können. Schließlich war Grado seit der Epoca, also seit den Tagen Kaiser Franz Josephs, das wichtigste Fremdenverkehrszentrum der Region, seit 1857 die Bahnstrecke Wien–Triest eröffnet worden war. Damals verkürzte sie die Anreise betuchter Sonnenhungriger aus Wien, Prag und Budapest von mehreren Tagen und Nächten auf vierzehn Stunden. Wohl ging es seither mit Grado auf und ab, meist jedoch bergauf. Aber eine Leiche auf der Strandpromenade oder in den Gassen der beschaulichen Altstadt könnte sich leicht negativ auf die Buchungsfrequenz auswirken und Vossi wusste, dass die Vereinigung der Hoteliers bei der Regionalregierung in Udine Einfluss hatte und nicht zögern würde, diesen zu gebrauchen, wenn es um Fragen der Bettenauslastung ging. Nicht, dass sie seiner Karriere schaden könnten, darüber machte er sich keine Sorgen. Dass der Einfluss der Hoteliers aber einen der nervenden Versuche begrenzt fähiger Politiker nach sich ziehen könnte, in seinem Fall mitzumischen, das stieß ihm bei dem Gedanken an Grado als Tatort bitter auf.

Während Vossi wartete, dass Roberto ihn abholte, dachte er über seine Bibellektüre nach. Natürlich hatte er sich Eckdaten des Lesestoffs aus der Schulzeit gemerkt. Kein Wunder, dass er ihn damals als Kind eingedrillt bekommen musste, denn freiwillig gelesen hätte er das Buch wohl nie. Allenfalls erschien ihm die Leidensgeschichte Christi, also das Geschehen zwischen Palmsonntag und Karfreitag, hinreichend interessant. Und bei allem Respekt: Als Schreiber hätten sich die vier Evangelisten wohl kaum über Wasser halten können. Zu oft widersprachen sie einander. Schon der Aufbau der Handlung der Geschichte erschien konfus. Und dann war da diese Geburt im Stall von Bethlehem. Trotzdem hieß der Neugeborene „von Nazareth". Die Eltern bettelarm, wenn nicht gar Bettler. Dennoch machten sich drei Könige auf einen langen, mühevollen Weg, um das Kind zu beschenken. Mit Gold. War die Zimmermannsfamilie damit reich geworden? Musste das nicht schlagartig ihre gesellschaftliche Stellung erhöhen und den Besitzer des Stalls aufscheuchen, um sogleich das beste Zimmer seiner Herberge anzubieten? Der Besuch der Könige musste sich doch herumgesprochen haben. So groß war ja dieses Betlehem vor zweitausend Jahren bestimmt nicht.

Vossi hatte mit Jelena darüber gesprochen. Sie hörte ihm mäßig interessiert zu und resümierte seinen Vortrag mit dem Satz, den er so gar nicht hören wollte: „Einmal Bulle, immer Bulle."

Wie auch immer, er konnte sich jedenfalls kein rechtes Bild machen. An Vossi konnte das nicht liegen, denn an seiner Fähigkeit, von der Niederschrift eines ordentlich geführten Verhörs auf die Person des Verdächtigten zu schließen, hatte noch nie jemand gezweifelt. Im Gegenteil. Er war dafür bekannt, dass er, so wie eine geschulte Jury bei einem Wettsingen, jeden noch so kleinen Misston hören, herauslesen und memorieren konnte und sich nach einem Verhör auf jeden verschluckten Konsonanten, jedes lauter oder leiser gesprochene Wort und jeden

Fremdkörper im Sprachschatz des Verdächtigen einen Reim machen konnte.

Roberto war inzwischen vorgefahren und gab einen Überblick in Stakkato. In dem Augenblick läutete sein Telefonino.

„Un momento, Professore", sagte Roberto aufgeregt in das Gerät und reichte es Vossi.

Es war Dr. Massimo Alberti, der von dem österreichischen Arzt Dr. Emil Schuller berichtete. Gewissenhaft und erfahren sei er. Dr. Alberti nannte den Namen des Charterboots, das im Hafen von Grado liege, und kündigte an, dass der Austriaco den Commissario bei Nico erwarte. Er selbst würde mittags nachkommen. Es wäre zu schön, wenn sich ein gemeinsames Essen einrichten ließe.

Das Einzige, das für Vossi an dem Ganzen positiv klang, war die Aussicht auf Nicos Spaghetti Vongole. Nicht zu verachten auch seine berühmte Seppie Nere und die eigentliche Spezialität des Hauses, eine Quiche von Fischen und Meeresfrüchten, dazu diese Erbsencreme mit Langostinos und Minze. Alles Hausrezepte, schlicht, einfach und doch unschlagbar raffiniert. Vossi genehmigte sich eine kulinarische Gedenkminute.

Roberto missdeutete diese Stille und meinte, der Commissario warte auf die Fortsetzung seines Berichtes. Deshalb fuhr er geschäftig fort: „Also meine ersten Recherchen haben ergeben, dass der Gemeindearzt einen Totenschein mit Todesursache Herzversagen ausgestellt hat. Der Chef der Stadtpolizei war selbst vor Ort und meinte, es sei eindeutig ein Herzschlag. Die Möwen hätten sich an dem Toten zu schaffen gemacht und in die so entstandenen Wunden interpretiere der deutsche Wichtigmacher etwas hinein."

Vossi glaubte, Bescheid zu wissen. Er konnte nachempfinden, weshalb der Polizeichef der Version des Amtsarztes den Vorzug gab: Nur kein Mord in Grado, noch dazu mitten in der Saison.

Roberto lenkte den Wagen durch üppige Vegetation. Rechts von der Straße dichtestes Buschwerk, links davon detto, bis sie durch den Viadukt der Südbahn führte, um 1900 die Goldader des damals österreichischen Küstenlandes. Die Bessergestellten Wiens waren Sommer für Sommer auf diesen Schienen angereist gekommen, sofern man sich einen Urlaub, noch dazu einen im immer teurer werdenden Grado, leisten konnte. Man(n), männlich, kam allein oder mit einer Bekanntschaft, meist aber doch mit Frau und Kind, nicht zu vergessen das Stuben- oder Kindermädchen im Schlepptau, das sich auf der Reise ums Gepäck und die Kleinen zu kümmern hatte. Gleich hinter dem Viadukt wurden Vossi und Roberto von den staubigen Straßen Monfalcones aufgenommen. Der Commissario überlegte kurz, ob er seinen Untergebenen nicht auffordern sollte, zuerst beim Krankenhaus vorbeizufahren, um Dr. Massimo Alberti anzuhören, entschied sich jedoch bei dem Gedanken an die weißen Gänge und den Spitalsgeruch für die Direttissima zum möglichen Tatort, um anschließend den österreichischen Arzt zu treffen. Zumal wassergetränkte Luft den Weg durch die Klimaanlage des Dienstwagens fand und die Nähe Grados ankündigte.

Jelena hatte ihm die Besonderheit der Lagune im Vergleich zum einfachen Küstenstrich nahegebracht. Das üppige Leben der Frösche, Kröten und sonstiger Amphibien im Schilf, ihre Bedeutung in der Nahrungskette für die herumstelzenden Störche und Reiher und über allem, auf schwankendem Rohr, das Habitat von Tausenden von Singvögeln und den Jungen in ihren Nestern. Damals waren sie mit den Rädern zum Naturforschungszentrum bei der Marina Julia unterwegs gewesen. Es mochte wohl gut zwanzig Jahre her sein, ein herrlicher Tag im Mai, mit reichlich Sonne und viel frischer Luft. Er noch ganz der junge Bruno, sie die übermütige Jelena. Wie immer war sie eine Radlänge vorneweg gefahren.

Unvermittelt sagte sie: „Kommt man von Monfalcone, taucht man erst einmal ein in das ungemachte Bett der Soča."

„Des Isonzo", hatte Vossi sie unterbrochen, worauf sie sich umgedreht und ihm mit einem lauten „Bäääh" die Zunge gezeigt hatte.

Das ungemachte Bett der Soča. Vossi erinnerte sich genau an diese Formulierung. War es im Slowenischen eine geflügelte Redewendung und Jelena hatte bloß direkt übersetzt oder hatte es mit den ersten Liebeserlebnissen des Mädchen zu tun? Bruno war damals neugierig geworden.

„Wie ungalant, Herr Polizist. Nach so was fragt man nicht", hatte sie gesagt und nachgesetzt: „Wer von uns wäre denn beinahe in dem zerwühlten Bett der Soča ertrunken und musste von Schwiegerpapa und Schwager gerettet werden?"

„Wie ungalant, Frau Polizistengattin, mich daran zu erinnern", hatte er sie nachgeäfft. „Wäre es Ihnen etwa lieber gewesen, Sie hätten mich abstürzen lassen?"

„Wer weiß, vielleicht hätte ich heute einen galanteren Gefährten." Erst jetzt, bei der Erinnerung an diesen Maitag, fiel ihm auf, dass Jelena seine Frage, ob sie ein besonderes Erlebnis in oder an diesem ungemachten Bett der Soča gehabt habe, nicht beantwortet hatte. Denn sie war nach dem letzten Satz mit dem Rad auf und davon gewesen und er hatte wie verrückt strampeln müssen, um mitzuhalten.

„So ein Biest", murmelte Vossi.

„Wie bitte?", fragte Roberto und dreht sich ihm zu.

„Schau auf die Straße. Bei hundertzwanzig schaut man auf die Straße. Und halte das Lenkrad mit beiden Händen, wie es Vorschrift ist."

Roberto sagte noch irgendetwas von „Kein Mensch auf der Straße", bevor er einen auffliegenden Reiher um Haaresbreite verfehlte. Der Commissario beschränkte seine Kritik auf einen vorwurfsvollen Blick, war aber nicht wirklich verärgert oder gar böse. Im Gegenteil. Eigentlich ein guter Junge, dachte er. Ein Sizilianer halt, aber mit dem gutem Willen, sich hier einzuleben.

„Willst du später einmal wieder zurück in den Süden?", fragte er laut.

Für Roberto kam dies völlig unvermittelt. So direkt hatte sein Chef noch nie danach gefragt. Er sah ihn von der Seite kurz an, richtete sich im Fahrersitz auf, wurde beinahe einen halben Kopf größer und begann, wie schon so oft, zu schwärmen: „Natürlich! Commissario, Sie müssen kommen und schauen. Nirgendwo ist das Meer so blau, nirgendwo sind die Zitronen so gelb und die Augen der Mädchen so tief wie bei uns in Sizilien. Mama wird Sie bewirten. Aber ich warne Sie, sie kocht scharf. Wir Sizilianer hätten das von den Sarazenen, sagt sie."

„Bei uns in Slowenien kocht man auch scharf", brummte Vossi und fühlte sich weggeschubst. „Außerdem, wir sind angekommen. Weil du immer so schnell fährst, muss man ewig zittern und kann sich auf nichts konzentrieren."

Tatsächlich hatten sie die hässlichen Appartementblöcke, die dem vom Osten kommenden Reisenden den Blick auf Grado verstellten, passiert und waren vor der Brücke zum Festland nach links in Richtung Hafenbecken eingebogen.

Vossi liebte dieses Grado. Er dachte an die vielen eleganten Herren aus Wien mit Girardi-Hut und Stock, die mondänen Damen in ihren ausladenden Röcken und die hübschen Mädchen, die so mancher Strohwitwer im Gepäck hatte. Er erinnerte sich an die vielen kolorierten Postkarten, die die Gäste aus dem Norden zeigten, wie sie im Gänsemarsch in Richtung Strand pilgerten. So ging es ab in die Badewanne der k. u. k. Monarchie, als die sich Grado einen Namen gemacht hatte.

Überwältigt von dem Zauber von Stadt und Lagune hatte er zu Jelena einmal gesagt, dass er froh sei, hier nicht zu wohnen. Es war ein Sommerabend gewesen, den eine Brise abgekühlt hatte. Sie hatte ihn verwundert angesehen.

„Ja, doch. Überleg mal. Nur so kann man den Zauber dieses Ortes erleben. Wer aber hier wohnt, würde sich daran gewöhnen und ihn nicht mehr merken. Für ihn ist dieses Grado je nach Lebensalter

Ärger in der Schule, Zahnschmerzen, Grippe, Liebesleid, der Tod der Mutter. Er hat aber im Vergleich zu uns eines nicht: Die Möglichkeit, als Fremder hierherzukommen, die Schönheit der Stadt zu bewundern, die Geheimnisse der Lagune zu entdecken ... Er müsste nicht zur Arbeit, er hätte jetzt keine Zahnschmerzen, sondern sein Liebstes an der Hand ..."

„Oder im Bett", hatte Jelena ihn unterbrochen.

„Oder im Bett, er wäre also wunschlos glücklich."

„... bis ihm der Hotelportier die Rechnung präsentiert."

„Richtig, bis ihm der Hotelportier die Rechnung präsentiert."

„Denn Grado ist teuer geworden."

„Ja, meine liebe Jelena, Grado ist teuer geworden."

„Aber dabei billiger als Venedig."

„Und weniger laut."

„Aber ohne junge, hübsche und sicher auch potente Gondolieri."

„Dafür aber auch ohne ständig knipsende Touristen in schwankenden Booten zwischen tutenden Vaporetti."

„Aber kein Markusplatz, Bruno."

„Dafür aber keine nach Urin stinkenden Seitengassen, sondern eine auffrischende Bora, die auch im letzten Winkel für frische Luft sorgt."

„Bora? Zu kalt."

„Dann den Schirokko, bei dem es sich so schön unter den schützenden Lauben trinken lässt."

„Schirokko? Zu heiß."

Tatsächlich hatte sich Grado als Stadt der beiden Winde einen Namen gemacht. Gegen Ende des Ersten Weltkrieges wechselten die Bewohner angeblich nach diesen Naturerscheinungen die Beflaggung der Häuser, um den jeweiligen Feldherren zu gefallen. Bei Bora das Schwarzgelb der k. u. k. Monarchie, denn die Österreicher schienen den erfrischenden Wind zu bevorzugen. Da kämpften sie besser, so hieß es. Blies der heiße Schirokko, erlahmten ihre Kräfte und Grado wurde italienisch, bis sie bei der nächsten Bora wieder über die Soldaten König Viktor Emanuels herfielen. Jelena hatte ihre eigene Erklärung für die Hartnäckigkeit der Soldaten der Habsburger-Monarchie: „Klar doch, sie kämpften um ihre Badewanne."

V. Die Krustenanemone

Sie fanden einen freien Parkplatz im Halteverbot vor dem Hotel Metropole. Vossi hatte es plötzlich eilig, stieg aus und ging schnellen Schrittes auf einen leeren Rollstuhl zu, der unbeachtet neben der Bank vor dem Hafenbecken stand. Roberto eilte hinterher.

„Die haben sich nicht einmal die Mühe gemacht, den Rollstuhl mitzunehmen", sagte Vossi verärgert und nahm es als Zeichen, mit dem die Ortpolizei unterstreichen wollte, dass es sich um einen natürlichen Todesfall handelte und sich die tieftrauernden Hinterbliebenen gefälligst um das Behindertengefährt zu kümmern hatten. „Da sind ein paar Splitter von einer Sonnenbrille. Heb sie auf, vielleicht brauchen wir sie noch."

Er ging davon aus, dass ihm das Gespräch mit dem Augenzeugen aus Österreich jenen Wissensvorsprung bescheren würde, der ihm im Umgang mit dem hiesigen Polizeikommando die nötige Trittsicherheit verschaffen würde.

Und Vossi wurde nicht enttäuscht. Emil Schuller hätte nicht so ostentativ seine Seekarten vor sich ausbreiten müssen, Vossi hätte ihn auch so erkannt, zumal das Restaurant so gut wie leer war. Nur aus der Küche hörte man Rumoren und Nicos fröhliches, wenn auch nicht ganz harmonisches Singen.

„Sind Sie Dr. Schuller?"

Vossis Großvater wäre über die gepflegte Aussprache seines Enkels und Deutschschülers höchst erfreut gewesen. Der Commissario hörte sich nun mit „Aha" und „Mmh" den Bericht des österreichischen Arztes an und räumte ein, dass es auch in Italien bei Toten im Greisenalter sehr schnell und oft frevelhaft leichtfertig Herzversagen als Todesursache attestiert würde.

Nachdem Dr. Schullers Bericht zu Ende war, fragte er: „Ist Ihnen sonst irgendetwas aufgefallen?" Vossi verlangte von Roberto das kleine Päckchen mit den Splittern einer Sonnenbrille: „Das fanden wir vor Ort. Könnte dies von dem Toten stammen?"

Erst jetzt erinnerte sich Dr. Schuller an das Brillengestänge, holte es aus seinem Seesack hervor und überreichte es dem Commissario.

„Beinahe hätte ich in der Aufregung vergessen: Das lag auf dem Boden. Ich sah, wie einer der Polizisten darauf trat, als er Schaulustige zurückdrängen wollte. Dabei zerbrach die Sonnenbrille, zweifelsohne die des Toten im Rollstuhl."

„Waren irgendwelche Leute vor Ort, als Sie zum ersten Mal sahen, dass etwas Ungewöhnliches vor sich ging?"

„Ein Auto, das mit quietschenden Reifen wegfuhr."

„Was hatte es Ihrer Meinung nach da zu suchen?"

„Keine Ahnung."

„Was war es für ein Modell?"

„Ein Cabrio."

„Welche Marke?"

„Gott, die sehen sich alle so ähnlich. Ich würde sagen Saab oder BMW, wahrscheinlich kein Chrysler."

„Farbe?"

Vossi stellte geduldig die notwendigen Fragen. Es war nur natürlich, dass man den Augenzeugen alles aus der Nase ziehen musste, wie seine Kollegen bei solchen Gelegenheiten immer wieder fauchten. Denn es war verständlich, dass die Befragten, die nicht wussten, worauf es bei Polizeiermittlungen ankam, von Haus aus verunsichert waren. Vossi war das jedenfalls lieber als das Geschwätz, mit dem sich manche Zeugen wichtigmachten.

„Farbe? Mein Gott, irgendetwas silbern glänzend."

„Sonst war kein Mensch zu sehen?"

„Doch, eine Frau schimpfte auf den Verkehrsrowdy aus einem Fenster in dem Gebäude rechts, oberhalb der Eisdiele."

„Würden Sie uns das Fenster zeigen?"

„Jetzt gleich oder nach dem Essen? Ich bin nämlich noch mit meinem Freund Massimo aus Monfalcone verabredet."

„Ich weiß und wollte mit Ihnen beiden essen. Dazu wird es aber, fürchte ich, nicht kommen."

Dr. Schuller sah den Commissario fragend an: „Muss ich etwa mitkommen?"

„Zur Questura? Nein, nein. Wenn Sie mir Ihre Karte geben, sodass ich Sie jederzeit kontaktieren kann, reicht das. Und seien Sie versichert, ich bin Ihnen für die Hinweise, die Sie mir geben konnten, dankbar, mehr als dankbar. Doch an dem gemeinsamen Essen mit Dr. Alberti kann ich nicht teilnehmen. Ich habe noch mit der örtlichen Polizei ein Hühnchen zu rupfen und das duldet keinen Aufschub."

Dr. Schuller packte seine Seekarten zusammen und schnürte seinen Seesack, denn Vossi hatte sich schon erhoben und auf die Uhr gesehen. In der Küche wurde es still, Nico steckte seinen Kopf durch die Servierluke und beäugte den Abmarsch.

Bevor er irgendetwas sagen konnte, winkte Vossi ab: „Wir sind schon nicht mehr da."

Nico wusste nach jahrelanger Bekanntschaft, wenn nicht gar Freundschaft, dass es in so einem Fall unangebracht war, irgendwelche Fragen zu stellen, nicht einmal die, ob der Commissario zum Essen zurück sein würde. Umso enttäuschter war aber der Blick, mit dem er dem Trio nachsah.

„Da oben, das ist das Fenster."

Dr. Schuller zeigte mit seinem Arm die Richtung an. Vossi bedankte sich nochmals mit etwas überschwänglichen Superlativen, da er die Floskeln Wort für Wort aus dem Italienischen übersetzte.

Auf das Klopfzeichen rührte sich in der Wohnung im ersten Stock erst einmal gar nichts. Dann hörte man ein Keuchen, begleitet von langsamen Schritten, und eine ältere Dame fauchte Roberto an:

„Sie wagen es, hier aufzutauchen? Egal, was Sie sagen, davon, dass Sie ein rücksichtsloser Rowdy sind, nehme ich nichts zurück."

Roberto und sein Chef sahen sich fragend an. Es dauerte eine Weile, bis sich das Missverständnis aufklärte. Die Dame, eine Signora Collini, hatte Roberto für den Fahrer jenes Cabrios gehalten, das Vossi dringend suchte.

„Signora Collini, haben Sie zufällig das Nummernschild des Wagens gesehen?"

„Nein, so weit sehe ich nicht."

Nur weil es zur Liste der in so einem Fall zu stellenden Fragen gehörte, jedoch ohne eine konkrete Antwort zu erwarten, fragte Vossi weiter: „Um welche Marke es sich dabei handelte, wissen Sie wohl auch nicht?"

„Doch, ganz gewiss weiß ich das. Es war ein silbergrauer BMW, ein 3er Cabrio, der Traum meines Enkelsohns. Der möchte das Modell, aber in Rot."

Vossi war für einen Moment sprachlos. War diese Antwort ernst zu nehmen oder war BMW die einzige Automarke, die die gute Frau kannte?

„Sie kennen sich wohl sehr gut aus bei den Automarken, Signora."

„Haben Sie erst einmal einen Enkelsohn, der von nichts anderem spricht, und Sie sind binnen Kurzem Experte", schnaubte die Angesprochene. „Ich sehe fern. Ich weiß, was Sie wissen wollen. Also, es war wohl gegen halb sechs, gleich nach Sonnenaufgang. Ich werde nämlich früh wach und kann dann nicht mehr einschlafen."

Vossi Blick lud sie ein, fortzufahren.

„Also, ich gehe dann zum Fenster und gieße meine Blumen. Das geht nur abends oder früh am Morgen. Bei praller Sonne dürfen Sie Ihre Blumen nicht gießen. Merken Sie sich das!"

Vossis freundliches Nicken deutete an, dass er es sich merken werde.

„Und wie ich so gieße, sehe ich, dass ein Mann seinen Bruder oder Nachbarn im Rollstuhl vor sich herschiebt, ihn neben der Bank abstellt und zu ihm spricht. Er hat ihm sogar den Rockkragen aufgestellt, denn es war ja noch relativ kühl, müssen Sie wissen. Nichts Ungewöhnliches um diese Tageszeit."

Der Commissario gab durch neuerliches Nicken zu verstehen, dass ihm die morgendliche Kühle Grados nicht fremd sei und er die Meinung teile, dass es sich dabei um kein unübliches Naturphänomen handle.

„Was fiel Ihnen an den beiden auf?"

„Nichts."

„Uns interessiert der Mann, der den Rollstuhl geschoben hat. Wie sah der aus? Können Sie ihn beschreiben?"

„Nun, der im Rollstuhl trug Sonnenbrillen, obwohl die Sonne noch gar nicht so richtig schien, der andere hatte einen Hut auf. Ich bin dann in die Küche. Von dort aus kann ich ja nicht auf den Hafen sehen. Wenig später hörte ich laute Stimmen. Da bin ich zurück zum Fenster und habe gesehen, wie ein junger Mann den Alten im Rollstuhl beschimpfte. Na, dem habe ich aber meine Meinung gesagt. Gleich abgehauen ist er."

„Moment, Signora Collini, Sie haben laute Stimmen gehört, dann sind Sie zum Fenster, dann hat der junge Mann den Alten beschimpft, worauf Sie dem jungen Ihre Meinung sagten. Habe ich das richtig verstanden?"

„Ja"

„Hatten die beiden, der Junge in dem Cabrio und der Alte im Rollstuhl, einen Streit?"

„Aber da war doch der Alte schon tot!"

„Woher wissen Sie das, Signora?"

„Na, die Polizei hat es gesagt. Herzschlag."

Vossi gab sich ganz akademisch unbeteiligt: „Signora, was glauben Sie aufgrund Ihrer Lebenserfahrung: Kann der Alte schon tot gewesen sein, als er, von wem auch immer, bei der Bank abgestellt wurde?"

„Glaube ich nicht. Der Mann mit dem Hut hat ja noch mit ihm gesprochen. Es ist ganz furchtbar. Der Alte muss den Herzschlag erlitten haben, während ich mir in der Küche mein Frühstück machte. Ist das nicht schrecklich?"

„Was ich mir nicht erklären kann, Signora, und vielleicht können Sie mir da helfen: Warum hat der Mann mit dem Hut nicht Hilfe herbeigeholt? Was meinen Sie?"

„Also ich denke mir das so: Der Alte hat einen Herzschlag und stirbt. Sekundentod, so was gibt's ja, wie man immer wieder hört. Der mit dem Hut kriegt einen Schock und weiß nicht, was tun. Vielleicht läuft er noch irgendwo in Grado herum, wissen Sie's?"

„Ein Auto haben Sie nicht gesehen? Ich meine, abgesehen vom dem Cabrio?"

„Nein, kein Auto. Aber ein Segelboot kam herein. Von dem sprang ein Mann an Land, lief zu dem Alten und dann wieder zurück an Bord. Er telefonierte laut mit der Polizei. Ich hörte immer wieder ‚Polizia, Polizia'. Es war sicher ein Ausländer. Und dann kam ja auch schon die Polizei."

„Nochmals zu dem jungen Mann im Cabrio: Ist Ihnen an dem irgendetwas aufgefallen?"

„Nein, ein Durchschnittsbürschchen, so wie Ihr Assistent. Darum habe ich ja die beiden im Stiegenhaus verwechselt."

Vossi konnte sich ein Schmunzeln nicht verkneifen, merkte aber, dass Roberto die Worte gar nicht gehört hatte, sondern sich auf die diversen Fotos konzentrierte, mit denen die Wand über der Kommode gespickt war, sodass vom Blumenmuster der Tapete kaum noch etwas zu sehen war.

Signora Collini wandte sich nun dem Durchschnittsbürschchen zu und erklärte, wer aller auf den Fotos abgebildet war. Vossi sah möglichst auffällig auf seine Taschenuhr (der Commissario trug stets zwei Uhren bei sich: eine Armbanduhr für den diskreten

Blick und eine Taschenuhr für den ostentativen, wenn er sich verabschieden wollte).

„Vielen Dank, Signora, Sie waren sehr freundlich. Falls wir noch Fragen haben, dürfen wir uns wieder melden?"

„Ja, aber was hat denn die Polizei aus Gorizia damit zu tun? War es vielleicht gar kein Herzschlag?"

„Wir müssen doch alles genau feststellen – wegen der Versicherung", wich Vossi aus.

„Ganz überzeugt hat sie das nicht", meinte der Commissario im Stiegenhaus. „Was hat dich denn an den Fotos gar so sehr interessiert, Roberto?"

„Fast alle aufgenommen in Trapani, da wo ich herkomme!"

„Die Welt ist eben klein, Roberto", antwortete Vossi und überlegte, ob er sich vielleicht zu sicher war, dass die Alte nichts mehr zu bieten hatte, was bei der Aufklärung des Verbrechens helfen könnte. Jawohl, des Verbrechens. Davon war Vossi jetzt überzeugt.

„Ja, Bruno, was führt dich zu uns?", begrüßte Umberto Tadale den Chef der Mordkommission aus Gorizia und lächelte gequält. Es war just dieses sichtbar gequälte Lächeln, das Vossi signalisierte, dass er ungelegen kam.

„Ihr hattet einen Toten", sagte Vossi.

„Nicht dass ich wüsste."

„Doch, der Alte im Rollstuhl am Hafen."

„Ach so! Nichts Aufregendes. Laut Dottore Meller Herzschlag."

Vossi gab sich möglichst unbeteiligt: „Wir haben einen Anruf bekommen, es sei Mord."

„Mord? Was soll das? Wir sind dabei, die Personalien des Toten festzustellen, werden danach seine Angehörigen benachrichtigen und den Leichnam zur Bestattung freigeben."

„Das schmink dir lieber mal ab, Umberto. Der Leichnam kommt

nach Monfalcone in die Prosektur, und zwar pronto. Willst du dir wirklich deine Karriere verderben, indem du ein Kapitalverbrechen vertuschst?"

„Soll ich mir meine Karriere verderben, indem ich hier in Grado, in Grado, Bruno, einen Mord ausgrabe?"

„Umberto, sei vernünftig. Ich mach dir einen Vorschlag: Du hilfst mir nach Kräften, stellst mir alles zur Verfügung, was ihr hier zu bieten habt, und je schneller wir die Sache klären, destso besser für dich und Grado."

Der Polizeichef traute Vossi nicht, drehte seinen Kugelschreiber vor seiner Nase und faselte etwas von leeren Hotels, aufgeschreckten Touristen und insolvenzbedrohten Restaurants.

Da wurde Vossi laut: „Schuss damit, Umberto. Du hast keine Wahl. Aber ich kann dir Hoffnung machen. Ich glaube nicht, dass das Verbrechen in Grado verübt wurde."

„Ah, der Täter hat sich also Grado ausgesucht, weil er wusste, dass unser Amtsarzt schnell mit Herzschlag bei der Hand wäre und uns glauben machen würde, das Opfer sei eines natürlichen Todes gestorben. Raffiniert."

„Gar nicht raffiniert. Ich vermute, er wollte über Grado dicker in die Schlagzeilen kommen."

Der Polizeichef war ob so viel Dreistigkeit fassungslos: „Unerhört!"

Vossi bewunderte insgeheim den schnellen Frontenwechsel seines Gegenübers, dessen Augen aufleuchteten, weil er endlich den Strohhalm wahrnahm, von dem der Commissario gesprochen hatte: „Das Verbrechen geschah gar nicht hier, meinst du?"

„Sieh es mal so, Umberto: Grado ist klein, die Welt ist groß."

Der Polizeichef wollte nicht zu erkennen geben, dass er mit diesem kryptischen Satz nichts anzufangen wusste, und murmelte bloß: „Wie recht du hast, Bruno."

Der Rest war Routine: Bruno bat Roberto herein, stellte ihn dem Revierchef vor, bekam ein Büro und zwei erfahrenen Männer des örtlichen Polizeidienstes als Verstärkung zugewiesen und begann die Arbeit mit einer Einsatzbesprechung.

Nachdem Bruno und Roberto Quartier bezogen hatten, steckte der Polizeichef kurz den Kopf durch den Türspalt und bedauerte wortreich, er könne an der Besprechung nicht teilnehmen, da er einen Termin beim Bürgermeister und dessen Stab habe. Vossi atmete hörbar auf.

„Als Erstes will ich alles hierherbekommen, was der Tote bei sich hatte, inklusive Kleidung. Und wenn ich sage Kleidung, dann meine ich Stecktuch, falls vorhanden, Taschentuch, falls vorhanden, irgendwelche Zettel, falls auffindbar, Hemd, Unterhose, einfach alles, hier auf den Tisch."

Roberto und die zwei Ortssheriffs trabten los. Das Wort Tisch erinnerte Vossi an Nico, den wartenden Freund aus Monfalcone und den österreichischen Arzt. Ob er kurz rübergehen sollte? Besser nicht. Stattdessen lehnte er sich zurück und ließ die Fakten, soweit vorhanden, Revue passieren.

Der Täter von Cormons und der Täter von Grado. Monatelang kein Gewaltverbrechen in seinem Rayon und dann zwei, sozusagen nacheinander. Das Nacheinander war nicht das Auffällige, sondern der Aufwand, mit dem inszeniert wurde. Genau: inszeniert. In Cormons wie in Grado. Wer aus herkömmlichen Motiven tötete, etwa aus Habsucht, um zu erben, aus Eifersucht oder was immer, der setzte sein Opfer nicht in einen Rollstuhl. Vossi war sich ganz sicher: Der Täter von Grado war der Mörder von Cormons. Seine Warnungen, sie hätten es mit einem Serientäter zu tun, hatten sich bestätigt. Gab es Irre, die mordeten, nur um die Ermittler vorzuführen? Dem Commissario war aus der Kriminalgeschichte kein solcher Fall bekannt. Aber es war ein Anlass, das Internet schnüffeln zu lassen. Dabei wurde Vossi klar, welchen Dienst die von ihm so ungeliebte Technik im Fall Cormons schon geleistet hatte. Allein um die Bibelstellen und Kommentare dazu herauszufinden, hätten sie tagelang suchen müssen. Was ihn zu seinen offenen Fragen zurückführte: Was trieb den Täter an? War er verrückt? Ein religiöser Fanatiker? Hasste er die Polizei und ging es ihm einzig und allein darum, sie zu blamieren? Tötete er dafür? Und wenn ja, wie oft noch? Wie gut, dass er nicht bei Nico vorbeigeschaut hatte. Ihm war jeglicher Appetit vergangen.

Er rief Jelena an.

„Bis auf Weiteres tagen Roberto und ich in Grado."

„Bist du befördert worden oder hat dich die Staatssicherheit wegen des Papstbesuches aus deinem Büro verdrängt?"

„Erinnere mich bloß nicht an diese Clique. Unsere Dienstwagen fahren sie kaputt, unsere Schreibkräfte arbeiten rund um die Uhr, zwei Etagen der Questura darf keiner von uns Sterblichen betreten, und wenn mich nicht alles täuscht, hat sogar der Pächter unserer Kantine den Andrang ausgenützt, um seine Preise zu erhöhen. Die Welt ist schlecht, Jelena. Und wir haben einen neuen Toten. Hier in Grado, am Hafen."

„Da wird sich der Herr Bürgermeister aber freuen."

„Macht mir weniger Sorgen, als dass dies erst der Anfang einer ganzen Mordserie des Täters sein könnte."

„Na, klug ist der Täter ja wohl nicht."

„Wie kommst du darauf?"

„Na, sonst hätte er sich doch nicht ausgerechnet dein Revier zum Meucheln ausgesucht. Wo er doch wissen muss, dass du ihn fangen wirst."

„Geb's Gott, meine Liebe. Aber nicht nur das ‚Ob' allein zählt, sondern, fast wichtiger noch, das ‚Wie rasch'."

Da er keine Lust auf ihre schnippischen Antworten hatte, verabschiedete er sich rasch und legte auf.

Sofort läutete das Telefonino.

„Wolltest du mich eben loswerden?"

Vossi brummte nur.

Jelena wusste damit umzugehen: „Du bist aber gar nicht gut drauf, mein Lieber. Komm so bald wie möglich nach Hause. Ich habe ein prächtiges Filet auftreiben können und könnte dir ein pikantes Carpaccio machen."

„Mit der Vinaigrette aus Kräutern aus dem Garten?"

„Mit der Vinaigrette und als Nachspeise Blejska Kremšnita."

„Ich kann aber frühestens um sieben hier weg. Sonst bringt mich der hiesige Sheriff ins Gerede und ich werde wirklich noch degradiert."

Nichts gegen Nico. Aber wenn Jelena von einem prächtigen Filet sprach, dann war es prächtig. Und dieses als Carpaccio mit der von ihr gemischten Vinaigrette garantierte nach dem Genuss-Kalorien-Verhältnis absolute Spitze weltweit. Damit durfte auch ohne Schuldgefühle die Cremeschnitte nachgeschoben werden. Nicht irgendeine, wohlgemerkt, sondern die à la Blejski Grad.

Wieder läutete das Telefon. Es war Roberto, der sich von der Recherche meldete: „Wir konnten die Identität des Toten klären. Die Polizei von Monfalcone hat eine Vermisstenanzeige. Alles passt."

„Um wen handelt es sich?"

„Um einen Pensionisten aus Monfalcone. Völlig unauffälliger Typ, sagen die Kollegen."

Vossis erster Reflex: Ein Glück, dass Carpaccio kalt serviert wurde und warten konnte. Ansonsten hätte er Jelena absagen müssen und darauf konnte sie sehr allergisch reagieren.

Roberto dauerte dieses Aufatmen zu lang: „Hören Sie mich, Commissario?"

„Ja, ich höre. Adresse?"

Roberto nannte Namen und Adresse des Opfers.

„Angehörige?"

„Soviel ich weiß, keine. Jedenfalls lebte der Alte allein. Das sagte mir seine Haushälterin, eine gewisse Jovanca."

Keine zwanzig Minuten später stand Vossi vor dem Gartentor mit dem Namensschild „Paolo Fontana". Roberto wartete schon.

„Bevor wir da reingehen, sag, Roberto, die zwei Gradenser Polizisten, taugen die was?"

„Ich glaube schon. Jedenfalls gehen sie ganz schön ran. Ich glaube, die sind glücklich, etwas erleben zu dürfen, Grado ist ja bloß ein Nest. Sie wollten doch die Kleider des Toten. Also haben sie im Spital von Grado den Toten entkleiden lassen und alles zusammengeschnürt und den Abtransport der Leiche in die Prosektur veranlasst. Das gab vielleicht ein Aufsehen. Das Krankenhaus ist ja doch kaum mehr als eine Ambulanz und da spricht sich eine solche Aktion schnell herum. Die vom Leichentransport wollten übrigens partout keine nackte Leiche transportieren. Das sei nicht üblich und bringe Unglück."

Vossi hatte von einem solchen Aberglauben nie gehört und schüttelte verständnislos den Kopf. „Also rein mit uns."

Eine rundliche Frau stellte sich mit „Petrovic" vor und bat sie freundlich ins Haus.

„Darf ich Ihnen etwas anbieten?", fragte sie. „Es ist ja von gestern noch alles da."

Das erregte Vossis Neugierde: „Was war denn gestern Besonderes?"

„Nun, Padre Giovanni, ein Jugendfreund von Signore Paolo, war auf Besuch gekommen. Und Signore Fontana wollte ja den ganzen Tag fasten und dann abends mit seinem Freund speisen."

„Weshalb hat Signore Fontana gefastet?"

„Naja, man kann ja alles übertreiben. Bitte, Commissario, sehen Sie sich das einmal an."

Jovanca führte sie in das zweite straßenseitige Zimmer. Es roch nach den voll erblühten Rosen, die rechts und links von einem Heiligenbild standen, das wiederum auf einem länglichen Wandtisch platziert war, abgesehen von den Blumen noch flankiert von zwei Kerzenständern. Das Bild in der Mitte erinnerte an das Konterfei Osama Bin Ladens.

„Ist das ein Heiliger?", wollte Vossi wissen.

„Ja, kennen Sie denn unseren Santissime Padre Pio von Pietrelcina nicht?" Jovanca Petrovic war fassungslos.

Vossi desgleichen. Das Ensemble an der Wand war ein Hausaltar und glich den Arrangements, die von den Männern zu Fronleichnam vor Hofeinfahrten und dergleichen als Prozessionsaltäre aufgebaut und von den Frauen liebevoll mit Blumen geschmückt wurden. Und wenn dann der Priester mit dem Allerheiligsten an der Spitze einer singenden und betenden Prozession ankam, streuten die Mädchen der Nachbarschaft Rosenblätter und alles kniete nieder und war still. Vossi hatte noch den Duft des Weihrauchs in der Nase und das Scheppern der Ketten des Kessels im Ohr, wenn ihn der Priester in Richtung Hofeinfahrt schwenkte. Aber das hier? Fronleichnam im Wohnzimmer?

„Hier feierte Padre Giovanni immer die heilige Messe, wenn er zu Besuch kam", sagte Jovanca, als ob sie Vossis Gedanken gelesen hätte.

„Warum aber das Fasten und warum nicht in der Kirche?"

„Fasten wegen der Kommunion. Früher fastete man vorher. Man durfte mindestens drei Stunden davor nichts essen. Und Messe hier, weil sie in Latein abgehalten wurde. Signore Fontana liebte das so und Padre Giovanni tat ihm den Gefallen."

„War das ein Protest gegen das Zweite Vatikanische Konzil?"

„Aber wo! Sie waren beide päpstlicher als der Papst und Rom treu."

„Woher wissen Sie das so genau, Signora?"

„Na, weil sie immer mit höchstem Respekt vom Papst sprachen und von der Kurie, den Bischöfen und so. Ich meine, manchmal macht man sich doch lustig über den Papst. Niemals aber Signore Fontana. Im Gegenteil, ganz Gehorsam, ganz der Obrigkeit ergeben."

„War Signore verheiratet? Hatte er Kinder?"

„Nein. Soviel ich weiß, nie verheiratet und keine Kinder."

„Freundinnen?"

„Sie meinen, ob er eine Beziehung hatte? Nein, keine Beziehung, bestimmt nicht."

Vossi wusste daraufhin nicht genau, wie fragen, ohne zu verletzen, also fiel er mit der Tür ins Haus: „Vielleicht schwul? Ist ja nichts Böses heutzutage."

Jovanca musste lachen: „Ich weiß, heute fragt man danach, als ob man nach einer bestimmten Lieblingsspeise fragen würde. Jedenfalls meine Antwort: Schwul? Nein. Nie etwas bemerkt, aber wie merkt man das schon. Muss sich ein Schwuler immer parfümieren, sich die Nägel anmalen und diese Bewegungen machen, mit denen sie im Kabarett verspottet werden?"

Vossi lächelte verbindlich und sagte scherzhaft: „Wie Sie aus Kriminalfilmen sicher wissen, stelle ich die Fragen."

Jovanka lachte herzlich, wobei sich ihre Wangen röteten und makellos gepflegte Zähne sichtbar wurden.

„Also was ist jetzt? Darf ich Ihnen etwas aufwarten? Es wäre sicherlich im Sinne von Signore Paolo."

„Vielen Dank, Signora"

„Vielen Dank, nein, oder vielen Dank, ja? Und nennen Sie mich nicht immer Signora. Ich bin Jovanca und ich bin es gern. Auch für Sie."

„Vielen Dank, nein, Jovanca."

„Na, sehen Sie, Commissario. Geht doch"

„Jovanca, ich muss alles über Padre Giovanni wissen. Wie kann ich ihn erreichen?"

„Er war heute Morgen nochmals hier und hat sich Sorgen gemacht um Signore Paolo. Zu Hause ist er in der Schweiz, was man an seinem Italienisch hört, wenn man genau aufpasst. Seine Mutter stammt aus dem Tessin, hat aber in ihrer frühen Jugend hierher geheiratet. Und wenn Padre Giovanni im Lande ist, wohnt er bei seiner Mutter in Medea, wo er aufgewachsen ist. Da will er auch jetzt ein paar Tage Ferien machen, bevor er in die Schweiz zurückkehrt. Hier, seine Adresse und Telefonnummer. Er sei erst ab sechzehn Uhr zu erreichen, hat er bei seinem letzten Anruf vor zwei Stunden gesagt. Also weiß er noch nichts vom Tod Signore Paolos. Vor zwei Stunden wusste ich ja auch noch nichts."

Jovancas Gesichtsausdruck veränderte sich. Gleich würde sie weinen.

„Jovanca, Sie waren so nett zu uns und wir hatten wirklich einen schweren Tag. Darf ich doch auf Ihr Angebot zurückkommen und Sie jetzt tatsächlich um ein kleines Brötchen oder Ähnliches bitten? Nicht für mich, ich muss ja Gewicht halten, aber für meinen jungen Assistenten. Der Arme hat seit dem Frühstück nichts gegessen."

Von einer Sekunde auf die andere strahlte Jovanca wieder. Sie führte sie in eine blitzblank geputzte Küche, eingerichtet irgendwann zwischen 1955 und 1965, aber tipptopp.

Zuerst zierte sich Roberto ein wenig. Als er aber dann die Fächer aus Salami, Schinken und getrocknetem Rindfleisch sah, geschmückt mit zu Röschen geschnittenen Radieschen, garniert mit Tomatenscheiben und Schalotten, schluckte er. Als dann aber noch Jovanca dem Ganzen mit Mayonnaisekringeln die Krone aufsetzte, griff er herzhaft zu. Vossi und sein Fall konnten warten. Inzwischen hatte die Espressomaschine gefaucht und Vossi bekam einen cremigen Doppio in die Hand gedrückt. Als aber Roberto zu einem zweiten Gläschen Rotwein mit vollem Munde „molto gentile" murmelte, musste der Commissario einschreiten. Schließlich war der Junge ja sein Chauffeur.

Inzwischen war es zwei Uhr. Für einen Besuch bei Padre Giovanni zu früh, also ging sich eine Stippvisite in Stipe Lambertis Gruselkabinett aus.

„Dottore Lamberti ist in der Kantine", sagte die stellvertretende Leiterin der Gerichtsmedizin, das genaue Gegenteil ihres Chefs: nicht jung, sondern in die Jahre gekommen, sicherlich längst pensionsberechtigt, nicht scherzbereit, sondern griesgrämig, nicht entgegenkommend, sondern abweisend, nicht nach einer dezenten Spur Armani duftend, sondern zum Fensteraufreißen nach Chloroform riechend.

Lamberti hatte ein Glas vor sich stehen, dessen Inhalt nach Wasser aussah, aber sicherlich Grappa war, denn Stefano pflegte nach der Uhr zu essen und zu trinken und schloss seinen Pranzo grundsätzlich mit Rückständen aus der Weinpresse – destilliert, versteht sich – ab.

„Setzt euch, ich bin gleich so weit", sagte er zu Vossi und Roberto, ohne von seinem iPad aufzusehen, über das er ab und zu mit dem Zeigefinger seiner Rechten fuhr, als ob er Fliegendreck wegwischen wollte. Ob sein Freund zu viel Grappa getrunken hatte? Vossi roch von dem Glas. Kaum zu fassen, es war Wasser.

„Greif nur zu, Bruno, es wird dich laben."

Wäre es Grappa gewesen, vielleicht hätte Vossi tatsächlich auf Jovancas leckere Brötchen einen kleinen Schluck nachgekippt. So aber bat er Roberto, sich an der Theke um Mineralwasser anzustellen.

Lamberti legte seinen iPad zur Seite, grüßte Vossi, als ob er ihn eben wahrgenommen hätte, und sagte im Tonfall eines Oberlehrers alter Schule: „Unser Kurpfuscher aus Grado hat recht gehabt. Der Mann im Rollstuhl ist an einem Herzschlag gestorben."

„Also kein Geschäft?", fragte Vossi ungläubig.

„Doch, aber ein kniffliges. Denn die Frage ist nicht, woran er gestorben ist, sondern was den lieben guten Herzschlag ausgelöst hat. Und da wirst du staunen, mein lieber Bruno."

„Mach's kurz, Stipe, ich staune schon."

„Kennst du die Liste der zehn gefährlichsten Gifttiere, Bruno?"

„Schlangen und Spinnen, aber deren Namen sind mir jetzt nicht geläufig. Komm zur Sache, Stipe, ich hab einen schweren Tag."

„Und, so wage ich zu behaupten, dir steht noch einiges bevor."

„Stefano!" Vossi sagte es mit einem lang gezogenen Unterton, als ob ein endloser Gegenbogen über einen Kontrabass strich.

„Na gut, die zehn giftigsten Tier der Welt sind, wissenschaftlich gereiht, die Würfelqualle aus Australien, die Krustenanemone, der Pfeilgiftfrosch, die Kegelschnecke, die Blauringkrake, der gelbe Mittelmeerskorpion, der Inlandtaipan, die Trichternetzspinne, Dubois' Seeschlange und last not least der Steinfisch. Was, Bruno, wäre dein Lieblingstierchen?"

„Ich mag Frösche", sagte Roberto, der mit dem Wasser angetrabt gekommen war.

„Gute Wahl, aber schwer erhältlich. Man muss auf der Höhe des Rio Negro den Amazonas verlassen, sich umständlich mit einer Machete den Weg zu einer Yanomami-Siedlung freischlagen, damit einer aus dem Indianerstamm einem bei der Suche nach dem Tierchen hilft. Denn ein Zivilisierter hat da keine Chance, fündig zu werden. Was aber wissen wir von der Würfelqualle?"

Vossi nahm einen gehörigen Schluck von dem Mineralwasser. Er kannte Lambertis Hang zu serpentinenreichen Monologen und ertrug sie nur, weil sie meist ein interessantes Schlusswort hatten.

„Von den Würfelquallen wissen wir, dass sie in nordaustralischen Gewässern manche Buchten so dicht beleben, dass Badende kaum hundert Meter schwimmen könnten, ohne ihnen zum Opfer zu fallen. Mit ,zum Opfer fallen' meine ich, tot, Schluss, aus, fertig in Sekunden."

„Was hat die Lagune von Grado mit Würfelquallen zu tun? Ich bitte dich, lass uns nicht zappeln."

„Wer mit der Würfelqualle in Berührung kommt, schafft es nicht einmal mehr, zu zappeln. Australien, richtig, Bruno, grenzt nicht an

Grado. Aber ob du es glaubst oder nicht: Es gibt im Internet eine Anfrage, ob man einen der lieben Gleiter nicht wo kaufen könnte, um ihn als Haustier zu halten."

„Ist nicht wahr, Stipe!"

„Doch, Bruno, du kannst es im Internet nachlesen unter ‚Würfelqualle kaufen'. Zuerst landest du natürlich bei Amazon und Werbeseiten. Aber dann landest du bei dem Fragesteller, der in einem Film gesehen hat, wie sich einer eine Qualle in einem Glaszylinder hielt. Das möchte er auch. Wahrscheinlich ein Spinner."

„Was wir überprüfen werden. Schreib auf, Roberto."

„Womit wir bei der Krustenanemone wären. Sie ist weltweit verbreitet und gehört zu den Blumentieren. Im Gegensatz zu ihrer ebenfalls sehr hübschen Verwandten, der Steinkoralle, fehlt ihr jegliches Skelett. Sie wird nur wenige Zentimeter groß, ist wegen ihrer Prachtentfaltung aber quasi ein Muss in größeren Meerwasseraquarien. Allerdings: Bestimmte Arten verfügen über das Gift Palytoxin, eines der stärksten natürlichen Gifte. Es gibt keine Inkubationszeit, das Gift wirkt sofort, sowohl als Kontaktgift als auch über Schwebeteilchen. Bereits 0,00015 Milligramm davon reichen, um kleinere Lebewesen zu töten. Wenn's ein bisschen mehr sein darf, lähmt es beim Menschen den gesamten Muskelapparat. Merke wohl, Bruno, Muskelapperat, Herzmuskel, alles klar, Commissario? Übrigens ist bis heute kein Gegengift bekannt."

„Dein heißer Tipp?"

„Mein heißer Tipp."

„Wie wäre unser Täter dessen habhaft geworden?"

„Da musst du dich an Speziallieferanten von Zierfischen, Lebendkorallen und Ähnlichem halten. Ein zähes Stück Arbeit für deine Leute, Bruno."

„Die du uns da einbrockst. Und du meinst, das Gift kam über den Einstich im Kragenbereich mit unserem Opfer in Berührung und leistete so ganze Arbeit?"

„Ganz entschieden meine ich das. Aber noch etwas ist bemerkenswert, Bruno, der Täter tat dies meines Erachtens nicht, um die Todesursache zu verschleiern, sondern um einen unauffälligen Sekundentod auszulösen. Hätte er verschleiern wollen, hätte es genügt, das Opfer mit dem Gift einfach in Berührung zu bringen. Etwa über ein Schnupftuch, vor die Nase gehalten. Es wäre mit an Sicherheit grenzender Wahrscheinlichkeit der perfekte Mord. Nicht einmal ich hätte ihn nachweisen können."

„Da haben wir ja Glück gehabt, Stipe", sagte Vossi voll Anerkennung.

„Nicht unbedingt, noch habe ich nämlich nichts in der Hand, um vor Gericht sagen zu können: ‚Bitte sehr, sehen Sie hier, meine Geschworen, das Gift, das wir im Körper des Opfers feststellen konnten und das zu seinem Tode führte.' Wir bewegen uns nämlich hier schon fast im Nanobereich, Bruno. Aber Mailand wird mir bei der Analyse des Gewebes um den Einstich mit Spezialgeräten helfen. Das Päckchen ist schon per Kurier unterwegs."

„Wie bist du dann darauf gekommen?"

„Alle Muskeln sind gleichzeitig kontrahiert, also erstarrt, haben schlagartig ihre Arbeit eingestellt. Das gibt es in dieser Plötzlichkeit bei allen Muskeln gleichzeitig nur bei einem Stromschlag. Dafür fehlen aber die Verbrennungsmerkmale. Wenn du dann mit einem Aufwand von einigen Stunden Ursachenverdacht für Ursachenverdacht durchgehst und ausschließt, was nicht passt, bleibt am Ende nur die Krustenanemone."

Roberto war sprachlos und kam sich offensichtlich ganz klein vor.

„Und das haben Sie alles studiert, das wissen Sie alles, Dottore?", fragte er ergriffen.

„Der da weiß es", sagte Dottore Lamberti und zeigte verächtlich auf sein iPad.

„Todeszeitpunkt?", wollte Vossi noch wissen.

„Das wiederum weiß der nicht, aber ich weiß es. Ich würde sagen, Sonntag abends, zwischen achtzehn und zweiundzwanzig Uhr."

„Genauer geht's nicht?"

„Unmöglich, dein Opfer hatte mindestens den ganzen Sonntag nichts gegessen. Das macht es schwer."

VI. Die Hand des Schwertes

Als Padre Giovanni die Nachricht vom Tod seines Freundes erhielt, bekreuzigte er sich intuitiv und bat Vossi, Platz zu nehmen.

„Ich hab mir also nicht umsonst diese schrecklichen Sorgen gemacht. Ich meine, einfach wegzubleiben, das war doch nicht Paolo."

„Erzählen Sie mir doch, was gestern abends genau geschah. Ab dem Zeitpunkt Ihrer Ankunft bitte, Punkt für Punkt."

„Ich bin um etwa zwanzig Uhr in Monfalcone angekommen. Ein flüchtiger Bekannter hatte mich mit seinem Wagen mitgenommen. Es war ja wieder einmal totales Chaos bei der italienischen Eisenbahn. Verzeihen Sie, Commissario, damit wollte ich Sie keineswegs kränken."

Vossi beruhigte den Schweizer: „Keine Sorge, Padre. Sie würden sich Ihre priesterlichen Ohren zuhalten, wenn Sie hörten, was wir hier über unsere Staatsbahnen sagen. Manche münzen dies sogar auf den Staat selbst."

„Gut. Aber, um es nochmals zu sagen, ich bin um zwanzig Uhr in Monfalcone angekommen. Normalerweise hätte ich zuallererst meine Mutter hier in Medea besucht. Aber da es schon spät war und ich wusste, dass Paolo auf die Messfeier wartete, bat ich den Bekannten, mich irgendwo in Monfalcone abzusetzen. Er bestand aber darauf, mich bis zu Paolos Haus zu bringen. Wir begannen dann sofort mit der Messfeier."

„Die Haushälterin sagte mir, in Lateinisch. Ist das nicht verboten?"

„Nein, nein", korrigierte der Jesuitenpadre und setzte sogleich hinzu: „Um Gottes willen, ganz und gar nicht. Es ist uns Priestern nicht verboten, in Klausur die Messe in Lateinisch zu feiern. Diese Privatmessen nennt der Vatikan Missa sine populo und gestattet sie ausdrücklich, wenn auch mit gewissen Einschränkungen."

„Darf ich Ihre Messfeier sine populo als Distanzierung ... oder sagen wir Kritik an Rom auffassen?"

„Dürfen Sie nicht, Commissario. Ich habe unbedingten Gehorsam gelobt. Dieses Gelöbnis gestattet keine Kritik an der Lehrmeinung der Kirche und nichts läge mir ferner, als dieses Gelöbnis zu brechen."

„Also bleibt das cui bono?"

„Eine ungewöhnliche Fragestellung. Als Katholik und Priester wäre es mir nie eingefallen, den Sinn einer Messe mit cui bono zu hinterfragen, aber ich will Ihnen eine Antwort geben und damit etwas beleuchten, das auch die Konzilsväter sicherlich sehr beschäftigt hat. Ich spreche jetzt für meinen toten Freund Paolo. Sehen Sie, es ist so, Commissario: Wenn Sie Jahrzehnte in einer bestimmten Sprache beten, dann verbinden Sie mit jedem Gebetswort dieser Sprache gewisse Vorstellungen und Empfindungen, die nur nachempfinden kann, wer weiß, was Beten bedeutet, und es auch jahrzehntelang praktiziert. Das Wort wird Bestandteil und Begleiter des Denkens und Empfindens – wie Musik."

„Sie meinen, das lateinische Wort wird etwas wie Bach, Haydn oder Mozart?"

„Ich sehe, Sie haben mich verstanden. Beten Sie, Commissario?"

„Sagen wir so: Ich habe mich bei Ihrem Gott noch nicht richtig vorgestellt."

„Darf ich mir eine priesterliche Bemerkung erlauben? Er wartet, Commissario."

„Lassen Sie mir Zeit. Einige Male noch Haydns *Missa in tempore belli,* dazu Bach und Mozarts *Requiem* als Quintessenz könnten meinen Glauben an die Menschheit so weit stärken, dass mir Gott in den Sinn käme."

„Sie wollen über die Menschen zu Gott finden? Interessant ..."

Vossi dachte kurz nach, ob er dem etwas abgewinnen oder entgegnen konnte, war sich nicht sicher und begnügte sich damit, dass er nicht wollte. Schließlich hatten diese Fragen nichts mit seinem Fall zu tun.

Roberto schien das ganze Gespräch nur anzuöden. Er putzte schon geraume Zeit die Fingernägel seiner linken Hand mit dem Zeigefingernagel seiner rechten, wie er das fast immer tat, wenn er sich unbeobachtet fühlte. Leicht irritiert bat der Commissario Padre Giovanni, in der Schilderung des Abends fortzufahren.

„Wir haben also gemeinsam die heilige Messe gefeiert. Exakt zum ‚Ite, missa est' läutete es an der Tür. Paolo sagte: ‚Das wird Jovanca sein' und ging, um zu öffnen."

„Und was haben Sie gemacht, Padre?"

„Nichts. Also ganz ehrlich gesagt, ich habe mich auf das Essen gefreut, wozu es aber nicht mehr kam."

„Wie lange haben Sie auf die Rückkehr Ihres Freundes gewartet?"

„Ich habe den Messkelch geputzt, das Primizgeschenk meiner Mutter, müssen Sie wissen. Wenig später kam wirklich Jovanca, sie hatte ja einen Haustürschlüssel, ich erzählte ihr, dass Paolo offensichtlich dringend wegmusste, packte meine Sachen und ging ebenfalls. Meine kranke Mutter wartete ja hier auf mich."

„Hatten Sie eine Erklärung für das Wegbleiben Ihres Freundes?"

„Nur eine: Paolo war Diakon und kümmerte sich aufopfernd um die Kranken seiner Pfarre. Als solcher spendet, Verzeihung, ‚spendete' er die Sterbesakramente, wenn der Pfarrer verhindert war. Ich dachte also, vielleicht musste Paolo dringend an ein Krankenbett oder zu einem Sterbenden bei einem Unfall."

„Für Sie also ein nachvollziehbarer Abgang?"

„Für mich ein absolut nachvollziehbarer Abgang. Vor allem dann, wenn er zu einem Unfall mit einem Sterbenden gerufen worden wäre."

„Haben Sie ein Autogeräusch gehört, die Fenster standen ja wohl offen?"

„Nein, ich habe nichts gehört. Aber die Fenster waren zu. Wir wollten bei der Andacht nicht gestört werden."

„Ein letzte Frage noch, Padre, solche Privatmessen, sind die gang und gäbe oder etwas Außergewöhnliches?"

„Durchaus gang und gäbe. Unter Mönchen in Klöstern beispielsweise."

„Ich habe da noch ein Problem, Padre, vielleicht können Sie mir dabei helfen?"

Padre Giovanni kannte solche Wendungen nur zu gut. So begannen die Sätze, wenn weltliche Gesprächspartner auf ihre Glaubensprobleme zu sprechen kamen. Doch statt irgendwelcher Seelenqualen bekam er eine höchst absonderliche Mordgeschichte über eine Steinigung bei einer Mariensäule zu hören.

„Also, wenn ich die Todesart hernehme, komme ich auf Steinigung nach Levitikus, drittes Buch Mose. Da wird beispielsweise für Gotteslästerung die Todesstrafe durch Steinigung vor der versammelten Dorfgemeinschaft verlangt."

„Die hiesigen Presseberichte implizieren, der Täter sei ein Islamist, der nach dem Koran töte. Können Sie dem etwas abgewinnen?"

„Auch. Ein gläubiger Moslem darf töten, ohne sich zu versündigen, wenn zum Beispiel ein Mensch der Blasphemie oder des Abfalls vom Koran überführt ist. Der Koran nennt beides als die größten Sünden, noch vor Mord, Totschlag und Ehebruch." Vossi hörte jetzt ganz deutlich den Schweizer Dialekt, die Einfärbung der Tessiner Herkunft im tadellosen Italienisch des Kirchenmannes. Der fuhr fort: „Auch bei den Juden vor der Diaspora war das so. Denken Sie an die Szene der Ehebrecherin – kennen Sie die? Man kann sie sich nur so vorstellen, dass eine Gruppe Männer Steine nehmen und nach dem Gesetz töten will, ‚töten' im Sinne von ‚exekutieren'. Lynchen in unserem Sinne ist das nicht. Vielmehr treffen wir hier auf ein anderes Rechtsbewusstsein."

„Unser Opfer war aber kein Ehebrecher. Ja, er hatte eine Beziehung, aber er war Witwer und die betreffende Partnerin unverheiratet", gab der Commissario zu bedenken.

„Weshalb mich das Szenario vor allem an Levitikus erinnert."

„Padre, ich weiß, Sie haben eine kranke Mutter und machen nur ein wenig Urlaub. Dennoch bin ich so unverschämt und erbitte von Ihnen einen Gefallen, der Ihnen allenfalls eine oder zwei Stunden kosten würde, uns aber entscheidend weiterhelfen könnte. Würden Sie uns, also mir und meinem Team, in der Questura etwas erschöpfender erklären, was wir in diesem Fall als Background wissen sollten. Ich würde Sie wirklich nicht darum bitten, wenn es nicht so äußerst wichtig für uns wäre."

„Aber ich bin weder in der einen noch in der anderen Disziplin promovierter Spezialist. Da gibt es sicher bessere Quellen."

„Bei denen ich mich aber stets fragen müsste, ob uns alles gesagt oder subjektiv gesiebt wird."

Und weil ihn Padre Giovanni etwas überfordert ansah, ergänzte er: „Sie wissen doch: einmal Bulle, immer Bulle."

Der Padre wusste nicht, murmelte aber verständnisvoll: „Dann werde ich wohl nicht Nein sagen können. Aber etwas Zeit, um mich vorzubereiten, müssen Sie mir schon geben."

„Kein Problem, sagen wir morgen neun Uhr. Wir holen Sie ab."

„Viel Zeit ist das ja nicht gerade, aber ich werde mein Möglichstes tun. Also, neun Uhr, sagen Sie? Dann holen Sie mich am besten von der Messfeier in der Kirche von Ronchi ab."

Vossi bedankte sich in einer Wortfülle, die Roberto nicht an ihm kannte.

Im Büro sah sich Vossi mit einem Folder konfrontiert, der Dokumentationsmaterial über „Steinigung heute" enthielt. So hatte ihn der Kollege, der die Daten zusammengetragen hatte, betitelt. Er wollte sich nicht allein auf archaische Sprüche verlassen und herausfinden, wer heute, einheimisch oder eingewandert, unter welchen Voraussetzungen überhaupt fähig wäre, etwas so Grausames zu tun. Er nahm sich den Folder als Bettlektüre mit nach Hause. Jelena neben ihm blätterte in einer Ausgabe von *Better Homes and Gardens,* einem kiloschweren US-Magazin für Frauen der beginnenden zweiten Lebenshälfte, die ihre Bleibe neu möblieren wollten.

Vossi schlug seinen Folder auf und las.

Ukraine: Die neunzehnjährige K. K. nahm 2011 an einem Schönheitswettbewerb teil und wurde nach Berichten der britischen Daily Mail *deswegen von drei muslimischen Jugendlichen in ihrem Heimatdorf auf der Halbinsel Krim gesteinigt. Einer von ihnen, der sechzehnjährige B. G., soll nach seiner Verhaftung erklärt haben, K. K. habe „die Gesetze der Scharia übertreten" und er bedauere ihren Tod nicht.*

Afghanistan: Im Einsatzgebiet der deutschen Bundeswehr, in der Provinz Kundus, wurde im August 2010 ein unverheiratetes Liebespaar öffentlich gesteinigt.

Iran: Gemäß § 83 des iranischen Strafgesetzbuches ist die Todesstrafe durch Steinigung bei Ehebruch vorgeschrieben. Dabei werden die Opfer der Hinrichtung bis zu den Knien im Erdboden eingegraben und komplett mit einem Tuch verhüllt, welches zumeist weiß ist. Die Steine dürfen nicht größer als die werfende Hand sein, um den Tod des oder der Verurteilten hinauszuzögern. Der Richter sorgt für den Mindestabstand zum Verurteilten. Bei einem Geständnis des Verurteilten darf der Richter den ersten Stein werfen. Wenn der Beschuldigte durch Zeugenaussagen verurteilt wurde, werfen die Zeugen den ersten Stein ...

Nigeria: In Nigeria wurden ab 1999, seit der Einführung der Scharia in einigen nördlichen Landesprovinzen, verschiedene Frauen wegen Ehebruchs zum Tod durch Steinigung verurteilt. Aufsehen erregte der Fall S. H. Die wurde Anfang 2000 geschieden, doch sie bekam im Februar 2001 ein nachehelich geborenes Kind. Ihre Nachbarn erstatteten Strafanzeige wegen Ehebruchs und Unzucht. Gemäß den Richtlinien des sakralen Strafrechts wurde sie am 9.10.2001 zum Tod durch Steinigung verurteilt. Vor Gericht hatte H. erklärt, dass sie von ihrem Nachbarn Y. A. mehrfach vergewaltigt worden sei und dieser die Tat auch schon gegenüber zwei Polizisten gestanden habe. Y. A. bestritt diese Angaben und wurde freigesprochen. Nach muslimischem Recht wird einer Frau nur geglaubt, wenn mindestens vier Männer ihre Aussage bestätigen ...

Jesiden: Am 7.4.2007 wurde die minderjährige Kurdin K. A. von einer Menschenmenge bei Mosul im Irak von eigenen Verwandten gesteinigt. Ihre Familie gehört zu den Jesiden und hat sie für einen angeblichen Übertritt zum Islam bestraft.

Vossi legte den Folder zur Seite und stand auf. Nach dieser Lektüre konnte er jetzt sicher nicht einschlafen. Egal, wie Grappa auf Paradontax schmeckte, er brauchte einen. Wenig später kam Jelena aus dem Schlafzimmer.

„Sag, bist du noch zu retten, so etwas vor dem Einschlafen zu lesen?"

„Was heißt vor dem Einschlafen? Damit ist es jetzt sowieso vorbei."

„Und was ist mit mir?"

„Für dich war der Folder ja nicht gedacht."

„Sag, ist das alles wahr? Oder ist das bloß das Drehbuch eines Horrorfilms?"

„Wort für Wort wahr, mein Liebes. Zusammengetragen von meinem Team."

„Hältst du es für möglich, dass Moslems aus diesen Ländern das Wesen unserer Rechtskultur innerhalb einer Generation überhaupt begreifen können?"

„Nicht, wenn ihre Eltern sie davon abhalten, sich zu integrieren.

Und nicht, wenn wir wegschauen, wenn sie versuchen, in Europa nach den Spielregeln Somalias oder Kurdistans zu leben."

„Das heißt, wir Frauen haben an Stellenwert bereits verloren?"

„Du würdest kotzen, wenn ich dir die sogenannten mildernden Umstände aufzähle, die bei unseren Gerichten bei Übergriffen gegen Frauen gewährt werden, falls der Täter islamischer Kulturherkunft ist. Du würdest noch mehr kotzen, wenn du miterleben würdest, wie unsere Gerichte die Leidensfähigkeit moslemischer Frauen einfach höher einschätzen, weshalb Übergriffe oft nur mit Ermahnungen und Belehrungen geahndet werden."

„Das heißt, wir Frauen Europas drohen zu versachlichen?"

„Kein ganz verkehrtes Wort."

„Aber deine Leichen sind doch männlich. Was treibt dich um, dass du Fallstudien dazu erarbeiten lässt?"

„Ich kann nicht ausschließen, dass seine nächsten Opfer weiblich sind."

Am nächsten Tag waren alle pünktlich um neun Uhr im großen Konferenzraum versammelt. Irgendwie hatte Questore Donadoni Wind von dem Termin bekommen und mischte sich „unters Volk". Das war seine Bezeichnung dafür, sich immer dann zu zeigen, wenn er es für richtig oder notwendig hielt, seinen Wissensstand aus erster Hand auf Status zu bringen. Er fiel bei solchen Gelegenheiten kaum auf. Abgesehen von ein paarmal „weitermachen, weitermachen" sagte er kein Wort. Fragen stellte er allenfalls danach in seinem Büro unter vier Augen an Vossi.

Der stellte jetzt Padre Giovanni vor und führte aus: „Wie Sie wissen, jagen uns die Medien mit ihren Spekulationen darüber, wer in den Mordfällen Rudolfo Schnabel und Paolo Fontana der Täter sein könnte. Dabei ist es nicht so, dass irgendein X oder Y verdächtigt wird, sondern ein Islamist. Und hier sind wir gefordert. Solange es dazu keinen Namen gibt, ist ein Islamist gleichzusetzen mit ‚alle

Islamisten'. Ein für uns untragbarer Zustand. Damit bringen die Medien Tausende Zuwanderer in ein Fadenkreuz und gefährden den inneren Frieden. Wer sich in Udine in Bahnhofsnähe bewegt, spürt das gesteigerte Misstrauen. Mir liegen Polizeiberichte vor, die dies dokumentieren, und wir können alle froh sein, dass bis dato gröbere Auseinandersetzungen auf offener Straße ausgeblieben sind. Ich selbst konnte mich am letzten Wochenende vor Ort überzeugen. Sozusagen als Städtetourist in meiner Freizeit. Ich betone ‚Städtetourist', damit nur ja niemand glaubt, ich fische in fremden Gewässern ... Seither hat es leider wieder einen Mordfall gegeben. Und da die Medien sicher herausfinden werden, dass das Opfer ein Diakon, also ein Aktiver der Amtskirche, war, werden die Journalisten wiederum in die gleiche Kerbe hauen: Moslem tötet Christ. Ich habe deshalb Padre Giovanni gebeten, uns Rüstzeug zum besseren Verständnis des Islam und des Judentums zu geben. Padre Giovanni ist Jesuit, mit dem Opfer Nummer Zwei, Paolo Fontana, befreundet gewesen und bereit, auch Fragen zu beantworten. Sind religiöse Motive im Spiel, geht es ja um Dinge, von denen die meisten von uns nur wenig wissen, ich zum Beispiel so gut wie gar nichts. Sind keine religiösen Motive im Spiel, haben wir immerhin unser Allgemeinwissen erweitern können, was sicherlich keinem schaden kann. Bitte, Questore, möchten Sie dazu noch etwas sagen?"

„Nein, nein, bitte weitermachen, weitermachen."

Damit war der Padre am Wort: „Nun, zuerst einmal muss ich einschränkend sagen, ich bin beileibe kein Spezialist für das Alte Testament und den Islam. Doch Wissensfundamente, soweit vorhanden, gebe ich gerne weiter. Ihr Commissario erzählte mir von dem Scripsi mit dem Code neun Strich neunundzwanzig. Die Evangelisten des Neuen Testaments haben Sie studiert, hier bin ich mit dem Commissario einer Meinung, dass sie nicht relevant sind. Auch mit den entsprechenden Verszeilen des Alten Testaments kam ich

nicht weiter. Ich möchte Ihnen deshalb ganz allgemein das Rechts-
verständnis des Alten Testaments und das der Moslems, das ähnlich ist, vermitteln. Es unterscheidet sich sehr von unserem, das
sich vom römischen Recht ableitet. Nach dem römischen Vielgöt-
terglauben fordert nicht irgendein Gott, strafend zu töten, weshalb
der Staat straft, um den Einzelnen und die Gesellschaft zu schützen. Für uns liegt das Gewaltmonopol beim Staat. Ich darf dazu
aus einem Brief des Apostels Paulus zitieren: ‚Die Obrigkeit trage
das Schwert, sie sei Gottes Dienerin und vollziehe das Strafgericht
an den Bösen.‘ Ob Todesstrafe, Haft, Geldstrafe, die Entscheidung
bleibt dem profanen Gesetzeswerk überlassen. Bei den Juden des
Alten Testaments war das anders. Die Steinigung wurde als Strafe
für Untaten von Israeliten gefordert. Zu schwerwiegenden Sünden
gehörten Götzendienst, vorsätzlicher Bruch des Gebots, den Sab-
bat zu halten, Wahrsagen, Ehebruch, Ungehorsam gegenüber den
Eltern und Gotteslästerung. Solche Verbrechen konnten Gläubige
von sich aus richten. So konnte etwa ein Gotteslästerer sofort, also
quasi in flagranti, gesteinigt werden. Wir würden das als Lynch-
justiz bezeichnen. Denken Sie an die Szene aus der Passionsge-
schichte: Jesus steht vor dem Hohepriester Kaiphas, der auf das
Stichwort wartet. Und als Jesus seine Sendung als Messias bestätigt, heißt es, ich zitiere: ‚Er hat Gott gelästert. Was brauchen wir
da noch Zeugen?‘ Und alle antworten: ‚Er ist des Todes schuldig.‘
Jesus war damit de facto für vogelfrei erklärt. Der Mord von Cormons könnte also auch archaisch jüdische Motive haben.“
Padre Giovanni legte eine Pause ein, stellte fest, dass jeder im Publikum Blickkontakt mit ihm suchte, und schloss daraus, dass es
mehr hören wollte.
„Da das Opfer Rudolfo Schnabel Bauer ist, könnte es sich um eine
ganze Reihe von Gebotsverletzungen handeln. Vielleicht hat er
Speisen mit Blut gegessen, vielleicht hat er seine Felder einmal mit
Mais und einmal mit Kartoffel bebaut. Felder dürfen nach Leviti-

kus nicht bis zum äußersten Rand abgeerntet und nicht nachgelesen werden. Cormons lebt zum guten Teil vom Weinbau. Vielleicht ergibt sich aus Weinlese, Nachlese und Weinbaugebiet der Bezug zu dem Drama. Denn ausdrücklich heißt es bei Levitikus, dass im Weinberg keine Nachlese erfolgen dürfe. Fragen Sie mich bitte nicht nach den Motiven und Hintergründen dieser Regeln. Wir wissen, dass der Verzehr von Schweinefleisch verboten wurde, weil die Tiere damals von Trichinen verseucht waren, dies also einen gesundheitlichen Hintergrund hatte ... Wie auch immer, Levitikus ist insofern relevant, weil vor der ganzen Dorfgemeinschaft gesteinigt werden musste. Es braucht nicht viel Fantasie, um vom Geläut der Glocken auf die so herbeigeläutete Dorfgemeinschaft zu kommen."

Padre Giovanni hielt inne. Er schien zu überzeugen. Das war nicht seine Aufgabe. Er wollte nur Erklärungen anbieten. Deshalb zählte er andere Möglichkeiten auf: „Es kann sich aber auch um moslemische Hintergründe handeln. Eine Exekution wegen einer tatsächlichen oder vermeintlichen Gotteslästerung wäre denkbar. Wegen einer Apostasie, also dem Abfall vom Islam, für Moslems die größte aller Sünden. Doch der Koran erlegt dafür nicht explizit eine Strafe auf, die im Diesseits zu exekutieren wäre. In den meisten islamischen Gesellschaften aber wird Blasphemie mit dem Tode bestraft. In manchen Kulturkreisen ist es so, dass jeder ermächtigt ist, sich als Henker zu begreifen und das Urteil zu vollstrecken. Das gilt nicht nur in Pakistan oder irgendwo in Zentralafrika, sondern beispielsweise auch im heutigen Ägypten, nicht nur im Ägypten Mursis und der Muslimbrüder, sondern auch im Ägypten des neuen Machthabers. Das heißt, der einzelne Bürger und Gläubige ist per Gesetz ermächtigt, zu exekutieren. Ja, in vielen Fällen wird er von tatsächlichen oder selbst ernannten Religionsführern ausdrücklich dazu angehalten. Das ist also wiederum ein völlig anderes Rechtsbewusstsein!"

Rita meldete sich zu Wort: „Direkt gefragt, Padre, was würden Sie für wahrscheinlicher halten: Islamist oder archaischer Jude?"

„Nehmen wir die Zahlen, was ist wahrscheinlicher, dass einer von Millionen Moslems ausrastet oder einer von vielleicht Tausend orthodoxen Juden? An dieser Stelle muss ich auf die oft zitierte Sure 2,191 zu sprechen kommen. Ich zitiere aus dem Koran: ‚... und tötet sie, wo immer ihr sie trefft.' Die Frage ist: Sind damit ganz generell die Ungläubigen gemeint? Vor allem europäische Moslems sagen Nein und verweisen auf die Sure 2,190. Ich zitiere: ‚Und kämpft auf dem Weg Gottes gegen diejenigen, die gegen euch kämpfen', also erzählt uns diese Sure, dass die Gefolgsleute des Propheten angegriffen worden waren. Und Sure 2,191 spricht ihnen nur das Verteidigungsrecht zu. Wichtig ist bei diesen Überlegungen allerdings nicht, ob wir die Suren als Aufruf zum Dschihad verstehen, sondern ob Moslems das so verstehen und danach handeln. Und dass es Tausende tun, beweisen der Anschlag vom World Trade Center, die Taliban und derzeit auch die Gräueltaten des IS in Syrien, im Irak und vielleicht schon bald in weiten Teilen des Nahen Ostens. Und eines sollten Sie bei Ihrer Arbeit auch noch wissen: Der Koran warnt Moslems vor dem Umgang mit uns, zum Beispiel in Sure 4,89. Zu alledem Fragen?"

Ein junger Kollege, der sich stets gern als Intellektueller sah, zeigte sich angriffslustig und wandte sich direkt an den Questore: „Vermutlich haben wir es also mit einem Islamisten zu tun, der nicht unbedingt ausgerastet sein muss, denn Moslems haben eine andere Rechtskultur, wie wir eben hörten. Wir von der Polizei sind aber dazu da, unser Gesetz durchzusetzen – und nur unseres. Wie bringt man sich da ein, Questore?"

Dieser sah zunächst den Commissario an und griff schließlich ratlos nach einem verbalen Strohhalm: „Das, Kollege, gehört jetzt nicht hierher und würde die Zeit von Padre Giovanni unnütz in Anspruch nehmen."

Was Rita nicht davon abschrecken konnte zu fragen: „Auch die Kirche hat Gesetze, nehmen wir nur ihre Gebote. Wie bringt sich die ein? Hilft es, wenn allerlei Gutmenschen und Kleriker das Volk ständig zu Toleranz und Verständnis aufrufen und damit uns bei unserer Arbeit für Gesetz und Gesellschaft ins Unrecht stellen? Ist das nicht ganz eklatant ein Aufruf, unsere Gesetze zu übergehen? Zieht man uns so mit Absicht den Boden unter unseren Füßen weg?"

Padre Giovanni reagierte gelassen: „Die Kirche meldet sich da schon zu Wort, meine Dame. Ganz so ist das nicht. So rief Papst Benedikt XVI. im Jänner 2011 bei seinem traditionellen Neujahrsempfang vor den Diplomaten der ganzen Welt Pakistan dazu auf, die Todesstrafe für Gotteslästerung abzuschaffen. Worauf allerdings einen Tag später der Generalsekretär der pakistanischen Islampartei den Papst ad personam vor einer Einmischung in religiöse Angelegenheiten warnte und mit Krieg gegen den nicht muslimischen Rest der Welt drohte. Ich beneide Sie also nicht um Ihre Aufgabe, für die Sie nicht nur kriminalistischen Scharfsinn, sondern sicherlich auch eine ganze Menge Fingerspitzengefühl brauchen werden."

Damit versuchte Padre Giovanni zu einem raschen Schluss zu kommen, sagte aber zu Vossi beim Weggehen: „Sie bekommen von mir ein SMS, Commissario, mit der Telefonnummer eines Studienkollegen in Rom. Ein echter Spezialist für den Koran, der nicht nur Arabisch, sondern auch Hebräisch, ziemlich fließend Aramäisch, Griechisch und Latein spricht. Er kann sicher in allen Fragen helfen, die sich Ihnen vielleicht noch stellen."

„Danke, Padre, sehr liebenswürdig von Ihnen. Ich muss da durch und ich brauche jede Hilfe, egal von wem und woher."

„Ich bin sicher, auch die von oben."

„Sie meinen doch nicht etwa Udine oder Rom?"

„Nein, ich meine den Allerhöchsten."

Rita, Roberto und einige Kollegen versammelten sich am Abend desselben Tages nach endlosen Telefonaten und Recherchen zwanglos in Vossis Büro, um den Tag ausklingen zu lassen. Roberto sollte einen Termin mit dem Rabbi von Cormons vereinbaren, um dem Team Nachhilfe im Alten Testament zu geben.

„Warum nicht einfach den Rabbi in Triest befragen?"

„Nicht gut genug. Vielleicht kennt unser Rabbi jemanden, der als unser Täter infrage kommt", beharrte Vossi. Er hoffte inständig, dass sich der Täter bei der Zeitung in Udine oder bei ihm direkt melden würde.

„Wir müssen gleich morgen früh die Leitung mit *La Gazzetta* in Udine wieder flottmachen und uns auf die Lauer legen. Geht das so schnell?"

„Sicher geht das, Chef", sagte ein technisch Versierter in der Runde. Im Fernsehen liefen die Achtzehn-Uhr-Nachrichten. Sie zeigten die Ankunft des Papstes in Asien. Er winkte, lachte, streichelte Kinder und hob immer wieder seine Rechte, um mit dem Zeichen des Kreuzes alle und alles zu segnen.

Rita konnte sich nicht zurückhalten: „Ich hab den ganzen Nachmittag im Internet beschissenen Hasspredigern zugehört und ihre Botschaften gelesen. Was für ein Unterschied."

Vossi konnte ihr nur beipflichten. Eine andere Kultur eben. Und damit reichte es ihm für heute. Er brauchte frische Luft, um nachzudenken, danach ein Glas Friulano und zu guter Letzt Jelenas Carpaccio, die Cremeschnitte nicht zu vergessen. Gestern war es dafür und für ein gemeinsames Abendessen zu spät geworden. Aber Jelena hatte sich breitschlagen lassen und ihre Küchenschlacht um einen Tag verschoben.

„Also, Herrschaften, bis morgen. Und wenn ihr schon in meinem Büro qualmt, macht bitte die Fenster auf."

VII. Ferragosto

Der nächste Morgen begann für Vossi mit Ärger und süßer Rache. Es war Ritas Aufgabe gewesen, abends noch den jungen Verkehrsrowdy von Grado unter die Lupe zu nehmen.

„Claudio Dingic, ein echter Rotzlöffel", berichtete sie. Und als sie das BMW-Cabrio sehen wollte, sei der Vater des Jungen ausfällig geworden. Die Polizei solle Diebe und Mörder fangen und nicht rechtschaffene Steuerzahler quälen. Es sei ihr nichts anderes übrig geblieben, als entweder Verstärkung anzufordern oder zu gehen. Angesichts des Ermittlungsstandes und der Tatsache, dass der Junge nicht zum Kreis der Verdächtigen gehöre, sei sie gegangen, habe aber gesagt, Dingic senior würde noch von der Polizei hören. Darauf habe er ihr den Stinkefinger gezeigt.

Der Ärger Vossis währte nur kurz. Er griff zum Telefon und wählte die Nummer der Spurensicherung.

„Es geht um den Mordfall Fontana, ja, Mordfall. Das BMW-Cabrio der Familie Dingic ist sicherzustellen. Wir stehen am Anfang der Ermittlungen und wissen nicht genau, was wir suchen. Am besten lasst ihr den Wagen einmal bei euch stehen, damit keine möglichen Spuren verlorengehen, und wir melden uns wieder. Das kann aber dauern."

„Ich verstehe", sagte der Kollege von der Spusi nur knapp. Vossi hielt es für möglich, dass er ihn tatsächlich verstand.

Rita hatte ein Erfolgserlebnis, und das schon bei Dienstbeginn. „Ich wusste gar nicht, dass du so bös sein kannst, Bruno", sagte sie lachend.

„Na hör mal, Stinkefinger zu einer Dame, das können wir doch nicht durchgehen lassen. Erinnere mich nur in spätestens zwei Wochen, damit wir den Wagen wieder freigeben."

„Ist notiert, Bruno."

Vossi musste den Polizeichef von Grado anrufen, um ihm mitzuteilen, dass er den Stützpunkt in Grado aufgabe. Grado sei ja nicht der Tatort, womit es sich erübrige, sich dort vorübergehend einzurichten.

Der Stationskommandant brüllte: „Zu spät, Bruno! Du hättest gleich auf mich hören sollen. Der Todesfall steht bereits als ‚Mord von Grado' in allen Zeitungen, zum Beispiel in *La Gazzetta*. Wieso, das wirst du dem Bürgermeister zu erklären haben. Mach dich auf was gefasst."

Vossi legte einfach auf. Das Telefon läutete gleich wieder. Er meldete sich nicht mit Namen, weil er annahm, es sei der Gradenser Postenchef. Doch am anderen Ende der Leitung war der Lokalchef vom soeben genannten Udineser Käseblatt *La Gazzetta*.

„Ich hätte da eine Botschaft für Sie, Commissario", säuselte der Pressemann. „Ich habe selbst mit ihm gesprochen. Er sagte nur: ‚Für Vossi 4,91' und legte gleich wieder auf. Das muss doch Ihr Mann gewesen sein, oder?"

„Wieso ist der Anruf nicht zu uns weitergeleitet worden?"

„Vermutlich weil der Anrufer direkt meine Durchwahl wählte. Wie er an diese Nummer gekommen ist, weiß ich nicht. Normalerweise wird die nicht an Redaktionsfremde weitergegeben."

Eine Lücke also! Vossi sagte nur: „Halten Sie sich für weitere Anrufe bereit", legte auf und öffnete seine Schreibtischlade. Neben der Bibel lag der Koran. Griffbereit. Er wunderte sich kurz über die sukzessive Verwandlung des Inhalts seiner Schreibtischlade: Kantinenplan der Woche neben dem hausinternen Telefonbuch der Questura hinten, vorne auf den ersten Griff Neues Testament und Koran. Er suchte die Sure 4,91 und las: ‚Wenn sie sich nicht von euch fernhalten und euch nicht den Frieden anbieten und ihre Hände nicht zurückhalten, dann greift sie und tötet sie, wo immer ihr sie trefft. Über solche Leute haben Wir euch eine offenkundige Gewalt verliehen.'"

„Also doch, ein Islamist", sagte er halblaut zu sich selbst, ging wieder zum Fenster und genehmigte sich einen tiefen Lungenzug würzig frischer Luft, die von den Gärten der Piazza San Antonio aufstieg. Der Blick hinauf zur Burg von Gorizia mit ihren dicken Wehrmauern beruhigte ihn, es gab sogar einen Moment der stillen Erheiterung. Von der Turmspitze wehte, entgegen dem Reglement, ausschließlich die Europafahne, die italienische Trikolore fehlte. Wieder so ein kleiner Nadelstich eines Epocanos gegen den römischen Zentralismus! Der Commissario erinnerte sich an den operettenhaften Ärger, als einmal rotweißrot beflaggt worden war. Italienische Zentralisten hatten sich erst beruhigt, als ihnen der Witzbold von Hausmeister erklärt hatte, das seien nun einmal die Farben der Stadt. An Österreich hätte er dabei natürlich nicht gedacht.

Nach dieser Erinnerung war Vossi bereit, sich auf die Arbeit zu konzentrieren. Zunächst einmal war festzustellen, dass die Kollegen nach ihrer Qualmerei gestern abends gut gelüftet und ihre Aschenbecher mitgenommen hatten. Das tat gut. Doch was stand eigentlich in dem Artikel von *La Gazzetta,* auf den sich der Polizeichef von Grado bezogen hatte?

Der Artikel musste schleunigst her. Da aber noch keiner seiner Leute im Büro war, musste sich der Commissario selbst bemühen. Er schauderte bei dem Gedanken, beim Kiosk vor anderen Leuten nach *La Gazzetta* zu verlangen. Er jedenfalls taxierte die Menschen, die so etwas kauften, und rümpfte über sie die Nase. Heute würde er taxiert werden.

Der Artikel war ein Hammer. Wer immer das weitergegeben hatte, sollte bei Verlust jeglicher Ansprüche gefeuert werden. Roberto war es sicherlich nicht, konnte es gar nicht gewesen sein, war er doch ununterbrochen im Einsatz. Lamberti von der Gerichtsmedizin redete kaum mit Fremden, es sei denn, sie waren jung und weiblich. Eine junge Journalistin von entsprechendem Körperbau könnte ihn schon gesprächig machen, ihm aber nie diese Details entlocken und schon gar nicht in dieser Version.

Da hieß es nämlich, die Polizei hätte schon verfügt, den Toten als Opfer eines Herzschlags zur Einäscherung freizugeben, als Grados Amtsarzt, Dottore Canepelle, ein Einstich am Hals des Toten aufgefallen wäre. Es wurde dann der Bürgermeister Grados zitiert, der betonte, der Mord sei nicht in Grado verübt worden, sondern irgendjemand hätte, die „morgendliche Ruhe der Perle der Adria missbraucht", um den Toten am Hafen abzusetzen. Er erklärte auch gleich warum: „Mit dem Nimbus Grado wollte er seiner Tat Besonderheit verleihen." Ob der Bürgermeister wusste, dass Nimbus im Lateinischen „dunkle Wolke" bedeutete und daher tunlichst nicht mit dem Badeort Grado in Zusammenhang gebracht werden sollte, wagte Vossi zu bezweifeln.

Der Commissario musste wissen, wer da so eingehend aus dem Nähkästchen geplaudert hatte, und rief die Redaktion in Udine an. Natürlich bestand der Lokalchef auf sein Journalistenrecht, Informanten nicht preiszugeben.

Vossi erwiderte darauf nur gelassen: „Hören Sie mir gut zu, ich sag es nur einmal: Großes braut sich zusammen. Um zu reüssieren, werden Sie mein Entgegenkommen brauchen, guter Mann. Deshalb frage ich Sie: Wo kaufen Sie? In dem Geschäft neben dem Municipio oder in dem neben der Polizia?"

Der Lokalchef zögerte nicht: „Im Geschäft neben dem Municipio." Vossi schnaubte. Er wusste, wie er der Sache näherkommen konnte, und wählte, heute schon zu zweiten Mal, die Nummer des Polizeichefs von Grado.

„Wer hat da dem Käseblatt *Gazzetta* so viel Wein eingeschenkt? Besser, du sagst mir alles, sonst leite ich die peinlichste Untersuchung ein, die du in deiner Dienstzeit je erlebt hast. Auch ich habe Beziehungen, mein Lieber."

„Nicht von uns, Bruno, dafür verbürge ich mich."

„Wie kommt es dann, dass die in Udine Dinge wissen, die nur dir und mir bekannt waren – und meinem Assistenten Roberto, für den ich mich verbürge?"

Der Polizeichef schluckte und winselte: „Du weißt doch, Bruno, ich hatte gestern diesen Termin beim Bürgermeister. Der ist doch de facto mein Chef ... Ich musste ihm von deinen Feststellungen berichten. Ob ich wollte oder nicht. Alles andere hätte mir meinen Kopf kosten können."

„Gut. Aber der Bürgermeister hat doch null Interesse, seine Stadt ohne Zwang mit einem Mordfall in Verbindung zu bringen."

„Aber Bürgermeister haben einen Pressesprecher. Und die Pressesprecher von Bürgermeistern haben Sekretärinnen ..."

„Dann geh gleich mal zum Angriff über und sag deinem Bürgermeister, dass er Wanzen in seiner Verwaltung hat. Er könnte sonst glauben, du und die Deinen wären die undichte Stelle."

„Du meinst?"

Vossi wunderte sich. Gemessen an seinem Ruf als gefährlicher Intrigant schien der Polizeichef einer von den Langsamen zu sein.

Wieder läutete das Telefon. Vossi sah auf die Uhr. Nicht einmal noch halb acht. Wer ahnte, dass er zu dieser Zeit schon im Büro war? Es war die stets griesgrämige stellvertretende Leiterin der Gerichtsmedizin mit Grabesstimme.

„Das Mordopfer von Grado hat die gleichen Merkmale am Oberschenkel wie Ihr Toter von Cormons."

„Wie bitte?"

„Der Ermordete von Grado hat die gleichen Merkmale am Oberschenkel wie Ihr Toter von Cormons."

„Der Mann war praktizierender Katholik und galt als äußerst fromm. Verbanden die beiden irgendwelche abartigen Sexualpraktiken?"

„Versuchen Sie es mal mit Opus Urbani", empfahl die Dottoressa.

Was wusste die Grabesstimme, was seine Leute bei ihren Recherchen übersehen hatten? Roberto klopfte gerade rechtzeitig, um sofort mit der Frage konfrontiert zu werden.

„Opus Urbani – ein Sex-Klub?"

„Guter Gott, nein, Roberto. Wie seid ihr denn von den Wundmalen auf Sex gekommen?"

„Dottore Lamberti. Er sprach doch von den Verletzungen am Oberschenkel und sagte, Verzeihung, er sagte, bei solchen Praktiken würde er keinen hochkriegen. Das waren sein Worte."

„Und deshalb habt ihr alle Sex-Klubs abgeklappert?"

„Jeden Strip und jede einschlägige Saunabar zwischen Lignano und Triest. Die Kollegen fragten sich sogar zwanglos auf der slowenischen Seite der Grenze durch. Nichts."

„Wir müssen da ganz neu ansetzen, Roberto. Alle sollen sich schon mal für die Morgenbesprechung auf Opus Urbani einlesen. Und frag bitte Rita, ob sie nicht auch kommen könnte ... Die Kleider unseres Toten von Grado sind noch dort. Jemand soll sie holen. Wir müssen sie drehen und wenden, so wie wir seinerzeit jeden Stein in der Asservatenkammer umgedreht haben, um das Scripsi zu finden. Übrigens: Ich habe das Tatortbüro aufgegeben, weil ja Grado kaum der Tatort ist."

„Alles klar, Chef."

Wenig später rief Rita an. Sie könne nicht zur Morgenbesprechung kommen. Es gebe einen Ladendiebstahl zu bearbeiten und sie sei die Einzige auf dem Revier.

„Höchste Zeit, dass du in mein Team versetzt wirst, Rita. Wir brauchen mehr Frauenlogik."

„Du kennst die Schwierigkeiten, Bruno, die Kinder. So gern ich in deinem Team arbeiten würde, den Anforderungen an Überstunden und Wochenendarbeiten könnte ich nie nachkommen. Warte, bis meine Kleinen aus dem Gröbsten raus sind."

„Da bin ich in Pension"

„Dann werde ich mich um deinen Job bewerben."

„Ach, so ist das, ins Rennen gehen willst du nicht für mich, aber mich beerben schon. Doch ohne Spaß, du wärst schon die Richtige. Ich habe nicht das Problem so vieler Politiker, die sich einen unfähigen Nachfolger wünschen, um posthum in den Geschichtsbüchern besser dazustehen."

Die Morgenbesprechung begann mit einem gravierenden Problem, an das der Commissario noch gar nicht gedacht hatte: Ferragosto stand vor der Tür. Der Termin, auf den in Italien vom Staatspräsidenten bis zum letzten Schuldiener das ganze Jahr hingearbeitet wurde. Die Klimaanlagen und Computer in den Büros würden abgeschaltet, die Gummibäume ein letztes Mal gegossen und allgemeinem Stillstand Platz gemacht werden, während sich die Nation urlaubend in den Bergen oder am Meer abkühlte. Sogar das Team, das die Sicherheit des Papstes bei dem bevorstehenden hohen Besuch zu garantieren hatte, war schlanker geworden. In der Kantine gab es wieder Sitzplätze und eines der beiden Stockwerke, das nur die Staatspolizei hatte betreten dürfen, war für die Normalsterblichen wieder frei zugänglich.
Und so waren auch Mitglieder von Vossis Team bereits dabei, ihre Koffer zu packen. Hotels oder Pensionen waren gebucht, Kinder standen schon in der Warteschleife. Nichts kam da ungelegener als ein neuer Mord. Der Commissario hatte das bisher noch nicht bedacht. Er selbst wich nämlich seit Jahrzehnten konsequent dem Trubel zur Hauptsaison aus, mied jede Strandnähe und genoss seine Urlaubstage, je nachdem wie er abkömmlich war, entweder im September oder Mai. War es September, bevorzugte er die Südsteiermark, wo er und Jelena als Stammgäste eine illustre Kolonne bei der Weinlese des Quartiergebers verstärkten. War es Mai, hieß es auf nach Nordtirol, Vorarlberg oder ins Engadin zur Alpenüberquerung Richtung Süden, Alpenüberquerung per pedes, versteht sich. Dazwischen gönnten sie sich eine Woche Abano. Herrlich essen

und dennoch zwei, drei Kilo abzunehmen, ging nur bei den dortigen Fangobädern. Jetzt aber war er mit der Tatsache konfrontiert, dass seine Teamkollegen einen anderen Urlaubsrhythmus hatten, schon ihrer schulpflichtigen Kinder wegen.

„Ich weiß nicht, warum so viel über den perfekten Mord gerätselt wird, wenn schon die Wahl der richtigen Jahreszeit reicht, um davonzukommen. Sollte ich einmal jemanden umbringen, dann nur zu Ferragosto. Bis ihr vom Urlaub kommt, hätte ich längst schon alle Spuren verwischt."

Das Gelächter der Kollegen half ihm auch nicht weiter.

„Roberto, ich glaube für die Wenigen von uns, die übrig bleiben, fallen massiv Überstunden an. Wir werden ganz schön blass aussehen unter all den sonnengebräunten Nichtstuern. Und nun der Reihe nach. Erstens: Jemand, ich vermute stark, der Täter, hat uns eine Nachricht hinterlassen. Diesmal 4,91. Ich habe nachgelesen. Diese Sure hat es in sich. Sie finden den Text in Ihren Arbeitsmappen. Wir müssen also davon ausgehen, dass wir es mit einem ausgeflippten Islamisten zu tun haben. Zweitens: Wir hatten es uns zur Aufgabe gemacht, möglichst viel über Opus Urbani herauszufinden. Wer will zuerst?"

„Darf ich, Commissario?", meldete sich Alessia Albano, eine junge Kollegin, die neben der Tür stand.

„Wir bitten darum."

„Auf den Punkt gebracht wäre Opus Urbani wohl am besten als Steigerungsstufe von Opus Dei zu beschreiben. Es handelt sich um eine Gruppe von erzkonservativen Katholiken, die täglich mehrmals beten, der Messe beiwohnen und die Kommunion empfangen, sich in Psalmen vertiefen und zumindest einmal wöchentlich beichten. Ich bin aber da noch auf etwas Besonderes gestoßen, nämlich auf ein Ding, das Cilicium heißt. Es handelt sich dabei um einen Bußgürtel, eine mehrgliedrige Kette, deren Innenseite mit scharfen Metallteilen besetzt ist. Sie wird um den nackten Oberschenkel gelegt und verursacht besonders im Sitzen große Schmerzen. Und dieses Cilicium passt zu den Verletzungen der beiden Mordopfer. Der Bußgürtel diente im Mittelalter als Kasteiungsinstrument. Opus-Urbani-Brüder tragen angeblich einen solchen Gürtel, um für ihre vermeintlichen oder tatsächlichen Sünden zu büßen."

„Das heißt, wir haben es bei beiden Opfern mit Mitgliedern dieser Gruppe zu tun? Zwei von wie vielen Mitgliedern in ganz Italien?"

„Da es sich um einen Geheimbund handelt, ließ sich keine meiner Quellen auf Zahlen ein. Ganz unverbindlich war die Rede von maximal tausend."

„Zu wenig, um nicht auf eine Verbindung zwischen den beiden und beider zum Täter schließen zu müssen. Diese Verbindung ist als arithmetisches Muss zu behandeln, meine Damen und Herren. Ist Opus Urbani ein eingetragener Verein oder so etwas?"

„Nein", antwortete die Kollegin. „Sie gruppieren sich mit Duldung des jeweiligen Bischofs, in unserem Fall des Erzbischofs, unter der Leitung eines Vorsitzenden. Sie sind zahlenmäßig nicht sehr stark, aber stark in ihrer Überzeugung und, wo immer es sie gibt, ausgestattet mit erheblichem Einfluss."

„Gut, Kollegin, da Sie sich so perfekt eingelesen haben, recherchieren Sie im erzbischöflichen Sekretariat. Ich will Mitgliederlisten oder zumindest eine Bestätigung, aber eine verbindliche, bitte, dass unsere beiden Opfer Mitglieder waren. Gibt es so eine Liste nicht, brauche ich einen Termin beim Erzbischof."

Danach zog sich Vossi in sein Büro zurück und wählte die Nummer des Koran- und Bibelexperten in Rom. Es meldete sich *L'Osservatore Romano,* die Zeitung des Vatikans. Der Bekannte Padre Giovannis war nicht in der Redaktion. Er würde sich melden.

Zurück im Konferenzzimmer machte Vossi einen halbherzigen Vorstoß: „Kann irgendjemand seinen Urlaub verschieben, weil er noch nicht gebucht hat und keine Kinder warten?"

Zwei Kollegen zeigten auf. Von einem, Alberto, wusste Vossi, dass er Kinder hatte.

„Das ist schon okay, Commissario. Frau und Kinder verreisen mit Schwiegermama im Tross. Ich sollte und wollte die Wohnung ausweißen und einiges reparieren."

„Wird sich deine Frau scheiden lassen, wenn sie nach Hause kommt und feststellt, dass sie zwischen den alten Tapeten weiterleben muss?"

„Nicht mit vier Kindern, Commissario."

Die Runde lachte. Doch Vossi kannte die Familie und war ein wenig in Sorge über ihren Haussegen.

„Du beginnst mit der Arbeit an deiner Wohnung wie geplant, Alberto. Rechne aber damit, dass ich dich abrufe, wenn wir dich brauchen. Meinst du nicht, dass es eine gute Idee wäre, wenn ich deine Frau kurz anrufe und sie für den Fall der Fälle im Voraus um Verständnis bäte?"

Der vierfache Familienvater strahlte.

Gleich nach der Konferenz rief Vossi nochmals beim *L'Osservatore Romano* an, um mit dem Bibelexperten verbunden zu werden, leider vergeblich. Daraufhin bat Vossi, mit jemandem verbunden zu werden, der ihm über Opus Urbani Auskunft geben könne.

„Wir sind dazu nicht befugt", sagte man ihm ziemlich abweisend.

Vossi schäumte und hinterließ für den Chefredakteur einige Unfreundlichkeiten. Danach bestellte er Frederico Musil, sein EDV-Genie, zu sich.

„Frederico, ich darf Sie doch Fred nennen?"

„Selbstverständlich, Commissario."

„Suchen Sie mir bitte alles zu Opus Urbani zusammen, was Sie bekommen können. Bisher haben wir ja nur, was jeder haben kann, wenn er sich ein bisschen anstrengt. Bei den Wundmalen am Toten von Cormons haben wir leider ohnedies ein wenig geschlafen. Dass der Alte von Grado die gleichen hat, bringt uns in Verzug – und ich hasse zwei Dinge: Vorteile und Verzug. Auf den ersten Blick zwei ungleiche Geschwister, aber in unserem Geschäft beide mit katastrophalen Folgen."

Um die Mittagszeit gab es endlich den ersten Lichtblick des Tages. Roberto berichtete telefonisch, er habe die Umgebung des Einfamilienhauses von Paolo Fontana nach möglichen Augenzeugen des Überfalls abgeklappert. Er sei dabei auf eine Familie gestoßen, die am Sonntagabend, vom Wochenendausflug nach Hause kommend, einen Mann beobachtet hatte, der einen leeren Rollstuhl vor sich herschob.

Roberto las aus seinen Notizen vor: „Sie müssen nämlich wissen, mein Mann geht nicht gern. Und als er auf der gegenüberliegenden Straße den Mann mit dem leeren Rollstuhl sah, sagte er zu mir, so etwas könne er jetzt nach dem Ausflug auch gebrauchen. Dabei sind wir vielleicht zwei Stunden gegangen."

Beide Zeugen, Mann und Frau, hätten den Rollstuhlschieber übereinstimmend beschrieben als etwa einsachtzig groß, blond, drahtig und etwa fünfzig Jahre alt. Man habe ihm weiters keine Bedeutung zugeschrieben, sei ins Haus und wisse nicht, ob er irgendwo einen Wagen geparkt hatte. Bloß die Richtung, in die der Mann gegangen war, konnten sie angeben: in Richtung Paolo Fontanas Haus.

Danach, so Roberto, sei er zur Polizei von Monfalcone gegangen.

„Ich konnte es kaum fassen, Commissario. Ein Taxiunternehmer, ein gewisser Luigi Fontana, mit dem Opfer weitschichtig verwandt, hatte in der Nacht auf Montag, also Stunden nach der Tat, Anzeige erstattet, weil sein Spezialtransporter für Fahrgäste im Rollstuhl gestohlen worden sei."

„Waaas? Soll das heißen, unser Täter hatte den Nerv, sein Opfer in der Maskerade eines Krankenpflegers einfach wegzurollen? Eine tatsächlich perfekte Lösung, eine Leiche zu transportieren. Das muss man dem Täter lassen. Ich muss das sehen, Roberto, ich bin in fünfzehn Minuten vor Ort."

Der Taxifahrer hatte gerade eine Kundenfahrt zum Bahnhof und erklärte über sein Telefonino, dass er danach sofort das Tor zum Hof öffnen und sie erwarten würde. Wunderbar, das passte. Vossi öffnete das Autofenster. Direkt vor dem Kühler des Dienstwagens flimmerte die Hitze. Petrus stimmte sich schon mal auf Ferragosto ein.

Der Commissario jubelte in seinem Inneren beinahe. Die Suche nach einem Täter, der keine Beziehung zu seinem Opfer hatte, war immer ein Gordischer Knoten. Vossi konnte ihn nicht einfach mit dem Schwert durchschlagen wie Alexander. Er musste ihn drehen und wenden und nach einem ersten Faden suchen, um ihn zu lösen. Er glaubte, diesen nun gefunden zu haben, und sandte ein Stoßgebet in den blauen Augusthimmel. Hoffentlich war es nicht mehr als eine Franse.

Der Wagen erreichte jetzt Monfalcone, das, schmucklos wie es war, mit nicht mehr als einem ziemlich desolaten Hafen und ein paar staubigen Straßen aufzuwarten hatte. Vossi schloss das Autofenster wieder und schaltete die Klimaanlage auf Höchststufe. Roberto wartete schon vor der Einfahrt des Taxiunternehmers.

„Du weißt schon, was das bedeutet, Roberto. Erstmals wissen wir mehr über unseren Täter, als dass er jugoslawische Armeelastwagen zu organisieren weiß, sich auf kryptische Scripsis versteht und technisch versiert ist. Wir werden den Rollstuhltransporter dieses Luigi Fontana finden und wir werden etwas darin finden, das wir dem Täter unter die Nase halten können, egal, ob das Gift der Korallenblume nachweisbar sein wird oder nicht. Und wir wissen, dass der Tatort de facto das Gartentor gewesen sein muss. Die Korallenblume tötete augenblicklich, sagte Dottore Lamberti. So also spielte sich das Drama ab, jetzt wissen wir's. Was für ein herrlicher Tag nach einem grausamen Morgen!"

Luigi Fontana watschelte über den kleinen Hof, der seinem Wohnhaus vorgelagert war und öffnete das Tor.

Commissario Vossi vermied es, deutlich vernehmbar seine Dienststelle anzugeben, und ließ den Taxiunternehmer in dem Glauben, er sei vom hiesigen Einbruchsdezernat. Wer wusste schon, was sich sonst *La Gazzetta* alles zusammenreimen könnte.

„Wie konnte der Dieb in den Hof?"

„Ich schließe das Tor nie ab, mache es einfach zu. Würde ich es abschließen, könnte ich es nicht über Fernbedienung öffnen", räumte der Taxifahrer ein.

Vossi ließ sich die Mechanik des Öffners kurz erklären. Es handelte sich um eine Vorrichtung Marke Eigenbau und sie war tatsächlich von Hand und per Fernbedienung zu bedienen, allerdings nur, wenn das Schloss nicht versperrt war.

„Wann haben Sie den Diebstahl gemerkt?"

„Ich beende meist um elf Uhr nachts meine Touren. Als ich den Wagen hier im Hof parken wollte, merkte ich, dass das Fahrzeug fehlte. Ich war fassungslos. Ich meine, wer stiehlt denn so was? Daneben steht mein nagelneuer Audi."

„Ebenfalls nicht abgeschlossen?"

„Wozu denn, er steht ja in meinem Hof."

„Der aber auch wiederum nicht abgeschlossen ist. Dass Sie da nur keine Schwierigkeiten mit der Versicherung bekommen, Signore Fontana." In der Stimme des Commissario lag nicht die Spur eines Vorwurfs, hatte er doch dem Fuhrmann die erste konkrete Spur zum Täter zu verdanken.

Luigi Fontana aber war ein ganz Schlauer und missverstand die Worte des Commissario als heißen Tipp: „Sie meinen, ich soll das besser nicht an die große Glocke hängen?", blinzelte er den Commissario an.

Der Commissario musste über so viel Frechheit schmunzeln, meinte aber bloß ernüchternd: „Die werden Ihren lockeren Umgang mit

Schlössern ohnedies feststellen, da der Dieb nichts aufbrechen musste. Das soll aber nicht heißen, dass Sie schnell ein paar Spuren am Hoftor legen sollen. Davon muss ich Ihnen ganz entschieden abraten. Sie könnten sich sonst in Teufels Küche bringen."

Zutrauen würde er dem Taxifahrer solche Aktionen. Er passte so gar nicht zu dem Opfer Paolo Fontana, dachte Vossi und fragte: „Wie sind Sie eigentlich mit Paolo Fontana verwandt?"

„Überhaupt nicht. Ich kenne ihn nicht einmal. Ich habe ihn allerdings einmal gefahren. Da haben wir die Namensgleichheit festgestellt und gelacht."

„Worüber haben Sie denn geredet?"

„Geredet? Überhaupt nicht. Der Mann saß neben mir auf dem Beifahrersitz und las mein Namensschild, das auf dem Armaturenbrett klebt."

„Wohin haben Sie ihn gefahren?"

Luigi Fontana wunderte sich über das Interesse des vermeintlichen Einbruchsspezialisten an Dingen, die mit dem Diebstahl seines Ermessens aber schon gar nichts zu tun hatten, und wollte wissen: „Wann bekomme ich meinen Wagen wieder?"

„Erst müssen wir ihn finden, dann kommt er zur Spurenanalyse. Also eine Frage, die unmöglich zu beantworten ist."

„Ehrlich gesagt, Commissario, ich brauch den Kübel nicht, das Geld von der Versicherung wär mir lieber. Das Fahrzeug entpuppt sich mehr und mehr als krasse Fehlinvestition. Die Krankenkasse hat ja so gut wie alle Fahrten für Behinderte aus Kostengründen gestrichen und die meisten können die Transporte aus eigener Tasche nicht bezahlen. Ich sage Ihnen, planen Sie nie auf der Basis sozialer Zusagen. Die können von heute auf morgen gestrichen werden und Sie haben fehlgeplant."

Vossi wurde der Typ unsympathisch, sodass er froh war, als er den Hof verlassen konnte. Rechts von seinem Anwesen seufzten die Hebebühnen einer Lkw-Werkstätte unter ihrer Last, davor ein Gewirr aus Blechen, Rohren und Traversen. Unwahrscheinlich, dass hier jemandem etwas aufgefallen wäre, aber Vossi wollte nichts auslassen. Und so nahm er den Slalomlauf auf sich, von Monteur zu Monteur, etliche durch jahrelangen Höllenlärm schwerhörig geworden. Kein Wunder, keiner hatte etwas bemerkt. Schließlich konnten er und Roberto alle abhaken und im Büro auf den Chef, einen gewissen Signore Bertoni, warten. Es war ein Schlachtfeld von Ordnern, Eisenteilen, Werkzeugen, vollen Aschenbechern und rostigen Auspuffrohren. An der Wand hingen Kalenderblätter mit nackten Pin-up-Girls, dazwischen das vergilbte Foto eines Schiffes, gerahmt und unter Glas.

Vossi trat näher und erklärte Roberto: „Das ist die ‚Kaiser Franz Joseph'. Hier war einmal die Werft der größten Handelsschiffe der Monarchie. Der Aufstieg der Schifffahrtslinie Austro Americana hat hier begonnen. Ihre Überseedampfer brachten Güter der Monarchie in die USA und auf der Rückfahrt hauptsächlich Baumwolle aus den USA. Der Stapellauf fand – wenn ich mich richtig erinnere – 1911 genau an diesem Ort statt."

Zurück im Wagen sagte der Commissario: „Wir müssen den gestohlenen Wagen suchen."

„Mit der Mannschaftsstärke, die wir haben, Commissario? In wenigen Tagen sind vier Fünftel von uns auf Urlaub."

„Egal, gib eine Fahndung nach dem Fahrzeug an alle Polizeistationen zwischen Muggia und Venedig raus." Und einer Eingebung folgend fügte er hinzu: „Und ich werde mit einem Freund der Polizei Koper sprechen. Vielleicht hat unser Täter den Wagen in Slowenien entsorgt, er scheint ja grenzüberschreitend aktiv zu sein."

War er nicht. Das gestohlene Fahrzeug wurde keine zwei Stunden später in dem Gestrüpp gefunden, das die Straße zwischen Gorizia und Monfalcone säumte.

„Klug entsorgt", meinte Vossi. „Es werden Blätter in den Fugen und Falten von Sitz und Lehne zu finden sein – wahrscheinlich nur sehr schwer zu unterscheiden von dem Gestrüpp am Tatort. Es wird Erdreich an den Rädern sein, das auch alle möglichen Schlüsse zulässt. Das braucht die Spusi nicht groß zu untersuchen, sondern nur zu sichern. Aber ich brauche alle Fingerabdrücke, so vorhanden."

Weiters musste Roberto den Erzeuger des Rollstuhls ermitteln und herausfinden, wo dieser gekauft worden war. Vielleicht konnte sich ein Verkäufer an den Käufer erinnern. Das war der Stand vom Dienstag, zwei Tage nach dem Mord von Monfalcone liefen die Ermittlungen auf Hochtouren.

Am Mittwoch summte es um Vossi herum, so intensiv telefonierten, fragten rück und zwischenberichteten die Mitglieder seines Teams. Anerkennend registrierte er, dass sich jene Kolleginnen und Kollegen besonders ins Zeug legten, die ab kommenden Montag auf Urlaub sein würden. Sie machten Listen von jedem Telefonat mit Gesprächsergebnissen in Stichworten, allerdings waren die Listen länger als konkrete Ergebnisse. Vor allem die Suche nach möglichen Bezugsquellen der Krustenanemone ging ins Leere. Es war nur ein Fall bekannt, dass überhaupt jemals eine solche in den Handel gekommen war. Das war ohne böse Absicht geschehen und hatte prompt mit dem Tod des Aquarienreinigers geendet. Vossi las kopfschüttelnd das Elaborat der Recherche. Ein anderer Kollege hatte vermerkt: „Es gibt bebilderte Angebote bei verschiedenen Online-Händlern, darunter auch die hochgiftige Palythoa. Anbieter wissen angeblich nichts von der tödlichen Kraft der kleinen Lieblinge."

Der Commissario konnte all das kaum glauben und rief eine der genannten Websites auf seinem Computer auf. Tatsächlich: Von einem Zierfischhändler wurden Krustenanemonen in „ultraknalligen Farben" angeboten: „Versand € 9,90." Dazu gab es prächtige Bilder von der Spezies, die der ungeschulte Betrachter für ein Meer von vielfarbigen kleinen Champions hätte halten können.

Auch wenn Vossi wenig Ahnung von der Welt der Korallen, Blumentiere und Nanoaquaristik hatte, eines wusste er: Der einzig naturschonende Umgang mit diesen Farbteppichen des Meeres hieß: Nicht berühren! Das hatte ein Naturschützer in Fort Lauderdale seiner Gruppe von Tauchtouristen mit den Worten eingehämmert: „Die Dinger haben Tausende Jahre gebraucht, um zu wachsen. If you break one, I kill you." Vossi war sich damals nicht ganz sicher gewesen, ob der Ranger es ernst gemeint hatte, und tendierte mittlerweile eher zu Ja. Umso erschütternder war es für ihn, von diesem Versandhandel via Internet erfahren zu müssen. Dass die Lieferfirma, vermutlich zu Recht, beteuerte, legal zu importieren und bei entsprechender Bestellung auch legal zu exportieren, machte die Sache nur schlimmer. Was für eine Welt war das, in die die Menschheit sich da hineinmanövrierte hatte. Vossi hatte einmal zu einem Freund gesagt: „Wer keine Kinder hat, so wie ich, für den sind alle Kinder gleich." An diesen Satz musste er jetzt denken, und es tröstete ihn keinesfalls, dass es nicht sein Fleisch und Blut sein würde, das dereinst in belasteter Luft, auf verseuchter Erde, in plastikverschleierten Meeren leben und sich von giftigem Fraß ernähren und unreines Wasser trinken musste.

In diese Betrübnis platzte die Nachricht, der Erzbischof werde Vossi am Donnerstag empfangen.

„Seine Exzellenz lässt bitten."

Zwei Flügeltüren gingen auf und der Mann, den Vossi aus Zeitungsmeldungen als Erzbischof erkannte, kam ihm mit ausgestreckter Hand entgegen.

„Salve, Commissario, zu Ihren Diensten. Zuerst hatte ich ja gemeint, Sie wollten mich wegen des Papstbesuches sprechen. Da wäre ich allerdings nicht die richtige Adresse gewesen. Darum kümmern sich die Spezialisten der Kurie. Sehr intensiv, muss ich sagen. In unserer Residenz geht es zu wie in einem Bienenstock."

„Oh, das kenne ich. In unserer Questura steht alles Kopf. Mein Questore fand es besonders perfide, dass Verbrecher auf so außerordentliche Herausforderungen wie Papstbesuche keine Rücksicht nehmen."

„Da kann ich ihm nur recht geben. Zumal Rom wegen des gewaltsamen Todes von Paolo Fontana sehr besorgt ist und sich fragt, ob das mit dem geplanten Besuch Seiner Heiligkeit in irgendeinem Zusammenhang stehen könnte."

„Wie Sie sicherlich wissen, Herr Bischof, bin ich mit den Vorbereitungen des Papstbesuches nicht befasst. Meine Aufgabe ist, alles, was irgendwie mit den Morden an Paolo Fontana und Rudolfo Schnabel zusammenhängen könnte, zu untersuchen. Und da zeigt sich kein Zusammenhang mit dem Papstbesuch. Sonst hätte ich schon längst das Sicherheitsteam der Staatspolizei informiert."

Vossi dachte, dass dies zu tun, eigentlich eine gute Idee wäre, wunderte sich gleichzeitig, dass der Einsatzleiter der Staatspolizei ihn noch nicht darauf angesprochen hatte, und fuhr fort: „Es geht mir um die Zugehörigkeit beider Opfer zu Opus Urbani, die hätten wir gerne zweifelsfrei bestätigt erhalten."

„Darf ich Ihnen dazu Prälat Professore Ulzer vorstellen? Er ist, wenn Sie so wollen, ‚Leiter' von Opus Urbani in unserer Diözese. Ich habe ihn gebeten, an unserem Gespräch teilzunehmen, weil Sie, so sagte mir Ihre Assistentin, Fragen zu Mitgliedern haben. Und ich möchte da nichts Falsches sagen."

Vossi stellte sein inneres Aufnahmegerät sofort auf Feineinstellung: Klang das etwa nach bischöflicher Distanz?

„Eines noch vorneweg, Commissario: Wir haben in unserer Diözese ein Reglement getroffen, dass die Mitgliedschaft beim Opus Urbani vor Laien nicht publik gemacht wird. Sie fällt quasi unter das Beichtgeheimnis, wenn Sie so wollen."

Seine Exzellenz lächelte säuerlich. War dieses Lächeln als weiterer Hinweis zu werten, dass der Erzbischof vom Auftreten des Opus Urbani in seinem Wirkungsbereich nicht besonders begeistert war? In vielen Diözesen gab es solche Spannungen, wie Vossi aus dem Vortrag seiner Mitarbeiterin wusste. Das Lächeln konnte aber auch als Siegel gemeint sein, für ein Buch, das ungeöffnet zu bleiben habe.

„Dann kann ich gleich wieder gehen", sagte Vossi und machte die Geste einer Kehrtwendung. „Sie sind ja keineswegs verpflichtet, mit mir zu sprechen, meine Herren. Gegen Sie liegt ja nichts vor, wie man bei uns sagt."

Da meldete sich Professore Ulzer zu Wort: „Seine Exzellenz hat natürlich recht. Doch ich glaube, eines können wir, sozusagen posthum, bestätigen: Rudolfo Schnabel war ein Kind dieser Gemeinschaft, von tief empfundener Frömmigkeit und ein lebender Beweis dafür, dass wir nicht nur ein Sammelbecken katholischer Akademiker sind. Das Gleiche gilt für Paolo Fontana, einen Diakon." Den Professore Prälat schüttelte es bei diesem letzten Wort förmlich vor lauter Gewöhnlichkeit.

Auch das registrierte Vossi und er fragte im Plauderton: „Was darf man als das besondere Merkmal von Opus Urbani annehmen, Professore?"

„Dass für uns Jesus Christus Pantocrator, Weltenherrscher, ist. Diesem Anspruch sind wir in all unserem Tun verpflichtet."

Vossi hatte sich gewissenhaft vorbereitet. Er wollte hinterfragen, woher die Macht des Opus Urbani käme. Doch er hatte sich geschworen, bei all diesen Fragen das Wort Sekte zu vermeiden, weil er nicht verletzen wollte. Da das ganze Gespräch aber offensichtlich ohnedies nichts bringen würde, fragte er bloß: „Und da genügt es nicht, katholisch zu sein?"

Offensichtlich verabscheute der Erzbischof Provokationen schon im Ansatz. Er schaltete sich mit gütiger Geste und versöhnlichem

Unterton dazwischen: „Unsere Kirche verbietet nicht, päpstlicher zu sein als der Papst oder frommer zu sein als die Frommen. Ihre Bereitschaft, zu dienen, reicht von Taufscheinkatholiken bis zu den Heiligen unserer Tage."

Aha, mit Taufscheinkatholik war wohl er gemeint, dachte Vossi. Indes brachte der Erzbischof auf den Punkt, dass das Gespräch für den Commissario eigentlich bereits seinen Zweck erfüllt habe, da ja nun die Mitgliedschaft der beiden Opfer bestätigt sei. Erstaunlicherweise schien sich der Würdenträger darüber richtig zu freuen. Vossi konnte sich keinen Reim darauf machen und war überrascht. Er interpretierte die Worte des Erzbischofs als Aufforderung zu gehen.

Doch sein Gegenüber erhob sich, legte ihm die Hand auf die Schulter und sagte mit einladender Geste: „Vielleicht ein Kaffee, Commissario?"

Damit lag es auf der Hand. Der Erzbischof wollte noch etwas loswerden, vielleicht gar den Commissario ausfragen. Jedenfalls machte er den Eindruck, als könnte es nichts Schöneres für ihn geben, als hier und jetzt mit dem Polizisten Kaffee zu schlürfen.

Vossi machte ihm die Freude: „Bitte, gern, Exzellenz."

Das „Exzellenz" und eine leicht angedeutete Unterwürfigkeit in der Körpersprache sollten vertuschen, dass Vossi alle seine Sinne aktiviert hatte. Außerdem, wegen eines gesagten „Exzellenz" fiel ihm gewiss kein Stein aus seiner profanen Krone.

Der Erzbischof führte in Richtung eines kleinen runden Tisches, der wohl aus der Zeit Maria Theresias stammte und von zwei tiefen Ohrensesseln flankiert war.

Der Professore registrierte, dass für ihn an dem Tischchen kein Platz frei bleiben würde, und blieb daher wie angenagelt im Bereich des wuchtigen Schreibtisches stehen. Allmählich begriff er, dass das Manöver als Wink gemeint war, sich zu verabschieden, was er denn auch besonders kurz und bündig tat. Der Erzbischof schien befreit und zündete sich mit der Bedächtigkeit eines erfahrenen Genießers, also mit dem Aufwand, den man mit „zelebrieren" umschreibt, eine Zigarre an.

„Oh, Verzeihung, wollen Sie auch?"

Vossi lehnte dankend ab. Der Kaffee wurde von einer jungen Dame serviert, die, jedenfalls optisch, als Idealbesetzung der Michaela in Bizets *Carmen* Furore gemacht hätte, und der Kirchenfürst goss ein.

„Wir können über alles sprechen, Commissario, aber bitte nicht über Opus Urbani. In absentia von Professore Prälat Ulzer wäre das nicht fair."

Schade, dachte Vossi und gebrauchte die übliche Gefälligkeitslüge: „Gern, Exzellenz."

Natürlich registrierte der Erzbischof den Übergang seines Besuchers vom anfänglichen „Herr Bischof" zu „Exzellenz" und quittierte diesen verbalen Kratzfuß mit einem neuerlichen Lächeln. Vossi stellte fest, dass es nicht mehr huldvoll war wie zu Beginn der Audienz, sondern, er zögerte, dachte aber dann das Wort zu Ende: kumpelhaft. Ja, es war kumpelhaft. Danach widmete er sich den Zuckerwürfeln mit einem Interesse, als hätte er noch nie welche gesehen. Er würde sicher nicht das Gespräch beginnen. Mal sehen, was der Erzbischof auf dem Herzen hatte.

Der eröffnete mit dem Thema Fußball.

Nicht schlecht, dachte Vossi, zumal ein Mailänder Club gerade an die hundert Millionen Euro für einen Stürmerstar ausgegeben hatte, wofür die Medien auf den Sportseiten frenetischen Applaus spendeten. Der Commissario nannte sein Nettogehalt zum Vergleich. Etwas Klügeres fiel ihm nicht ein. Der Erzbischof meinte, er verdiene auch nicht viel mehr. Damit war aber das Thema schon abgehakt. Es lag in des Erzbischofs Gnaden, sich ein neues einfallen zu lassen.

Vossi führte seine Kaffeetasse zum Mund, obwohl sie längst geleert war. Der Würdenträger machte einen tiefen Zug von seiner

Zigarre und blickte in Richtung Zimmerdecke, so als ob da oben, nur für ihn lesbar, geschrieben stand, wie das Gespräch fortzusetzen, besser, wie es zu beginnen wäre. Denn Rom hatte einen Informationsbedarf, den nur der Commissario stillen konnte. Allerdings wünschte Rom, dass niemand, schon gar nicht der Commissario, von dem Drang, möglichst alles über die Morde von Cormons und Monfalcone zu erfahren, merkte.

Weshalb der Erzbischof auf Rom zu schimpfen begann. Es folgte eine wahre Tirade, nicht auf des Bischofs Rom natürlich, sondern auf das der Republik Italien. Diese Politiker, keine Ethik, keine Moral, und die Provinzregierung keinen Deut besser. Der Sermon erinnerte Vossi an Jelenas Zetern. Das bei ihr allerdings stets mit einer Lobeshymne auf Tito endete. Beim Erzbischof war das wohl nicht zu befürchten, oder etwa doch?

Nein, war es nicht. Stattdessen kam er endlich mit einem eher plumpen Themenwechsel auf den Toten von Cormons zu sprechen:

„Wie hieß er doch gleich?"

„Rudolfo Schnabel."

„Richtig, Rudolfo Schnabel. Sind Sie bei der Suche nach dem Täter eigentlich weitergekommen, Commissario?"

„Gilt das Beichtgeheimnis?"

„Es gilt."

„Nun, Exzellenz, dann gestehe ich Ihnen, dass wir da ziemlich am Anfang stehen. Was absolut keinen Sinn ergibt, ist der ungeheure Aufwand, mit dem der Täter vorging. Einen Lkw zu klauen, ein Tonband mit Verstärker über eine superstarke Fernbedienung zu starten, fast gleichzeitig die Hebebühne des Lkws über Fernbedienung in Gang zu setzen, das ist doch geradezu hollywoodreif. Jeder einzelne Schritt erhöht die Gefahr, entdeckt zu werden."

„Das verwirrt auch uns", sagte der Erzbischof.

Uns?, fragte sich Vossi unwillkürlich. Redete der Mann im Pluralis Majestatis oder von einer Gruppe?

„Und Sie meinen, es war eine Steinigung, Commissario?"

„Absolut. Ich habe mich zwar lange dagegen gewehrt, damit von den Medien keine wilden Geschichten von Terrorismus oder Islamismus aufgebauscht werden können. Bis dann der Mörder durch sein Scripsi offenbart hat, dass er seine Tat gezielt in Szene gesetzt hatte. Es war eine Hinrichtung, ohne Zweifel, gedacht und durchgezogen als Steinigung. Deshalb gehen wir von einem religiös motivierten Fanatiker aus."

„Hätte es nicht genauso gut irgendein Verrückter sein können, Commissario?"

„Nicht, wenn man das Scripsi berücksichtigt. Es ergibt nur Sinn, wenn man es als Hinweis auf Sure 9,29 versteht: ‚Kämpft gegen diejenigen, die nicht an Gott und den jüngsten Tag glauben und nicht verbieten, was Gott und sein Gesandter verboten haben, und nicht der wahren Religion angehören. Kämpft gegen sie, bis sie kleinlaut Tribut entrichten.' Ich kann diese Stelle mittlerweile auswendig. Ein weiterer Anruf bei einer Zeitung zum Fall Paolo Fontana ist wohl als Fingerzeig auf Sure 4,91 zu sehen." Vossi holte sein Notizbuch aus der Tasche und las die entsprechende Stelle vor. Der Erzbischof betrachtete seine Zigarre, als ob es auf der Welt nichts anderes gäbe, und meinte wie von ungefähr: „Sagen Sie mir, Commissario, wie kommt der Täter auf Rudolfo Schnabel und Paolo Fontana?"

Interessant. Dem Erzbischof glitt jetzt der Name Schnabel über die Lippen, als hätte er ihn schon hundert Mal genannt. Damit war wohl seine Namenssuche von vorhin eindeutig Maskerade gewesen. Aber wozu? Vossi wollte jedenfalls auf der Hut sein und war sich nun sicher, dass der Erzbischof mit dem Gespräch etwas bezweckte, etwas, das der Commissario nicht entdecken sollte.

„Vielleicht wegen ihrer Mitgliedschaft bei Opus Urbani? Vielleicht sind sie mit missionarischem Eifer an Moslems herangetreten? Die Textstelle ‚Wenn sie sich nicht von euch fernhalten und euch nicht

146

Frieden anbieten' würde dies jedenfalls nahelegen. Meinen Sie nicht auch?"

Der Erzbischof meinte das nicht. Er wusste, dass Katholiken im Umgang mit Moslems auf Empfehlung Roms nicht missionierten, da Rom in Allah den einen Gott sah, den auch Christen anbeteten. Dass diese Erkenntnis für Ruhe und Ordnung auf Europas Straßen sorgte, war eine angenehme Begleiterscheinung. Dabei an Absicht zu denken, an Arrangement, verbot sich der Erzbischof. Nicht zweifeln musste er jedoch am Gehorsam der Glaubensbrüder Opus Urbani gegenüber Rom. Aber das alles wollte er hier nicht erörtern.

Stattdessen sagte er: „Aber es heißt doch immer, ein Täter habe eine Handschrift. Trifft das hier zu? Da steinigt er, dort spritzt er Gift. Haben Sie so etwas schon erlebt, Commissario?"

„Das mit der Handschrift eines Täters ist polizeiliche Faustregel, Exzellenz. Ausnahmen schaffen Verwirrung, letztlich aber bestätigen sie die Regel."

„Sind noch andere Glaubensbrüder meiner Diözese in Gefahr, was meinen Sie?"

„Ich bin froh, dass Sie das fragen, Exzellenz. Ich kann das leider nicht ausschließen, möchte aber keine Psychosen auslösen. Deshalb kann ich Ihnen auch keinen Rat geben, wie Sie mit diesem Wissen umgehen sollen."

„Da sitze ich aber ganz schön in der Tinte. Sie müssen wissen, Commissario, Opus Urbani ist nicht irgendwer, und wenn innerhalb einiger Wochen zwei Glaubensbrüder einem Mord zum Opfer fallen, dann zieht das Kreise bis Rom, weiß Gott. Überhaupt am Vorabend eines Papstbesuches."

„Ich bedaure sehr, Exzellenz, nichts Konkretes anbieten zu können. Ich würde aber nicht den ganzen Verein beunruhigen."

„Verein? Sagten Sie Verein? Wenn's nur das wär."

Ein Mann in grauem Straßenanzug betrat nach kurzem Klopfen

den Raum und sagte mit freundlichem Tadel im Unterton: „Aber, Exzellenz, du sollst doch nicht rauchen, deine Gesundheit."

Ohne darauf einzugehen, stellte der Erzbischof den Eintretenden als Weihbischof Fabiano vor. Der musterte Vossi von oben bis unten.

„Verzeih, Exzellenz", sagte er schließlich. „Ich hab da eine Einladung erhalten, Sonntag früh eine Messe für die Teilnehmer der Feierlichkeiten zu Kaisers Geburtstag zu lesen. Soll ich annehmen?"

„Gibt es eine kritische Stelle im Evangelium?"

„Nein, Exzellenz. Ich habe mich diesbezüglich schon vergewissert. Gelesen wird Lukas 7,11–17, Jesu Auferweckung des Toten von Nain."

„Na, solange nicht der tote Franz Joseph auferweckt wird, soll es mir recht sein."

„Das wird er aber ganz sicher, Exzellenz. Dafür sorgen schon die Einwohner von Cormons und ihre Gäste."

„Werden Sie auch zu Kaisers Geburtstag in Cormons sein, Commissario?", wollte der Erzbischof wissen.

Tatsächlich fand jedes Jahr um den 18. August, den Geburtstag des vorletzten österreichischen Kaisers und Grafen von Gorizia, ein Fest statt, zu dem ein Mädchen des Ortes als Kaiserin Elisabeth und ein Junge als Franz Joseph ausgestattet wurden. Es war wie Operettenpremiere, Kirtag und Jahrestreffen der vereinigten Monarchisten aller Länder in einem. Dazu wehten schwarzgelbe Fahnen, der als Franz Joseph aufgetakelte junge Mann trug eine weiße Uniform mit rotweißroter Schärpe und grün gefedertem Erzherzogshut, die Sisi-Imitation knöchellanges Weiß mit Spitzenschleier. Sie versuchte ähnlich unsicher in die Welt zu schauen wie die echte Kaiserin auf dem bekannten Bild als Königin von Ungarn. Alles in allem ein Auftrieb, der in Bad Ischl, falls nicht a priori verboten, doch gefährliche Gegendemonstrationen auslösen würde. Doch es gehörte zu den unergründlichen Gegensätzen in

Jelenas Weltbild, dass sie jedes Jahr aufs Neue bei dem Spektakel dabei sein musste. Was Vossi dabei störte, war, dass sie ihn ebenso alljährlich mit allerlei Tricks zum Mitkommen überreden wollte und auf sein konsequentes Nein hin schmollte.

„Notgedrungen, Exzellenz, meine Frau bildet sich jedes Jahr ein, dabei sein zu müssen. Bisher konnte ich mich immer rausreden, diesmal, fürchte ich, werde ich mich allerdings nicht drücken können. Sie behauptet nämlich, ihre Sicherheit sei in Gefahr und ich müsse sie beschützen. Sie wissen ja, Exzellenz, wegen der Neofaschisten, die Störmanöver angekündigt haben."

„Ich habe davon gehört. Commissario. Es wird doch nicht zu Tätlichkeiten kommen?"

„Ich glaube nicht, Exzellenz. Sonst würde ich meine Frau in den Keller sperren und erst spätabends wieder rauslassen."

„Oh, Sie neigen zu häuslicher Gewalt, Commissario?"

„Ich neige dazu, Menschen auch gegen ihren Willen vor sich selbst und anderen zu schützen."

„Aha, das hat mir erst unlängst einer meiner Priester gesagt. Sind Sie gläubig, Commissario? Ich bitte um Nachsicht für meine direkte Frage."

„Aber sicher, Exzellenz."

„Sicher was? Gläubig oder nachsichtig?"

„Nachsichtig, Exzellenz."

Vossi war längst wieder in seinem Büro, instruierte Mitglieder seines Teams und ließ sich berichten, als der Erzbischof seinem Weihbischof ein chiffriertes Schreiben an Kurienkardinal Montana aushändigte. Dieser galt als Päpstlicher Rat für Gerechtigkeit und Frieden als Mann fürs Grobe. Als solcher erhielt und übernahm er auch regelmäßig Sonderaufgaben des Stellvertreters Christi auf Erden. Sein Name hatte auch außerhalb der Kirche einen speziellen Klang: 2007 etwa hatte er Amnesty International eine schallende Ohrfeige erteilt, verbal natürlich. Er dekretierte, kein Katholik, keine katholische Organisation dürfe Amnesty etwas spenden oder sonst irgendwie unterstützen.

Der Namen Montana genügte und Weihbischof Fabiano war klar, die Nachricht musste eine schwerwiegende Vorgeschichte haben. Seine Exzellenz würde keinesfalls ungebeten auch nur ein Wort an den Kardinal schreiben oder gar chiffrieren. Mit dem Gespräch von vorhin über eine Kaiserjause in Cormons hatte die Depesche sicher nichts zu tun. Mit dem Doppelmord an den beiden Opus-Urbani-Glaubensbrüdern vielleicht? Gerne hätte er dazu mehr erfahren, doch es gehörte zum Gehorsamsgebot des Weihbischofs, keine Frage zu stellen. Stattdessen gab er den chiffrierten Text eigenhändig über die geschützte Standleitung durch, eine alte Telex-Verbindung. Gemessen an dem heutigen Stand der Technik eine Buschtrommel, doch vor der Geburt von Fax und Internet das A und O der Kommunikation. Erforderlich war eine Art Schreibmaschine, die mit Kabel über eine Zentrale mit dem Rest der Welt verbunden war. Wie per Telefon konnte man nun den gewünschten Empfänger anwählen, vorausgesetzt, er hatte auch so ein Gerät. Das Ding war nicht gerade klein und machte ziemlichen Lärm, wenn eine Meldung durchkam, weshalb man ihm meist einen eigenen Raum widmete, den sogenannten Telex-Raum. Befugte hatten einen Schlüssel, durften ankommende Meldungen lesen und entsprechend weitergeben oder Nachrichten senden. Umständlich, aber sicher. Das dachten Weihbischof Fabiano und auch Rom, da nur die beiden Enden von der Existenz des Fossils zu wissen glaubten.

In der Questura setzte Vossi sein Vorhaben, den Leiter des Sonderkommandos Papstbesuch über seine beiden Fälle zu informieren, in die Tat um und ließ sich anmelden. Nach gut einer Viertelstunde Wartezeit saß er dem Staatspolizisten, den alle mit Signore Colonel ansprachen, gegenüber.

Die Eröffnung konnte abweisender nicht sein, dieser sah nicht einmal von seinen Papieren auf: „Bitte fassen Sie sich kurz, Commissario, ich habe bis über den Kopf zu tun."

„Ich wollte Ihnen nur von zwei Morden berichten, die sich kürzlich bei uns ereigneten."

„Mich interessiert nur: Haben sie mit dem Papstbesuch zu tun?"

„Unserer Erkenntnis nach nicht."

„Dann kommen Sie wieder, falls Sie zu einer diesbezüglichen Erkenntnis kommen. Vielen Dank, Commissario."

Vossi hoffte, nie wieder diesem aufgeblasenen Furz begegnen zu müssen. Er erzählte am Abend Jelena davon. Sie hatte eine einfache Erklärung: „So verhält sich nur, wer überfordert ist."

VIII. Fehlschuss

Wer meinte, die jährliche Feier des Geburtstags von Kaiser Franz Joseph in Cormons mit Parade, Feuerwerk, Tanz unter freiem Himmel und Ehrensalven aus alten Kaiserjäger-Gewehren in Kaiserjäger-Uniformen fände statt, um Rom in Harnisch zu bringen, gehörte einer stattlichen Minderheit an. Das zweite, zahlenmäßig stärkere Lager, das sich aus Winzern und Fremdenverkehrsbetrieben rekrutierte, erkannte den Sinn der Feier als Werbeträger und Einnahmequelle. Das dritte, winzige, bestand aus harmlosen Vergangenheitsverherrlichern. Aber in einem waren sich alle einig: Mitten im August zu feiern, egal wen oder was, war eine großartige Idee. Kein Wunder also, dass der alte Feiertag der Monarchie zwei Weltkriege, Irredenta und Faschismus überleben konnte. Und während sich die Frauen der Winzer überlegten, was sie zum Festzug am 18. August anziehen sollten, und ihre Männer der Ablaufplanung den letzten Schliff gaben, ging bei den Redaktionen der wichtigsten Tageszeitungen des Landes und bei den zwei größten TV-Sendern ein E-Mail mit Videobotschaft ein. Wie so vieles, was unaufgefordert in Redaktionen ankam, landete es durchwegs in Spam-Ordnern. Nicht so bei *La Gazzetta* in Udine. Dem wachen Lokalchef fiel der Clip sofort auf. Der Absender nannte sich 9,29! Das löste Assoziationen mit dem Scripsi zum Mord von Cormons aus und elektrisierte. Er öffnete das Mail und spielte das Video ab. Danach rief er den Grafiker in der Produktion an und bat ihn zu sich.

„Mach die Tür zu und schau dir das an."

Der Grafiker sah und hörte: „Allahu akhbar. In der Vollstreckung seines Willens habe ich gehandelt. Wer Moslems von ihrem Gott fernhält, ist des Todes. Dafür braucht es kein Gericht. Das Urteil steht im heiligen Koran. Ihr, die ihr Allah liebt, seid die Vollstrecker. Euch allen tut man ein Leid, wenn einer von euch weggeführt wird von Allah. Er verlangt euer Handeln. Lest den Koran, bleibt fest in eurem Glauben. Gott ist groß, er ist der Herr."

Das Bild, ein männliches Gesicht, war gewollt unscharf, die Stimme verzerrt.

„Das krieg ich hin."

„Was meinst du damit?"

„Nun, das Gesicht kann ich schärfen und mit dem Ton könnte sich VisSound, das Tonstudio in der Zona Commerciale, beschäftigen."

„Ich weiß nicht, ob ich das will. Ich glaube nicht. Wir stellen es so, wie es ist, in unsere Online-Ausgabe und geben es mit einer gewissen Zeitverzögerung *Radio UD* weiter."

„Das wird unseren Eigentümer sicherlich freuen."

La Gazzetta und *Radio UD* gehörten der gleichen Millionärsfamilie, die mit Steinbrüchen, Zement und erlesenen Weinen Kohle machte. Und mit den beiden Medien natürlich.

„Wie könnten wir das auf unsere Website bringen, ohne dass ich das entscheiden muss? Ich möchte unbedingt Exklusivität, zumindest für zwei, drei Stunden, bin aber dem Commissario in Gorizia verpflichtet."

„Da gibt es keinen Weg. In dem Moment, in dem du das Mail öffnest, registriert das unser Rechner. Im Ernstfall bleibst du übrig."

„Was heißt hier Ernstfall!"

„Na, ich denke an das Gleiche wie du, an die Polizei."

„Du meinst also auch, ich müsste sie sofort informieren?"

„Allerdings. Das meine ich, sonst landest du in des Teufels Suppentopf."

Der Lokalchef brauchte keine drei Sekunden Bedenkzeit: „Hör zu, ich weiß, was ich tu. Ich hab da eine Direktnummer vom zuständigen Commissario. Den ruf ich an. Vielleicht meldet er sich nicht sofort. Dann leg ich auf und sage, ich konnte ihn nicht erreichen. Der Anruf wird zum Beweis auf meinem Handy registriert und du bist Zeuge. Wenn er sich meldet, sage ich, ich hätte etwas so Wichtiges, dass ich damit nach Gorizia auf die Questura kommen müsse. Was hältst du davon?"

„Könnte klappen. Gorizia beim jetzigen Verkehr, schön nach Polizeivorschrift gefahren, würde dir locker einen Vorsprung von zwei Stunden bringen, bevor es die Polizei zum öffentlichen Interesse erklärt und den anderen Redaktionen weitergeben kann."

Der Lokalchef wählte die Nummer Vossis und legte nach dem dritten Läuten auf. Danach vergewisserte er sich, dass der Kontakt auf seinem Handy registriert war.

„Basta, ich fahr los. Und du stellst das Video auf unsere Homepage. Und denk dran, je größer, desto besser. Und informier den Chef der Inseratenabteilung. Er kann etwas Kohle-Bringendes dazustellen. Das wird sicher ein paar Hunderttausend Mal angeklickt."

Der Lokalchef war bei den letzten Worten schon durch die Tür und halb im Aufzug.

Vossi hatte sich den Nachmittag frei gemacht und war mit Jelena nach Dobrovo zu Liz und ihrer legendären Freitags-Fischsuppe gefahren. Es war noch nicht einmal serviert, als das Telefonino anschlug, dessen Nummer nur Jelena und Roberto hatten.

Natürlich war es Roberto: „Das Sekretariat von *La Gazzetta* hat angerufen. Der Lokalchef ist unterwegs in Ihr Büro. Er habe etwas vom Täter, das er Ihnen dringend zeigen muss."

„Der kann mich."

„Chef, bevor ich das an ihn so weitergebe, sollten Sie sich die Online-Ausgabe von *La Gazzetta* ansehen. Das Restaurant hat ja einen Internetzugang. Wie ich schon mal sagte, ein iPad wäre gut ... Dann wären Sie unabhängiger."

„Quatsch, Roberto, ich wäre abhängiger. Also gut, ich schau mir das an und melde mich."

Vossi ging in Liz' Küche, wo der Computer des Hauses stand, und

konnte kaum fassen, was er serviert bekam: den Sermon des Täters, falls er es überhaupt war, neben einer gleich großen Werbeeinschaltung für eine Lebensversicherung. Die Köchin war nicht schlecht erstaunt, als der Leiter der Mordkommission Gorizia laut und deutlich „Ich bringe ihn um, ich bringe ihn um" schrie.
Jelena tippte auf den Täter.
„Diesen Schreiberling aus Udine, ich mache Hackfleisch aus ihm."
Es half nichts, er musste dringend ins Büro. Er überredete Jelena mit Liz' Hilfe zum Bleiben. Er würde sie, egal wie spät, abholen oder Roberto schicken.

Vossi musterte den Journalisten aus Udine. Marco Colussi hieß er. Er hatte sich den Mann ganz anders vorgestellt. Ausgesprochen gestriegelt war er, im getrimmten Anzug konservativer Eleganz saß er ihm gegenüber. Elegant? Ja, doch. Gebildet? Wahrscheinlich, sprach schönes Italienisch, kaum Friulanisch. Skrupel? Sicherlich keine. Handschlagfähig? Bestimmt nicht. Und er konnte lügen.
„Wir hatten alles versucht, Sie zu erreichen, Commissario, leider vergeblich. Da ich wusste, von welch allgemeinem Interesse das E-Mail ist, und annahm, dass es Ihre Leute vor der Freigabe an die breite Öffentlichkeit noch überarbeiten würden, habe ich mich in mein Auto gestürzt, um Ihnen einen Eins-zu-eins-Download übergeben zu können."
„Das war also nicht so inszeniert, dass Ihr Verlag noch schnell absahnen kann, während Sie unterwegs hierher sind?"
„Absahnen? Ich habe unsere Seite noch nicht sehen können, aber falls Sie eine Werbeeinschaltung meinen: Mit Inseraten habe ich nichts zu tun. Redaktioneller Teil und Inserate sind in unserem Verlag streng getrennt."
„Ich glaube Ihnen kein Wort, aber danke für die Kopie. Das Original kennen wir ja aus ihrer Online-Ausgabe und im Rundfunk lief der Ton ja auch schon. Sie hätten sich also nicht bemühen müssen."

Der Lokalchef merkte, dass es am besten war, zu gehen. Das, was er wollte, hatte er ja erreicht.

Welch ein Unterschied zu jenem Journalisten alter Schule, der Vossi vor Jahren ziemlich angesäuselt ein paar handfeste Gründe genannt hatte, warum das mit der Pressefreiheit ein Ammenmärchen war, an dessen Verbreitung allseits heftig gearbeitet wurde. Und der Commissario vermutete, dass es wahrscheinlich zu keinem Zeitpunkt der Menschheitsgeschichte Pressefreiheit gegeben hatte, ein paar revolutionäre Momente vielleicht ausgenommen. Wie auch immer: Der verpatzte Nachmittag hatte ihm neue Erkenntnisse gebracht und neue Fragen aufgeworfen. Erstens: Die DVD war ein Aufruf zum Mord. Ob das Zeug überhaupt auf Sendung gehen durfte beziehungsweise bleiben durfte, sollten die Juristen klären. Zweitens: Die beiden Mordfälle hatten definitiv miteinander zu tun. Drittens: Der Täter nannte islamische Tatmotive, war also mit Sicherheit Moslem. Viertens: Die Sprache des Täters war lupenreines Siena-Italienisch, Spezialisten würden ihm da sicherlich recht geben. Wahrscheinlich war der Täter also ein Konvertit. Die waren bekanntlich die Gefährlichsten. Fünftens: War es überhaupt der Täter? Für Vossi klang es nicht unbedingt danach. Nach den Lektüren, durch die er sich in den letzten Tagen hatte kämpfen müssen, hätte er sich ein Salem Alaikum oder Allahu akhbar erwartet. Auch das würde Spezialisten vorzulegen sein.

Und noch etwas machte Vossi zu schaffen: Der Mann schien etwas über die Opfer zu wissen, was sie nicht als wichtig erkannt hatten. Er sagte sogar ziemlich unumwunden, dass die Opfer Moslems von ihrem Gott fernhalten wollten. Hatten Schnabel und Fontana vor Moslems missioniert? Hatten sie damit ihr Todesurteil unterschrieben? Padre Giovanni hat auf das Recht und die Pflicht hingewiesen, nach denen Moslems in einem solchen Fall handeln mussten, und mehrfach betont, dass Abkehr vom islamischen Glauben die größte Sünde sei, die ein Moslem begehen könne. War es dann nicht der gefährlichste Fehler eines Nichtmoslems, einen Gläubigen dazu zu überreden?

Das Gespräch mit dem Rabbiner von Triest schien hinfällig, es abzusagen wäre aber höchst unhöflich gewesen. Vossi wurde für diese Rücksichtnahme reichlich belohnt. Es stellte sich nämlich heraus, dass der Rabbi ein Islamexperte war und jahrzehntelang in Marokko unter Moslems gelebt und gewirkt hatte. Roberto spielte ihm die Aufnahme auf seinem Tablet vor. Der Rabbi hörte sich die Botschaft zweimal an und sagte schließlich: „Wenn Sie mich fragen: So spricht kein Moslem."

„Ein Konvertit vielleicht? Man sagt ja oft, das wären die Radikalsten unter den Radikalen?"

„Weiß man's? Aber wenn, dann ist er erst vor ganz kurzer Zeit konvertiert."

„Eine ganz andere Frage, Rabbi: Missionieren Christen eigentlich unter Juden und Moslems?"

„Hier in Europa sicher nicht. Zu uns sind sie im Allgemeinen schuldbewusst freundlich, den Moslems kriechen sie, mit Verlaub, in den Hintern. Wie sonst soll ich es benennen, wenn sie sagen, ‚Euer Gott ist unser Gott' und Papst Johannes Paul II. in aller Weltöffentlichkeit den Koran küsst? Dass die Christen sagen, unser Gott der Juden sei ihr Gott, na gut, daran haben wir uns in zweitausend Jahren gewöhnt. Aber dass sie jetzt auch noch unseren Gott der Juden den Moslems als Allah andienern, nehme ich persönlich. Aber, um ihre Frage zu beantworten: Katholiken missionieren hierzulande nicht unter Moslems."

„Halten Sie es für möglich?"

„Einzelne, besonders eifrige könnten das schon tun. Das erlebt man immer wieder. Aber ein systematisches Missionieren, wie etwa wie bei den Zeugen Jehovas, habe ich nie beobachtet und schließe ich auch aus."

„Könnte unser Täter ein Jude sein, der aus religiösen Motiven mordet?"

„Was soll ich darauf sagen? Sie wissen doch, Verrückte gib es überall. Die Welt ist voll davon. Ein Normaler tut das nicht."

Vossi dankte und verabschiedete sich. Er wollte nicht darauf hinweisen, dass seiner Meinung nach Aufrufe zu töten, zu rächen und zu steinigen in göttlichen Offenbarungen nichts verloren hätten. Was war denn das für eine Vorstellung von Gott? Das hätte er den Rabbi fragen wollen. Er dachte an Ritas Äußerung zum Papstbesuch in Asien. Dass er lächelnd und segnend durch die Welt jettete, entsprach der Botschaft dieses für ihn so schwer fassbaren Zimmermannssohns aus Nazareth. Einen Aufruf zu töten oder zu rächen hatte er in seiner Botschaft nicht gefunden. Für ihn war damit der Lesestoff der Evangelien jugendfrei. Hingegen enthielten das Alte Testament und der Koran Textstellen, die nichts für Kinder waren und nicht unterrichtet werden sollten. Padre Giovanni hatte bei seinem Vortrag einen Brief des Apostels Paulus zitiert, der Vossi gefallen hatte: „Die Obrigkeit trage das Schwert, sie vollziehe das Strafgericht an den Bösen." Das war auch seine Ordnung. Was er nämlich an den göttlichen Gesetzen nicht mochte, war, dass sie nicht novellierbar waren, um sie den gesellschaftlichen Bedürfnissen anzupassen wie das Strafgesetz. Zumindest nicht ohne Einwilligung Gottes – und der schien schwer erreichbar. Nun kämpften auch und gerade Christen Jahrhunderte in Religionskriegen mit Millionen Toten. Doch das disqualifizierte nach Vossis Auffassung nicht ihre Lehre, sondern die Päpste und Bischöfe und Heerführer im Zeichen des Kreuzes. Jelena hatte es in einer ihrer Diskussionen auf den Punkt gebracht: Was konnte das Lied dafür, wenn der Sänger patzte? Seiner Meinung nach galt dies nicht für den Koran. Eine Partei mit der Anstiftung zu töten, der programmatischen Erlaubnis, weibliche Mitglieder zu schlagen, und der Aufforderung, die Gerichtsbarkeit selbst in die Hand zu nehmen, würde – so dachte Vossi abschließend – wohl in jedem Staat Europas als verfassungsfeindlich verboten werden.

Am nächsten Tag hatten alle Tageszeitungen das Videobild auf den Titelseiten. Teils in Unschärfe verzerrt, wie geliefert, teils entschärft, wobei das Gesicht des Absenders immer noch unkenntlich blieb. Die Autoren der Artikel und Kommentare tippten in den meisten Fällen auf einen Konvertiten. Auf fast allen TV-Kanälen wurde von Katholiken wie tatsächlichen oder angeblichen Korangelehrten unisono festgehalten, dass der Koran Suren enthalte, die missverstanden werden könnten, hätte man nicht dieses ungeheure Wissen, dass die Talkshow-Teilnehmer jedenfalls hätten. Auf den Punkt gebracht hieß es: Der Täter habe vom Koran keine Ahnung, vermutlich hätte er private Motive. Der Koran erlaube solche Handlungen nicht, er verbiete sie sogar, was wiederum mit Suren untermauert wurde, die jedoch auch missverstanden werden konnten, wenn man nicht dieses ungeheure Wissen wie das der Talkshow-Teilnehmer hatte.

Dem EDV-kundigen jungen Kollegen Fred Musil war es zwischenzeitlich gelungen, das Bild der Botschaft einigermaßen erkennbar zu machen. Es zeigte einen Sakralbau, Vossi war sich ganz sicher, die Hagia Sofia in Istanbul.

„Werden Sie das Video für die Presse freigeben, Commissario?"

„Gute Frage. Unsere Juristen waren in einer grässlichen Zwickmühle. Einerseits darf ein Aufruf zum Mord nicht gesendet werden, andererseits riskieren wir weitere Morde, wenn wir dem Täter nicht die Öffentlichkeit gewähren, die er haben will. Schließlich sind sie zu einer salomonischen Entscheidung gekommen: Für das Fernsehen nein. Im Internet darf aber bleiben, was auf den Portalen schon läuft und wogegen wir ohnedies machtlos sind. Vielleicht erkennt jemand die Stimme und meldet sich. So bekommt der Täter wenigstens etwas Publicity. Hoffentlich hält ihn das still."

Virgilio Sartone konnte nicht still halten. Sein Oberkörper wurde von Weinkrämpfen geschüttelt. Schließlich drehte er das gerahmte Foto seiner, ihrer Hochzeit mit der Bildseite nach unten sanft auf den Tisch, leckte sich die salzigen Tränen von den Lippen, putzte sich die Nase und ging zu seinem Waffenschrank. Er nahm sein Prunkstück, eine aufgerüstete Steyr Mannlicher mit Zielfernrohr und Schalldämpfer, an sich, legte alles fein säuberlich auf den Tisch, griff sich das Foto, das er eben noch so sanft abgelegt hatte, und warf es zornentbrannt in die Ecke. Das Klirren des zerbrechenden Glases war sein erster Genuss nach fünf traurigen, beinahe schlaflosen Tagen und Nächten. Eine Zeitspanne endlosen Horrors, den ihr Brief ausgelöst hatte, den sie auf dem gleichen Tisch hinterlassen hatte, auf dem jetzt schwarz glänzend und ein wenig nach Knochenöl riechend die Waffe lag. Sie hatte sich kurz gefasst: „Ich verlasse dich, suche nicht nach mir."

Die Tage davor hatte sie ihn abends mit geröteten Augen empfangen, wenn er von seiner Arbeit im Keller der Vinothek nach Hause kam. Fragte er sie, warum sie so traurig sei, begann sie jeweils zu schluchzen und sperrte sich für Stunden im Bad ein. Bis er seinem Freund, der im Municipio arbeitete, beim Angeln von dem Kummer erzählte. Der hatte konzentriert auf das Wasser gesehen und bloß gesagt: „Frag sie nach Mario Sulzer."

„Dem Provinzpräsidenten?"

„Frag sie."

Mehr hatte der Freund nicht gesagt, mehr wollte Virgilio in diesem Augenblick nicht wissen. Er packte sein Angelzeug ein und fuhr direkt zu Elvira. Er war ihr nicht einmal das geringste Zögern wert. Sie sagte es rundheraus: „Ich liebe Präsident Sulzer."

Sie sagte nicht: „Ich habe ein Verhältnis." Sie sagte auch nicht: „Ich habe mich verliebt." Nein, sie sagte: „Ich liebe Präsident Sulzer."

Virgilio war fassungslos und fragte: „Und?" Es war nicht als „Na und?" und schon gar nicht als „Na und, wenn schon" gemeint, sondern eher als Frage in Richtung Zukunft, wie es denn weitergehen solle.

Sie aber blieb in der Vergangenheit: „Und er will nichts mehr von mir wissen."

Er brauchte lange, um die Tragweite ihrer Sätze zu verstehen. Kam er in ihrem Leben überhaupt noch vor? Er konnte sie nicht danach fragen. Sie hatte sich im Bad eingeschlossen, in der Nacht hatte sie sich aus dem Haus geschlichen, ohne Geld, ohne Papiere, nichts. Ein paar Fußspuren hatte sie hinterlassen, die über den peinlich gepflegten Rasen in das Unterholz des Gemeindewaldes führten, der an das Grundstück angrenzte.

Virgilio dachte nicht daran, eine Vermisstenanzeige zu machen. Man würde ihn nur auslachen. Er ging weiter zur Arbeit in den Keller, brachte volle Flaschen in die Vinothek, stellte sie in die Regale und trug die leeren Flaschen zurück in den Keller. Es gab nämlich auch einen Ausschank, von dessen Angeboten Einheimische und Touristen heftig Gebrauch machten. Niemand vermisste Elvira. Die einzigen Nachbarn waren schon die zweite Woche auf Urlaub, um dem Lärm und den erhöhten Preisen von Ferragosto auszuweichen, und bei der Firma in Triest, bei der sie halbtags arbeitete, hatte er sie krank gemeldet. Es war ihm schwergefallen, denn er erbebte schon, wenn er nur an Elvira dachte. Bei dem Anruf ihren Namen auszusprechen, kostete ganz schön Überwindung. Würde sie wiederkommen, er würde sie einfach erschießen. Ja, das würde er, zumal sie an seiner Leidenschaft für Jagd und Fischerei sowieso immer etwas auszusetzen gehabt hatte. Er würde sie nicht behalten, er würde sie nicht wegschicken, er würde sie erschießen.

In den letzten Tagen hatte er viel gelesen, um sich abzulenken. Dabei stieß er im Lokalblatt auf das Festprogramm zum Geburtstag des Kaisers, das am Sonntag stattfinden würde. Sulzer würde am oberen Stadtplatz sprechen. Virgilios ungestillter Drang, seine Frau zu töten, übertrug sich nun in gesteigerter Heftigkeit auf den

Präsidenten. Ihn würde er töten, es sollte ihm ergehen wie diesem Franz Ferdinand in Sarajevo. Dass der Erzherzog von einem Pistolenschützen niedergestreckt und der Täter in flagranti gestellt worden war, störte ihn nicht bei dem Vergleich. Ihn würden sie nicht kriegen. Er würde Elvira und überhaupt allen beweisen, dass er mehr draufhatte, dass er nicht dieser Niemand war, auf den sie seit seiner frühen Jugend herabblickten. Elvira ausgenommen, zumindest die Zeit vor und ein paar Monate nach ihrer Heirat. Zu spät hatte er sie durchschaut, dass sie nur von ihrem gewalttätigen Vater und den tristen Verhältnissen in ihrem Elternhaus wegkommen wollte. Deshalb, so hatte sie es ihm einmal im Zorn an den Kopf geworfen, deshalb hätte sie ihn geheiratet. Und jetzt zog er einen Schlussstrich, nicht sie, nicht der Presidente della Provincia, nicht irgendwelche anderen, er zog ihn. Sie würden ihn hetzen, wenn schon, er würde schneller sein als sie. Er wusste auch schon, wie und warum, und griff nach der Bibel, dem alten, abgegriffenen Buch, das ihm seine Mutter hinterlassen hatte, mit einem Familienpass aus der Zeit des Faschismus. Er bekreuzigte sich, so wie er das von ihr als Kind gelernt hatte, schlug es auf und wusste, dass jetzt einiges zu tun und nichts zu versäumen war.

Vossi war ein wenig außer Atem.

„Ich wollte mich nur vergewissern, dass alles abgeschlossen ist", brummte er nach einer Hausumrundung, um diesmal mit Jelena des alten Kaisers Geburtstag zu feiern. Immerhin waren Demonstrationen der Neofaschisten angesagt und man wusste ja nie, ob es nicht zu Tumulten kommen könnte. Da sollte sie nicht allein in der Menge sein. Leider war Jelena noch immer sauer, weil sie bei Liz hatte übernachten müssen. Keiner von Vossis Büro hatte am Freitag noch Zeit gehabt, sie abzuholen. Zu allem Überfluss hatte sie zu viel getrunken und den ganzen Samstag über Kopfweh gehabt. Wein vertrug sie, kein Problem, Bier bekam ihr seit ihren

Mädchentagen in der Schenke des Vaters, Schnaps war ab und an nicht ausgeschlossen, aber alles auf einmal und im Durcheinander war doch ein wenig zu viel.

Endlich saß ihr Mann in ihrem alten Mazda, der kaum je gefahren wurde, da Vossi während der Woche nur Dienstfahrten zurücklegte. Und an Wochenenden war das Ehepaar Vossi meist zu Hause oder man fuhr mit dem Bus nach Sistiana Mare zum Schwimmen. Ausschließlich mit dem Bus, denn Parkplatz gab es da unten an schönen Tagen ja keinen. Manchmal besuchten sie Freunde in Muggia, auf der anderen Seite der Bucht von Triest. Da fuhren sie ebenfalls mit dem Bus nach Triest und überquerten mit einer Fähre die Bucht. Vossi genoss die Bootsfahrt immer wieder aufs Neue, vorbei an den Werften und Handelsschiffen aus Übersee und rundherum Hektik pur. Das Treiben bewies, dass es wieder aufwärts ging mit der stolzen Stadt der k. u. k. Monarchie mit fünfundfünzig Millionen Untertanen, die nach dem Ersten Weltkrieg durch den Verlust des Hinterlandes zu reinem Siechtum verurteilt gewesen war. Und nach dem Zweiten Weltkrieg fand sie sich als Grenzstadt an einem verkehrstoten Zipfel Europas wieder. Der Eiserne Vorhang, der Europa in zwei feindliche Lager teilte, war unmittelbar hinter ihren Außenbezirken niedergegangen.

Jelena lenkte den Wagen. Sie war abichtlich so früh dran, denn sie wusste, ab halb neun, neun gab es in ganz Cormons an diesem Festtag keinen Parkplatz mehr. Etliche Tausend waren aber noch früher aufgebrochen, um des Kaisers Geburtstag mit der dazugehörigen Blumenparade zu feiern.

„Fahr rauf zur Wache. Rita hat mit Sicherheit heute Dienst, sie wird uns einen Parkplatz frei machen", dirigierte Vossi.

Das Quartier lag auf einem Platz der Oberstadt, flankiert von schmucken Häusern aus dem vorvorigen Jahrhundert, der Epoca. Rita war schon in Außeneinsatz unterwegs, doch ein junger Polizist erkannte Vossi, salutierte polizeischulgemäß und wies ihm einen Parkplatz zu.

Schnellen Schrittes ging das Ehepaar Vossi jetzt zurück in die Richtung, aus der es gekommen war, vorbei am Denkmal Kaiser Maximilians, des letzten Ritters, in dessen Regierungszeit die Grafschaft Görz und das Umland um 1500 habsburgisch wurden. Nicht selten verwechselten ihn Touristen mit einem Habsburger späterer Generationen, nämlich mit Maximilian von Mexiko, dem jüngeren Bruder Kaiser Franz Josephs, was Einheimische nur manchmal korrigierten, aber stets zum Anlass nahmen, auf das unbedingte Muss eines Besuches seines Schlosses Miramar hinzuweisen: „In macchina circa venti minuti." Zur Feier des Tages hatte jemand einen Kranz weißer Rosen mit schwarzgelbem Flor vor dem Denkmal abgelegt.

In einer Einfahrt kauerte ein dürrer Alter und spielte auf seiner Panflöte *La Paloma*. Die klagenden Töne passten so gar nicht zu dem mit Girlanden geschmückten Platz, über den kichernd und plappernd weiß gekleidete Mädchen unter der Aufsicht festlich gekleideter Mütter in Richtung Marktplatz trippelten. Dort sollte mit einer Messe unter freiem Himmel das Fest beginnen. Danach würden sich die Gläubigen zu einem Korso formieren, an dessen Spitze ein Backfisch und ein Jüngling der Stadt als Franz Joseph und Sisi huldvoll lächeln und winken sollten. Der Alte in der Einfahrt begann, unbeirrbar wie eine Tonbandschleife, sein Klagelied von vorn.

Offensichtlich versetzte die Weise Jelena in eine positivere Stimmung. Schließlich war Maximilian, der von Mexiko, eines ihrer Themen. In schulmeisterlichem Tonfall klärte sie Vossi auf: *La Paloma* sei angeblich zur Erschießung Maximilians gespielt worden. Verbürgt sei, dass es beim Anlanden seines Sarges vor Schloss Miramar ertönte. Zum Andenken an dieses traurige Ereignis hätten die anwesenden Marineoffiziere beschlossen, dass *La Paloma* von nun an auf österreichischen Kriegsschiffen nie mehr erklingen solle. Diese Tradition habe sich auf die österreichischen Sportsegler übertragen und würde auch heute noch zu Ehren des unglücklichen Bruders Kaiser Franz Josephs bewahrt und gepflegt. Armer Maximilian. Der Unglückliche passte so gar nicht in dieses fröhliche Dreiländereck und war doch Lokalmatador.

Jelena wusste scheinbar alles über die Habsburger, sie war firm im Lebenslauf Titos, konnte die führenden Köpfe der russischen Oktoberrevolution nennen und beschreiben und – Vossi war sich da ganz sicher – wusste auch so ziemlich alles über das englische Königshaus und die Päpste, zumindest über jene des 20. Jahrhunderts.

„Warum hast du eigentlich nie Geschichte studiert?", fragte er die Frau an seiner Seite.

„Weil ich in Papas Schenke Leuten wie dir Bier servieren musste. Außerdem meinte er, alles Verbrecher, nicht der richtige Umgang für mich."

„Da hatte er nicht ganz unrecht."

Auf dem Marktplatz, wo sich an normalen Tagen Stand an Stand reihte, war auf einem Podest ein Altar aufgestellt worden. Die Menge machte einem schwarzen Audi Platz und ein groß gewachsener Mann in der Arbeitskleidung eines katholischen Priesters stieg aus.

„Weihbischof Fabiano", sagte Vossi zu Jelena, um zu beweisen, dass auch er über Informationen verfügte, die ihr Wissen über Leute von gestern und heute, vor allem von heute, erweitern konnten. Während der Messe kniete das als Kaiser und Kaiserin posierende Paar brav vor dem Altar und nahm, wie die meisten Zaungäste, an der Liturgie teil. Dann aber, nach dem Schlusssegen des Weihbischofs, erhob es sich, drehte sich wie einstudiert der Volksmenge zu und das Gaudium konnte beginnen. Womit erneut die Musik gefordert war, um Haydns alte Kaiserhymne, das *Gott erhalte,*

Gott beschütze, zu intonieren. Einigen deutschen Touristen kam die Melodie offensichtlich geläufig vor und sie sangen unbeirrt ihr Lied von „Einigkeit und Recht und Freiheit für das deutsche Vaterland ..."

Erst jetzt erschien eine schwarze Kolonne jugendlicher Neofaschisten mit ein paar Schildern und Transparenten, sie pfiffen und johlten, wurden aber von der Polizei auf Abstand gehalten. Das Timing ihres Auftritts hatte nichts mit Rücksichtnahme auf den sakralen Charakter der heiligen Messe zu tun, sondern mit der Tatsache, dass Jugendliche, egal ob rechter oder linker Gesinnung, in den Morgenstunden lieber schliefen als polterten. So kamen das kaiserliche Paar und der ganze Blumenkorso unbeschadet auf dem Kirchenplatz der Oberstadt an, wo der falsche Franz Joseph und die falsche Sisi – sie war schon etwas zu mollig, um in der Rolle wirklich zu überzeugen – den allgemeinen Tanz eröffneten. Nach einigen Musiknummern und Gläsern Friulano winselte das Mikrofon laut auf und der Präsident der Provinz, Mario Sulzer, erklärte etwas von der „Eigenstaatlichkeit" Friauls. Zivilisierter Applaus ging in den Pfiffen und dem Gegröle der Neofaschisten unter. Bei der Beschreibung der Unfähigkeit Roms und des aufgeblähten Zentralismus übertönte wiederum der heftige Applaus den Protest der Demonstranten, doch bei der Häme für Brüssel und EU waren sich Festtagspublikum und Schwarzhemden im frenetischen Applaus einig. Brüssel, das gewagt hatte, den heimischen Winzern den jahrhundertelangen Gebrauch der Etikette Tokaier für deren Rebensaft zu untersagen, weshalb man unter großen Kosten und Markteinbußen den neuen Namen Friulano hatte aufbauen müssen.

Auf das Stichwort „Friulano" knallte ein Schuss. Die Menge nahm das Geräusch gar nicht als Schuss wahr, sondern klatschte, trampelte und pfiff noch immer zustimmend. Der Redner, noch immer Presidente Sulzer, spürte nur kurz den Luftwirbel, als das Projektil haarscharf an seinem linken Ohr vorbeipfiff. Commissario Vossi war sich aber sofort darüber im Klaren, dass geschossen worden war. Den Einschlag der Kugel in die Fassade des Gebäudes hinter dem Redner konnte er von seinem Platz aus noch nicht ausnehmen. Außerdem drehte er sich instinktiv den Demonstranten zu, um zu sehen, ob er einen Schützen erkennen könne. Er konnte sich irren, aber er meinte zu sehen, dass ihm ein Mann von einem Dachfenster oberhalb der Demonstranten zuwinkte.

Das Naheliegendste wäre gewesen, Alarm auszulösen, was in dem immer noch anhaltenden Applaus und Gejohle gar nicht so einfach gewesen wäre. Er hatte auch gar nichts bei sich, um auf sich aufmerksam zu machen, keine Trillerpfeife, keine Pistole für einen Warnschuss in die Luft, auf den sich allenfalls ein paar der Umstehenden auf ihn gestürzt hätten, um ihn in bester Absicht zu überwältigen. So vergewisserte er sich durch einen Seitenblick, dass Jelena einerseits in Sicherheit war und andererseits von dem Vorfall gar nichts bemerkt hatte.

Dann sagte er mit todernster und eindringlicher Stimme zu ihr: „Stell jetzt bitte keine Fragen. Es ist etwas vorgefallen. Du musst allein nach Hause. Ich ruf dich an. Tu nichts Auffälliges, bleib einfach in der Menge und geh zum Wagen, wenn sich das hier auflöst."

Als Nächstes griff er zu seinem Telefonino und wählte, wie ein gewöhnlicher Bürger, der zufällig Augenzeuge eines Verbrechens geworden war, den Polizeinotruf. Gleichzeitig bahnte er sich seinen Weg durch die Menge in Richtung Rednerpult. Unter der Notrufnummer meldete sich eine Stimme. Er konnte kein Wort verstehen und Vossi wurde schlagartig klar, dass auch ihn keiner verstehen würde.

Beim Rednerpult angekommen, konnte er nun eindeutig die Einschlagstelle des Projektils identifizieren. Dass ihn Sulzer erkannte, erleichterte das, was jetzt zu tun war. Er sagte einfach zu ihm: „Signore Sulzer, Sie sind in großer Gefahr. Wir müssen sofort in das Haus da. Bitte folgen Sie mir sofort und auf der Stelle. Nur so verhindern wir Panik und gewährleisten Ihre persönliche Sicherheit." Während er noch sprach, nahm er den Presidente am Oberarm mit festem Griff und schob ihn vor sich her in das Haus.

Im Flur war es still. Eine endlose Reihe von Tellern, mit Prosciutto, Käse, Oliven appetitlich belegt und einem Petersilienzweig herausgeputzt, warteten servierfertig auf ihren Abtransport. Eine Kellnerin trat ein.

„Jetzt nicht", sagte Vossi in einem Ton, der der jungen Frau Einhalt gebot. Sie sah sprachlos den blass gewordenen Presidente an und machte kehrt. An der Tür dreht sie sich nochmals fragend um, gewahrte Vossis abweisende Geste und verließ mit einem Zischlaut den Raum.

„Presidente, ich fürchte, auf Sie wurde geschossen. Gott sei Dank hat man Sie verfehlt."

Sulzer sah ihn nur entgeistert an und griff sich mit der Linken an die Stelle, wo er vor wenigen Minuten den Hauch des vorbeifliegenden Projektils gespürt hatte. „Den Hauch des Todes", würde er später blumig vor der Presse und vor Freunden erzählen. Jetzt aber kapierte er immer noch nicht, fing aber unkontrolliert am ganzen Körper zu zittern an.

„Bleiben Sie ganz ruhig, Presidente, hier sind Sie sicher."

Vossi vergewisserte sich mit einem Blick durch das Fenster, dass keiner im Publikum etwas von dem Vorfall bemerkt hatte und die Festivität einfach ihren Lauf nahm. Sisi tanzte in den Armen des Bürgermeisters, Franz Joseph mit aufgerollten Hemdsärmeln mit der Tochter des lokalen Winzerkönigs Luigi Monte. Sein weißer Rock hing auf der Lehne seines Stuhls mit der Schärpe in Rotweißrot darüber. Der Commissario hatte richtig gehandelt. Ein Scharfschütze, der sein Ziel verfehlte, würde kein zweites Mal anlegen, sondern Spuren verwischen und sich aus dem Staub machen. Hätte sich Vossi anders verhalten, er hätte einen Tumult ausgelöst, der Leben hätte gefährden können. Jetzt aber war Zeit zu handeln. Er rief Capitano Giuseppe Scarpa herbei, Roberto, Rita und war erleichtert, als Luigi Monte den Kopf durch die Tür steckte und ungehalten „Wo bleibt denn das Essen?" brüllte. Signore Monte war als größter Weinbauer und Weinhändler der Colli sozusagen der Organisator des Festes, das letztlich primär eine Veranstaltung zugunsten eines möglichst grenzübergreifenden Weinabsatzes war. Alles, was hier aus den Kellern kam, konnten die Einheimischen ja beim besten Willen nicht wegtrinken. Da brauchte es schon Verstärkung von auswärts.

Vossi kannte Luigi Monte als ernst zu nehmenden Gesprächspartner und stellte erleichtert fest, dass er noch ziemlich nüchtern war, was in diesem fortgeschrittenen Stadium des Festes nicht bei jedem vorausgesetzt werden konnte. Der Capitano der Carabinieri beispielsweise war es nicht. Offensichtlich hatte er zu viele Captain's Coffees mit Friulano vermischt. Er brauchte mindestens so lange wie der Presidente, um wenigstens einmal zu verstehen, was vorgefallen war.

„Da muss man Alarm schlagen, Bruno", sagte er dann laut und sah Vossi aus geröteten Augen an.

„Eben nicht, oder willst du, dass Panik ausbricht?"

Der Winzerkönig sah seine Investitionen in das Fest in ernster Gefahr und sagte leicht weinerlich zu Vossi: „Sie werden doch nicht absagen?"

„Keinesfalls. Aber wir müssen Spuren sichern. Dazu brauchen wir Ruhe und Bewegungsfreiheit und wir müssen das unbemerkt durchziehen können, sonst wird es keine Untersuchung, sondern ein Spektakel."

Vossi dachte mit Schrecken an die Szenen hier in Cormons, als vor kaum drei Wochen ein Mensch gesteinigt worden war und er die Ermittlungen vor hundertfachem Publikum leiten musste.

Zum Glück hatte Rita die richtigen Eingebungen: „Signore Monte, wir machen Folgendes: Sie gehen da raus und erklären dem Publikum, wir hätten Probleme mit der elektrischen Anlage, weshalb die Kühlung nicht funktioniere. Man werde deshalb das Fest auf dem Marktplatz fortsetzen."

„Die machen hier nie die Fliege", widersprach der Winzerkönig und kapierte nicht ganz.

Rita aber ließ sich nicht beirren: „Sie nehmen Ihren Kaiser Franz Joseph und Ihre Sisi, die sollen den Zug anführen, und dazu versprechen sie freien Ausschank von Bier und Wein für die nächsten sechzig Minuten. Und der Kaiser soll sich seinen Rock anziehen, damit er wieder was gleichschaut."

Luigi Monte überschlug die Kosten von Freibier und Gratiswein, verglich sie mit dem Totalverlust einer vorzeitigen Absage und war einverstanden. Er ging hinaus ans Rednerpult und bekam von der Kapelle einen Tusch. Vossi verstand nicht ganz, was er sagte, aber Luigi Monte machte seine Sache immerhin so gut, dass die Menge applaudierte und abrückte. Es blieben nur einige Dutzend, die entweder schon zu betrunken waren, um das Gesagte zu verarbeiten, oder den Versprechungen Luigi Montes keinen Glauben schenkten.

„Nicht mit mir", ließ sich Rita vernehmen, ging schnurstracks auf den Tonmeister der abrückenden Kapelle zu, redete unterstützt von resoluter Körpersprache auf ihn ein, worauf Sekunden später die Lautsprecher schrecklich zu quietschen begannen, sodass der Platz innerhalb in wenigen Minuten geräumt war. Das war für Roberto der Zeitpunkt, die drei Zufahrtsstraßen zum Platz abzusperren und von je einem Carabinieri bewachen zu lassen. Niemand sollte Zutritt haben. Luigi Monte wurde zum Marktplatz verabschiedet, um die baldige Ankunft köstlicher Getränke anzukündigen und die Anlieferung derselben zu veranlassen, Capitano Scarpa war so weit nüchtern geworden, dass er automatisch seiner Mannschaft den Befehl gab, sich zu teilen. Eine Hälfte sollte sich vor Ort zur Verfügung halten, die andere am Marktplatz für Sicherheit und Ordnung sorgen, da es Freibier gäbe.

„Einfach alles observieren und darauf achten, dass alles ruhig bleibt, Vorkommnisse melden." Leise fuhr er fort: „Du hast alles richtig gemacht, Bruno. Aber in deiner Haut möchte ich nicht stecken. Jetzt ist der Presidente das Mäuschen, aber ich kenne ihn, morgen wird er sich aufspielen und über deine Taktik herziehen."

Vossi reagierte nicht darauf, zumal Jelena hereingetrippelt kam, sich wie selbstverständlich ein Brötchen mit Prosciutto nahm und fragte, wo denn der Wein bliebe.

„Du gehst jetzt nach Hause. Wir haben zu tun, Zuschauer sind unerwünscht, und falls du getrunken hast … Ich habe niemanden, der dich nach Hause bringt, brauche hier jeden Mann."

In dem Augenblick kam Ritas Mann durch die Tür, an der Hand ihre zwei Kinder. Auch er hatte nichts mitbekommen und fragte, ob Rita noch zu tun hätte und ob er den Wagen nehmen und heimfahren solle.

„Sollst du, und bitte bring Signora Vossi nach Hause. Wir haben Einsatz."

Ritas Mann wusste aus mehrjähriger Erfahrung, dass Fragen in einer solchen Situation nicht angebracht waren, und machte eine höflich einladende Geste in Richtung Jelena, die dieser nach einigem Zögern Folge leistete. Im Abgang griff sie sich noch ein mit Prosciutto beladenes Brötchen und schmatzte in Richtung Roberto: „Nimm auch, sind gut."

Vossi nickte Rita dankbar zu und atmete erleichtert auf. Jelena sicher und versorgt zu wissen, half ihm, sich wieder voll zu konzentrieren.

„Signore Presidente, Capitano Scarpa wird Sie nach Hause bringen lassen. Zwei seiner Carabinieri werden Ihnen rund um die Uhr Personenschutz bieten, bis wir ein klares Bild der Lage und den Schützen gestellt haben."

Vossi sah bei diesem Wort seinen Freund Giuseppe streng an, der dem Presidente die Hand auf die Schulter legte und ihn hinaus auf die Piazza führen wollte.

„Giuseppe, Hinterausgang", zischte Vossi, wissend, dass der Capitano mit den Gegebenheiten des Hauses vertraut war. Scarpa machte, mit dem willenlosen Presidente als siamesischem Zwilling, einen kunstvollen Bogen, wankte ein wenig, schaffte aber anstandslos den Abgang.

„Rita, Roberto, kommt, folgt mir", sagte Vossi und stapfte voran in Richtung des Hauses gegenüber, das mehrere Gauben hatte, denn aus einer von ihnen hatte ihm jemand zugewunken, wie er meinte. „Ich glaube, ich habe da oben etwas gesehen." Er drehte sich sicherheitshalber noch ein paar Mal um die eigene Achse und war sich schließlich ganz sicher: „Die Richtung stimmt. Von da oben kam der Schuss."

Es handelte sich um die alte Schmiede, zuletzt eine Eisenhandlung mit darüber liegenden Wohnräumen, die seit Jahren leer stand, weil der verstorbene Vorbesitzer Steuerschulden hinterlassen hatte und die Erben nicht wussten, ob sie das Erbe antreten sollten oder nicht. Denn seit dessen Tod war die Finanzprokuratur nicht in der Lage, ihre Forderung genau zu beziffern, gegen den Erstbeschluss des Verlassenschaftsgerichts hatte sie Einspruch erhoben, und wann es wieder eine neue Verhandlungsrunde geben würde, stand in den Sternen. Letzter Stand der Dinge sei, so schimpften die Erben an ihren Stammtischen, dass das Gericht höherer Instanz noch nicht einmal über die Berufung der Prokuratur entschieden hätte. Kurzum, es könne noch Jahre dauern, das Gebäude bis dahin zur Ruine verfallen sein.

Die Tür zur Piazza war abgesperrt. Nach dieser Seite sah alles noch recht bewohnbar aus. Die Ortskenntnisse eines Carabinieri, der ihnen einfach gefolgt war, erwiesen sich als nützlich: „Commissario, ich kann von hinten in das Haus. Einfach durch die kleine Gasse da und hinten durchs Gartentor. Der Stall ist immer offen und durch diesen gelangt man in das Geschäft und in das Wohnhaus."

Die Gartentür stand halb offen und gab den Blick frei auf mannshoch wucherndes Gestrüpp aus Brennesseln, Disteln, einen alten Kirschbaum und ein Spalier von Apfelbäumen. Durch den Wildwuchs musste sich vor Kurzem jemand einen Weg gebahnt haben. Geknickte Halme und niedergetretenes Unkraut markierten eine Schneise, an deren Ende die halb offene Stalltür zu erkennen war.

„Nicht betreten, das ist Sache der Spurensicherung. Ich werde den Zaun entlang um den Garten herumgehen, der Sergente folgt mir. Sie kennen das Haus von innen?"

„Einigermaßen. Ich war mit dem Sohn des Verstorbenen befreundet. Als Kinder spielten wir hier und in der Küche gab es hin und wieder heiße Schokolade und ein Stück Strudel di Mele."

„Was wurde aus dem Sohn?"

„Motorradunfall, tot. Schon vor gut fünfzehn Jahren. Andere Kinder gibt es nicht und darum ist die Erbschaftsabwicklung auch so kompliziert. Es gibt da Neffen und Nichten, die meisten untereinander zerstritten wegen dieser Burg da."

„Sie folgen mir, Sergente, und greifen Sie im Haus nichts an. Sie sagen mir nur, wie ich zu gehen habe. Rita, du wartest hier mit Roberto."

„Hast du deine Pistole?", fragte Rita, die die Möglichkeit, dass der Attentäter noch im Haus sein könnte, nicht ausschloss.

Der Sergente klopfte nur wortlos mit der Rechten auf das Halfter an seiner Hüfte.

Der Commissario und sein Begleiter kamen in einen Stall, in dem es immer noch nach Pferd und Heu roch. Von dort führte eine Steintreppe nach oben. In dem Haus regte sich nichts. Von weit her war Musik zu hören. Offensichtlich kam das Fest auf dem Marktplatz langsam in Schwung.

Vossi sah sich nach dem Sergente um. Der hatte tatsächlich seine

Beretta gezogen und hielt sie so, als ob er ihn damit erschießen wollte. Er ignorierte das und deutete mit dem Zeigefinger nach oben. Auf der Treppe sahen sie sich kurz um. Das vorrangige Ziel war der Dachboden. Als sie ihn erreicht hatten, flog eine Taubenfamilie empört auf und ließ den Sergente zusammenfahren. Es fehlte nicht viel und er hätte abgedrückt. Getroffen hätte er allenfalls eine weiße Wolke, die über einem riesigen Loch das Azurblau des Augusthimmels aufmischte.

Nach vorne auf die Piazza führten vier große Gauben und zwei Dachluken nach hinten. Die Fensterflügel fehlten teilweise, teilweise hingen sie scheibenlos in den Angeln. Vossi versuchte, sich das Bild von der Piazza aus ins Gedächtnis zu rufen. In der zweiten dieser Gauben musste er die Bewegung des Schützen gesehen haben. Er hatte sie sich bestimmt nicht eingebildet. Also lehnte er sich aus dem Fenster und überlegte: Der Täter konnte damit rechnen, unbemerkt mit der Waffe in das Haus zu gelangen. Aber nach der Tat musste er damit rechnen, mit einem gewehrähnlichen Gepäckstück sofort aufzufallen und angehalten zu werden. Deshalb musste die Waffe hier irgendwo versteckt sein. Die Suche sollten Rita und Roberto gleich einmal aufnehmen. Durch eine der beiden nach hinten ausgerichteten Luken deutete er ihnen, auf das Dach nachzufolgen.

Den Sergente fragte er unvermittelt, ob der Presidente Feinde habe. Der sah ihn verständnislos an und es stellte sich heraus, dass er nicht einmal wusste, dass geschossen, noch warum das Fest mitten im Ablauf auf den Marktplatz verlegt worden war und was sie eigentlich in der alten Schmiede suchten. Er hatte an Einbrecher oder Diebe oder an die neofaschistischen Demonstranten gedacht. So perfekt war das Ablenkungsmanöver Vossis gewesen. Er war fast ein wenig stolz auf sich und auf Rita. Eine vortreffliche Polizistin, dachte Vossi. Er musste sie irgendwie so weit bringen, dass sie einer dauerhaften Versetzung in sein Team zustimmte. So eine

Kraft einzusetzen, damit sie Parkplätze überwachte und Ladendiebe vernahm, war doch Verschwendung.

Man begann nun, sich gezielt nach dem Waffenversteck umzusehen. Die Ortskenntnis des Sergente erwies sich wieder als Goldes wert. Er ging auf den wuchtigen Kaminschlot zu und erklärte: „Hier stand ein Selchofen. Da röstete der alte Schmied Speck und Forellen für die ganze Nachbarschaft. Vermutlich war es ein ziemlich lukratives Nebengeschäft. Und hier ist das Ofenloch. Was man hier hineinschmeißt, landet unten in der Esse."

Und tatsächlich, inmitten jahrzehntealter Asche lag ein Stativ. Roberto zog sich seine Handschuhe über und fischte es heraus. Es war reichlich ramponiert durch den Aufprall, aber ansonsten neuwertig und bis zuletzt gut gepflegt. Sowie Roberto die Asche wegblies, blitzten die Chromteile in den wenigen Lichtstrahlen, die der Fensterbalken in die Schmiede hereinließ.

„Schau an, ein Stativ. Da wird das Gewehr auch nicht weit sein."

Sie suchten gut eine halbe Stunde. Unter dem Dach hatte es trotz Gauben und klaffendem Loch eine Affenhitze und sie schwitzten wie die Pferde. Weshalb Roberto mehr Zugluft schaffen wollte und die Luke sperrangelweit öffnete. Dabei hatte er plötzlich eine Schnur in der Hand. Sie führte über die Kante in die Dachrinne darunter. Roberto zog vorsichtig an der Schnur und zum Vorschein kam eine längliche Waffentasche, die das Gewehr enthielt.

Vossi hatte keine Handschuhe dabei. Schließlich war es sein freier Sonntag und er war gekommen, um mit Jelena zu feiern. Also holte er sein Taschentuch hervor und nahm die Waffe in Augenschein. Roberto staunte, als er das Stofftaschentuch sah. Er wusste nur dunkel, dass es so etwas einmal gegeben und es quasi zur Standard-Herrenausstattung gehört hatte. Dass sein Chef aber derartiges bei sich trug, war ihm neu. An Wochentagen jedenfalls benutzte er Papiertaschentücher.

Vossi roch an dem Gewehrlauf.

„Mit dieser Waffe wurde vor Kurzem geschossen, kein Zweifel. Und da ist die Halterung für das Zielfernrohr."

So sehr man sich bemühte, das optische Gerät wurde nicht gefunden. Auch nicht von der Spurensicherung, die den ganzen Nachmittag an der Arbeit war.

Vossi aber schien sein Interesse an dem Fall verloren zu haben. Er war müde, er wollte sich überzeugen, dass Jelena gut nach Hause gekommen war, er wusste, dass ihm, wahrscheinlich schon morgen, heftigste Kritik für sein umsichtiges Vorgehen an den Kopf geworfen würde, und er wollte seinen sonntäglichen Nachmittagsschlaf nicht versäumen. Die Hitze auf dem Dachboden hatte ihm mächtig zugesetzt, genau genommen war ihm schlecht, fast zum Kotzen.

Er wandte sich an Rita und ihren Heimvorteil: „Tu mir die Lieb, du kennst hier jeden und jedes. Finde für mich alles heraus, was über den Presidente herauszufinden ist, privat wie politisch. Ich glaube, da steht mir einiges bevor."

Rita registrierte, dass der Commissario gar nicht gut aussah, versprach, alles herauszufinden, was es herauszufinden gab, sagte, es sei vernünftig, wenn er sich eine Pause genehmige. Hier könne er momentan ohnedies nichts machen.

Jelena war in der Küche, es roch köstlich, worauf Vossi noch übler wurde. Seine Unterwäsche war pitschnass und unter der Dusche stellte er fest, dass er total dehydriert war. Er leerte ein Dutzend Zahnbecher voll Leitungswasser. Leitungswasser, das er sonst nie trank, da es zu sehr nach Chlor roch und nach Chlor schmeckte.

Als Jelena kurz nach ihm sah, war er schon halb eingeschlafen. Sie ließ die Jalousien herab und fragte: „Willst du nichts essen?"

Er aber registrierte nur noch, wie angenehm sich das Dunkel anfühlen konnte, und war schon eingeschlafen.

Am nächsten Morgen war er fit und frisch. Wusste der Himmel, was gestern mit ihm gewesen war. Er war nur abends kurz wach geworden, hatte nochmals Unmengen Wasser getrunken und danach einfach durchgeschlafen. Jetzt war es Zeit, sich mit Rita in Verbindung zu setzen. Sicherlich hatte sie einiges über den Presidente della Provincia zu berichten, ein Mann, für den sich Vossi nie interessiert hatte. Kommunalpolitiker mussten angenehm auffallen, um von ihm registriert zu werden. Negativ aufzufallen genügte nicht mehr, das war bei Politikern bereits langweilende Norm.

Rita meldete sich sofort am Telefon. Vossi wusste, es war ihr freier Tag, Zeitausgleich für den Festeinsatz zu Kaisers Geburtstag, der anders als geplant verlaufen war. Sowohl der Festeinsatz als auch der Geburtstag.

„Der Presidente gilt als ehrgeizig. Niemand steht allerdings seiner Karriere mehr im Weg als er sich selbst – mit zwei heftigen Scheidungen und einer Serie Weibergeschichten. Seine neueste Flamme ist eine Signora Elvira Sartone. Wir sind gestern abends noch an ihrem Haus vorbeigefahren. Mein Mann und ich, privat, um ja nicht aufzufallen."

„Und, konntet ihr sie sprechen, war jemand zu Hause?"

„Alles finster. Das Haus liegt ja ganz am Rande des Gemeindewaldes. Es gibt nur einen Nachbarn. Auch bei denen alles finster. Das hat aber wenig zu sagen. Die könnten schon alle auf Urlaub sein." Der Commissario bedankte sich.

An der Eingangswache der Questura kam Vossi heute nicht ungeschoren vorbei.

„Sie mögen sich gleich im Büro des Presidente melden, Commissario", sagte der Diensthabende.

Holla, da hatte es einer aber sehr eilig. Zuerst aber wollte er Capitano Scarpa fragen, ob es in der Nacht Vorkommnisse gegeben hatte, und dann das Haus dieser Elvira Sartone unter die Lupe nehmen.

Auf der Treppe begegnete ihm einer der Kollegen aus Rom, der sich von den anderen Mitgliedern der Sonderkommission Papstbesuch insofern unterschied, als er in der Kantine grüßte und einen Gruß erwiderte. Er sprach Vossi auf das Fest in Cormons an: „Ich habe selten so viele Idioten auf einem Platz gesehen. Einem Habsburger zuzujubeln, noch dazu einem falschen. Aber das Essen und der Wein – hervorragend, gratuliere zu dieser Küche."

Für so viel Freundlichkeit musste sich Vossi revanchieren: „Ich hoffe, Sie haben nicht von der Pasta gegessen. Sie war vergiftet. Halb Cormons kotzt oder sitzt auf dem Klo. Am besten, Sie wappnen sich mit Grappa und sagen Ihren Kollegen Bescheid."

Vossi registrierte mit Vergnügen, wie der Kollege sich an den Bauch griff, vorbeugend versuchte, schon einmal zu rülpsen, und machte, dass er in sein Büro kam.

Das Haus der Sartone lag ruhig da, nichts regte oder bewegte sich. Vossi bat Roberto, im Briefkasten nachzusehen, ob Post eingeworfen war. Er war leer. Also, so folgerte Roberto, konnte Signora Sartone erst seit Samstag weg sein, denn freitags sei in ganz Cormons ein Werbebrief der Coop an jeden Haushalt verteilt worden. Vossi überlegte: Er hatte nichts in der Hand, um die Signora zur Fahndung ausschreiben zu lassen. Es sei denn, zu ihrem Schutz. Aber warum sollte sie in Gefahr sein? Bloß weil auf den Presidente geschossen worden war? Es sei denn, der Schütze wäre mit ihr verwandt und hätte auch sie auf der Liste. Ein verstoßener Liebhaber, der Ehemann vielleicht? Mal schauen, wie der Presidente darauf reagieren würde.

Als Vossi wieder in seinem Büro war, lag ein Kuvert auf seinen Schreibtisch. „Comm. H." stand als Adressat darauf, Absender hatte es keinen, es kam vom Verteiler der Hauspost – und wie es in die Hauspost gekommen war, konnte zunächst niemand erklären. In dem Kuvert war ein Zettel, auf dem in kaum verstellter Handschrift „An der Kralle erkennst du den Löwen" zu lesen war. Kaum verstellt, soweit sich das aus den wenigen Buchstaben vermuten ließ. Für Roberto war die Sache klar: ein Scripsi des lange und intensiv Gesuchten. Vossi ging nicht näher darauf ein.

„Ich will jetzt einmal nur wissen, wie das Kuvert in den Hauspostverteiler gelangen konnte. Immerhin ist das die Questura und kein Taubenschlag."

Obwohl, der Parteienverkehr war manchmal ganz schön dicht und leicht hätte jemand das Schriftstück ganz einfach auf den Servierwagen legen können, mit dem die Post intern verteilt wurde. Allerdings, ein wenig Hauskenntnis war dafür schon erforderlich. Es sei denn, dem Absender war nicht unbedingt daran gelegen, ob die Nachricht Vossi auch erreichen würde. Vielleicht würde er zur Sicherheit noch anrufen, schoss es Vossi durch den Kopf. Er rief Roberto zurück.

„Die Technik soll eine Fangschaltung auf einer Nebenstelle einrichten, damit man einen hereinkommenden Anruf zurückverfolgen kann. Kann ja sein, dass die Kralle des Löwen anruft."

Vossi war sich nicht sicher: „Geht das überhaupt?"

„Sicher, aber es kann dauern."

„Versuchen wir's. Ich bin jetzt beim Capo della Provincia."

Roberto sah ihn teilnahmsvoll an, doch Vossi freute sich insgeheim auf den Termin. Er würde es dem Lokalmatador zeigen.

Presidente Sulzer hatte sich den Bürgermeister zu dem Gespräch dazugeholt. Die beiden mussten, nach dem Zigarettenqualm zu schließen, schon Stunden hier beisammengesessen haben. Sie gehörten der gleichen Partei an, Grundlage für genügend Gesprächsstoff und gegenseitiges Misstrauen.

Der Präsident war ungehalten: „Das hat ja gebraucht, bis Sie den Weg zu mir fanden. Gibt es so viel Dringenderes zu tun?"

„Wir suchen einen gefährlichen Schützen. Einen, der auf Menschen schießt. Das schafft manchmal Prioritäten."

„Diese Suche hätten Sie sofort in die Wege leiten müssen. Nicht auszudenken, was passieren hätte können, wenn der Kerl nachgeladen und weitergeballert hätte. Ich könnte tot sein."

„Das wurde verhindert, indem wir Sie aus dem Schussfeld nahmen. Sie werden sich doch sicher erinnern, Presidente."

„Sie hätten mehr machen können. Alarm schlagen, Ihre Leute ausschwärmen lassen, was man eben so tut in so einer gefährlichen Lage. Dann hätten Sie ihn wahrscheinlich noch gestern einbuchten können. So ging wertvolle Zeit verloren."

„Verzeihung, Presidente, wir buchten nicht ein, wir nehmen in Gewahrsam, und das auch nur bei begründetem Verdacht."

„Sie machen sich wohl auch noch lustig über meinen Ärger darüber, dass durch Ihre Schuld da draußen ein Irrer frei herumläuft, der auf Menschen schießt."

„Jetzt lass doch einmal den Commissario berichten, Mario", fauchte der Bürgermeister. „Warum haben Sie nicht gleich Alarm ausgelöst?"

„In so einem Fall, Bürgermeister, ist es erstes Prinzip, Panik zu vermeiden. Die langjährige Erfahrung zeigt, dass ein Scharfschütze, und mit so einem hatten wir es offensichtlich zu tun, nicht nachlädt und ein zweites Mal schießt, sondern schaut, dass er vom Tatort unerkannt wegkommt."

„Und genau das haben Sie ihm ermöglicht, Commissario. Ist ja toll, gratuliere!"

„Zu meinem Handeln gab es keine Alternative. Der Platz war gefüllt von drei- bis viertausend Menschen. Sämtliche Polizistinnen und Polizisten waren zum Ordnungsdienst im Einsatz, die Carabinieri überwachten den Zufahrtsverkehr und hätten keinen Ort auf dem Platz erreichen können, ohne beträchtliche Aufmerksamkeit auf sich zu lenken. Irgendeine Kleinigkeit hätte genügt und es hätte sein können, dass kleine Kinder und alte Menschen zu Tode getrampelt werden. So habe ich nach den Prioritäten gehandelt:

gefährdete Person in Sicherheit bringen, Panik vermeiden, Verstärkung anfordern, Spuren sichern, Verfolgung aufnehmen. Und dazu hätte ich einige Fragen an Sie zu richten, Signore Presidente. Vielleicht unter vier Augen?"

„Bleib ruhig hier, Bürgermeister, ich habe nichts zu verbergen. Bitte, fragen Sie, Commissario."

„Ist Ihnen eine Signora Sartone bekannt, Presidente?"

„Ja, eine blöde Gans, die mir nachstellt, bloß weil ich sie einmal bei strömendem Regen in meinem Wagen von Triest nach Ronchi mitgenommen habe. Sie wohnt nämlich in Ronchi, müssen Sie wissen."

„Also haben Sie sie erkannt, sind stehen geblieben und haben gesagt: ‚Signora, Sie sind doch aus Ronchi, ich fahr da auch hin und nehme Sie mit.' Muss man sich das so vorstellen?"

„Nicht ganz, ich war mit ihr in Triest im Caffè Tommaseo verabredet."

Vossi wusste natürlich, dass das Tommaseo gleich neben der Oper lag, und fragte auf gut Glück – und Bingo! Ja, sagte der Presidente und schwitzte leicht, ja, er habe Signora Sartone ins Teatro Lirico eingeladen. Warum auch nicht?

„Hatten Sie mit Signora Sartone ein Verhältnis?"

Ja, aber er habe es gar nicht weiter kommen lassen: „Ich heirate doch in zwei Wochen."

„Signora Sartone?"

Der Präsident war völlig irritiert: „Wie bitte, ach woher, wie kommen Sie darauf?"

„Wusste die Signora davon?"

„Keine Ahnung, aber ich habe ihr deutlich gemacht, dass unsere Beziehung keine Zukunft mehr habe."

„Wie hat sie darauf reagiert?"

„Sie hat nicht aufgehört zu heulen."

„Was würden Sie sagen, Signore Presidente, muss man sich Signora als flatterhaft vorstellen oder als anständig und halt in Sie verliebt?"

„Als blöde Gans müssen Sie sie sich vorstellen."

„Halten Sie es für möglich, dass ihr Mann Rache nehmen will und der Todesschütze ist?"

„Das Würstchen? Glaube ich nicht."

„Unterschätzen Sie die Würstchen nicht, Signore Presidente. Sie würden sich wundern, wozu die fähig sind, wenn ihr Glas überläuft."

„Bin ich noch in Gefahr? Dreht der Idiot durch, oder was?"

„Sie sollten gewisse Vorsichtsmaßnahmen treffen. Welche, sagen Ihnen sicherlich die Carabinieri. Wir müssen endlich ausschwärmen. Noch Fragen?"

„Allerdings", reklamierte der Bürgermeister und wollte wissen, warum nicht er, sondern der Weinhändler Luigi Monte eingesetzt worden war, um die Menge bei Laune zu halten und zur Übersiedlung auf den Marktplatz zu überreden. Luigi hätte schon angekündigt, dass er der Kommune 23.000 Euro für Freibier und Gratiswein in Rechnung stellen werde.

„Wer soll denn das bezahlen, Signore Vossi? Werden Sie auch dafür geradestehen?"

Commissario Bruno Vossi erhob sich bei dieser Polemik des Bürgermeisters, sagte „Sie verzeihen meine Herren, ich habe zu tun" und verließ grußlos den Raum.

IX. Das Imperium schlägt zurück

Roberto hatte seine Recherchen nach dem Unbekannten, der sein Kuvert in die Hauspost einschleusen hatte können, abgeschlossen. Ohne Ergebnis. Das Wägelchen war wie üblich vor jedem Büro, in dem etwas abzuliefern war, abgestellt worden. Nichts leichter, als bei dieser Gelegenheit darauf ein Schriftstück zur Zustellung abzulegen. Natürlich sei dem Verteiler das Kuvert aufgefallen, da normalerweise ausschließlich Dienstkuverts verwendet würden. Aber Privates wurde in allen möglichen Formen auf den Weg geschickt. Und „Comm. V." für Commissario Vossi war für den Kollegen eher ein Hinweis, es handle sich um eine Privatsache zwischen Kollegen. Dem Commissario jedoch schien das alles nicht mehr so wichtig.

„Cherchez la femme!", murmelte Vossi vor sich hin.

„Wie bitte?", fragte Roberto überfordert.

„Ich hatte eine sehr interessante Unterredung mit dem Presidente. Das heißt, eigentlich wollte er mich zur Schnecke machen, aber so weit kam es nicht. Er musste einräumen, dass er ein Verhältnis mit einer gewissen Elvira Sartone hatte. Und jetzt kommt's: Sie ist verheiratet. Mit einem Würstchen, wie der Presidente sagte. Weißt du, Roberto, wie gefährlich Würstchen werden können, wenn sie sich einmal zu oft gebissen fühlen? Du kannst dann ihre tödliche Wirkung ohne Weiteres mit einer Krustenanemone vergleichen."

Roberto machte bloß große Augen.

Vossi redete weiter, mehr zu sich selbst als zu seinem Gegenüber: „Aber es war keine Krustenanemone. Es war Demütigung, Hass, Rache." Damit wurde der Commissario wieder dienstlich: „Nun, Roberto, was hältst du von dem Ganzen?"

„Unser Mann. Ich habe mich schlau gemacht. Ehebruch. Der Mann muss brennen, sie muss brennen."

„Sie brennen aber nicht, es flog eine Kugel. Noch dazu daneben."

„Nun ja, also muss man das Ganze im übertragenen Sinn auf heute sehen. Getötet werden sollte mit einer Feuerwaffe. Also brennen."

„Macht Sinn, Roberto. Doch unser Mann hatte keinen persönlichen Bezug zu Rudolfo Schnabel oder Paolo Fontana, oder? Nein, diesem Täter ging es um etwas Grundsätzliches. Hier aber scheint etwas sehr Persönliches im Spiel zu sein. Ein Presidente, eine schöne Frau, ein Würstchen." Bei dem Wort Würstchen dachte er unwillkürlich an die Botschaft. „An den Krallen erkennst du den Löwen. Ist das ironisch gemeint, nach dem Fehlschuss? Die Frau, der Schütze, der Ehebrecher, dazu alles in einem Umkreis von vielleicht zehn Kilometern. Ein gefährliches Dreieck auf engstem Raum. Wenn einem Mann die Frau genommen wird, stellt er den Ehebrecher, beschimpft ihn, boxt ihn nieder. Ist der Gehörnte aber ein Würstchen und der Ehebrecher gar ein Presidente, greifst du zur Waffe. Aber nicht einmal mit der Waffe in der Hand trittst du ihm gegenüber, du verschanzt dich in einem Hinterhalt mit Zielfernrohr und handelst. Das ist doch nicht der Mann, der einen jugoslawischen Lkw organisiert, ihn mit Felsbrocken belädt, auf eine Piazza fährt und mittels Fernbedienung jemanden steinigt, nur um dem ganzen Volk rundherum etwas zu beweisen. Nein, Roberto, das mit dem Presidente ist eindeutig eine Trittbrettfahrt. Haben wir das Zielfernrohr?"

„Nein, aber wir sind mit dem Waffenhersteller in Österreich in Verbindung."

„Weil?"

„Weil wir mit der Nummer auf dem Gewehr den Weg der Waffe zum Täter herausfinden wollen."

„Ich wette, der Erzeuger wird euch zu einem grundbiederen Waffenhändler hier in unserer Gegend führen und der wird die Waffe eingetragen haben auf einen gewissen Sartone Virgilio. Von Rita weiß ich inzwischen, dass er in der Vinothek von Cormons arbeitet – und da fahren wir jetzt hin."

„Geht nicht", sagte Roberto. „In einer halben Stunde haben wir die gesamte Presse im Haus."

„Was? Wer hat das veranlasst?"

„Der Presidente. Sie müssten die Information eigentlich in Ihrer Hauspost haben."

Vossi hatte noch keine Zeit gehabt, sie durchzugehen, und holte dies nun nach. Die Nachricht war eine Aussendung an die Medien, die besagte, Presidente Mario Sulzer und der Leiter der Mordkommission, Commissario Bruno Vossi, würden zu einer Pressekonferenz laden. Roberto hatte erwartet, dass der Commissario zumindest darüber fluchen würde, auf so rüde Art und Weise vom Presidente übergangen, wenn nicht gar unter Zugzwang gebracht worden zu sein. Aber nicht die Spur. Der Commissario lächelte und rief den Pressesprecher des Hauses an.

„Hör mal, du musst mich bei der Pressekonferenz vertreten. Es geht um das Leben einer Frau. Ich bin also unabkömmlich."

„Was soll das heißen, was ist mit Jelena?"

„Nicht um das Leben meiner Frau, Gott behüte. Es geht um das Leben einer Frau. Einer Frau, nicht meiner Frau."

„Gott sei Dank. Aber was soll ich bei der Pressekonferenz? Ich weiß doch nur, dass auf den Presidente geschossen wurde."

„Gut, da weißt du so viel wie wir. Also mach's gut."

Vossi fächelte sich mit dem Wisch der Einladung zur Pressekonferenz Kühlung zu und sagte zu Roberto: „Jetzt aber schnell und ab durch den Hinterausgang."

Die beiden waren noch nicht einmal bei der Tür, als das Telefon auf Vossis Schreibtisch fordernd klingelte. Vossi ignorierte es und schob Roberto vor sich her aus dem Raum.

In der Vinothek war es angenehm kühl, als die beiden grüßend eintraten. Drei deutsche Touristen, zwei Männer und eine Frau, kosteten sich offensichtlich durch verschiedene Sorten, versuchten durch Schlürfen und Schmatzen Experten zu mimen, während die Frau den Prosciutto einfach unüberbietbar gut fand und das dem Schankjungen klarmachte. Vossi gab ihr im Stillen recht. Er wusste, dass die hauchdünnen Scheiben jeweils im Anrichteraum frisch von der Keule geschnitten wurden und die Paninis zu dieser frühen Stunde noch nicht matschig geworden waren. Die Dame trat zu ihnen und bot an, sich von ihrem Teller zu bedienen. Die Männer musterten Vossi und Roberto kurz und widmeten sich wieder den Gläsern.

„Ist der Chef da?"

Der Schankbursche nickte.

„Ich kenn den Weg", sagte der Commissario und marschierte los in Richtung Gewölbe. Roberto folgte ihm, an einem Blättchen Prosciutto kauend.

Der Kellermeister konnte nur sagen, dass Virgilio Sartone sich vor fünf Tagen, also am vergangenen Dienstag, krank gemeldet hätte. Er habe auch am Telefon ganz krank geklungen.

„Und seither haben Sie ihn nicht mehr gesehen? Wir konnten ihn nämlich nicht zu Hause antreffen."

Der Kellermeister verneinte. Er hatte auch keine Ahnung, wo Frau Elvira Sartone sich aufhielt, hatte keine Ahnung, wer ihr Arbeitgeber in Triest war.

„Aber vielleicht sind die beiden in Virgilios Jagdhütte."

Vossi war wie elektrisiert, versuchte jedoch, ganz ruhig nachzufragen, wo die sei.

„Er hat sie von seinem Vater. Der war ein leidenschaftlicher Jäger. Virgilio erwähnte schon das eine oder andere Mal, dass sie als Kinder zu Hause vieles entbehren mussten, nur damit sein Vater die Jagdpacht bezahlen konnte."

Der Kellermeister erklärte, wo die Hütte stehe. Da sie keine Landkarte dabei hatten, skizzierte er den Weg, beachtlich genau, wie Vossi feststellte.

„Waren Sie öfter dort?"

„Ja, doch. Ich bin ja nach dem Tod von Virgilios Vater in die Jagdpacht eingetreten."

„Ist Virgilio denn kein Jäger?"

„Ach wo. Gleich nach dem Tod seines Vaters kündigte er die Jagdpacht. Die Hütte aber hat er behalten. Konnte er auch, es gab ja einen separaten Baurechtsvertrag auf neunundneunzig Jahre."

„Und mit Tiere töten hat er es nicht?"

„Keinesfalls. Er ist ein Waffennarr, das schon. Das hat er zugegeben, als er sich einmal frei nahm, nur um zu einer Jagdausstellung irgendwo in den Abruzzen zu fahren. Ich sagte Scherzes halber zu ihm: ‚Wirst du jetzt doch noch Jäger?' Da hat er gesagt, er fahre hin, weil es dort so tolle Gewehre zu sehen gebe. Aber er hat schon mehrmals gesagt, er könne nie auf ein Tier schießen."

„Haben Sie solche Worte als Jäger geärgert?"

„Ach was, geärgert hat mich, dass er mir die Jagdhütte nicht überlassen hat, obwohl ich ihm eine ordentliche Ablöse geboten habe. Dabei sagt mein Anwalt, ich könnte ihm sogar den Zugang verwehren. Immerhin führt der Weg zur Hütte zwangsläufig über meine Pacht."

„Hatten Sie Streit mit ihm?"

„Ach was, mit Virgilio kann man nicht streiten. Der hört sich alles an und tut eher so, als verstünde er kein Wort."

„Kein Wort ... Auch kein beleidigendes?"

„Was ist mit Virgilio? Hat er etwas verbrochen? Ist ihm etwas geschehen? Ich finde, er ist ein netter Kerl. Ein Sonderling, mag sein. Aber wären nur alle so wie er. Ich mag ihn. Ja, ich mag ihn. Und dass er seine Jagdhütte behalten will, ist sein gutes Recht. Ich würde sie auch nicht hergeben, wenn ich an seiner Stelle wäre."

„Ihre Worte ehren Sie, Kellermeister. Da Sie ihn mögen: Wissen Sie etwas über seine Ehe?"

„Ich kenn gerade mal den Vornamen seiner Frau. Elvira."

„War sie denn nie in der Jagdhütte?"

„Kaum. Zwei, drei Mal habe ich sie dort flüchtig gesehen. In Stöckelschuhen. Ich glaube, für die Hütte hatte sie nichts übrig. Mein Anwalt machte sogar den Vorschlag, ihr das Geld für die Ablöse der Hütte anzubieten. Dann hätte ich eher eine Chance, sie zu bekommen. Aber hinterrücks? So etwas macht ein Anwalt, aber nicht ich."

Der Weg zur Hütte war beschwerlich und eher etwas für einen Geländewagen. Aber Roberto wusste, wie man auf einem Hohlweg fuhr, ohne mit dem Auspuff aufzusetzen, und dass man Schwung brauchte, um auf Geröll steile Kurven zu nehmen. Ein einziges Mal blieben sie hängen. Vossi stieg aus, schob an und Roberto schaffte es im Nu, den Wagen wieder in Fahrt zu bringen. Dann standen sie vor der Hütte. Es war alles still. Vossi klopfte, doch niemand antwortete. Als er die Schnalle niederdrückte und die Tür einen Spalt weit öffnete, waren alle seine Ängste auf einen Schlag bestätigt. Es roch nach Blut, viel Blut, und das Summen geschäftiger Fliegen war deutlich vernehmbar. Auf einer Eckbank sah er den leblosen Körper einer Frau, der nur der von Signora Sartone sein konnte, in Sitzstellung, blutüberströmt, mit einem Einschusstrichter in Brusthöhe. Wann sie getötet worden war, war in der Augusthitze schwer zu sagen. Das Blut jedenfalls war verkrustet, also mochte es schon etliche Stunden her sein.

„Du bleibst hier, Roberto, und trommelst alles zusammen, was gebraucht wird. Gib mir den Autoschlüssel, jetzt geht's nämlich noch einmal um Leben und Tod – und diesmal möchte ich den Wettlauf gewinnen."

Roberto tat, wie befohlen, von dem Wettkampf verstand er jedoch kein Wort.

„Und wart lieber draußen, Roberto. Wir wollen hier nicht alles vollkotzen, oder?"

Roberto sah mitgenommen aus, sehr sogar. Aber nicht, weil der Anblick eines oder einer Toten noch nicht zu seiner Routine gehörte , sondern weil ihn der Einschusstrichter in der Brust der Toten und ihre Augen, aus denen selbst noch in diesem Zustand Verachtung herauszulesen war, an den Hinterhof einer Werkstätte in seinem Heimatdorf nahe Palermo erinnerten. Dort lagen sie, vier Mafiosi, den gleichen Blick in ihren todesstarren Augen. Dieses Bild aus seiner Kindheit war in ihm wach geworden und er glaubte sogar, die Klagelieder der Weiber zu hören. Dieses abscheuliche Erlebnis hatte ihn sein junges Leben lang begleitet. Und hätte ihn jemand gefragt, was ein Trauma sei, er hätte davon erzählt.

Bei der Fahrt zurück nach Cormons und weiter nach Ronchi zum Haus Sartone zeigte sich, dass der Commissario lange kein solcher Meister des Geländefahrens war wie sein junger Mitarbeiter. Die Mittelspur auf dem Hohlweg kollidierte mehrmals gefährlich mit dem Karosserieboden, und als der schlimmste Teil der Strecke überwunden war, gab es dafür, dass der Auspuff noch dran war, ein gedachtes Kompliment an die Adresse des Erzeugers.

Im Haus der Sartone stand eines der Fenster offen, also war seit gestern Abend jemand hier gewesen. Auch das Haus war nicht verschlossen. Mit einem fragenden, lang gezogenen „Hallooo" betrat Vossi den Vorraum und horchte. Nichts rührte sich, doch durch einen Spalt sah er einen Mann. Es musste Signore Sartone sein, denn er hielt sich ein Gewehr unter das Kinn. Nach kurzem Blickkontakt mit Commissario Vossi drückte er ab, bevor dieser auch nur den Mund öffnen konnte.

Mit einem „Ich will jetzt nicht gestört werden" machte der Commissario Stunden später nicht gerade geräuschlos seine Bürotür hinter sich zu. Als ob er es nicht geahnt hätte. Und doch, zweimal zu spät. War der Presidente schuld an dem Verhängnis mit zweifach tödlichem Ausgang? Hätte Signora Sartone irgendwann mit einem anderen Ehebruch begangen, sich in einen anderen verliebt? War bloß etwas früher geschehen, was ohnedies vorbestimmt war? War ihr Vater schuld, der seine Familie leiden hatte lassen? So viel wusste man von der Schwester der Verstorbenen. Und die Rekonstruktion des Dramas ergab, dass sich Signora Sartone schon vor Tagen in die Jagdhütte ihres Mannes zurückgezogen hatte, wahrscheinlich nach einem Streit. Und ein Bekannter Virgilio Sartones gab an, dass er am Dienstag beim Fischen gegenüber Virgilio angedeutet habe, seine Frau hätte ein Verhältnis mit dem Presidente.

Vossi überflog das Protokoll der Questura zur Pressekonferenz.

Der Presidente, Mario Sulzer, gab bekannt, dass bei den Feierlichkeiten in Cormons am Sonntagvormittag auf ihn geschossen worden ist. Die Polizei unter der Leitung von Commissario Bruno Vossi geht davon aus, dass jener religiöse Fanatiker, der Rudolfo Schnabel und den allseits beliebten und hilfsbereiten Paolo Fontana nach abstrusen Ritualen getötet hat, der Schütze ist. Wie bereits allseits bekannt, ist der Täter von Koransuren irregeleitet worden, Genaueres wird man wohl erst sagen können, nachdem man den Täter gefasst hat und dazu einvernehmen kann. Nun ist der Presidente als Opfer auf die Liste des Verrückten gekommen. Selbstverständlich ist er sich ebenso wenig einer Schuld bewusst, wie auch die Untersuchungen den einwandfreien Lebenswandel der Opfer Schnabel und Fontana bestätigten. Der Presidente betonte auf Befragung, dass es wie geplant bei seiner Hochzeit bleibe. Und weiter auf Nachfrage: Natürlich ängstige sich seine Braut und fürchte um sein Leben. Commissario Vossi hätte ihm aber versichert, dass sich der Wahn des Täters nach dessen Psychogramm nicht zweimal gegen die gleiche Person richten würde. Und auf

Befragen: Nein, er habe keinen Anspruch auf Polizeischutz ge-
stellt, er vertraue zu hundert Prozent der Einschätzung Commis-
sario Vossis.

Den Unterschied zwischen Indikativ und Konjunktiv würde man
in der Presseabteilung wohl nie ganz begreifen. Vossi rief Roberto
zu sich.

„Hast du das Protokoll der Pressekonferenz gelesen? Das Schwein
hat von Anfang an Elviras Ehemann in Verdacht gehabt und uns
traben lassen. Hätte er uns schon gestern reinen Wein eingeschenkt, die beiden Sartones könnten noch leben."

„Wären sie dann glücklicher?"

„Ich jedenfalls wäre nicht so wütend."

„Nein, ich meine, wären die Sartones glücklicher?"

„Gott sei Dank haben wir darüber nicht zu befinden. Aber, und
jetzt kommt's, mein lieber Roberto: Der Presidente wusste zum
Zeitpunkt der Pressekonferenz, dass wir Sartone jagen, und konnte sich einerseits leicht in Sicherheit wiegen, andererseits durch die
aufgebauschten Geschichten über den Täter im Fall Schnabel und
Fontana eine Nebelwand um seine amouröse Verstrickung in das
Schussattentat vom Sonntag aufbauen."

In diesem Augenblick läutete das Telefon. Es war der Lokalchef der
La Gazzetta. Und diesmal passte es.

„Ihr Anruf kommt mir gerade recht", sagte Vossi verschwörerisch
in den Hörer.

„Nun ja, man wird Sie doch zu der Pressekonferenz befragen dürfen, oder? Wir sind nämlich gerade dabei, den Bericht darüber in
unsere Internet-Ausgabe zu stellen."

„Tatsächlich? Na, dann schießen Sie mal los."

„Wieso waren Sie nicht bei der Pressekonferenz anwesend?"

„Weil ich den Schützen vom Sonntag jagte, also den Mann, der auf
den Presidente schoss, ihn aber verfehlte."

„Sie sagen jagte. Also jagen Sie ihn nicht mehr. Haben Sie ihn ge-fasst?"

„Leider nein, er hat Selbstmord verübt, bevor ich auch nur ein Wort mit ihm sprechen konnte."

„Aber Sie sind sicher, dass er den Schuss auf den Präsidenten der Provinz abgefeuert hat?"

„Ja. Die Tatwaffe ist auf seinen Namen eingetragen."

„Wie heißt der Täter."

„Erfahren Sie in zwei Stunden per Presseaussendung."

„Also haben Sie den Serienmörder mit dem Bibelvers und dem ganzen Zeugs?"

„Nichts haben wir. Wir haben einen Trittbrettfahrer, einen Eifer-suchtstäter, der uns bis zu einem gewissen Zeitpunkt täuschen wollte, aber wohl aus einem Gefühl der Ohnmacht, weil er den Presidente verfehlte, nicht mehr weiterleben, also auch nicht mehr entkommen wollte. Es war ihm egal geworden, ob wir ihn kriegen oder nicht."

„Eifersucht sagen Sie, Commissario. Eifersüchtig auf wen, wes-halb?"

„Das wird noch ermittelt. Wichtig ist mir, dass Sie klarstellen, dass die Tat vom Sonntag, also der Schuss auf den Presidente, nichts mit unserem Bibelmörder zu tun hat."

„Wo hat der Tote Selbstmord begangen?"

„In seinem Haus."

„Commissario, wir müssen recherchieren – und Sie haben einmal gesagt, ich hätte etwas gut. Ich bitte nur um eine Kleinigkeit und Sie haben alles erbracht: Sagen Sie mir, wo das Haus steht."

„In Ronchi."

„War der Tote verheiratet?"

„Ja."

„Gab es eine Beziehung zwischen der Frau des Toten und dem Pre-sidente?"

„Hören Sie, damit das klar ist: Ich habe Ihnen gesagt, dass der Schuss auf den Presidente nichts mit unserem Mörder zu tun hat, weil ich Missverständnisse bei der heutigen Pressekonferenz in unserem Haus klarstellen wollte. Und ich habe Ihnen gesagt, warum ich nicht bei der Pressekonferenz sein konnte: weil ich nämlich den Schützen jagte. Und dass ich ihn tot in seinem Haus in Ronchi auffand. Und wehe, ich werde mit einem Wort mehr zitiert. Ich habe meine letzten Sätze aufgenommen und bringe sie notfalls vor euer Hygienegericht oder wie das heißt."

„Selbstkontrolle journalistischer Ethik und Fairness", sagte der Lokalchef noch, aber Vossi hatte schon längst aufgelegt.

Roberto war kein besonderer Kenner der örtlichen Politszene und auch kein großartiger Analytiker einer solchen, aber eines war ihm klar: „Das wird einen ganz schönen Skandal geben, Commissario."

„Darf es auch, Roberto, wenn es muss. Manchmal kommt man da nicht herum. Aber bitte beachte: Ich habe zu dem, was ich sagte, gestanden, ich werde dazu stehen. Denn ich habe mich an alle Spielregeln unserer Dienstordnung gehalten."

„Aber streng genommen dürfen wir doch gar nicht mit der Presse sprechen, Commissario?"

„Es hat einmal eine Kaiserin gegeben, Roberto. Die hat übrigens Triest durch den Bau der Mole wieder zu einer Hafenstadt von Rang ausgebaut. Und die hat einen Orden gestiftet für jene, die für ein gutes Ende Regeln gebrochen haben. Es gab ihn nicht nur für Tapferkeit auf dem Schlachtfeld, sondern auch für Tapferkeit gegen Intrige und Bürokratie. Von dem habe ich mir soeben eine kleine Zacke verdient."

„Sie sprechen von Maria Antoinette, gelt?"

Vossi fehlten die Worte.

Die fehlten ihm auch zwei Tage später, als ihm Jelena wortlos die Seite drei der wirklich wichtigen überregionalen Tageszeitung

Norditaliens vor den Frühstückskaffee legte. Er las in dem Kommentar zum Tag, dass der Presidente della Provincia eine Pressekonferenz einberufen hatte, nur um die versammelten Journalisten zu täuschen, um von seinem ehebrecherischen Verhältnis abzulenken und um den Schuss des betrogenen Ehemanns auf ihn bei einer dieser obskuren Geburtstagsfeiern zur Verherrlichung der Fremdherrschaft der Habsburger als Attentat eines Islamisten zu verkaufen. Ungeachtet der Tatsache, dass sich Zuwanderer islamischen Glaubens ohnedies bedroht fühlten, weil ohne handfeste Beweise Moslems der Morde in Cormons und Grado verdächtigt, von rechten Kreisen sogar glatt beschuldigt wurden.

Als Vossi in der Questura ankam, war es Viertel vor neun. Und doch wurde er von der Eingangswache darüber informiert, dass er vom Questore dringend erwartet werde. Im Hof fiel ihm eine schwarze Limousine mit uniformiertem Chauffeur und Udineser Kennzeichen auf, was hohen Besuch der Giunta Regionale, der Provinzregierung, bedeutete. Vossi wäre nie auf die Idee gekommen, dass er ihm galt.

Im Vorzimmer des Questore ließ man ihn etwa zehn Minuten warten, eine Zeitspanne, die dem Besucher die Wichtigkeit des Amtsinhabers hinter den gepolsterten Türen eindringlich vermitteln sollte. Während der Wartezeit fragte sich Vossi, ob es auf der Welt für so hohe Vorgesetzte Dringlicheres gab als diesen symbolischen Zeitabstand, den es offenbar unbedingt brauchte, bevor man zur Sache kommen durfte. Er fragte sich auch, ob der Polizeipräsident dahinter mit der Uhr in der Hand warten würde, bis die zehn Minuten verstrichen sind, bevor er den Knopf drücken, seine Vorzimmerkraft abheben und ihn auffordern würde, einzutreten.

Diesmal war das sicher nicht der Fall. Denn der Assessore für die Sicherheit, der Innenminister für die Region Friaul-Julisch Venetien, war schon vor ihm empfangen worden. Questore Donadoni erhob sich, der Minister ebenfalls, als ob es um einen Staatsakt ginge. Vossi hörte, wie er sich räusperte, und sah, wie er von einem Blatt ablas: „Commissario Bruno Vossi, ich entbinde Sie bis auf Weiteres von allen Ihren Amtsfunktionen und werde noch heute Ihre Agenden einem interimistischen Vertreter übertragen. Dem werden Sie alle Unterlagen ausliefern, die zur Aufklärung der von Ihnen bearbeiteten Fälle dienlich sind oder dienlich sein könnten. Sie werden ihm nichts vorenthalten und Ihre Dienstwaffe sowie zugehörige Munition beim Diensthabenden der Waffenkammer abliefern. Sie werden diese Anweisung vor Kollegen nicht kommentieren. Diese werden von Amts wegen in Kenntnis gesetzt. Bitte setzen Sie sich."

Man setzte sich. Auch Vossi, auf den durch Handzeichen des Questore zugewiesenen Stuhl. Dessen Sitzfläche war um einiges höher als die der beiden Fauteuils, weshalb er auf seinen amtlichen und auf seinen politischen Vorgesetzten etwas despektierlich hinabsah. Dem nicht gerade groß gewachsenen Minister schien das unangenehm aufzufallen, weshalb er sich reckte und streckte, als ob er Ameisen in der Hose hätte.

Questore Donadoni versuchte durch Brüllen die Oberhand zu behalten: „Ja, sagen Sie, Commissario, was fällt Ihnen ein, ohne meine Erlaubnis den Erzbischof zu vernehmen? Und wie können Sie es wagen, dienstlich mit einer fremden Macht Kontakt aufzunehmen, ohne die Zustimmung Ihrer Vorgesetzten einzuholen? Ist Ihnen klar, dass ich, um dies erlauben zu können, nach der Verfassung die Genehmigung des Außenministeriums in Rom hätte einholen müssen? Wie konnten Sie, Sie sind doch ein erfahrener Beamter mit dreißig Dienstjahren! Erklären Sie mir das?"

„Vierunddreißig."

„Wie bitte?"

„Vierunddreißig Dienstjahren, Questore."

„Na bitte, sag ich ja."

„Questore, wenn Sie erlauben: Laut Disziplinarordnung brauche ich mich hier mündlich gar nicht zu erklären. Ich werde ja Ihre Entscheidung noch schriftlich ausgefolgt bekommen. Darauf werde ich allenfalls schriftlich antworten. Muss ich aber nicht, Questore. Und mündliche Vorhaltungen und Gegenreden wird es, so sieht es die Disziplinarordnung vor, erst vor der Disziplinarkommission geben."

„Na bitte sehr, bitte sehr. Sie scheinen sich ja gut auszukennen mit Ihrer Disziplinarordnung. Wenn Sie aber geglaubt haben, Sie könnten sich alles erlauben, weil wegen des Papstbesuchs hier alles vibriert und jeder Mann gebraucht wird, haben Sie sich getäuscht, mein Lieber. Wo gibt es denn sowas? Ich habe eine Sonderkommission im Haus, der Papst ist angesagt und Sie fallen mir derart in den Rücken. Das verüble ich Ihnen auch ganz persönlich, Commissario Vossi."

Vossi wusste, dass in solchen Situationen jedes Wort eines zu viel war. Der Questore konnte sich in sein eigenes Theater so hineinsteigern, dass er vergaß, dass alles nur Vorwand und abgekartetes Spiel war, um den Hintermännern des Presidente und seiner Clique in Udine gefällig zu sein. Er fing dann an, sich ernst zu nehmen.

Deshalb sagte Vossi nur: „Darf ich jetzt gehen, Questore?"

„Allerdings, Commissario. Gehen Sie, bitte, gehen Sie."

Der Questore gab sich fassungslos und wandte sich dem hohen Besuch aus Udine zu: „Was sagt man dazu, Herr Minister!"

Vossi ging schnurstracks zum Diensthabenden der Waffenkammer, ließ sich die Übergabe der Dienstwaffe samt gefasster Munition bestätigen und fuhr nach Hause. Er wollte keine Solidaritätsbekundungen der Kolleginnen und Kollegen, auch nicht ernst gemeinte. Jelena, die irgendwo hinter Gartenhecken versteckt war, als er zu Hause vorfuhr, war überrascht von seinem Kommen.

„Ist dir schlecht?"

„Nicht die Spur. Doch das Imperium schlägt zurück." Er erzählte Jelena von der Audienz.

„Ich hätte nicht gedacht, dass es in der Politik noch so etwas wie Seilschaften gibt. Mir erscheinen sie alle nur noch als egomanische Einzelkämpfer, die jederzeit bereit sind, anderen auf die Schulter zu steigen, um nach oben zu kommen und Obere nach unten zu ziehen, damit ihr Platz für sie frei wird. Schau dich um, Weltanschauung gibt es doch längst nicht mehr, und doch sind ein paar von ihnen zusammengerückt, um dem Presidente della Provincia aus der Klemme zu helfen."

„Das hätte ich dir sagen können. Eines gilt immer: Eine Krähe hackt einer anderen kein Auge aus. Bist du Krähe? Nein, bist du nicht. Also, futsch ist es, dein Auge."

„Weibliche Logik, Jelena, gratuliere!"

„Aber immer etwas dran. An diesen Sprichwörtern ist immer etwas dran. Männliche Logik sollte das akzeptieren."

„Was ich nicht verstehe: Sie werfen mir den Besuch beim Erzbischof vor, aus dem Telefonat mit dem Vatikan machen sie eine Staatsaffäre, aber das Interview für *La Gazzetta* lassen sie unerwähnt. Dabei ist das das Einzige, womit sie punkten könnten. Das war eindeutig gegen die Dienstvorschrift."

Jelena kam hinter der Küchenbar hervor und baute sich vor ihm auf: „Denk doch mal nach. Wem gehört denn *La Gazzetta?*"

„Na, dem Flachleger der Berge, diesem Steinbruchbesitzer mitsamt seinen Fernsehstationen."

„Und wenn der zur Seilschaft deines Presidente und des Ministers aus Udine gehört?"

„Das würde die Sache doch nur noch zuspitzen."

„Bist du sicher, dass das Interview überhaupt erschienen ist?"

„Ich lese doch nicht dieses Käsblatt."

„Wie gut, dass du mich hast. Ich lese es nämlich schon. Wir haben es sogar abonniert. Und in unserer Ausgabe war kein Interview mit dir. Glaub mir, das wär mir aufgefallen."

„Hast du eine Ausgabe bei der Hand? Ich brauch die Telefonnummer, damit ich in der Redaktion anrufen kann."

„Brauchst du nicht. Schau doch lieber im Internet nach. Wenn es in der Hauptausgabe oder in irgendeiner Regionalausgabe veröffentlicht wurde, musst du es finden."

Jelena half ihm bei der Suche. Das Interview war nicht erschienen. Wieder dachte Vossi an jenen angesäuselten Journalisten, der über seinen Glauben an die Pressefreiheit gelacht und unter anderem gelallt hatte: „Wenn es dem Verleger nicht passt, erscheint es nicht."

Das wollte er jetzt genau wissen. Mühsam kramte Vossi eine Ausgabe der *Gazzetta* aus einem Stapel hervor, der schon für die Altpapiersammlung der Roten Kreuzes gebündelt war, griff nach Jelenas zu schwacher Brille und entzifferte die Telefonnummer aus dem Impressum.

Der Lokalchef hatte alles Mögliche erwartet, nur nicht einen Anruf vom Commissario. Auf die Frage, warum das Interview nicht erschienen sei, übte er sich in Redaktionsdisziplin, sagte etwas von nicht genug Platz in der Erstausgabe, räumte dann aber ein, er hätte sich einer Entscheidung des Herausgebers beugen müssen. Der Presidente della Provincia stehe für das Medium unter Naturschutz. Sich dem Verleger zu beugen, sei nun einmal part of the game: „Sie müssen doch auch den Anordnungen Ihres Questore Folge leisten."

Vossi horchte auf. Wusste der Journalist bereits von der Diszi gegen ihn. Wer hatte noch aller vor ihm davon gewusst?

Informanten von Weihbischof Fabiano berichteten diesem umgehend von der blamablen Pressekonferenz des Questore und dessen Racheakt gegen Commissario Vossi, zu dem extra der Minister der

Region aus Udine angereist war. Nach dem Breviergebet im Kreuzgang der bischöflichen Residenz erhielt auch der Erzbischof davon Kenntnis und war empört über diese Intrige, bei der noch dazu sein Name und sein Rang missbraucht worden waren.

„Dem Questore gehören dafür ordentlich die Leviten gelesen! Aber wie, wenn ich offiziell nicht einmal davon weiß? Heißt es doch, was ich nicht weiß, macht mich nicht heiß ..."

„Der Commissario wird sich zu Recht dagegen verwahren, dass sein Gespräch mit dir, Exzellenz, ein Verhör war", gab Fabiano zu bedenken.

„Was war es denn eigentlich für ein Gespräch? Den Eindruck, dass er aus Anlass des Verlusts zweier Glaubensbrüder kondolieren wollte, hatte ich nicht."

Dem musste sich der Weihbischof anschließen. Doch fiel ihm rasch eine plausible Erklärung für die verbale Bescheidenheit des Commissarios ein: „Er hat aber sehr mitfühlsam ausgesehen, Exzellenz. Manche Menschen können das, was sie empfinden und zum Ausdruck bringen wollen, nicht immer so formulieren, nicht wahr? Das erleben wir doch immer wieder, Exzellenz."

„Ja, das gibt es."

„Und deshalb, Exzellenz, erschiene es durchaus angebracht, sich für die gefühlte Anteilnahme zu bedanken. Vielleicht mit einem kurzen Schreiben?"

Ein Anruf Robertos hielt Vossi, der nun nicht mehr Commissario war, davon ab, von seinem Zorn in Griesgrämigkeit zu wechseln.

„Wir haben es alle durch eine interne Mitteilung erfahren. Sind Sie sehr sauer?"

„Ich sah das Risiko, als ich das Zeitungsinterview gab. Dass man versuchen würde, mir aus dem Gespräch mit dem Erzbischof und dem Anruf im Vatikan einen Strick zu drehen, damit hatte ich allerdings nicht gerechnet."

„Hier im Haus heißt es inzwischen, der Erzbischof hätte von Ihrer Enthebung erfahren und erklärt, er hätte ein angenehmes Gespräch mit Ihnen geführt. Er will sich wohl nicht für eine Intrige gegen Sie missbrauchen lassen."

„Darauf gib besser nichts, Roberto. Gerüchte sind schneller als ein Lauffeuer. Der, der sie in die Welt gesetzt hat, meint es in diesem Fall einmal ausnahmsweise gut und ist empört über das geschehene Unrecht. Aber an den Tatsachen ändert er sicherlich wenig. Bist du schon meinem Vertreter zugeteilt worden? Wer wird es denn sein?"

„Keine Ahnung, ist mir auch egal. Ich mache auf Ferragosto. Morgen früh geht mein Flieger, ab zu Mama. Fünf Wochen Ferien, das wird mir und ihr guttun."

„Sollte sich hier auf die Schnelle etwas ändern, kommst du auf Anruf zurück in mein Team?"

„Sofort. Das würde ich mir nicht entgehen lassen."

„Ich danke dir, Roberto, und grüß deine Mama von mir. Vielleicht komm ich auf eine sarazenische Pasta vorbei, wer weiß."

„Dann hätte sich der ganze Ärger gelohnt, Commissario."

Ein guter Junge, dieser Roberto. Es fehlte ihm nicht viel, um einen guten Commissario abzugeben, nur die Erfahrungen, die ausschließlich die Lebensjahre lehren konnten. Darum verstand Vossi auch nicht das Lizitieren der Partei mit immer jüngeren Ministern in den verantwortungsvollsten Ressorts. Finanzminister unter dreißig, Außenminister im Post-Graduate-Alter. Als ob man die Jahresringe durch Bücher oder durch zwei Jahre im Vorzimmer der Macht ersetzen könnte. Vossi war kein ausgemachter Wagnerianer, aber in diesem Fall und in seiner gegenwärtigen Laune zitierte er murmelnd Hans Sachs in den *Meistersingern:* „Wahn, überall Wahn."

Jelena protestierte von ihrer Bastion hinter der Küchenbar: „Nichts da mit Sizilien. Wir haben Familie und die würde uns nie verzeihen, wenn wir unter den gegebenen Umständen nicht kämen. Daher: Morgen früh Pferde satteln und ab an die Soča zu Papa und Mama."

Vossi hatte noch gar nicht bedacht, dass er ja nun, frei von allen Pflichten, drei bis vier Wochen blau machen könnte. Soča? Der Vorschlag gefiel ihm. Eine Pflicht hatte er aber noch: den Nachsendeauftrag bei der Post. Theoretisch konnte ja die schriftliche Vorladung zur Disziplinarkommission schon in wenigen Tagen kommen. Jelena packte die Koffer. Für ihn hieß das, im Wohnzimmer still zu sitzen und ihre Fragen zu beantworten, die sie, aus dem Schlafzimmer rufend, stellte: „Welchen Pullover? Welche Hemden? Wie viele Unterhosen?"

Das Quiz endete meist mit einem Streit darüber, ob sie Krawatten einpacken sollte, ja oder nein. Er war für nein, sie für ja. Ein völlig überflüssiges Sich-Echauffieren. Egal, was er sagte, sie würde sie ohnedies einpacken. Er wusste sogar, welche. Es waren nämlich immer die gleichen.

Mitten in dem Quiz läutete es an der Gartentür. Vossi ging hinaus. Ein hagerer junger Mann mit Chauffeurskappe unterm Arm stand vor der Tür, um, wie er sagte, ein Schreiben seiner Exzellenz des Herrn Erzbischofs zu überbringen. Vossi nahm es entgegen, überlegte, ob in so einem Fall ein Trinkgeld angebracht wäre, hieß sich dafür einen Idioten und bedankte sich mit einer leichten Verbeugung und der Bitte, Grüße zu bestellen. Der etwas verständnislose Blick des Fahrers bedeutete wohl, dass die Grußbestellung zumindest unüblich war. Vossi überlegte kurz: Ließ man Erzbischöfe nicht grüßen? Er fand keine Antwort. Die Nachricht war kurz, bündig und eine volle Breitseite gegen Questore Donadoni.

Für die überbrachten Beileidsbezeugungen anlässlich des tragischen Todes der verdienten Mitbrüder in Christo, Signore Rudolfo Schnabel und Signore Paolo Fontana, übermittle ich Dankes- und

Segensgrüße seiner Exzellenz des Herrn Erzbischof. Antonio Fabiano, Weihbischof.

„Du weißt schon, was das bedeutet?", fragte er Jelena.

„Klar, der Herr Erzbischof hat dir deinen Arsch gerettet."

„Und die Umsätze deines Friseurs."

Vossi dachte darüber nach, wie es wohl zu dem Dankesschreiben für erwiesenes Beileid gekommen sein mochte. Wie auch immer, er hielt es nun in Händen und bedankte sich seinerseits im Geiste für so viel bischöflichen Beistand. Der tat gerade jetzt richtig gut.

Eine Nettigkeit, für die Jelena keine Zeit zu haben schien. Sie kam aus dem Schlafzimmer und sagte streng: „Beinahe geschafft. Nimmst du Krawatten?"

Nur um sie zu ärgern, antwortete er: „Ja."

X. Der Tote im Park

Das Wiedersehen mit Jelenas Eltern und ihrem Bruder in der Primorska, im Wesentlichen der Teil der Julischen Alpen zwischen Soča- und Kanaltal, war untertags fröhlich und abends kalorienreich bis feuchtfröhlich. Die Gostilna hatte sich sehr verändert seit jenem denkwürdigen Tag, da er von Schwiegervater und Schwager vor dem Sturz in die Soča gerettet sowie hier angelandet worden war und Jelena das erste Mal richtig wahrgenommen hatte – über seine Hilflosigkeit über dem Abgrund hatte sie ja nur gelacht. Der Gastbetrieb war praktisch auf null reduziert worden und im ersten Stock waren Zimmer zusammengelegt und in Appartements verwandelt worden. Prinzipiell waren Mieter aus aller Herren Länder willkommen. Für das Zusammensitzen abends in der ehemaligen Gaststube war man jedoch wählerisch. Sie stand nur für Stammgäste offen. Jetzt, in der Hochsaison, waren die Appartements aber ausschließlich an junge Sportler vermietet, die früh zu Bett gingen, um sich, wie Vossi dereinst, im Kanu mit der Soča messen zu können.

In der Stube hing noch immer, wahrscheinlich wie seit August 1914, das vergilbte Foto des Appells zum Auftakt des Ersten Weltkrieges. Siegessicher blickte darauf die männliche Jugend der Primorska unter einer mächtigen Linde in die Kamera. Spätestens zu Weihnachten wollte man wieder zu Hause sein. Die Linde stand noch, von den jungen Soldaten hatten nur die wenigsten das Mannesalter erreichen dürfen. Die meisten verbluteten in zwölf Isonzoschlachten flussabwärts, fielen bei den Gefechten im Gebirge oder an der Piave.

Jelenas Mutter, von allen Familienangehörigen und den Stammgästen im Gleichklang mit ihren zwei Enkelkindern „Omi" gerufen, mochte das Bild nicht. Es erinnerte sie an 1919, als die ganze

Primorska mit der Provinz Gorizia italienisch wurde, was wenige Jahre später den Mussolini-Faschisten das Recht gab, sich hier bis zum Ende des Zweiten Weltkrieges als die großen Herren aufzuspielen.

„Warum tut ihr das Bild dann nicht weg?", hatte Vossi sie gefragt.

„Weggeben? Was für eine Frage! Der Unteroffizier auf dem Bild rechts war Nachbar meines Großvaters und die meisten von den Kaiserjägern waren Schulfreunde von Papa. Wie könnten wir?"

„Hing es auch während der italienischen Zeit da?"

„Unangetastet, wie das Kreuz in den Jahren Titos."

Omi, also eigentlich Mama, war auch daran schuld, dass Vossi schon nach dem fünften Tag seines Zwangsurlaubs drei Kilo zugenommen hatte und Hose und Rock spannten. Da halfen auch die fünf Kilometer Fußweg mit dem Schwiegervater nicht, die dieser täglich flussaufwärts knöcheltief im smaragdgrünen Wasser der Soča voranging. Eine ziemliche Anstrengung, das Fliegenfischen, fand Vossi nach den ersten zwei Stunden. Unablässig den rechten Arm schwingen, und wenn einmal etwas anbiss, hieß es meist: zurück in den Fluss, zu klein für Omis Bratpfanne. Was die aber nicht in Verlegenheit bringen konnte: „Die slowenische Küche kennt tausendzweihundert Rezepte, dreihundert österreichische, dreihundert böhmische, dreihundert italienische und dreihundert ungarische. Die eingemeindeten Balkanspezialitäten nicht mitgerechnet. Was brauch ich Fische?"

Tatsächlich entdeckte Vossi wie schon bei früheren Aufenthalten, dass die Speisen der Omi, bei denen Fleisch gar nicht vorkam, oder wenn, dann bloß als Nebensache, die besten waren. Er beobachtete aber auch, dass sie ganz schön ins Schwitzen kam, um sie vorzubereiten. Die absolute Krönung aber waren ein paar Scheiben von dem selbst gebackenen ungarischen Weißbrot, Pršut, den ein

Fischerfreund des Schwiegervaters auf seiner Berghütte im Wind lufttrocknete, dazu etwas Sir, im Speziellen ein örtlicher Ricotta, und ein paar Tropfen Haselnussöl. Nicht zu vergessen den Weißwein, der in minimalen Mengen wenige Meter von der Gostilna auf einem sonnigen Hang überschaubar reift.

Mit Blick auf diesen überdachte Vossi nach dem fünften Tag des Schlemmens den beruflichen Stand der Dinge. Das Disziplinarverfahren würde für den Questore blamabel enden. Dafür würde einerseits das Schreiben des Erzbischofs sorgen – was immer auch der Anlass seiner Kontaktaufnahme gewesen war, er empfand sie als Kondolenzbesuch. Peinlich für Donadoni: Der Erzbischof konnte sich keinesfalls darüber beschwert haben. Wie kam er dann zu seinen Schlüssen? Blieb andererseits der Vorwurf der unerlaubten Kontaktaufnahme mit einem fremden Staat. Der Anwalt der Beamtengewerkschaft, der jedem Staatsdiener bei empfundener oder tatsächlicher Benachteiligung durch Vorgesetzte kostenlos zur Verfügung stand, verschluckte sich fast, als er hören musste, der Questore sehe im Telefonat mit einer Zeitung, nämlich mit dem *L'Osservatore Romano,* eine solche Kompetenzüberschreitung, ja schwere Verfehlung.

„Das wäre so, als ob er einen Anruf in der Redaktion der Londoner *Times* als Techtelmechtel mit der Queen auslegen würde. Völliger Unsinn, damit kommt er nie durch. Ich kann nur sagen: Genießen Sie die freien Tage."

Das wurde aber jetzt, mit drei Kilo mehr auf der Waage, schon ein wenig gesundheitsgefährdend. Erschwerend kam dazu, dass sich offen gebliebene Fragen zu seinen beiden Fälle im Gedächtnis wichtig machten. Die Frage, wo der Mörder den Rollstuhl gestohlen oder gekauft hatte, war zum Zeitpunkt seiner Suspendierung nicht gelöst. Gab es in dem gestohlenen Behindertentransporter irgendwelche Spuren des Täters? Konnte man mit den Splittern der Sonnenbrille des Opfers, die sicherlich nie dem Opfer gehört hatte, irgendetwas erreichen? Wie ging es Roberto? Ob er auch schon drei Kilo zugenommen hatte?

Omi unterbrach ihn in seinen Gedanken. Ein Telefonat für ihn, rief sie ihm über die Straße hinweg zu. Vossi war überrascht. Er hatte keine Telefonnummer hinterlassen und sein Diensttelefonino lag in seiner Schreibtischlade.

„Vossi."

„Commissario Vossi?"

„So ist es."

Es war der Anwalt der Beamtengewerkschaft. Vossi hatte vergessen, dass er ihm als Einzigem die Nummer der Gostilna gegeben hatte. Er überbrachte einen Vorschlag des Questore – oder war es ein Deal? Jedenfalls würde dieser die Suspendierung sofort aufheben, wenn der Commissario sofort wieder seine Arbeit aufnehme. Er sei über Einzelheiten der Erhebungsmaßnahmen Vossis falsch informiert worden. Es habe einen neuen Mord gegeben, an einem Priester, und der Erzbischof habe den Wunsch geäußert, dass Commissario Vossi dieser Serie von Morden an glaubenstreuen Katholiken ein Ende bereite. Dann änderte der Anwalt den Ton: „Übrigens, von Pfarrerstochter zu Pfarrerstochter, der Presidente ist aus gesundheitlichen Gründen zurückgetreten."

Das machte Vossi neugierig: „Und was wird aus seiner Hochzeit?"

„Soviel ich weiß, ist die geplatzt. Interessiert Sie das wirklich?"

„Nur insofern, als mir zugetragen wurde, dass die Braut eine sehr vermögende Immobilienbesitzerin mit Latifundien im Zentrum von Triest sein soll."

„Da hätte sie ja Glück im Unglück gehabt."

„Man kann ihr nur gratulieren."

Vossis erste Schritte nach Aufhebung der Suspendierung führten zu Dottore Lamberti in der Gerichtsmedizinischen von Monfalcone. Vossi schätzte ihn, glaubte an seine unbedingte Loyalität und damit auch an sein Mitgefühl für das widerfahrene Unrecht durch den Questore. Aber er war sich sicher, dass sich der Dottore über das Ende der politischen Laufbahn des Presidente della Provincia mehr freute als über den vorzeitigen Abbruch des eingeleiteten Disziplinarverfahrens gegen den Freund. Darauf angesprochen meinte Stipe lachend: „Da wusste ich ja, wie das ausgehen wird."

„Und bei diesem Format von einem Presidente wusstest du es nicht?"

„Nein, wusste ich nicht. Wir leben in einem Land, in dem solch humanes Ungeziefer aufsteigen kann bis zum Ministerpräsidenten. Klar, irgendwann fallen sie. Die Frage ist jedoch: Wie lange können sie ihr Amt missbrauchen, um sich zu bereichern, und wie viele anständige Menschen säumen als Opfer den Trampelpfad ihres Aufstiegs?"

„Man nennt das das Gesetz der Evolution, mein Lieber."

„Das ist nicht dein Ernst, oder?"

„Doch. Karl Popper hat ausführlich erklärt und begründet, warum der Mörder für die Evolution förderlich sei und nicht das Opfer. Wenn du lang genug darüber nachdenkst, wirst du ihm recht geben."

„Dann sind wir also im falschen Geschäft?"

„Da gilt es, besser nicht nachzudenken. Wir alle haben schon Fälle erlebt, wo unsere Sympathien beim Täter lagen und nicht beim Opfer. Aber sag, was haben wir diesmal?"

Der Dottore deckte einen Leichnam ab und erklärte: „Don Alberto Zeccini, zweiundfünfzig Jahre alt, Priester der Gemeinde San Canzian, erschossen aus vielleicht drei, maximal fünf Metern Entfernung im Park von Gradisca. Tatwaffe ist eine Pistole, Kaliber 7,65. Wenn du mich fragst, eine Beretta 1934 aus Militärbestand, aber Genaueres wird dir ja die Technik nachreichen. Geschehen am Sonntag, irgendwann zwischen neunzehn Uhr dreißig und Mitternacht. Tot aufgefunden wurde er am Montag, morgens, kurz nach sieben Uhr, von der Parkreinigung. Die Details hat ja dein Team."

„Schon wieder an einem Sonntag, wie bei Paolo Fontana aus Monfalcone."

Beide Männer standen eine Weile wie andächtig vor dem Toten, bis Vossi gedankenverloren sagte: „Da haben wir es also mit einem Sonntagsmörder zu tun."

„Nicht ganz, die Steinigung in Cormons war an einem Dienstag."

„Und, haben die Morde miteinander zu tun? Eine Steinigung und ein Schuss aus einer Pistole mit Schalldämpfer. Da liegen doch Jahrtausende dazwischen, oder?"

Dottore Lamberti deutete auf Wundmale am Oberschenkel des Opfers: „Wie bei Rudolfo Schnabel, wie bei Fontana."

„Und wieder Opus Urbani."

„Davon kannst, nein, musst du mit Sicherheit ausgehen."

„Ich bin noch in Slowenien bei den Schwiegereltern durch das Internet gegangen."

„Du gehst? Warum surfst du nicht wie jeder normale Mensch?"

„Glaube mir, in meinem Alter ist gehen anstrengend genug. Also, ich fand keinen einzigen Mord an einem Priester, abgesehen von unserem."

„Die Zeitungen waren auch entsprechend voll davon. Ich wette, von hier bis nach Sizilien."

„Man wird uns also mächtig auf die Finger schauen?"

„Darauf kannst du wetten."

Es war knapp vor fünf Uhr nachmittags, als Vossi sein Büro in der Questura betrat. Die paar Kollegen, die im Morddezernat trotz Ferragosto die Stellung hielten, hatten scheinbar sein Allerheiligstes als Sozial- und Pausenraum umgewidmet. Jedenfalls war der traurige Rest seines Teams fast vollzählig versammelt, die meisten rauchend. Zu seiner Überraschung war Roberto unter ihnen.

„Nanu, ich glaubte, du wärst beim Weinlesen an den Hängen des Ätna? Wie hast du es so schnell hierher geschafft?"

„Flugzeug fliegt schneller als Auto fährt."

„Aber nicht, wenn du hinterm Steuer sitzt."

Einige lachten, Roberto strahlte, die Unsicherheiten des Nicht-wissen-wie-und-wo-Weitermachens waren so gut wie überwunden. Wer eben noch geraucht hatte, dämpfte jetzt seinen oder ihren Glimmstängel aus, umständlich genug, um die Zeit zu überbrücken, in der es vielleicht angebracht gewesen wäre, irgendetwas zu sagen, was Vossi unter Umständen gerne gehört hätte, weshalb dem Commissario die Unannehmlichkeit erspart blieb, sich für Freundlichkeiten bedanken zu müssen. Also ging er zum Fenster, machte es auf und gleich wieder zu, um die Hitze draußen zu lassen. Sie war schlimmer als der Rauch. Um dennoch atmen zu können, bat er eine Kollegin, die Tür zu öffnen. Und dann war doch jene Stille eingekehrt, in der sich ein jeder gefordert fühlte, irgendetwas zu sagen, vor allem Vossi.

Schließlich erlöste einer die Runde und gab zu bedenken: „Wir dachten, Sie kommen erst morgen."

Vossi wertete dies befreit als Entschuldigung für die Qualmerei in seinen vier Wänden und erklärte sich dann zumindest so weit, dass er feststellte: „Also, wie Sie sehen, bin ich wieder zurück." Danach wurde er dienstlich: „Wissen wir schon etwas über die Herkunft des Rollstuhls im Fall Paolo Fontana?"

Der Kollege, der damit beauftragt war, verneinte.

„Gab es Spuren in dem Behindertentransporter des Taxiunternehmers?"

Ein anderer verneinte.

„Wer bringt mich auf Status quo zum Fall des Priestermordes?"

Alessia Albano, die junge Kollegin, die sich um den Termin mit dem Erzbischof bemüht hatte, begann im Stakkato: „Alberto Zeccini, zweiundfünfzig, Priester in San Canzian, mit sechsundzwanzig hier in Gorizia zum Priester geweiht. Äußerst beliebt in seiner Gemeinde, die er die letzten sieben Jahre betreut hat. Studierte neben Theologie auch Judaistik in Triest und Padua, war aber ausschließlich seelsorgerisch tätig. Las jeden Sonntag die Abendmesse in Gradisca. Sie beginnt jeweils um sieben Uhr und endet etwa eine halbe Stunde später. Es ist eine sogenannte stille Messe. Das heißt kein Chor, keine Orgelmusik, keine Predigt etc. Die Messe ist aber meist gut besucht, besonders von Frauen und Müttern, die sich am Sonntagvormittag um den Braten kümmern. Nach der Messe fährt Don Zeccini mit seiner Vespa zurück nach San Canzian. Er hält aber fast immer beim Hotel Ponte am Park, um mit seinem Bruder, der um diese Zeit seine Schicht als Nachtportier beginnt, ein wenig zu plaudern." Albano unterbrach kurz: „Ist das zu detailliert?"

Vossi zeigte sich hocherfreut über den präzisen Vortrag und bat: „Nur weiter so, nur weiter so, wir sind ganz Ohr."

„Also, der Bruder ist Nachtportier im Hotel Ponte. Nur samstagnachts und sonntagnachts. Er bessert damit sein Arbeitslosengeld auf und hofft, in Kürze vorzeitig in die Rente gehen zu können. Der Täter muss Don Zeccini aufgelauert haben. Wir fanden Trittspuren und Zigarettenkippen im Gebüsch, wenige Schritte vom Fundort der Leiche entfernt. Die Waffe war eine 7,65 Millimeter Handfeuerwaffe. Das Projektil blieb im Thorax des Opfers stecken. Don Zeccini war nach Meinung von Dottore Lamberti sofort tot. Auffällig sind die Einstiche am Oberschenkel des Opfers, die mit an Sicherheit grenzender Wahrscheinlichkeit von einem Bußband herrühren. Wir gehen deshalb davon aus, dass Don Zeccini Opus-Urbani-Mitglied war, konnten aber, um das sicher festzustellen, Prälat Professore Ulzer nicht erreichen, weil er auf Pilgerreise in Kroatien, genauer in Marija Bistrica, ist. Es gibt keine Tatzeugen. Der Mann von der Parkreinigung, der Don Zeccini fand, gab uns ein Alibi, das ich überprüft habe und das hält."

Vossi war hochzufrieden: „Alle Achtung, Kollegin, wir sind im Bilde. Da liegt ja noch eine ganze Menge vor uns, doch für heute reicht's. Lagebesprechung morgen früh hier bei mir – und für alle gilt: Rauchen dürfen nur die Köpfe."

Den Rest des Nachmittags investierte Vossi in eine Serie von Telefonaten. Auf der Liste standen Rita, Capitano Giuseppe Scarpa von den Carabinieri und zum Schluss die Meldung zum Dienst beim Questore. Üblich war, diese durch persönliches Erscheinen in seinem Büro zu erstatten. Vossi ging aber davon aus, es wäre für beide angenehmer, von dieser Regel abzuweichen und in den nächsten Tagen nur telefonisch und schriftlich miteinander zu verkehren.

Da täuschte er sich aber. Kurz nach der Meldung hörte er, wie alle im Flur die Haken zusammenschlugen und den Questore begrüßten. Sekunden später ging die Bürotür auf und da stand er, leutselig und gönnerhaft wie nie zuvor.

„Es wäre nicht notwendig gewesen, noch heute hereinzukommen. Aber es freut mich, es freut mich."

Der Commissario war aufgestanden, wollte irgendetwas sagen, aber was? Questore Donadoni war da geschickter. Er wappnete sich für solche peinlichen Momente immer mit irgendetwas, das sein Gegenüber lesen sollte. Diesmal war es die aktuelle Regionalausgabe von *La Gazzetta*. Er überreichte sie Vossi, als ob es eine Urkunde zur Erhebung in den Adelsstand wäre und sagte: „Lesen Sie, lesen Sie, es wird Sie interessieren."

Vossi nahm sie, der Questore machte kehrt und war schon bei der Tür. Da drehte er sich aber nochmals um und konnte es sich nicht verkneifen: „Der Erzbischof scheint ja große Stücke auf Sie zu halten. Grüßen Sie ihn von mir."

Und weg war er. Draußen am Gang wieder das laute Grüßen und Hakenzusammenschlagen, wie gehabt bei seinem Kommen, diesmal abklingend statt anschwellend.

Vossi überflog die Zeitung. Der Artikel, den er lesen sollte, vermeldete den Rücktritt des Präsidenten der Republik aus Gesundheitsgründen. Publizistisch betrachtet war er ein Staatsbegräbnis Erster Klasse. Er breitete sich vor allem darüber aus, dass der Presidente schon seit Jahren den Rat der Ärzte, sein Herz zu schonen, übergangen hätte, um dem Land zu dienen. Es wurde sein Einsatz für die Sache betont. Festzustellen, was für eine Flasche er war, blieb dem geübten Leser überlassen. Der musste dies aus der Tatsache folgern, dass eine Aufzählung konkreter Leistungen und Verdienste fehlte. So viel zur Pressefreiheit, dachte sich Vossi. Nur wenn der Leser die Verbindungen und Verstrickungen der Medieneigentümer kannte, konnte er die servierten Nachrichten richtig bewerten. Pressefreiheit, unabhängige Redaktionen wie der Leser von heute meinte, gab es wohl nicht. Vossi wurde speiübel, wenn er bedachte, dass die Informationsqualität der Medien von dem abhing, was Eigentümer zuließen oder unterdrückten. Und dafür verlangten sie auch noch einen stolzen Verkaufspreis. Diverse Gratiszeitungen auf dem Zeitschriftenmarkt – wenn auch vielleicht inhaltlich abstoßend – waren wenigstens insofern anständiger, als für gesiebte Information oder gezielte Desinformation nicht auch noch Geld verlangt wurde.

Am nächsten Tag lag eine Nachricht für Vossi in der Hauspost. Diesmal ganz offiziell abgeschickt von der Telefonistin. Nachricht wegen der Preisanfrage. Der Koran koste 48,13. Vossi rief sogleich die Zentrale an, um zu erfragen, wer der Anrufer gewesen war.

„Die Buchhandlung. Der Mann sagte, ich möge Ihnen mitteilen, der Koran koste 48,13 Euro. Sie wüssten dann schon Bescheid."

„Nannte er seinen Namen?"

„Zu hundert Prozent kann ich das nicht mehr sagen, es geht ja ununterbrochen das Telefon wegen des Priestermordes, aber ich meine, nein, hat er nicht, sonst hätte ich den Namen notiert."

Vossi fragte zunächst einmal alle Kollegen, ob jemand eine Bestellung oder Preisanfrage bei der Buchhandlung der Stadt oder bei irgendeiner Buchhandlung deponiert hätte, was Mann für Mann und Frau für Frau verneinten. Damit war klar, es war eine verschlüsselte Nachricht vom Täter, die einerseits leicht zu entschlüsseln war, andererseits aber sicherstellen sollte, dass die Telefonistin keinerlei Verdacht schöpfte. 48,13. Was konnte es schon bedeuten, wenn nicht Sure 48,13.

Vossi holte seinen Koran aus der Schublade und las Roberto vor: „Und wenn einer an Gott und seinen Gesandten nicht glaubt, so haben Wir für die Ungläubigen einen Feuerbrand bereitet."

Er las nochmals und verglich den Text mit 48,13 im Internet. Dann wusste er Bescheid.

„Das ist deutlich genug, Chef. Ich hab doch schon bei Sartone gesagt: Feuer ist Feuerwaffe im übertragenen Sinn."

„Ja, aber Sartone hatte doch mit dieser Serie gar nichts zu tun, oder? Schau dir den Text doch genauer an. Die Rechtschreibung."

„Für mich ist das im Grunde alles nur geschwollenes Zeugs."

„Das ‚Wir' sagt dir gar nichts. ‚Wir' groß geschrieben?"

Robertos Blick gab deutlich zu erkennen, dass er keine Ahnung hatte, worauf der Commissario hinauswollte.

„Das große Wir steht für Allah. Das ist keine diesseits bezogene Drohung, sondern bedeutet Strafe im Jenseits. Hier spricht Allah in der Ich-Form, im sogenannten Pluralis Majestatis. Kein Moslem würde diese Sure als Begründung seines Handelns heranziehen. Er würde nicht von sich in dieser ‚Wir'-Form sprechen, die im Koran nur Allah vorbehalten ist. Es wäre eine ungeheure Anmaßung, so viel habe ich bei meinen Zwangslektüren der letzten Tage und Wochen mitbekommen. Ich sage dir, Roberto, unser Mann ist kein Moslem."

„Aber, Commissario?"

„Denk mal nach: Wie schauen Gotteskrieger aus? Junge Männer, abgesehen vom toten Osama bin Laden und einer kleinen Clique, die anstiftet, aber nicht selbst die Hand erhebt. Was ist das Medium dieser Jungen? Das Internet. Unser Täter aber ruft bei einer Zeitung an. Das trägt förmlich eine Jahreszahl. Und die passt nicht in das 21., sondern in das 20. Jahrhundert. Er ist also ein etwas älterer Typ. Und die Nachricht verrät noch eine ganze Menge. Erstens bestätigt sie meine Alterseinschätzung. Ein Mann über fünfzig. Zweitens ist er ein Europäer, mit großer Wahrscheinlichkeit ein Italiener."

Roberto sah Vossi entgeistert an. Der holte einen weiteren Faden aus dem Gordischen Knoten: „Was will er mit seinen Taten erreichen? Eine Steinigung. Das Volk schreit ‚um Himmels willen'. Was sollen die Hinweise auf den Koran? Die Medien spekulieren, ein Islamist sei der Täter, und da die üblichen Bekennerbriefe ausbleiben, schreiben sie etwas über einen einsamen Wolf. Am Ende bleiben zwei Möglichkeiten: Entweder haben Schnabel und Fontana versucht, einen Moslem zum Christentum zu bekehren, oder sie wollten einen Christen, der schon entschlossen war, zum Islam zu konvertieren, davon abhalten. Oder? Ich komme auf kein Oder. Du?"

Robertos Ratlosigkeit hatte nur mit jedem Wort zugenommen.

„Gut, Volldampfrecherche. Haben die beiden missioniert? Kannten sie den Täter? Alles nochmals von vorn."

Dottore Lamberti meldete sich kurze Zeit später telefonisch aus seinem Gruselkabinett: „Bruno, wir haben da was entdeckt."

„Das wäre?"

„Ein Scripsi ganz eigener Art."

„Ich bitte dich, Stipe, ich vibriere seit Stunden. Wenn du nicht sofort Klartext redest, habe ich hier einen Herzinfarkt und du hast eine Leiche mehr in deinem Kühlhaus."

„Don Zeccini war tätowiert."

„Wie bitte, ein Priester tätowiert? Dreht die Welt schon völlig durch?"

„Keine Tätowierung, so wie du vielleicht denkst. Es sieht mehr aus wie irgendein Kultzeichen oder ein Monogramm. Wir haben es gar nicht sofort gemerkt. Da die Todesursache auf der Hand lag, ging es hauptsächlich darum, Einschusswinkel und Entfernung des Schützen festzustellen und das Projektil zu sichern. Auf ausdrückliches Ersuchen des erzbischöflichen Ordinariats, eine Sezierung möglichst zu vermeiden, beließ ich es dabei. Nach den Einstichen durch den Bußgürtel und deiner Vermutung, es gäbe eine Verbindung, zumindest zu dem Fall Paolo Fontana, hat sich meine Assistentin dann doch um das Kleingedruckte gekümmert."

„Stipe, das muss ich sehen."

„Geht nicht. Auf Ersuchen der Pfarre habe ich den Leichnam freigegeben, damit er in der Kirche von San Canzian aufgebahrt werden kann. Und meine Assistentin hielt eine oberflächliche Entdeckung für nicht wichtig genug, um diesen Ablauf zu stoppen."

„Kann ich noch irgendwie an den Leichnam ran?"

„Bruno, die Tätowierung ist ziemlich klein und auf der Innenseite des linken Oberarms. Da müsste also der Leichnam aus dem Sarg genommen werden. Ich glaube aber, das wird nicht notwendig sein. Es handelt sich um drei Großbuchstaben: ein M, ein A und ein D. Wir haben ein Foto davon, gestochen scharf und in Farbe. Tut mir leid, Bruno, aber so etwas kommt vor, wenn du den Erzbischof im Nacken hast."

„Ich lass gleich das Foto abholen."

„Nicht nötig, ich maile es dir rüber. Nochmals, sorry, Bruno."

Ein Foto in der Hand, das man drehen und wenden und herumreichen konnte, wäre ihm viel lieber gewesen, aber der Dottore hatte bereits aufgelegt. Es brauchte ein paar Sekunden, bis dem Commissario klar wurde, dass man ein Mail ja auch ausdrucken konnte. Er machte so etwas ja nie selbst, solche Dinge wurden ihm zugetragen. Also musste Roberto her.

„Wie viele Kopien soll ich machen, Commissario?"

„So vier oder fünf."

Es brauchte keine fünf Minuten und das Bild war durch sowie in der gewünschten Auflage gedruckt. Vossi sah sich das „MAD" von allen Seiten an.

„Sagt es dir was?"

„Mein Vater hat einmal ein amerikanisches Magazin namens *Mad* gesammelt. Da stand ‚Mad' für verrückt – und das war es auch."

„Das wird wohl nicht gemeint sein."

„Schaut einmal im Internet nach. Wenn irgendetwas nur irgendwie passen könnte, schreit!"

Die Tätowierung machte ein neues Gespräch beim Erzbischof erforderlich und so gut wie unaufschiebbar. Dabei konnte sich Vossi auch gleich für das bischöfliche Augenzwinkern zu der gedachten Kondolenz bedanken. Aber nicht vergessen: Vorher eine offizielle Anfrage.

Im Lift zum obersten Stockwerk, in dem sich das Büro des Questore befand, traf Vossi auf den Colonel vom Sonderkommando Papstbesuch. Zu seiner Überraschung wurde er von diesem freundlich gegrüßt. Jelena hatte recht, der Mann war wirklich überfordert. Der Papst war auf den Schutz von oben geradezu angewiesen, wenn seine Sicherheit von solchen Leuten abhing.

Der Commissario wurde sogleich weitergebeten und berichtete von der Tätowierung. Dazu überreichte er das Foto. Questore Donadoni wollte etwas sagen, überlegte es sich aber beim Anblick des Fotos anders und vergaß, den halb offenen Mund wieder zuzumachen.

Erst nach einer Weile fing er sich: *„Mad?* In meiner Jugend hatte ich das Magazin abonniert. Mein Vater hielt es, gelinde gesagt, für Schmutz und Schund. Ich aber war davon begeistert. Ich war nämlich nicht immer Questore, Commissario."

„Glauben Sie, dass es eine Verbindung zwischen Opfer und Magazin geben könnte? Ich kenne es nämlich nicht."

„Kann ich mir nicht vorstellen. Das Magazin war ein Renner in meiner Jugend und die deckt sich ja wohl zeitmäßig mit der Jugend Ihres Priesters. Aber es war ausgesprochen kirchenfeindlich. Es ist doch kirchenfeindlich, wenn man sich über Pfaffen lustig macht, was meinen Sie, Commissario?"

„Ich weiß nicht, Questore. Ich habe Gläubige und Priester schon lachen gesehen."

„Ja, aber worüber sie lachen, das ist ja das Entscheidende."

Da musste Vossi seinem Vorgesetzten recht geben. Wie auch immer, die Genehmigung, beim Erzbischof vorzusprechen, hatte er, das Gespräch war auch so verlaufen, dass der Questore die Anfrage nicht als Frotzelei auffassen musste. Denn natürlich hätte Vossi wegen des bloßen Gesprächs mit dem Kirchenfürsten nicht einmal zu fragen brauchen.

Der Erzbischof war allerdings auf Wallfahrt im kroatischen Marija Bistrica. Weihbischof Fabiano bedauerte dies sehr, versicherte aber, er wäre gerne bereit, den Commissario zu empfangen, der Erzbischof hätte ihm in amtsbrüderlichem Vertrauen die Vertretungsvollmacht gegeben. Das Gespräch fand im Garten der Residenz statt. Bruder Severino, der Gärtner, schnipselte neben ihnen an den Rosen herum, die sich in der Augusthitze ihrer Blätter entledigt hatten.

Nach ein wenig Small Talk über die Gartengestaltung kam Vossi zur Sache: „Exzellenz, war der Priester von San Canzian, Don Zeccini, Mitglied von Opus Urbani?"

„Unter normalen Umständen dürfte ich das nicht bestätigen. Das könnte nur Prälat Ulzer. Ich habe aber Auftrag, Ihnen mitzuteilen, dass die zuständigen Stellen in Rom beunruhigt und an einer raschen Aufklärung der Morde äußerst interessiert sind. Es kommt ja nicht gar so oft vor, dass ein Priester ermordet wird. Nicht einmal in Italien, wo heutzutage alles möglich zu sein scheint. Privat möchte ich hinzufügen, dass ich in meiner Amtszeit ein so intensives Engagement Roms erstmals erlebe."

„Von welchem Rom sprechen wir Exzellenz, von meinem oder von Ihrem?"

„Von meinem. Das ist es ja. Normalerweise urgiert der Vatikan nicht in einer schwebenden Untersuchung oder in einem laufenden Verfahren. Auch werden Beamte des Staates nicht in irgendeiner Weise gedrängt, ihrer Pflicht nachzukommen oder bestimmte Angelegenheiten mit Vorrang zu bearbeiten. Ich erkläre mir das aus der Macht und dem geheimen Einfluss dieser Gruppe. Bedenken Sie: Die Bruderschaft hat in wenigen Wochen drei ihrer Mitglieder verloren. Das hat es sicherlich noch nicht gegeben. Ja, ich bezweifle, dass es seit dem Ende der Besatzung durch die Wehrmacht überhaupt einen Mord an einem Priester gegeben hat. So etwas wird schon dem Heiligen Vater vorgelegt. Ich muss Sie jedoch bitten, Commissario, das Gesagte auch gleich wieder zu vergessen."

„Sie sagten, durch den Anschlag eines Mörders. Haben Sie Grund, die Möglichkeit auszuschließen, dass wir es mit mehreren Tätern zu tun haben? Vielleicht mit einer Sekte oder erzkonservativen Katholiken, denen irgendetwas am Zweiten Vatikanischen Konzil nicht passt?"

„Und die Hinweise auf den Koran? Ein Ablenkungsmanöver? Ich kann mir das nicht vorstellen. Natürlich gibt es auch heute, mehr als fünfzig Jahre nach dem Vatikanischen Konzil, noch verbissene Kritiker unter den Konservativen, denen die Konzilsbeschlüsse zu reformistisch sind. Angenommen, aber nur angenommen bitte, einer aus diesem Lager wäre so verblendet, zu solchen Mitteln zu greifen, dann würde er sein Rasen nicht gegen das eigene Lager richten."

„Das heißt, Opus Urbani gehört zum Lager der Erzkonservativen?"

„Wenn Sie nicht öffentlich davon Gebrauch machen, würde ich den Einsatz erhöhen: In Teilen führen sie es an."

„Was genau wollen Sie mir damit sagen, Exzellenz?"

„Ich möchte damit klarstellen, dass konservatives katholisches Glaubensgut nicht unbedingt nur mit dem Beharren zu tun hat, die Messe in Latein zu zelebrieren – und das unverändert bis zum jüngsten Tag. Darum geht es bei Weitem nicht in dem Ausmaß, wie das von außen wahrgenommen wird. Sie divergieren in einer ganzen Palette vom Geist des Konzils: Sie widersprechen der forcierten Bedeutungszunahme der Laien in kirchlichen Obliegenheiten, die für uns nicht nur eine notwendige Folge des Priestermangels ist. Dazu gehört auch die Diskussion um die neue, will sagen gewichtigere Rolle der Frau nicht nur in der Kirche, sondern auch in der Amtskirche. Sie verbitten sich natürlich das Hinterfragen des Zölibats. Für sie ist jede Reform eine Erosionserscheinung. Die Darstellung, dass sie deshalb schlechtere Katholiken oder Gehorsamsverweigerer gegenüber dem Heiligen Vater seien, ist aber schrecklicher Unsinn. Für mich sind sie gute Katholiken und ich beneide so manchen von ihnen um seine Glaubensfestigkeit. Schon deshalb schließe ich aus, dass der Täter ein Überdrehter aus diesem Lager ist. Wieso kommen Sie übrigens darauf, dass wir es mit mehreren Tätern zu tun haben, Commissario?"

„Ein Tappen im Dunkeln. Ich darf Ihnen versichern, Exzellenz, dass wir nichts wissen, was wir vor Ihnen geheim halten wollten oder müssten. Der Gedanke, dass wir es mit mehreren Tätern zu tun haben könnten, drängt sich mir auf, weil die Handschrift des Tathergangs jedes Mal eine andere ist. Sie wissen, was ich damit meine?"

„Allerdings, auch ich lese Krimis und schau mir ab und zu welche im Fernsehen an."

„Dann werden Sie verstehen, Exzellenz, welch enorme Bedeutung wir folgender Kleinigkeit zuschreiben: Unter dem Arm hatte Don Zeccini eine Tätowierung. Es handelt sich um ein M, ein A und ein D. Ist es nicht äußerst ungewöhnlich, dass sich ein Priester tätowieren lässt?"

„Also, für mich schon. Bei einem Spätberufenen mag das schon mal so sein, eine Jugendsünde quasi, aber sonst? Nein, kann ich mir nicht vorstellen."

„Sie gebrauchen das Wort Jugendsünde. Ist es Katholiken verboten, sich tätowieren zu lassen?"

„Nein, es sei denn, es handelt sich um Unschicklichkeiten, pornografische oder blasphemische Darstellungen."

„Sollte also das MAD eine unanstößige, vielleicht sogar religiöse Bedeutung haben, wäre es nicht sündhaft?"

„In unserer Religion bestimmt nicht. Soviel ich jedoch weiß, dürfen sich Juden nicht tätowieren lassen."

„Da sind wir beim nächsten Punkt, den ich noch ansprechen muss. Ich bekam eine verschlüsselte Nachricht, die durchaus vom Täter sein könnte und auf 48,13 reduziert werden kann. Können Sie irgendetwas damit anfangen?"

Der Weihbischof schaute unglücklich auf die gefallenen Rosenblätter und schien sie zu zählen.

„Achtundvierzig was?"

„Achtundvierzig dreizehn."

„Nein, das sagt mir gar nichts."

„Exzellenz, ich habe vorhin gefragt, ob Priester der katholischen Kirche tätowiert sein dürfen. Sie kennen doch sicher Levitikus 19,28."

„Helfen Sie mir auf die Sprünge, ich bin kein Rabbi ... Wie ich Sie kenne, haben Sie sie auswendig im Kopf?"

„Sie überschätzen mich, Exzellenz. Da bin ich auf Papier und Bleistift angewiesen."

Vossi nahm einen Notizzettel aus seiner Brusttasche und las die entsprechende Textstelle aus dem dritten Buch Mose vor: „Für einen Toten dürft ihr keine Einschnitte auf eurem Körper anbringen und ihr dürft euch keine Zeichen einritzen lassen. Ich bin der Herr."

„Kein Wunder, dass Sie der Tätowierung diese Bedeutung beimessen, Commissario."

„Deshalb unsere Bitte, Exzellenz: Könnten Sie feststellen, in welchem Knaben- oder Priesterseminar Don Zeccini zur Schule ging beziehungsweise ausgebildet wurde? Junge Menschen haben manchmal eine Gott sei Dank schnell vorübergehende Todessehnsucht oder ganz intensive, verzeihen Sie den Ausdruck, Anwandlungen. Wäre es da nicht verständlich, wenn sich so ein junger Mensch für sein Leben lang einem Ideal verschreibt und sich das buchstäblich unter die Haut gehen lässt?"

„Sie meinen im Seminar?"

„Vielleicht weiß einer der Mitseminaristen etwas dazu zu sagen. Könnten Sie mir die Liste verschaffen?"

„Sicherlich ist Ihnen bekannt, dass von zehn Seminaristen einer schlussendlich zum Priester geweiht werden kann. Da gibt es viel Spreu. Ob ich da alle Adressen herausfinden kann, bezweifle ich."

„Würden Sie es versuchen, Exzellenz?"

„In Roms Namen, ja."

„Vielen Dank, Exzellenz. Sie helfen uns damit sehr."

„Danken Sie nicht mir, sondern Rom. Irgendetwas hat die aufgescheucht. Fehlte nur noch, dass sie mir empfohlen hätten, meine Bischofsmütze für eine Weile an den Nagel zu hängen und mit Ihnen Detektiv zu spielen."

„Dann hätten wir einen Bischof Brown?"

„Eher einen Bischof Watson."

„Mir wäre der eine wie der andere recht. In Ihrer Person, versteht sich."

Vossi dachte kurz über die Bedeutung Roms in den Worten des Bischofs nach und fragte direkt heraus: „Wissen die in Rom vielleicht etwas, das wir nicht wissen, aber vielleicht wissen sollten?"

„Mein lieber Commissario, alles, was Rom weiß, hat es vor diesem Wissen wissen wollen. In diesem Stadium befinden wir uns hier und heute."

Vossi wollte ganz sicher gehen: „Wir sprechen vom selben Rom."

„Ich jedenfalls spreche von meinem Rom."

„Ist es so schlimm, Exzellenz?"

„Schlimmer noch. Sie werden es schon noch merken. Big Brother is watching you."

Es gab jedoch noch ein drittes Rom, das der Amerikaner, genauer gesagt das Büro der National Security Agency, kurz NSA, nahe der Engelsburg – auf halbem Weg zwischen Ministerpräsidenten und Papst. Hier konnte man mehr über italienische Belange erfahren, als das heilige wie das weltliche Rom auch nur ahnten. Vorausgesetzt, man hatte Zugang oder war, besser noch, zugangsberechtigt. Letzteres galt für Oberst Greville McCann, den Büroleiter. Als solcher war er gleichzeitig Verbindungsoffizier zu Francesco Giuscardi von der italienischen Regierung und zu Monsignore Carlo Tizzi vom Heiligen Stuhl. McCann verabscheute beide Adressen. Warum, bitte sehr, sollte er sich als US-Geheimdienstmann die Sicherheit dieser Itaker zum Anliegen machen und die grenzenlose Neugier des Monsignore ertragen, nur weil das scheiß State Department im Gerangel mit dem Pentagon das so durchsetzen hatte können? Für McCann war sowieso das ganze State Department mit den unzähligen Botschaftern, die ihre Posten für Wahlspenden erhielten, überflüssig.

Doch bis zu dem fernen Tag, an dem die US-Außenpolitik sozusagen auf Knopfdruck funktionieren würde – und nach Meinung seiner Vorgesetzten würde er nicht mehr lange auf sich warten lassen –, musste er Botschafter der NSA in Italien spielen, Vatikan inklusive. Dieses Kontakthalten und Druckausüben als Liaison Officer war der kompliziertere Teil seiner Pflichten, besonders was die

Verbindung zu Signore Giuscardi betraf. Der Mann war entweder im Krankenstand oder, laut Sekretärin, auf Reha und wenn keines von beiden, dann mit hoher Wahrscheinlichkeit im Urlaub. So auch jetzt: Ferragosto erreichte den Höhepunkt. Wofür McCann alle Italiener innigst verfluchte.

Von diesem Ärger und dem nie versiegenden Wissensdurst des Monsignore abgesehen, war die eigentliche Spionagetätigkeit McCanns ein Kinderspiel. Man belauschte nicht mehr mit Sonnenbrille bei Wind und Regen eine Zielperson, man rekrutierte nicht mehr Diebe und Mörder als Zuträger, man musste nicht mehr Romeo spielen, um einsamen Sekretärinnen in den Vorzimmern der Macht Geheimdokumente zu entlocken. Letzteres ein Job, für den McCann schon wegen seiner Umgangsformen, seiner Sprachbarriere und seiner optischen Erscheinung ungeeignet gewesen wäre. Stattdessen lief der Job des Belauschens und Mitschneidens sämtlicher Telefonate und E-Mails zwischen Sizilien und dem Brenner quasi von selbst und ohne jegliches menschliche Zutun über BA – Big Apple –, ein Monster von einem Rechner, der am Stützpunkt der US-Streitkräfte im oberitalienischen Vicenza installiert war. BA war Greville McCanns Baby, das ihm und seinen Mitarbeitern allerdings seit drei Wochen ganz schön Arbeit bereitete. Tagtäglich mussten sie Tausende Seiten Ausdrucke von Telefonaten und E-Mails von „allerlei Arschlöchern" (McCann) lesen und auswerten, die sich durch den Gebrauch des Wortes „Steinigung" verdächtig gemacht hatten. Das Baby in Vicenza hatte das böse Wort aus Millionen Gesprächen herausgefischt und Alarm geschlagen, worauf Washingtons Terrorismusbekämpfer mit fieberhafter Hektik reagierten. Ihre Order an McCann ließen an Klarheit nichts zu wünschen übrig: vorsichtige Kontaktaufnahme mit der italienischen Regierung und dem Vatikan, Empfehlung an die italienische Terroristenüberwachung, Islamisten in Norditalien zu sieben und Verdächtige intensiv unter die Lupe zu nehmen,

Sicherheitsfirmen aller Flughäfen Italiens auf erhöhte Wachsamkeit trimmen (Zuwendungen aus einem Spezialfond), sofort die ganze Potenz des Rechners in Vicenza hochfahren und ausrichten auf *La Gazzetta,* Tageszeitung in Udine, Commissario Bruno Vossi, Polizia Gorizia, das erzbischöfliche Palais in Gorizia, Jelena Vossi, Frau des Commissario Vossi, und deren Gesprächspartner in Slowenien sowie Dottore Stefano Lamberti vom Forensischen Institut Monfalcone.

Greville McCann gab die Befehle an sein Baby in Vicenza weiter, worauf es schnurrte. Insgeheim musste er lachen, wenn sich Laien in der Debatte über seinen Arbeitgeber fragten, wie der an ihre Handys und E-Mails herankommen konnte. Noch vor Kurzem hätte keiner geglaubt, wie simpel das ablief. Auch nicht McCann. Der hatte an bestochene Mitarbeiter hoch oben im Management der Betreiber gedacht, bis er den Medien entnehmen musste, dass von irgendeinem gewieften Hacker ein Schlüssel im Service Pack des Betriebssystems entdeckt worden sei, der, für seinen Arbeitgeber von Anfang an implantiert, jeden Pieps abgriff. Damit war für McCann nicht mehr das „Wie" sondern das „Wie viel" interessant. Im Klartext: Wie viel hatte der amerikanische Steuerzahler für diese kleinen Gefälligkeiten den Internet-Haien und -Betreibern bezahlt und jährlich noch zu bezahlen?

Oberst McCann drängte es nicht, dies zu erfahren. Irgendwann würde es eine Enthüllungsstory darüber geben, dann würde er es wissen. Bis dahin galt: Hauptsache, BA funktionierte. Und wie er funktionierte. An ihm konnten sich diese italienischen Weicheier ein Beispiel nehmen. Sein Baby kannte keinen Ferragosto – Terroristen aber auch nicht. Das musste er diesem Dauerurlauber Giuscardi endlich einmal verklickern. Zuerst aber galt es, diesen Bastard aufzutreiben.

Als McCann ihn endlich am Apparat hatte, musste er verabredungsgemäß einen Satz sagen, in dem das Wort „Partytime" mit Tag und Uhrzeit vorkam. So hatten sie es unter Aufwand aller einem Bürokratenhirn und einem Militärkopf zur Verfügung stehenden Kreativität vereinbart. Und so galt es, wenn man sich zwecks Informationsaustausch und Analyse einer Bedrohungslage im zivilen Bereich treffen wollte. Diese Treffen fanden dann jeweils in einem abhörsicheren Raum im Innenministerium statt. Die Italiener, die in allen diplomatischen Obliegenheiten gerne Mannschaftsstärke zeigten, wollten ursprünglich immer mit diversen Sicherheitsexperten und -beratern erscheinen. Washington lehnte dies ab. Es würde solchen Kontakten einen unerwünscht offiziellen Charakter geben. Außerdem würden zu viele von der engen Zusammenarbeit wissen und Washington misstraute jedem Italiener einzeln, den italienischen Staatsdienern im Ganzen und ihrem verwirrenden System ständig wechselnder Regierungen im Besonderen. Wäre Zusammenarbeit nicht der ausdrückliche Wunsch des State Departments gewesen, hätte das Pentagon den Itakern nicht einmal die Farbgebung des Klopapiers im Weißen Haus anvertraut. Mit exakt diesen Worten hatte ihn sein Abteilungsleiter in Washington auf den Job in Rom vorbereitet.

Endlich war Giuscardi am Apparat. McCann war klar, diesmal musste er ein wenig James Bond spielen. Er hatte nichts Besseres zu bieten als: „Ferragosto für uns schon Sonntag neunhundert Uhr." Warum er den bemerkenswert intelligenten Satz auch noch flüsterte, hätte er allerdings nicht sagen können.

Jetzt galt es nur noch, Monsignore Tizzi von dem Rendezvous zu informieren. Zur Verschlüsselung hatte dieser Blumennamen vorgeschlagen. McCann war einverstanden gewesen, da ihm einerseits nichts Besseres eingefallen war, andererseits bei der Debatte über einen Gegenvorschlag herausgekommen wäre, dass er nur drei oder vier Blumensorten kannte.

Aus diesem Wissen schöpfte er nun, als er die Nummer des Monsignore gewählt hatte: „Veilchenblüte Sonntag neunhundert."

Erst danach erinnerte er sich, dass im August gar keine Veilchen blühten. Egal, man war ja ein weltweit agierendes Unternehmen. Vielleicht war ja gerade Veilchenblüte irgendwo in Down Under.

Das mit den Codes war für McCann ohnedies alles nur Blödsinn. Doch die verspielten Italiener wollten das so. Für ihn war wichtig: Sein Baby würde nicht aufhören, zu lauschen, Beweise zu sammeln, Fallen zu stellen, um am Ende zuschlagen zu können.

„I'll catch you, you bastards."

XI. Memento Mori

Die Beisetzung von Don Alberto Zeccini in San Canzian erinnerte
an ein Staatsbegräbnis Erster Klasse. Die ohnedies kleine Kirche
aus dem 16. Jahrhundert konnte nicht annähernd alle Trauergäs-
te und Neugierigen aufnehmen, sodass vor dem Portal ein Altar
aufgebaut worden war, ähnlich wie für Fronleichnam. Das Ver-
di-Requiem, für das ein gefeierter Chor aus den Julischen Alpen
mit dem Symphonischen Orchester Udine intensiv geprobt hatte, war schon im Gange, als Vossi und Roberto geräuschlos den
Balkon eines Anrainerhauses betraten, der einen Panoramablick
über das ganze Szenario bot. Der Commissario nahm zunächst
einmal das Bild der Menge, die Musik und den Weihrauchduft
in sich auf. Er wusste, Jelena würde sich spätestens jetzt über
das, was er sah, ärgern. Bei jedem Begräbnis noch hatte sie das
Schicksal der Pflanzen und Blumen beklagt, nach den Trauerfei-
erlichkeiten irgendwo zwischen Gräbern elendiglich verdursten
zu müssen. Je mehr Blumen, desto heftiger war jeweils ihr Zetern.

Der Sarg war vor dem Blumenaltar aufgebahrt, offensichtlich hatte
Don Zeccini eine Reihe Neffen und Nichten, Brüder und Schwes-
tern, die links davon Aufstellung genommen hatten. Rechts Prälat
Ulzer, einige Bischöfe und Mitglieder der Regionalregierung aus
Udine und Triest. Das Requiem zelebrierte der Erzbischof, vermutlich war er von seiner Wallfahrt vorzeitig heimgekehrt. Rechts vom
Altar war neben dem Hocker für den Erzbischof ein weiterer für
einen Kirchenfürsten aufgestellt, den Vossi nicht kannte, an dem
er aber Kardinalspurpur zu erkennen glaubte.

Roberto klärte ihn auf: „Das muss laut Teilnehmerliste der Questura Kardinal Montana sein, der Päpstliche Rat für Gerechtigkeit und
Frieden."

„Ah, der mir einmal als Mann fürs Grobe beschrieben wurde." Vossi konnte sich nicht mehr erinnern, wann, wo und von wem, es tat ja auch nichts zur Sache. Zu hinterfragen war da schon eher, warum ein so hochrangiger Kardinal der Kurie zum Begräbnis eines – man konnte es nicht anders formulieren – einfachen und unauffälligen Landpfarrers angereist kam. Sicher, Mord an einem Priester war höchst ungewöhnlich. Aber ob das allein schon als Anlass für diese Reise genügte?

Wie recht der Commissario hatte, stellte sich gleich nach dem Begräbnis heraus. Das Ordinariat ließ Questore Donadoni mitteilen, dass er und Vossi von seiner Eminenz Kardinal Montana am nächsten Morgen zur Audienz empfangen würden, und präsentierte diese Nachricht so, als ob um eine solche angesucht worden wäre. Weshalb der Questore Vossi dringend sprechen wollte, „heute noch".

Das Kellerloch hatte viele Vorteile. Man konnte es vor allem nicht einsehen. Es hatte aber auch einen großen Nachteil: Es verursachte bei ihm Atemnot. Konnte ja sein, dass es psychosomatisch bedingt war und der Anblick der sorgfältig aufgereihten Schusswaffen auf der Werkbank schuld daran war. Jedenfalls musste er für eine Weile stillhalten und nach Luft schnappen wie ein Fisch am Trockenen. Als das überstanden war, ging er zu den drei gartenseitigen Luken, durch die man auf einen Wildwuchs in allen Farbschattierungen von Braun bis Dunkelgrün hinaussah. Er hätte die Fenster verbarrikadieren lassen können. Wollte er aber nicht. Das hätte von Natur aus Neugierige nur neugieriger gemacht. Deshalb ließ er auch ab und zu bewusst die Tür in den Kellergang offen, damit sein Pächter oder dessen Monteure sehen konnten, was er da so machte, ein paar Fragen stellten, sich aber danach weiter keine Gedanken machten. Natürlich hantierte er nicht mit Waffen, wenn er die Tür bewusst offen ließ, sondern machte sich mit Lötkolben an ein paar alten Radios oder Handys zu schaffen. Sie würden es sich als Aufflackern restlicher Energien eines Pensionisten erklären. Harmlos also. Einmal hatte ihn einer der Monteure gerade wegen dieser Vorkehrungen in Verlegenheit gebracht. Kam mit einem alten Familienstück von Radio an und fragte, ob er ihn brauchbar machen könnte. Natürlich musste er sagen, er könne. Tatsächlich hatte er aber von Röhrenradios wenig Ahnung und so musste er das Stück Altertum zu einem professionellen Radiomechaniker in Udine bringen, der dann das kleine Wunder vollbrachte. Der Monteur hatte gestrahlt und ihm zwanzig Euro angeboten, die er auch angenommen hatte. Schließlich musste er seinem mühevoll erarbeiteten Ruf des kleinlichen, mietgierigen Hausherrn gerecht werden.

Jetzt ging er um die Werkbank herum und zog die Vorhänge vor die Luken. Sicher war sicher. Damit konnte er mit den Vorbereitungen zum Papstbesuch beginnen. Er laminierte einen falschen Presseausweis, verglich ihn mit dem ebenfalls gefälschten Personalausweis, der laut Ausweistext auf Verlangen eines Angehörigen des Sicherheitsdienstes zusätzlich vorzuweisen wäre, und war zufrieden. Dann nahm er das gut zwanzig Kilo schwere TV-Kamerastativ älteren Baujahrs zur Hand und prüfte, welche der Schusswaffen am besten zwischen den Stativbeinen zu integrieren wäre, sodass sie wie ein Teil des Ganzen aussah. Natürlich musste er dafür die entsprechende Schusswaffe in ihre Bestandteile zerlegen.

Vossi nahm Platz in jenem Fauteuil, auf dem anlässlich seiner Suspendierung der Knirps aus Udine gesessen war, und bekam vom Questore eine Zigarre angeboten. Als er höflich mit dem Wort „Nichtraucher" ablehnte, besann sich Donadoni eines Besseren und klappte das Lederetui mit Bedauern wieder zu, wobei Vossi sich fragte, was der Questore bedauerte. Dass er selbst Raucher war, dass der Commissario Nichtraucher war oder dass ihm plötzlich die Lust zum Rauchen vergangen war? Bevor er sich darüber klar wurde, kam sein Vorgesetzter zur Sache: „Haben Sie um Audienz bei diesem Kardinal angesucht?"

„Nein, Questore, ich dachte Sie hätten ..."

„Was will der Kardinal von uns?"

„Vielleicht eine Höflichkeitsbezeugung Ihnen gegenüber. Schließlich leitet Ihre Behörde die Untersuchung zum Tod eines Priesters."

„Aber, Commissario, das meinen Sie doch nicht wirklich!"

„Anderes kann ich mir nicht vorstellen, Questore. Allerdings hat Weihbischof Fabiano bei meinem letzten Besuch Andeutungen gemacht, die man mit viel Fantasie als Ankündigung flankierender Maßnahmen Roms, also des Vatikans, interpretieren könnte."

„Sehen Sie, das kommt davon, wenn man sich mit denen einlässt. Das meinte ich mit der fremden Macht. Sie hätten die nie kontaktieren dürfen."

„Ich weiß nicht, ob diese Kontaktaufnahme ganz so verkehrt war, Questore. Uns geht es ja primär um die Aufklärung der drei Mordfälle. Die Hilfe der katholischen Instanzen könnte uns nützlich sein. Sie kennen die Leute, mit denen wir es zu tun haben, wir aber nicht."

„Seien Sie sich da nicht so sicher. Wenn die irgendetwas zu verbergen haben, sind Sie Zweiter, mein Lieber."

„Ich halte den Erzbischof für einen ehrlichen Mann, Questore."

„So? Naja, wird er ja wohl auch sein. Sagen Sie, Commissario, muss ich auf Fragen des Kardinals vorbereitet sein, auf die Sie bereits vorbereitet sind?"

„Ganz bestimmt nicht, Questore. Ich glaube eher, der Kardinal hat uns etwas mitzuteilen. Und er wird uns sicherlich persönlich kennenlernen wollen, um seiner Heiligkeit zu berichten, ob der Fall, beziehungsweise die Fälle, bei uns in guten Händen sind."

„Der Papst? Der weiß von den Vorgängen hier?"

„Nach Andeutungen von Weihbischof Fabiano bin ich in diesem Punkt ganz sicher."

„Na, das hat uns noch gefehlt. Ich kann Ihnen gar nicht sagen, wie ich diesen Mörder hasse, der so blöd ist, sich mit der Kirche anzulegen, und uns in so ein Schlamassel bringt." Donadoni schüttelte sich förmlich vor Abscheu. Doch da war noch etwas, ach ja: „Und Sie meinen im Ernst, der Papst weiß von uns und den Fällen?"

„Bedenken Sie, Questore: Würde einer von uns umgebracht, würde das nicht unweigerlich bei höchster Stelle, also auf Ihrem Schreibtisch, landen?"

„Sicher, sicher."

Der Questore überlegte eine Weile und setzte nach: „Es sei denn, Sie wären dafür zuständig. Ist Kardinal Montanas Funktion und Dienstauffassung vielleicht der Ihren ähnlich?"

„Nicht sehr schmeichelhaft, Questore, der Kardinal gilt als Mann für das Grobe."

„Tatsächlich? Wollen Sie mir Angst einjagen?"

„Ich bitte Sie, Questore, wie käme ich dazu?"

„Tja, wie kämen Sie wohl dazu? Aber eines müssen Sie mir versprechen, Commissario: Wenn Sie den Mörder haben, halten Sie ihn von mir fern, ich drehe ihm sonst eigenhändig den Hals um."

„Es gibt dabei auch Positives. Wenn der Fall gelöst ist, bekommen Sie sicherlich einen Orden. Päpste handhaben das so."

„Ja, wenn, wenn ..." Nach diesem Reflex der Skepsis gewann aber die Aussicht auf eventuellen Lametta an seiner Brust die Oberhand: „Einen Orden, meinen Sie?"

„Gewiss doch. Beim letzten Papstbesuch in Assisi haben alle begleitenden Journalisten einen bekommen, hat mir der Lokalchef von *La Gazzetta* erzählt."

„Danke, auf so einen Orden kann ich gern verzichten. Wir werden ja sehen. Spätestens morgen sind wir schlauer. Bis morgen also, Commissario."

Zur Tür gehend, hörte Vossi das Geräusch eines sich entzündenden Streichholzes, gefolgt vom Schmatzen, mit dem der Questore an seine Zigarre zog.

Die beiden wurden von einem Mitarbeiter der Diözese mit schaumgebremster Höflichkeit in Empfang genommen, Kardinal Montana zugeführt, kurz vorgestellt, worauf sich der Überbringer der beiden Besucher wortlos entfernte. Interessanterweise war bei der Audienz weder der Erzbischof noch der Weihbischof noch sonst jemand vom Ordinariat zugegen. Das Gesicht des Kardinals glänzte im matten Gelb eines Hepatits-B-Patienten. Seine Laune wechselte sprunghaft zwischen mürrisch, gönnerhaft und spöttisch. Über sich selbst meinte er bei der Begrüßung mit einem zweideutigen Augenzwinkern: „Ich verkörpere das, was der Heilige Vater nicht wissen will. Und dafür, dass ich es weiß, sorgt unser Monsignore hier."

In Wahrheit gab sich seine Eminenz also alle Mühe, den Eindruck von Leutseligkeit zu vermitteln. Die beiden Polizisten konnten das nur nicht erkennen, da sie keine Erfahrung mit seiner normalen Gemütstemperatur hatten. Anders der Sekretär, den der Purpurträger als Monsignore Tizzi vorstellte: „Sozusagen der James Bond des Vatikans."

Der Monsignore konnte dazu nur säuerlich lächeln. Er war eine Kreation des Kardinals, von ihm geformt wie David von Michelangelo. Einmal, als Tizzi seine Lösungsvorschläge dargelegt hatte, hatte der Kardinal in sein eigenes Innerstes zu schauen gemeint.

„Mein Gott, Ihr Beichtvater möchte ich nicht sein", war es ihm entfahren. Er hatte aber gleich nachgesetzt: „Meiner jedoch auch nicht."

Was keiner der beiden lustig gefunden hatte.

Für Vossi war das, was folgte, äußerst interessant. So registrierte er, dass der Kardinal es das eine Mal genoss, mit Wissen aufzuwarten, das die Polizei von Gorizia nicht hatte, sich aber das andere Mal darüber zu ärgern schien, etwas preisgeben zu müssen, das nur er wusste – und Monsignore Tizzi natürlich. Und ein Freund kirchenfürstlicher Umgangsschnörksel schien er auch nicht zu sein.

„Questore, alles, was ich im Folgenden sage, beruht auf Informationen, die mir zugetragen wurden. Ich möchte sie weitergeben, damit sie erfahren, was ich in der vorliegenden Causa weiß. Ich bitte Sie, mein Wissen nicht zu kommentieren, meine Feststellungen sind nicht als Fragen gemeint und auch nicht zu hinterfragen, sondern mehrfach auf Zuverlässigkeit überprüft. Also bitte, meine Herren, setzen Sie sich." Damit begann er die Kopfwäsche für den Questore: „Es hat Sand im Getriebe Ihres Apparates gegeben, habe ich gehört. So etwas kommt schon mal vor, darf sich aber nicht wiederholen."

Vossi registrierte, dass Questore Donadoni leicht schwitzte.

Der Kardinal jedoch schien sich in der Rolle des eigentlichen Staatsministers für Innere Sicherheit wohl zu fühlen: „Wir haben feststellen müssen, dass die Morde an praktizierenden Katholiken in Ihrem Kompetenzbereich Mitbrüder in verschiedenen Diözesen dieses Landes sehr beunruhigt. Sie verweisen auf ihre Ohnmacht, wenn Christen in Ägypten, Syrien, Pakistan und Zentralafrika ob ihres Glaubens verfolgt und getötet werden, ja, einem Genozid ausgeliefert sind wie jetzt im Irak. Sie fragen uns im Bewusstsein dieser Ohnmacht umso heftiger, ob das auch gilt, wenn in der Republik Italien, vor der Haustür Roms, Gleiches passiert."

Der Kardinal machte seine Sache sehr geschickt. Hier ging es nicht um Amtsanmaßung, er spielte nun das Opfer, mehr noch, den Anwalt der Opfer. Der Questore schien zu ahnen, dass jedes Wort zu viel war, folgte dieser Eingebung und sagte nichts.

Der Kardinal aber war erst am Anfang: „Es braucht mich nicht zu interessieren, was Sie von Opus Urbani halten. Sie müssen nur wissen, dass die Bruderschaft in ganz Europa staatstragende Mitglieder hat, sich als intellektuelle Elite des Katholizismus versteht, straff organisiert ist und sich direkt bedroht fühlt, wenn drei Mitbrüder niedergestreckt werden. Sie verlangen von uns – und Sie dürfen das ‚Uns' mit Großbuchstaben schreiben –, dass wir – das dürfen Sie wieder klein schreiben – handeln. Bevor wir die begrenzt fähigen Verantwortlichen des Staates in Person der Politiker bemühen, wollten wir uns an die Exekutive wenden und betonen, dass sie unser Vertrauen hat."

Jetzt wurde es spannend. Vossi wusste, der Kardinal brauchte nur mit dem Finger zu schnipsen und schon würde eine Sonderkommission, zusammengesetzt aus den besten Männern von Staatspolizei, Carabinieri und Regionalpolizei, formiert und ihm selbst bliebe der Makel der Erfolglosigkeit. Seiner Personalakte würde das nicht groß schaden, wahrscheinlich überhaupt nicht, aber sein Stolz wäre schon gewaltig ramponiert. Und sein wichtigstes Publikum, Jelena, würde eine ätzende Bemerkung parat haben oder – schlimmer noch – schweigend darüber hinweggehen.

„Eine Sonderkommission brauchen wir nicht", fuhr der Kardinal fort und der Questore atmete ganz vorsichtig auf. „Zumindest vorläufig nicht und vorausgesetzt, dass dieses Morden, der Spuk mit Koransuren und das Stille-Post-Spiel über Zeitungsredaktionen aufhört. Ich weiß aber, dass Sie, so wie alle Dienststellen in Italien, um diese Jahreszeit unter Personalausdünnung leiden. Ich habe deshalb mit dem Minister für die Staatssicherheit und dem Minister für Inneres Einvernehmen hergestellt, dass Sie Unterstützung von einem Obersten der Staatspolizei und einem Experten für Erkenntnisse aus der elektronischen Überwachung bekommen. Ein Mann ohne Rang, also ein Sachverständiger, eine echte Koryphäe. Ihre vorgesetzten Stellen werden Sie über die Details informieren. Diese hochgestellten Politiker, Questore, waren zu diesem Entgegenkommen nur bereit, weil auch sie überzeugt sind, dass die Aufrechterhaltung von Ruhe und Sicherheit ernsthaft infrage gestellt ist, wenn die Kreise, die uns fordern, nicht mehr zu besänftigen sind. Die beiden Herren aber, die Sie unterstützen sollen, sind Ihnen unterstellt, Questore. Nur damit das klar ist. Sie werden mit Commissario Vossi kollegial zusammenarbeiten. Beide Herren sind von mir ausgewählt, Commissario, und Sie können überzeugt sein, es wird eine aalglatte Zusammenarbeit geben."

Vossi fragte sich an diesem Punkt, ob aalglatt im Sprachgebrauch des Vatikans den gleichen Beigeschmack hatte wie im profanen Miteinander, und war sich rasch sicher, es hatte. Das hieß, im Verhältnis zwischen ihm und den beiden aus Rom würde es nie Reibereien geben, aber beim geringsten Anlass wäre er vorzeitig pensioniert.

„Gott segne Sie, meine Herren, mein Flugzeug wartet. Fragen sind schon erlaubt, aber bitte nicht an mich. Weihbischof Fabiano wird sie Ihnen, soweit möglich, beantworten."

Der Kardinal machte eine Handbewegung, dass man sich erheben und gehen dürfe.

Im Auto fragte der Questore: „Was halten Sie davon? Ich für meine Person wäre froh gewesen, unser Mann in Purpur hätte eine Soko eingerichtet und wir wären aus der Sache raus. Ich pfeif auf den päpstlichen Orden, wenn ich dabei das Risiko eingehen muss, den Granden vom Opus Urbani nach Belieben zum Fraß vorgeworfen zu werden. Zwangspensionierung wäre die mildeste Strafe, wobei Zwangspensionierung für mich ein Pensionsminus von 1.111 Euro bedeuten würde. Ich hab mich gestern Abend in das Curriculum der Bruderschaft eingelesen und meine Frau hat das ausgerechnet. Mir war die halbe Nacht schlecht."

Auch wenn der August zu Ende ging, die Hitze blieb. McCann nahm die wenigen Meter von seinem Appartement zum Wagen im Laufschritt. Er hasste diese Stadt, von der er gar nichts wusste, weil sie ihn an Miami erinnerte. Egal, was die Leute sagten: Miami war ein Kaff. Er war in einem herabgekommenen Mietshaus aufgewachsen, umgeben von Kubanern. Seine Familie hatte sich nichts anderes leisten können, da sein Vater eine verhängnisvolle Mischung aus Alkoholiker und Spieler gewesen war. Deshalb wurde ihnen auch immer wieder mal der Strom abgedreht, also war es unerträglich heiß in der Bude gewesen. Deshalb lebte er, seit er es sich leisten konnte, stets bei neunzehn Grad Celsius. Bestieg er das Auto, musste es der Fahrer bereits auf diese Temperatur vorgekühlt haben. Daraus folgte, dass er in Rom in kein Restaurant ging, in kein Kino, keine Oper, kein Theater, kein Museum, nichts. Nur sein Büro, sein Wohnraum und sein Schlafraum. Dank seiner Stellung konnte er es sich erlauben, allen Mitarbeitern ebenfalls neunzehn Grad Raumtemperatur aufzuzwingen. Sollten sie doch im Wintermantel unter ihren Kopfhörern oder über ihre Ausdrucke gebeugt sitzen, es war ihm egal. Mit dem ständigen Bedarf an neuen Fahrern konnte er leben. Anders verhielt es sich aber mit Giuscardi vom Ministerium und Monsignore Tizzi vom Vatikan. Er war sich sicher, dass die dreiundzwanzig Grad im abhörsicheren Raum des italienischen Innenministeriums reine Bosheit waren und ihm seine triste Herkunft vorhalten sollten. Es ärgerte ihn bis zur Weißglut, dass der Geheimdienst des Vatikans von seiner tristen Abstammung wusste.

Und so zog er sich zunächst einmal alles aus, was ihm bei Giuscardi ins Schwitzen brachte: Jackett und Krawatte. Danach hieß es: Obersten Kragenknopf auf und den darunter auch. Worauf eine goldene Panzerkette zum Vorschein kam, um die ihn jeder Zuhälter beneidet hätte – schon weil McCann im Kettengelenk unter seinem Kropfansatz ein Mikro eingebaut hatte, das jedes Wort, das gesprochen wurde, an ein Miniding weitergab, das es aufnahm. McCann hätte sagen können: „Freunde, ich habe hier ein Magnetofon, das unser Gespräch für den internen Gebrauch aufzeichnet" und niemand hätte Anstoß genommen. Aber dann hätten die anderen zwei auch aufgezeichnet und er hätte sich einer salonfähigen Sprache befleißigen müssen, was ihn ziemlich gefordert, wenn nicht gar überfordert hätte. Das Einzige, was ihm diesbezüglich Sorge bereitete, war das Kreuz, das der Monsignore auf der Brust vor sich hertrug. Seine Techniker in Washington hätten nicht nur ein Mikro und Aufnahmegerät darin untergebracht, sondern auch eine Panzerabwehrrakete mittlerer Reichweite. Wer wusste schon, ob es bloß ein Kreuz war.

Schon beim ersten Satz transpirierte McCann: „Wir haben es mit einer Steinigung in Cormons bei Triest zu tun. Irgendein fucking Bastard namens Rudolfo Schnabel." Dann ging es weiter mit Anemonen, Erzbischof, Weihbischof, Priester, Opus Urbani und so weiter. McCann legte Ausdrucke seines Babys von Vincenza vor, die er nach Gebrauch sofort wieder einsammeln würde, und kam zum Schluss: „Für Flüge in die USA erhöhen wir unsere Überwachung per Civil Securities an den Flughäfen, ob Sie das auch für europäische Ziele tun, bleibt Ihnen überlassen. Und dann ist da noch etwas, das uns Sorge bereitet: Irgend so ein Hurensohn lädt sich seit Tagen alles über das Attentat auf Papst Johannes Paul II. vom 13. Mai 1981 runter. Wir sind elektronisch voll an ihm dran. Ein Augusto Abramo. Er ist das eine Mal in Padua, das andere Mal in einem Nest namens Monfalcone abgegriffen worden und dann wieder in einem Kaff namens Grad."

Monsignore Tizzi beugte sich vor: „Sie meinen sicherlich Grado, McCann. Es steht hier nicht ganz deutlich, aber ich glaube, der letzte Buchstabe ist ein O." Dabei lehnte sich der Monsignore so weit über die Ausdrucke, dass er sie mit der Minikamera in seinem Brustkreuz problemlos fotografieren konnte. „Gibt es einen konkreten Hinweis für ein Attentat auf den Heiligen Vater?"

„Nun, Ihr Chef wird in zehn Tagen nach Gorizia fahren. Unser Bastard hat über eine Website für diese Zeit ein Zimmer ganz in der

Nähe gebucht. Und das, obwohl er keine zehn Meilen davon entfernt eine Wohnung hat."

Tizzi wurde professionell: „Meinen Sie, er weiß, dass Sie ihm auf der Spur sind?"

„Glaube ich nicht, möglich ist es aber. Seit den Veröffentlichungen dieses Bastards Snowden weiß die ganze Welt, was wir können und wie wir es machen. Fuck him."

„War Snowden nicht vor Jahren einmal in Ihrem Team, als Sie noch in Washington waren?"

„Er war nicht direkt ... Woher wissen Sie das?" McCann schäumte. Tizzi blieb ganz ruhig: „Ich glaube mich zu erinnern, Sie hätten es einmal erwähnt."

Noch am selben Tag rief Monsignore Tizzi den Leiter des Führungsstabs Nord in sein abhörsicheres Büro hinter der Sixtinischen Kapelle und ließ sich berichten. Was er erfuhr, würde den Kardinal bestimmt nicht erfreuen.

Eine kleine Gruppe von Katholiken mit Rang und Namen nahm Anstoß an der Politik der Brüderlichkeit des Vatikans gegenüber dem Islam. Aus dem inneren Kreis von Opus Urbani hatten sie sich zu einer kämpferischen Zelle namens „Heilige Lanze 1095" zusammengeschweißt und geschworen, das latent vorhandene Misstrauen und die Abneigung der Massen gegenüber den moslemischen Zuwanderern zu schüren, um so den Bestand des Christentums als unangefochtene Leitkultur des Abendlandes zu garantieren. Milde ausgedrückt. Denn Tizzi war im Besitz einer Mitschrift von einem Treffen der selbst ernannten Abendlandsretter, die sich weit dramatischer las. In der Sache war es um das an sich löbliche Bemühen gegangen, möglichst viele Christen in Syrien vor dem bestialischen Zugriff der Schlächter des IS durch Flucht nach Europa zu retten. Doch Zufall oder Absicht, bei der Ankunft einer der Sondermaschinen für Christen hatte sich herausgestellt, dass etliche Moslems die lebensrettenden Plätze hatten ergattern können. Für die Brüder der Heiligen Lanze der Funke ins Pulverfass. Der Kirchenpolitik der brüderlichen Umarmung der Moslems müsse, so ihre Meinung, ab sofort tatkräftig entgegengetreten werden. Einer wollte gar den offenen Kreuzzug auf den Straßen Europas: „Die Moslems haben Länder der Christen an sich gerissen, viele getötet oder gefangen genommen und Kirchen zerstört. Wenn ihr ihnen gestattet, weiterzumachen, werden sie Gottes gläubiges Volk unterwerfen. Das sage nicht ich, meine Brüder, sondern Papst Urban II. Und ihr wisst sehr wohl, was er Anno Domini 1095 noch gesagt hat: Er ermahnte uns als Herolde Christi, sie auszurotten. Und das Volk rief jubelnd: ‚Deus lo vult – Gott will es.' Und das Wort eines Papstes gilt über seinen Tod hinaus. Und so stehen heute die Massen auf unserer Seite. Es braucht nur ein Startsignal. Dem IS geht es nicht um ein Kalifat. Nein! Die Welle der Zuwanderung von Moslems im herkömmlichen Gastarbeiterstrom soll ein Tsunami werden. Deshalb treiben sie ganze Volksstämme des Irak und Syriens vor sich her. Der erzwungene Flüchtlingsstrom soll die Unterwanderung Europas besiegeln. Rom soll fallen wie dereinst Konstantinopel. Sogar kampflos, nur über die höhere Geburtenrate der Zuwanderer und den überschwappenden Flüchtlingsstrom."

Seine Mitbrüder stimmten mit ihm in der Lageanalyse überein, konnten sich aber dann doch nicht entschließen, in vollem Bewusstsein einen Glaubenskrieg mit Hunderten, vielleicht Tausenden Toten loszutreten. Wenn es darauf ankam, auch nicht entschlussfreudiger als die Kurie, dachten Kardinal Montana und Monsignore Tizzi voneinander unabhängig in pectore.

Gleich montagmorgens wollte Vossi den Weihbischof anrufen und um einen Termin bitten. So hatte er den Wink des Kardinals bei der „Audienz" verstanden. Doch dazu kam es zunächst nicht. Gerade als er zum Hörer greifen wollte, kam Roberto in sein Büro und hatte zwei Herren im Schlepptau: die angekündigten Experten aus Rom.

Olivio Yago, ein drahtiger Mitvierziger, grau in grau gekleidet, offenes, freundliches Gesicht, zu herzlichem Lachen fähig, der Atmosphäre nach auf eine stille Art amikal, aber immer um körperliche Distanz bemüht. Vossi nannte ihn fortan im Stillen „der Graue". Der andere Experte war Charles Cronaki, ein Amerikaner, wie sich herausstellte. Ein Anthony-Perkins-Typ aus Boston, falls er die Wahrheit sagte. Vossi taufte ihn bei sich „Psycho III.". Sein Italienisch akademisch perfekt, Universität von Siena vermutlich, sein Deutsch besser als das von Vossi, studiert mit Sicherheit in oder ganz nahe von Hannover, ein Buch, in dem er oft blätterte und das aussah wie eines der ganz alten halb amtlichen Telefonbücher, in Spanisch. „Latein beherrsche ich leider nur so, so", sagte er einmal beim Durchblättern des Neuen Testaments, das zweisprachig gedruckt war. Rechte Spalte Latein, linke Italienisch. Vossi war überzeugt, Charles gehörte zu den vielleicht zweitausend Übriggebliebenen, die es fließend sprachen. (Sein Gymnasiallehrer in Altphilologie hatte auch einmal zu diesem edlen Klub gehört. Wurde jedenfalls allseits behauptet – überprüfen konnte es ja keiner.)

Im Übrigen hatte der Kardinal nicht zu viel versprochen: Die Zusammenarbeit verlief aalglatt. Alle konzentrierten sich auf die Arbeit, hatten nur Lösungen im Sinn. Privat wäre man vielleicht Freund geworden, allein im dienstlichen Umgang miteinander ließ es keiner zu. Und doch war sich Vossi bald sicher wie bei kaum einem seiner bisherigen Teamkollegen, dass der Graue sich für ihn erschießen lassen würde, vorausgesetzt beide wären im Einsatz und es ginge um Kopf und Kragen.

Zwei Tage nach dem Einlangen des ominösen Hinweises auf 48,13, von dem man mit einiger Fantasie auf Missionieren als Mordmotiv kommen könnte, berichtete Rita Jurinec: „Absolut negativ." Keine missionarischen Aktivitäten von Schnabel, Fontana und Zeccini.

Vossi schien weder überrascht noch enttäuscht. Er hatte dieses Ergebnis erwartet.

„Weißt du, was das bedeutet, Rita?"

„Sag!"

„Wenn unser Täter, der vermeintliche Gotteskrieger, der steinigt, Gift spritzt und auch mit einem Puffer umzugehen weiß, ein Moslem ist, fresse ich einen Besen."

„Dass du dich da nur nicht verschluckst!"

„Überleg doch mal, Rita: Gotteskrieger sind doch junge Männer, ihr Medium ist das Internet. Unser Täter aber ruft bei einer Zeitung an. Zeitung! Das ist 20. Jahrhundert – darüber habe ich neulich mit Roberto schon gesprochen. Zweitens ist er ein Europäer, mit großer Wahrscheinlichkeit ein Italiener. Ich bin ganz sicher. Aber warum tut er das? Er macht uns vor, Moslem zu sein."

„Darf ich einer Eingebung folgen?"

„Nur zu, nur zu."

„Wenn du es so siehst, kann ich nur in eine Richtung weiterdenken: Er wartet seit Jahren auf einen Sturm gegen die Moslems. Die Türme von New York fallen, nichts geschieht. Eine Garnitur der Underground in London fliegt in die Luft, nichts geschieht. Ein spanischer Vorortzug bei Madrid wird gesprengt, nichts geschieht. Weltweit werden Christen geschlachtet, nichts geschieht. Und jetzt kommt es zum Genozid im Irak und in Syrien, drei Millionen Menschen fliehen – und nichts geschieht. Das lässt sein Fass überlaufen. Er denkt, wenn er hierzulande, auf unseren Straßen und Plätzen Christen tötet, löst er den Glaubenskrieg aus, auf den er nicht mehr länger warten will."

„So etwas Ähnliches trage ich seit Tagen in mir herum. Du weißt, was das bedeutet?"

„Sag!"

„Das heißt, der Mann hat vor, so lange zu töten, bis der Aufstand der Christen da ist."

„Sehe ich auch so."

„Daher lautet die nächste Frage: Einsamer Wolf oder Gruppe? Geführt oder auf eigene Faust eine Lawine lostretend?"

„Keine Bekennerschreiben, also einsamer Wolf."

„Wen wird er als Nächstes reißen?"

„Wir hatten da früher einen Kinderreim: Bauer, Bürger, Pfaffe, Edelmann ..."

„Den Bauern hätten wir mit Rudolfo Schnabel. Wenn Fontana als Bürger und Zeccini als Pfaffe herhalten soll, wer ist dann der Edelmann?"

„Der Presidente? Mario Sulzer?"

„Kein Mensch würde sich aufregen wegen eines Politikers. Die Zeiten sind vorbei."

„Irgendein Adeliger?"

„Wer würde sich wegen eines Adeligen aufregen?"

Rita dachte eine Weile nach und sagte kryptisch: „Reisen tut er ja nicht gern, unser Täter. Er bleibt in seinem Revier."

„Und wer kommt in sein Revier? Jetzt, am 13. September?"

„Du meinst aber nicht den Papst, Bruno!"

„Genau den meine ich."

„Das ist nicht dein Ernst."

„Mein voller Ernst, Rita."

„Und was machst du jetzt?"

„Überschlafen, Jelena fragen und dann vielleicht den Colonel informieren."

XII. Der Tote von Padua

Für die Schönheit der Innenstadt Paduas hatte der Mann kein Auge. Er hatte die Adresse Riccardo Simones von einer Theateragentur bekommen, den galt es aufzusuchen. Er würde sich als Darsteller einer Laientruppe ausgeben, die in einem Bergdorf Alto Adiges ein Passionsspiel aufführen wollte. Dafür brauchte er die Maskerade des Johannes, des Lieblingsjüngers des Herrn. Das Studio des Friseurs und Maskenbildners lag im ersten Stock. Wie befohlen hatte er auch das Kostüm, das er als Johannes tragen würde, mitgebracht. Eine braune Lederjacke, ein blau kariertes Hemd und Blue Jeans. Er nahm die Sachen aus dem kleinen Handkoffer. Der Maskenbildner rümpfte die Nase: „Das ist aber ein sehr modernes Regiekonzept, diesem Aufzug nach zu schließen. Doch was für ein schrecklicher Mief. Spielt ihr auf einer Kellerbühne?"

Der Figaro fand seine Bemerkung ungeheuer lustig und belohnte sie mit dem hellen Lachen einer ganzen Mädchenklasse. Dem Mann fiel auf, dass der Maskenbildner Ohrringe trug, die Augen geschminkt und die Wangen gepudert hatte und auf beinahe jedem Finger seiner Hände einen Ring trug. Nicht nur sein Lachen, auch seine Stimme war ungewöhnlich. Zudem bewegte er sich trotz seines Übergewichts im Anfangsstadium wie der Choreograf einer Balletttruppe.

Dem Mann wurde allmählich klar: ein Schwuler. Levitikus 20,13 rief sich ihm in Erinnerung: „Schläft einer mit einem Mann, wie man mit einer Frau schläft, dann haben sie eine Gräueltat begangen; beide werden mit dem Tod bestraft; ihr Blut soll auf sie kommen." Wo war er da hingeraten? Er schloss die Augen, um nicht sehen zu müssen. Dunkel reifte in ihm ein Vorhaben. Deus lo vult! Zum Glück arbeitete der Maskenbildner voll konzentriert und so gut wie geräuschlos. Nur einmal unterbrach er, um sich mit einem

Anrufer für dreiundzwanzig Uhr im Club Kalypso zu verabreden. Wenig später beendete er mit „So, das wär's" sein Werk. Dieses konnte sich sehen lassen. Ein Meister seines Faches. Mit Schminke, künstlichen Augenbrauen, Vollbart und Hautglättung erkannte sein Kunde sich kaum wieder. Er ließ sich erklären und zeigen, wie man sich am jeweiligen Aufführungsabend die Maske ohne fremde Hilfe selbst bilden konnte, zahlte dreihundert Euro, nahm die überreichten Utensilien für weitere Maskeraden an sich und wandte sich zum Gehen.

„Willst du dich nicht abschminken?"

Er hatte es so eilig gehabt, diesem Sodom und Gomorra zu entfliehen, dass er daran nicht gedacht hatte. Doch die Maskerade konnte ihm für sein späteres Vorhaben nützlich sein. Deshalb reagierte er gar nicht erst auf die Frage, sondern nahm mit einem widerwillig hervorgebrachten Gruß in großen Schritten die Treppe.

Beide Spezialisten aus Rom, der Graue und Psycho III., mieden den Umgang mit Angehörigen der Questura, Vossi zwangsläufig ausgenommen. Es wurde ihm zwar kein Schweigegelübde abverlangt, aber doch unmissverständlich bedeutet, dass das Team und die Wache nicht mehr zu wissen brauchen als „zwei Helfer aus Rom", basta.

Professionell hatte der Graue alles abgefragt, was zu den Fällen zu erfragen war.

„Was habt ihr über den Lkw herausgefunden, der für die Steinigung in Cormons benutzt wurde? Was über das Scripsi? Was über den Rollstuhl von Grado? Was über den Rotzjungen, der den toten oder sterbenden Paolo Fontana angesprochen hatte, bevor er mit quietschenden Reifen davonfuhr? Was über die Pistole, mit der Don Zeccini erschossen wurde? Was über Krustenanemonen und Aquarienfetischisten? Was über den Verstärker auf dem Turm von Cormons, der die Steinigung einläutete? Was über das Geläut, das abgespielt wurde, war es ein ortsfremdes, wenn ja, wo wurde es aufgenommen?"

Bei dieser letzten Frage musste Vossi passen: „Das restlos zu klären, hatten wir nicht die Möglichkeit. Aus unserer Region stammt es nicht, dabei mussten wir es belassen."

„Va bene, jetzt haben wir aber Mannschaftsstärke unbegrenzt. Charles wird allen Polizeidienststellen eine Tonkopie zukommen lassen und in zwei bis drei Tagen wissen wir, welche Glocken da läuteten. Kann uns vielleicht weiterhelfen, glaube ich zwar auch nicht, ist aber dennoch ein Muss."

Vossi konnte sich beim besten Willen nicht vorstellen, wie Psycho III. alle Dienststellen des Landes mit einer Tonkopie des Geläuts versorgen wollte, war sich aber sicher, er konnte.

Ebenso sicher war er, dass für Psychos Gehaltsscheck nicht die italienischen Steuerzahler aufkamen, sondern die amerikanischen. Wie von ungefähr hatte er erwähnt, dass ab dem Augenblick, da Roberto das Wort „Steinigung" in sein Handy gesprochen habe, alles „on the record" sei, also seit dem Mord in Cormons. Das konnte keine italienische Dienststelle, so viel wusste Vossi über seine Firma.

Abends saß er nun öfter vor dem Fernseher als sonst üblich. Mit Jelena verfolgte er die Berichte über das opulente Begräbnis Don Zeccinis und die Erklärung, die Polizei gehe davon aus, dass es sich bei dem Täter um einen Verrückten handle – ein Islamist wohl, aber ein Einzelgänger. Tags darauf gab es einen Auftritt eines populistischen Politikers in einer Talkshow. Er hatte Schaum vor dem Mund: „Die Scharia-Polizei geht in unseren Städten um. Erst wollten sie eine Moschee. Das ist ein faires Begehren. Jetzt aber wollen sie unseren Frauen verbieten, im Umkreis einer Moschee einen Minirock zu tragen. Demnächst werden sich alle verschleiern müssen. Und dann folgt die Ausdehnung auf einen ganzen Bezirk, auf eine Stadt. Merken wir denn nicht, wie Europa planmäßig unterwandert wird? Und zu den drei Morden an frommen Christen gibt es drei Möglichkeiten: Erstens, die Polizei lügt, oder zweitens, sie ist total unfähig, oder drittens, man hält sie an der Leine, lässt sie nicht arbeiten. Der eine wurde gesteinigt, man muss sich das einmal vorstellen, gesteinigt, Diakon Fontana vergiftet und Don Zeccini erschossen. Das sind drei Handschriften des Todes. Jeder Polizeischüler weiß nach seinem Lehrgang, drei Handschriften, drei Mörder. Und da soll es ein Einzeltäter gewesen sein und nicht eine Bande von Scharia-Polizisten, die gegen die Festung Europa, diese Bastion der Menschenrechte und Meinungsfreiheit, anrennen? Hält uns die Polizei für so blöd, das zu glauben?"

Jelena fragte: „Hat er recht?"

„Womit, dass wir Informationen zurückhalten oder dass wir wie Hunde an der Leine gehalten werden?"

„Bruno, es war nur eine Frage. Ich weiß, der Mann ist ein Ausländerhasser, wie er im Buche steht. Aber gibt es nun nur einen Täter oder einen ganzen Haufen davon?"

„Ehrlich, Jelena, ich weiß es nicht. Noch nicht. Meine Aufgabe ist, das herauszufinden und den oder die Täter zu überführen. Aber vieles von dem, was er sagt, stimmt. Wir alle wissen, dass ein Teil der Moslems in unserem Land von islamistischen Mächten im Ausland geführt wird und dass sie immer mehr werden."

„Wer jetzt, die Moslems oder die Islamisten?"

„Wenn du mich so fragst, beides. Jelena, ich kenne doch deine Ansichten und die deiner Freunde. Ihr sagt, alle, die den Islam ablehnen, seien islamophob. Dir ist schon klar: Wer eine Phobie hat, ist psychisch krank. Ihr erklärt also Menschen, die euch widersprechen, einfach für geisteskrank. Ich halte deshalb diese Terminologie nicht nur für höchst verwerflich, sondern auch für gefährlich. Ich finde es ja auch unerträglich, dass in Europa irgendwelche Salafisten als Scharia-Polizei auf den Straßen patrouillieren, Mädchen im Minirock und Burschen mit einer Bierdose in der Hand anpöbeln und versuchen, ihren Wohnbezirk christenfrei zu bekommen. Aber schon gar nicht verstehe ich, warum Menschen, die ihre Vorbehalte gegen den Islam artikulieren, rechtsradikal oder rechtsborniert sein sollen, Antiklerikale sich aber für links erklären dürfen. Kämpfen nicht beide Gruppen, antiislamische und antiklerikale, für die gleichen individuellen Freiheiten? Sind diese Lagerzuweisungen nicht einfach blind hingeworfene Fehdehandschuhe? Es hat mir noch keiner erklären können, warum gegen die eine Religion zu sein ‚rechts' und gegen die andere Religion zu sein ‚links' bedeuten soll. Und was diesen Typ da im Fernsehen betrifft, muss ich zugeben: Wahrheit wird nicht schmutzig, nur weil sie jemand in den Mund nimmt, dessen Meinung mir nicht passt."

Danach war Vossi der Appetit auf das köstlich duftende Sarma nach mazedonischer Art – ursprünglich wohl eine osmanische Spezialität – vergangen. Jelena von seinem Verdacht zu erzählen, bei dem Täter könnte es sich um einen Christen handeln, ja, es könnte vielleicht sogar eine christliche Verschwörung zugange sein, dafür ergab sich jetzt keine Gelegenheit mehr. Er brauchte frische Luft, ging in den Garten, um sich zu beruhigen, und wälzte sich die halbe Nacht im Bett herum.

Am nächsten Abend saß Vossi wieder vor dem Fernseher. Die Nachrichten brachten Bilder von den ersten Demonstrationen in Gorizia, Triest und Udine mit Spruchbändern, nicht so sehr gegen Ausländer, auch nicht gegen Moslems, sondern konzentriert gegen die lasche Arbeit der Polizei, die „tatenlos dem Christenschlachten zusieht", wie es ein Redner formulierte. Weihbischof Fabiano trat dem kraftvoll entgegen, erklärte der Menge auf der Piazza della Vittoria in Gorizia, die Polizei habe sein vollstes Vertrauen. Ihre Arbeit erfordere Gewissenhaftigkeit und Geduld. Man möge ihr vertrauen, wie er ihr vertraue, und ebenfalls Geduld haben. Er selbst hätte mit den leitenden Beamten Kontakt gehabt und habe sie als Diener des Rechts schätzen gelernt."

Danach fragte er Jelena, die offensichtlich ein kaltes Abendessen eingeplant hatte: „Gibt es noch etwas von dem Sarma. Es heißt ja, es ist aufgewärmt besser?"

„Du hast Glück, ich habe mit so etwas gerechnet."

Der Club Kalypso lag an einer Straße, die einen kleinen Park umgab. Diese Lage kam seinem Vorhaben entgegen. Da konnte er sich, ohne aufzufallen, hinsetzen und fürs Erste einmal überlegen und planen. Zwei, maximal drei Stunden würde er nach Monfalcone in seine Kellerwerkstätte brauchen. Dann wäre es sechs Uhr abends, die Werkstätte menschenleer. Also wäre es ein Leichtes, unbemerkt in den Keller zu gelangen, die Beretta an sich zu nehmen und nach Padua zurückzukehren, um Levitikus 20,13 zu erfüllen. Danach galt es jetzt zu handeln.

Der Maskenbildner war pünktlich. Er traf um dreiundzwanzig Uhr vor dem Club Kalypso ein, küsste den jungen Mann, der etwa zehn Minuten vor der Tür gewartet hatte, und verschwand mit ihm in dem Lokal. Für einen Moment ließ dröhnender Lärm, manche mochten es als Musik bezeichnen, die Nachtluft vibrieren.

Der Wartende verließ seinen Beobachterposten im Park, deponierte unter einem Stein auf einer Fensterbank einen Zettel mit dem Zahlencode 4,16 und zog sich wieder zurück. Es war kurz vor zwei, als wieder einmal die Tür des Clubs aufging und zwei Männer lachend das Lokal verließen. Der Mann auf der Parkbank kannte dieses Lachen. Er stand auf, folgte den beiden Männern lautlos, richtete seine Beretta auf den Lachenden und drückte ab. Der Schalldämpfers reduzierte den Schuss auf ein metallenes „Plupp", der Getroffene fiel zu Boden, riss den jungen Mann, den er umschlungen gehalten hatte, mit sich zu Boden und der Schütze hatte nicht die geringste Mühe, sich unerkannt quer durch den

Park vom Tatort zu entfernen. Das Ganze dauerte keine zwei Minuten.

Psycho III. war immer für eine Überraschung gut. Vossi wollte gerade das Fenster seines Büros öffnen, um Frischluft hereinzulassen, da klopfte es, der schlaksige Mann trat ein und hielt ihm einen Bogen Papier unter die Nase. Das Glockenläuten, das die Anrainer von Cormons zur Steinigung geweckt hatte, stammte von den Glocken der Einsiedlerkirche in Padua. Es war alles aufgelistet, was zur Geschichte dieses Gotteshauses zu sagen war und irgendwie eine Verbindung zum Täter von Cormons herstellen könnte. Vielleicht gab es einen bestimmten Grund, weshalb er gerade in der Einsiedlerkirche die Tonaufnahme gemacht hatte, und vielleicht würde dieser weiterhelfen. Vossi war nicht so sehr erstaunt über die Fülle an Informationen als über das Tempo, in dem Psycho sie zusammenstellen konnte. Arme Landpolizei. Im Vergleich zu dieser Truppe kommunizierte sie wie die alten Römer am Limes mit Fackeln als Lichtzeichen.

Offensichtlich konnte Psycho auch Gedanken lesen: „Nicht zornig werden, Commissario. Zugegeben, im Vergleich zu uns arbeitet ihr mit Steinschleudern, wir mit der Atombombe. Aber um unsere Atombombe einzusetzen, braucht es eure Steinschleuder. Wir nennen das ausgleichende Gerechtigkeit."

Dieser Dialog fand kurz nach neun Uhr statt. Kurz vor zehn waren der Graue und Psycho III. auf und davon, beinahe grußlos, so sehr waren sie in Eile. Im Hof heulten die Sirenen von drei Fiat Freemonts mit abgedunkelten Scheiben auf, kurze Zeit später ertönte das Peitschen der Rotoren eines aufsteigenden Polizeihubschraubers vom Landeplatz des Krankenhauses drei Straßen weiter. Ein starker Abgang des Duos, dessen Ankunft und Arbeit fast geräuschlos vor sich gegangen war. Vernehmbar zwischen dem Taschenpacken und dem Laufschritt zum Lift war nur das Wort „Padua".

Den Rest musste man sich aus der Blitzmeldung „Padua/01" zu-sammenreimen, mit der Roberto Sekunden später angetrabt kam. Dort war ein Schwuler kurz vor zwei Uhr morgens auf dem Heim-weg von einem einschlägigen Klub auf offener Straße erschossen worden. Der Getroffene war noch vor dem Eintreffen der Polizei verstorben. Die Meldung endete mit der Ankündigung einer wei-teren Vorrangmeldung, codiert „Padua/02".

Vossi stand auf, ging um seinen Schreibtisch herum, schaltete auf Kanal Veneto, ließ eine Klopapierwerbung, eine für Pasta und eine für Abführmittel über sich ergehen, bis ein Interview mit einem Überlebenden auf Sendung kam. Der zitterte und war verheult. Das Interview musste kurz nach der Tat aufgenommen worden sein, jedenfalls war es zum Zeitpunkt der Aufnahme noch dunkel gewesen.

„Ich habe den Killer nicht gesehen. Plötzlich hat irgendeine Macht Riccardo nach vorne geworfen, er fiel zu Boden und dann war überall Blut."

Die Kamera schwenkte auf eine Blutlache auf dem Bürgersteig, im Hintergrund sah man Polizia und Carabinieri, ein Polizeioffizier verweigerte der jungen TV-Journalistin vor Ort jegliche Antwort und hielt seine schwarz behandschuhte Hand vor die Linse. Da brachte Roberto die nun schon erwartete Blitzmeldung „Padua/02" in Vossis Büro. Es sei bei der Padoveser Tageszeitung *Mattino* ein Hinweis auf Koransure 4,16 eingegangen, die Homosexualität als Unzucht verdamme.

Vossi griff in seiner Schreibtischlade. Den Koran hatte er inzwi-schen schon so oft in der Hand wie früher einmal das Büchlein mit den Straßenkarten sämtlicher Städte und Nester seines Wirkungs-bereichs. Heute war das nicht mehr im Gebrauch. Denn heute fuhr der Sizilianer Roberto dank Navi mit einer Sicherheit durch seinen Bezirk, als sei er hier aufgewachsen. Sure 4,16 las sich wie folgt: „Und wenn zwei von euch es begehen, dann fügt ihnen beiden

Leid zu. Wenn sie bereuen und Besserung zeigen, dann lasst von ihnen ab. Gott schenkt Zuwendung und ist barmherzig."

Für Vossi stand diese Sure im Gegensatz zum gelebten Islam. Sie las sich auch ganz anders als die Steinigungsaufforderung für gleichgeschlechtlichen Verkehr bei Levitikus. Der Schwerpunkt der Sure war eindeutig Vergebung. Und doch las er ständig, dass irgendwo in der islamischen Welt wieder ein Mensch wegen seiner homosexuellen Veranlagung hingerichtet worden wäre. Er vergewisserte sich im Internet und fand sich bestätigt. Die Verfolgung der Homosexualität im islamischen Recht beziehe sich weniger auf den Koran als vielmehr auf verschiedene kulturelle Überlieferungen. Während die Salafisten als die größte Rechtsschule des Islam die Entscheidung über die Art der Bestrafung in das Ermessen des einzelnen Richters stellten und eher für Auspeitschung plädierten, würden andere Rechtsschulen wie die Wahabiten für einen verheirateten Täter die Steinigung als Todesstrafe fordern. In sieben islamischen Ländern würde homosexueller Geschlechtsverkehr bei Männern mit dem Tode bestraft: im Jemen, Iran, Sudan, in Saudi-Arabien, Nigeria, Mauretanien und in den Vereinigten Arabischen Emiraten. In den meisten anderen islamisch geprägten Staaten würden Haftstrafen verhängt, während beispielsweise in Albanien, Indonesien, Jordanien und in der Türkei homosexuelle Akte nicht kriminalisiert würden.

Das Ganze war etwas verwirrend. Sollte Vossi sich allein durchbeißen oder mit Rita wie schon so oft Denkpingpong spielen? Er wählte ihre Nebenstelle, doch sie war außer Haus. Schade. Also musste er allein da durch. Der Hinweis auf die Sure war wohl eine Nebelkerze. Wahrscheinlich war der Täter ein schwuler Trittbrettfahrer, der aus Eifersucht getötet hatte, als er seinen Geliebten mit einem anderen stellte. Besser auf Gorizia konzentrieren. Was hatte er, Vossi, mit Padua zu tun?

Also trommelte er sein Team zusammen. Es hatte zahlenmäßig

etwas zugenommen, da die ersten Urlauber wieder regulär Dienst schoben.

„Zu unserem Täterprofil: ein ausgebildeter Techniker, womöglich mit Hochschulabschluss, oder ein talentierter technischer Bastler, der irgendwo hier eine entsprechende Werkstätte haben muss oder Zutritt zu einer solchen und – jetzt haltet euch bitte fest – mit an Sicherheit grenzender Wahrscheinlichkeit kein Moslem. Ganz wichtig: die Werkstätte. Hier ansetzen. Der konkreteste Mosaikstein. Möglichst die Bevölkerung mit einbeziehen."

Einer aus der Runde maulte: „Ich dachte, unsere Neunmalklugen aus Rom würden das mit ihren elektronischen Wünschelruten machen und wir müssten nur zusehen?"

„Unsinn, tun Sie bitte so, als ob es sie nie gegeben hätte."

Zur gleichen Zeit berichtete Monsignore Tizzi seinem Kardinal über den Vorfall in Padua und den Stand der Dinge in Gorizia: „Wir wissen jetzt, Eminenz, wie die NSA arbeitet. Sie hat die wichtigsten Handyhersteller in die Pflicht genommen und jedes Gerät, wahrscheinlich auch Ihres, Eminenz, hat einen Code, der den Handybesitzer identifiziert. So können die Amerikaner Anrufer ausmachen, nicht alle, aber sehr viele, auch jene, die mit einer Zahlkarte telefonieren, die sie anonym in den Tabakläden kaufen."

Der Kardinal war erstaunt: „Und so einen unhörbaren Code gibt es?"

„Seit 2002, Eminenz. Es ist wie bei den Kopierern. Damit Banknotenfälscher nicht unentdeckt Banknoten kopieren können, wird beim Kopiervorgang ein unsichtbarer Code mitgedruckt, mit dem die Polizei eine Blüte auf einen etwaigen Betrüger zurückverfolgen kann."

„Und was, bitte schön, ist eine Blüte?"

„Pardon, Eminenz, das Produkt der Fälschung, also das Stück Papier, das aussieht wie eine Banknote."

„Das heißt, ich kann den Gedanken fallen lassen, mit meinem Vor-
zimmerkopierer unser Budget ein wenig aufzubessern?"

„Besser Sie lassen ihn fallen, Eminenz."

„Aber wozu haben wir dann einen so teuren Kopierer gekauft?"

„Wir haben ihn nicht gekauft, Eminenz, wir haben ihn nur geleast."

„Den Unterschied müssen Sie mir irgendwann einmal erklären,
jetzt fahren Sie besser fort, Tizzi."

„Das mit den Handys haben wir also klären können, denn wie sie
auf die Zahlkartentelefonierer kommen, hat uns beschäftig. Nun,
jeder Computer hat, wie wir alle wissen, eine IP-Adresse, die die
Amerikaner natürlich kennen. Und so können sie jedes Mail und
jeden Anruf zum Absender oder Anrufer zurückverfolgen."

„Und die italienische Polizei kann das nicht?"

„Das mit der IP-Adresse schon, das mit den Handys nicht."

„Und was haben Sie gehört?"

„Es gibt einen Kunden in Padua, der wird laufend von Monfalcone, Provinz Gorizia, angerufen. Der aus Monfalcone hat bei der
Tageszeitung *La Gazzetta* in Udine angerufen, wo das Scripsi zum
Mord von Cormons einlangte. Das Gespräch selbst ist leider nicht
auf Band, da gab es noch keine spezifischen Verdachtsmomente."

„Das heißt, wir haben es zumindest mit zwei Tätern zu tun oder
einem Täter und einem Mitwisser?"

„Nicht unbedingt, Eminenz. Ich habe bei den italienischen Behörden und dem Amerikaner darauf eingewirkt, bis auf Weiteres unauffällig zu beschatten, damit wir etwas Zeit haben, mehr über den
Hintergrund des oder der möglichen Attentäter herauszufinden."

„Was wissen wir bis dato über sie?"

„Einer der beiden, der in Monfalcone, ist ein gewisser Abramo
Skrinzi, katholischer Christ und Bruder des Opus Urbani."

„Gütiger Gott, was treibt ihn um?"

„Das ist noch nicht alles, Eminenz."

„Sagen Sie bloß ..."

„Leider, Eminenz. Wir sind auf einen Kreis besonders Frommer gestoßen, die uns alle ungeachtet von Amt und Würden zu Taufscheinkatholiken degradieren. Einige dieser Gruppe haben wiederum eine Zelle gebildet, die sich ‚Die heilige Lanze 1095' nennt. 1095 ist als Bezug auf Anno Domini 1095, das Jahr des Kreuzzugaufrufs von Papst Urban II., gemeint. Einer der Zelle, der erwähnte Abramo Skrinzi, hat sich tonnenweise Material über das Attentat auf Papst Johannes Paul heruntergeladen."

„Auf Wojtyla?"

„So ist es, Eminenz."

„Woraus Sie schließen?"

„Er hat für die Zeit des Besuches des Heiligen Vaters in Redipuglia ganz in der Nähe ein Zimmer gebucht, obwohl er vor Ort wohnt, und er hat das Mahnmal, vor dem der Heilige Vater für den Weltfrieden beten will, aus allen möglichen Blickwinkeln fotografiert. Wofür ihn die italienische Staatssicherheit ins Visier genommen hat."

„Ich verstehe. Nun, wir werden nicht die Fehler unserer Vor-Vorgänger machen, Tizzi. Den Mann sofort rund um die Uhr observieren lassen. Von unseren Leuten, also nicht nur von den Italienern. Dringen Sie darauf, dass die italienische Polizei nicht zuschlägt, bevor wir mehr wissen. Schaffen Sie das oder soll ich den Innenminister darauf ansprechen?"

„Mit Sicherheit schaffen wir das, Eminenz. Giuscardi und der Minister kommen uns in allem sehr entgegen. Ihre Politik, sich nicht in die Personalliste der Regierung einzumischen, solange wir bei der Besetzung des Innenministers mitentscheiden dürfen, hat sich bezahlt gemacht, Eminenz."

„Schicken wir Giuscardi auf Urlaub, auf Dienstreise, lassen Sie ihn krank werden oder ist er ohnedies zu beschränkt, um uns zu behindern?"

„Besser noch, er ist total desinteressiert, Eminenz. In dieser Situation ein Idealfall."

„Und auf seine Leute können Sie sich verlassen, Tizzi?"

„Fast so gut wie auf meine, Eminenz."

„Achten Sie mir auf diesen Unterschied, Tizzi. Fast so gut, aber niemals genauso gut. Unsere Leute müssen immer die Besten sein."

„Ich werde darauf achten, Eminenz."

„Gut so, Tizzi. Bericht bis auf Weiteres in Anbetracht der ernsten Lage täglich. Va bene?"

„Si, vostra Eminenza."

Im Fernsehen liefen nun pausenlos Berichte über Demonstrationen wegen des Mordes an dem Homosexuellen in Padua. Die Menge marschierte mit Spruchbändern wie „Unser Land, unser Recht, unsere Zukunft" und „Krieg den Dschihadisten" gegen den unbekannten Islamisten, der nach Darstellung der Medien in der Provinz Gorizia und jetzt in Padua gemordet hatte. Im Chor wurde auch die Polizei für ihre Untätigkeit beschimpft und – was Vossi aufhorchen ließ – die katholischen Kirche für ihre Toleranzappelle zugunsten der Moslems. Eine besonders aufgebrachte Staffel von Teilnehmern im fortgeschrittenen Alter skandierte im Chor: „Das ist nicht unsere Kirche, das ist nicht unsere Kirche, das ist nicht unsere Kirche."

Vossi konnte sich nur wundern. Drei fromme Christen wurden in seinem Rayon ermordet – angeblich und laut allen Zeitungsberichten von einem ausgeflippten Islamisten. Und es kam zu keiner nennenswerten Reaktion der Bevölkerung. Wurde hingegen ein Schwuler ermordet, begann eine Stadt zu brodeln. Lag das am Mentalitätsunterschied zwischen seinen Friulanern und den Padovesen oder genossen Homosexuelle bereits einen so besonderen Schutz und Stellenwert in der Gesellschaft? Auf den Fernsehbildern erkannte er in dem Farbenbunt der Pace-Fahnen einen ihm vertrauten Typus von Demonstranten. Angeführt von Vermummten, flogen aus diesen Reihen Steine und Farbbeutel gegen Polizisten. Die gleichen Typen, die sonst für die Rechte moslemischer Minderheiten aufmarschierten und sich in Talkshows den Mund für sie fusselig redeten, hetzten jetzt gegen sie.

Während sich der Commissario darauf seinen Reim zu machen versuchte, klopfte es. Ein junger Angehöriger der Staffel Papstbesuch trat ein, grüßte zackig und bat: „Commissario, Colonel Meldoni möchte Sie bitten, ob Sie einige Minuten Zeit für ihn hätten."

„Jetzt gleich?"

„Wenn Ihnen das möglich wäre, Commissario, wäre es dem Colonel sicher sehr recht."

„Na gut, dann wollen wir den Herrn Colonel nicht warten lassen." Eines war damit klar: Mit seinen Überlegungen zum Täterprofil und Befürchtungen eines geplanten Attentats auf den Papst konnte er jetzt nicht antreten. Dafür war es zu spät. Es würde mit einem Disziplinarverfahren enden, das ungut ausgehen könnte.

Der Junge von der Ordonanz machte einen Schritt zur Seite, öffnete dem Commissario die Tür, ließ ihn passieren und folgte ihm in exakt zwei Schritten Abstand. Schon oft hatte sich Vossi über Robertos legeres Benehmen geärgert, vor allem, wenn sie in fremden Wohnungen jemanden ausfragten. Jetzt leistete er heimlich Abbitte: Bist mir doch lieber, wie du bist, Roberto Vialli.

In ähnlich militärischem Ton wurde Vossi dem Colonel „gemeldet". Der stand von seinem Platz hinter dem Schreibtisch auf, kam ihm freundlich entgegen und bat zum Besprechungstisch, der offensichtlich für diesen Bedarf in der Kantine requiriert worden war.

Korrekt angemeldet worden zu sein, machte offensichtlich einen gewaltigen Unterschied.

„Verzeihen Sie, Commissario, wenn ich Sie bei der Arbeit störe. Anbieten kann ich Ihnen leider auch nichts, da wir hier ja nur notdürftig untergebracht wurden. Aber das wissen Sie ja."

„Ich weiß, kein Problem, Colonel. Womit kann ich Ihnen dienen?"

„Tja, sehen Sie, wir sind da auf einige Leute gestoßen, die das Kriegsmonument in Redipuglia fotografiert haben."

„Ein gewaltiger Bau. Wundert Sie das?"

„Nicht unbedingt. Aber wenn in zwei Wochen der Papst an gleicher Stelle eine Messe lesen und predigen soll, müssen wir Fragen stellen."

„Und wie kann ich helfen?" Für solche Geheimdienstspielchen hatte Vossi wirklich keine Zeit.

„Sagt Ihnen der Name Peppo Murillo etwas?"

„Nein, Colonel, bei uns nie vorgekommen."

„Augusto Abramo?"

„Nein."

„Oder Julio Sandrini?"

„Nein, tut mir leid."

„Nein, nein, das soll Ihnen nicht leidtun. Das ist gut, das ist sogar sehr gut. Sie müssen wissen, dass wir in solchen Fällen, also bei einem Papstbesuch in Italien, mit Dienststellen des Vatikans zusammenarbeiten. Und die sind sehr eigen, ich möchte fast sagen controproducente, wenn Sie wissen, was ich meine. Sehen in jeder Maus einen Löwen. Ich will Sie aber nicht länger aufhalten und danke Ihnen, Commissario."

Als ob der junge Beamte an der Tür gelauscht hätte, ging sie auf, der Colonel erhob sich und Vossi war quasi entlassen. Was seine Verdachtsmomente betreffs eines möglichen Papstattentats und die jüngsten Versionen zum Täterprofil betraf, war es überflüssig, sich den Kopf zu zerbrechen.

„Im Vergleich zu euren Möglichkeiten arbeiten wir mit Steinschleudern", hatte Psycho III. zu ihm gesagt. Jetzt hatte sich der Satz bewahrheitet. Er brauchte sich keine Sorgen zu machen, über deren Erkenntnisstand da oben. Die hatten Tausende Hände am Puls des Geschehens.

Der Rat der Zwölf tagte für gewöhnlich einmal im Monat an bester Adresse im Zentrum des profanen Rom. Nach außen hin gab er sich als Stelldichein von Bücherwürmern auf höchstem Niveau. Schließlich war der Vatikan voll von Tausenden von Bänden. In keinem anderen Machtzentrum waren zwanzig Jahrhunderte europäischer Geschichte auch nur annähernd so lückenlos dokumentiert. Darunter fand sich eine Fülle von Dokumenten und Erklärungen vergangener Jahrhunderte, die de jure bis in die Gegenwart galten und folglich studiert werden mussten. Beschlüsse von Synoden und Konzilen komplizierten unter Umständen ein geringfügiges Reformvorhaben, da sie nicht einfach nach Bedarf für ungültig erklärt oder gar ins Gegenteil verkehrt werden konnten. Es gab Tonnen von beschriebenem Papier allein zum Dogma der Unfehlbarkeit des Papstes. Ein steter Quell von Streitigkeiten darüber, was neu und was Hinterlassenschaft wäre. Dabei konnten auch die hochwürdigsten Mitglieder der Kongregation heftig werden.

Nun brachte es die menschliche Natur mit sich, dass einer, der über Jahre den Gehalt von Dokumenten für den Papst interpretiert hatte, sich alsbald päpstlicher fühlte als der Papst. Und drei Herren, die in diesem Punkt besonders menschelten, blieben diesmal länger. Wenn sich die Kongregation als „Kirche in der Kirche" verstand, dann waren die drei Herren die Kongregation in der Kongregation. Sie nannte sich „Heilige Lanze 1095", hätten aber gar keinen Namen gebraucht, da sie nach außen nicht nur nicht auftraten, sondern gezielt unerkannt und unbekannt bleiben wollten. Ihre Speerspitze war eine schlagkräftige Truppe von Fasces. Die Bezeichnung war etymologisch tatsächlich verwandt mit Faschist. Die Obersten der Heiligen Lanze sahen sich allerdings zu keinem Zeitpunkt veranlasst, bloß wegen eines gewissen Mussolini ihre Namenswahl zu überdenken.

Einem der drei Herren war berichtet worden, dass ein Mitbruder im Abschnitt Nord „unkontrollierbar" geworden wäre. Die Vorgeschichte wurde ausgebreitet. Der Mord an einem Homosexuellen in Padua habe zu Demonstrationen und Aufruhr gegen Moslems wegen ihrer Intoleranz gegenüber gleichgeschlechtlich Liebenden geführt. Die Folge: Besagter Mitbruder beabsichtige, durch Morde an Homosexuellen diesen Demonstrationen Schubkraft für einen Kreuzzug der Christenmehrheit gegen die Moslems zu geben und die Chrislamisten zur Umkehr zu bewegen. Nach kurzer Beratung beschlossen die drei, den unkontrollierbar gewordenen Mitbruder „unter Kontrolle" zu bringen.

Wieder im Büro erhielt Vossi eine schlechte Nachricht, die ihn aber nicht mehr enttäuschen konnte. Dottore Lombardi teilte telefonisch mit, dass das Gift der Krustenanemone vom Anschlag auf Paolo Fontana nicht nachgewiesen werden konnte. Er hatte die entsprechenden Organe mehrfach getestet, doch keine Chance. Das Gleiche meldeten die Mailänder Kollegen, die das zugesandte Gewebe nächst der Einstichstelle analysiert hatten. Auf das hinauf gab Vossi den Leichnam, der noch immer in Lambertis Kühlladen lagerte, zur Bestattung frei.

Rita klopfte an und trat ein.

„Bruno, der Fall in Padua geht uns nichts an, interessiert uns nicht, richtig?"

„Richtig."

„Bleibst du bei diesem kategorischen Nein, wenn ich dir sage, dass das Opfer ein Maskenbildner war?"

„Du meinst?"

„Nicht ganz ausgeschlossen, oder?"

„Dann muss ich jetzt doch dem Colonel von unseren Überlegungen berichten. Aber nicht sofort. Lassen wir die Suppe noch ein wenig dicker werden."

Die Nachricht, die Rita ihrer Mappe entnahm und ihm überreichte, war dazu angetan, diesen Verdickungsprozess rapide zu beschleunigen. Der Weihbischof hatte ihm per E-Mail drei Adressen von ehemaligen Mitseminaristen Don Zeccinis zukommen lassen. „MAD" stünde übrigens für „Memento Amoris Dei" – „Gedenke der Liebe Gottes". Der Commissario stellte fest, dass einer der ehemaligen Seminaristen, ein gewisser Augusto Skrinzi, ganz in der Nähe, in der Via Carlo Morelli in Gorizia, zu Hause war.

„Danke, Rita. Das könnte uns weiterbringen. Ich bin mal weg."

Er nahm seinen Sonnenhut und entschied, diesmal auf Robertos Begleitung zu verzichten, zumal dieser ausgeschwärmt war, den Verkäufer der Sonnenbrillen von Paolo Fontana herauszufinden. Wohl war das Glas zersplittert, der Rahmen aber ganz und intakt. Ein Aufdruck in kaum lesbaren Kleinstbuchstaben verriet einen Hersteller in China und über den hatte man den Importeur für Italien herausgefunden, der wiederum den Großhändler für Friaul und Triest nennen konnte, der seinerseits wiederum die Namen und Adressen der Endverkäufer in Gorizia und Umgebung beisteuerte. Davon hatte man sich im Team je rund zehn Adressen zum Abklappern vorgenommen. Vossi hatte nicht mit sich reden lassen: „Es ist mühsam, wenig erfolgversprechend, und doch muss es sein."

Die Via Carlo Morelli war gesäumt von gepflegten alten Mehrfamilienhäusern aus der k. u. k. Zeit. Hier kannte man noch seine Nachbarn, wusste man, ob sie verreist oder krank waren und wo sie arbeiteten. Das Haus der angegebenen Adresse hatte besonders schöne Fensterläden in seidenmattem Grün. Sicherlich ließ sich darüber streiten, ob die alten Zeiten tatsächlich so schön und gut gewesen waren, wie behauptet, aber die Fensterläden dieser Zeit waren es. Und grundsolide. Gleiches galt für die alten Steinfliesen im Stiegenhaus, die heute wahrscheinlich nicht unter dreihundert Euro pro Quadratmeter zu bekommen wären. Dazu roch es nach

Kindheit: Fußbodenwachs, gemischt mit einem Hauch von Sidol, dem Messingputzmittel von anno dazumal, mit dem die Schnallen der Eingangstüren und die Messingteile des Eisengeländers blitzblank geputzt worden waren. Hier könnte es Vossi schon aushalten, wenn Jelena und ihm einmal das Haus und der große Garten zu beschwerlich – nein, lieber nicht weiterdenken.

Im Haus war es ruhig. Im ersten Stock fand er das gesuchte Namensschild mit „Skrinzi", in Messing graviert. Dass es vor Jahrzehnten angeschraubt worden war, erkannte Vossi an den Schraubköpfen. Der Schmutz in den Schlitzen war mit Sicherheit Jahre alt, die Schrauben unverletzt, also nicht mehrmals ein- und ausgeschraubt worden. Damit stammten sie sicher nicht von einem Flohmarkt. Nach dieser Bestandsaufnahme verließ er möglichst geräuschlos das Haus, um nur ja nicht auf sich aufmerksam zu machen und jemanden aus seiner Wohnung zu locken. Gegenüber war ein auf Epoca eingerichtetes kleines Caffè mit einem Emailschild vom Meinl-Mohr. Da wollte er sich unauffällig nach Skrinzi erkundigen.

Der Mann hinter der Theke gehörte zur Einrichtung und war vermutlich zwischen Espressomaschine, Pastavitrine, Grappa und Weinflaschen alt geworden. Er unterhielt sich mit zwei betagten Herren, die an der Theke ihren Friulano vor sich stehen hatten und sich über den Anschlag in Padua alterierten. Der eine meinte, unter Mussolini hätte es so etwas nie gegeben, der andere gab zu erkennen, dass ihm Schwule genauso gegen den Strich gingen wie Moslems. Der Mann hinter der Theke gab zu bedenken, dass es nicht gesicherte Polizeierkenntnis war, ob Moslem oder irgendein Verrückter ... Worauf der ältere der Gäste seinen Friulano austrank, mit einem Wink einen neuen bestellte und verkündete: „Ihr werdet sehen, jetzt geht in Padua los, was da bei uns in Cormons und Grado anfing. Die Moslems bringen Christen um. Schlagen einfach zu. Kennen ihre Opfer gar nicht, sagt die Polizei. Bin neugierig, was sie sich noch alles herausnehmen dürfen, bevor unsere Politiker handeln."

„Man müsste sie ausräuchern und dorthin schicken, wo sie herkommen", meinte der andere.

Vossi hasste dieses Nachplappern aufgeschnappter Sätze aus Radio und Fernsehen. Noch mehr hasste er allerdings, wenn die TV-Programmmacher Straßenumfragen so verkauften, als ob sie die Aussagekraft von Meinungsumfragen hätten. Am Vorabend war ihm dafür ein Beispiel ins Haus geflimmert. Die Frage lautete: „Was sagen Sie dazu, dass die Israelis in Gaza Schulen und Spitäler bombardieren?" Die Antworten variierten von „verbrecherisch" bis zu „Massenmord". In den Spätnachrichten lautete die Frage: „Was sagen Sie dazu, wenn der israelische Ministerpräsident das Bombardement Gazas damit verteidigt, dass kein Staat tatenlos zusehen könne, wie seine Bürger in ihren Häusern mit Raketen beschossen werden?" Diesmal variierten die Antworten von „Was bleibt ihm denn anderes übrig?" über „Recht hat er" bis zu „Gut so". Vossi wusste von Hunderten Verhören: Auf die Fragestellung kam es an. Er hatte vor, nach dieser Erkenntnis vorzugehen.

„Verzeihen Sie, meine Herren, ich suche einen Signore Skrinzi, es gab nämlich einen Todesfall."

Der Ältere stellte sofort sein Glas ab und sagte freundlich: „Nicht aus der Familie, hoffe ich?"

Worauf sein Gesprächspartner meinte: „Hat er doch keine mehr, seit der Vater tot ist."

„Ach ja, der Unfall vor zwei Jahren."

Das weckte das Interesse des Mannes hinter der Theke: „Ist das schon so lange her? Ich könnte schwören, der war erst vor Kurzem hier."

„Ich muss es wissen, mein Sohn hat doch damals seinen Job verloren, weil der junge Skrinzi den Betrieb zugesperrt und alles verkauft hat."

„Verkauft? Mir sagte er unlängst, er hätte die Halle nur vermietet", sagte der Cafetier.

„Wie geht's eigentlich deinem Sohn, fährt er noch immer raus zum Fischen?", wollte der ältere Gast wissen.

Der sich ankündigende Themenwechsel war Vossi gar nicht recht. Deshalb rief er sich in Erinnerung: „Verzeihen Sie, könnte ich Signore Skrinzi vielleicht abends antreffen?"

„Der wollte doch wegfahren, sagte er, oder?"

Wieder meldete sich der Mann hinter der Bar: „Davon weiß ich nichts. Aber vielleicht weiß Bertoni Bescheid. Warten Sie, ich glaub, ich hab seine Nummer, Sie können ihn ja fragen."

Der Alte hatte scheinbar seine eigenen Erfahrungen mit diesem Bertoni gemacht: „Der Halsabschneider? Meinen Wagen rührt der nicht mehr an. 620 Euro für zwei neue Bremsscheiben. Um diese Summe macht es mir auch mein Mechaniker hier in Gorizia. Dafür brauche ich nicht nach Monfalcone zu fahren."

Doch Vossi traute seinen Ohren nicht: „Bertoni? Meinen Sie die Reparaturwerkstätte in Monfalcone, am Hafen?"

„Ja, Bertoni, hier die Telefonnummer."

Er erhielt einen Zettel mit der Aufschrift „Birra Dreher" und der Nummer in Handschrift.

Vossi musste erst einmal im Schutze eines kühlen Hauseingangs durchatmen. Was konnte Bertoni, der schwerfällige Autoschlosser, mit dem Ex-Seminaristen Skrinzi zu tun haben? Er war sein Mieter, gut. Ein Zufall eben, die Welt war klein. Wenn aber dieser Skrinzi einen Wagen brauchte, um den Rollstuhl des toten Paolo Fontana transportieren zu können, hatte er den Taxiunternehmer Fontana als Halter eines geeigneten Fahrzeuges direkt nebenan. Und wenn er über den Namen des Nachbarn Fontana überhaupt erst auf sein Opfer Paolo Fontana gekommen wäre? Die Namensgleichheit, ein Zufall? Möglich. Aber alles zusammen in der Dichte ein Zufall? Wohl kaum. Was hatte er bei der Befragung dieses Bertoni, des

Mieters des nach diesen Erkenntnissen plötzlich hauptverdächtigten Skrinzi, überhört? Und was hatte er in der Werkstätte übersehen?

Da Roberto mit dem Lancia unterwegs war, der Commissario aber keine Zeit versäumen wollte, ließ er sich von der Fahrbereitschaft einen Wagen zuweisen und ab ging's nach Monfalcone.

„Nein, ohne Blaulicht. Wir wollen keine Pferde scheu machen."

XIII. Die Verschwörung

Kurienkardinal Montana war ungehalten. Er konnte doch unmöglich dem Papst empfehlen, von der Reise nach Redipuglia abzusehen, nur weil das Attentat eines Islamisten drohte. Der Papst verstand sie als eine Mission für den Frieden in der Welt, wollte nachmittags um zwei von Rom abfliegen, vor der Madonna des Wallfahrtsortes Castelmonte, hoch in den Ostalpen über Cividale gelegen, beten. Dann war ein Flug mit dem Hubschrauber zum Massengrab in Redipuglia bei Gorizia geplant. Der Heilige Vater hatte vor den Reiseplanern mehrfach betont, wie wichtig es ihm sei, dort, wo vor hundert Jahren mehr als hunderttausend Soldaten Opfer eines sinnlosen Krieges geworden waren, ein Requiem zu zelebrieren und die Welt zu mahnen. Der Kardinal selbst, Tizzi und der Dienst waren dazu da, die Sicherheit des Papstes zu gewährleisten, nicht um seine Pilgerfahrten zu verhindern.

„Sie müssen wissen, Eminenz, nach unseren Erkenntnissen handelt es sich bei dem potenziellen Attentäter um den Mörder von Cormons, Monfalcone, Gradisca und Padua", führte Monsignore Tizzi aus. „Weiters zeigten uns die Erkenntnisse inzwischen: Bei dem fraglichen Mann handelt es sich um einen Christen. Sogar um einen aus einem Zirkel besonders glaubensfester Christen."

„Wie bitte? Ich dachte ein moslemischer Irrer steinige, meuchle und plane ein Attentat."

„Nach unseren letzten Erkenntnissen ist er ein Christ. Wir sind auf einen katholischen Zirkel gestoßen, der die Islampolitik der Kirche scharf verurteilt. Wir halten es für möglich, dass ein labiler Gefolgsmann diese Kritik als Aufforderung verstehen konnte, zu handeln. Als Konsequenz tötet er katholische Laien und Priester. Das Volk glaubt – nicht zuletzt aufgrund der Medienberichte –, Islamisten seien am Werk, und wird rabiat. Um das zu erreichen, scheint er fest entschlossen, diesen Krieg der Kulturen herbeizu-morden."

„Nun, mit dem Mord an dem Homosexuellen in Padua ist ihm das ja auch beinahe gelungen. Wenn auch nur lokal und zeitlich be-grenzt, wie mir scheint."

„Die Sicherheitszentale sieht das in ihrer Lageanalyse ein wenig anders und meint, der kleinste Anlass könnte als Funken das Pul-verfass zur Explosion bringen."

„Und Sie meinen, ein Attentat auf den Papst wäre so ein kleiner Funken?"

„Nein, Eminenz, mit Verlaub, das wäre das Crescendo. Das ist aber noch nicht alles, Eminenz. Der von mir erwähnte katholische Zirkel wirft der Kirche einen Jahrtausendirrtum vor und trachtet nach Korrektur."

„Was sagen Sie da, Tizzi? Eine Palastrevolution? Das klingt ja so, als ob sich Katholiken gegen das Oberhaupt ihrer Kirche verschwo-ren hätten. Ich weiß aus der Kirchengeschichte, dass wir Kaiser, Könige und Diktatoren zum Feind hatten. Aber es ist doch Ewig-keiten her, dass sich ein Teil der Herde gegen den obersten Hirten erhoben hat. Weg von Rom wie Luther und Calvin, ja, die Kirche gespalten, ja, aber durch ein Attentat die Führung zu übernehmen, wäre selbst in der langen Geschichte unserer Mutter Kirche ein Novum. Oder habe ich da etwas versäumt, Tizzi?"

„Dass jemand fähig ist, ein Attentat auf den Papst zu planen und durchzuführen, wissen wir seit dem Attentat auf Papst Johannes Paul II., Eminenz."

„Der Attentäter war aber meines Wissens kein Katholik, sondern ein Feind der Kirche."

„Eminenz, ich fürchte, wir haben es mit Schlimmerem zu tun."

„Schlimmerem? Was kann denn da noch schlimmer sein?"

„Eminenz, es handelt sich nach gesicherten Erkenntnissen um eine Gruppe aus Mitgliedern der Kurie und einflussreichsten Laien. Sie reiben sich an ‚Nostra Aetate' und ‚Lumen Gentium' des Zweiten Vatikanischen Konzils."

„Tizzi, Sie sollen nicht immer prüfen, ob ich schon gaga bin. Sie konnten sich auf Ihren Text vorbereiten, ich mich nicht. Wovon reden Sie also?"

„Nun, da heißt es, der islamische Allah sei identisch mit dem drei-einigen Gott der Christenheit."

„Ist er das nicht, Tizzi?"

„Wenn es die Kirche lehrt, Eminenz, ist er es."

„So sollte es sein, ist es aber nicht, Tizzi, oder?"

„Nun, Eminenz, nach den mir vorliegenden Informationen konn-te die Gruppe, von der ich spreche, jahrzehntelang mit dieser Ex-klamation von Johannes Paul II. problemlos leben. Erst durch die Christenverfolgungen in Afrika und Asien, die Gräueltaten des IS in Syrien, im Irak, der Bedrohung des Libanon und einem Phäno-men in Europa, das sie ‚islamische Unterwanderung' nennen, wur-den aus den stillschweigenden Akzeptanten scharfe Kritiker. Und dass Johannes Paul II. bei seinem Besuch in Marokko den Koran küsste, ist ihrer Meinung nach Verrat am Glauben."

„Wollen Sie mir damit sagen, Tizzi, dass es italienische Katholiken gibt, die dem Nachfolger Petri Verrat an Jesus Christus vorwerfen?"

„Genau das wollte ich damit zum Ausdruck bringen, Eminenz."

„Gut Tizzi, gehen Sie hin, bauen Sie Scheiterhaufen und lassen Sie sie brennen."

„Wie meinen, Eminenz?"

„Ich sehe schon, Sie sind dagegen."

„Es würde unangenehm auffallen, Eminenz, denn es sind sehr viele." Der Monsignore kannte diese Sprüche. Für den Kardinal waren sie eine Ersatzhandlung für das Fluchen, das er sich vor Jahrzehnten als junger Kaplan verboten hatte und woran er sich konsequent hielt.

„Wie viele?" Der Ton des Kardinals hatte sich schlagartig geändert.

Die Frage kam wie ein Peitschenhieb. Monsignore Tizzi vermeinte, einen mittelalterlichen Großinquisitor zu hören.

„Nach Status unserer Dokumentation 118 Mann. 118 der Besten, Eminenz. Ich gebe aber zu bedenken: nach einer noch nicht abgeschlossenen Beobachtung. Die Zahl wird steigen. Und wir sprechen hier nur von den geistigen Führern. Über ihre Anhänger bei den Laien haben wir noch keine erschöpfende Information."

„Wenn es viele sind und wir haben nichts bemerkt, sind wir auch nicht besser als die CIA, Tizzi, die der Welt von einem Tag auf den anderen mitteilt, sie sei von zwanzigtausend Gotteskriegern des IS bedroht, und die Erklärung schuldig bleibt, wie sie das jahrelang übersehen konnte."

Der Monsignore zog es vor, dies zu überhören, und legte mit betonter Geschäftigkeit eine Liste der Namen vor, die für die heftigen Angriffe auf die Islampolitik des Papstes standen. Die Absätze unter den Namen lasen sich wie eine Anklage: Nur aufgrund einer erstaunlichen Erkenntnisblindheit der Kirche sei es möglich geworden, dass sich der Islam unter dem Deckmantel der Friedfertigkeit in Europa etablieren habe können. Die islamfreundliche Politik der Päpste würde zur Dominanz des Islam in Europa sowie zum Untergang der Kirche und der abendländischen Kultur führen. Papst Johannes XXIII. hätte die rechte Einsicht gezeigt und im auserwählten Volk das Antlitz Christi geschaut. Allerdings erst auf seinem Sterbebett. Sein Wille wäre es gewesen, die Kirche zurückzuführen an ihre Wurzeln, um die innere Anknüpfung an das Judentum wiederherzustellen.

Kardinal Montana unterbrach die Lektüre: „Was ist das, Tizzi, eine jüdische Verschwörung? Ist das eine Neuauflage des Streites zwischen Petrus und Paulus? Wollen die, dass sich Christen wieder beschneiden lassen und koscher essen?"

„Verzeihen Sie, Eminenz, es war der Fels Petrus, der das dem heiligen Paulus abverlangen wollte."

Der Kardinal ging darauf nicht ein, sondern las laut aus dem Dokument vor: „Statt diese Erkenntnis von Papst Johannes XXIII. aufzugreifen, verband sich die katholische Kirche mit dem Islam und erklärte Allah eins mit dem Gott der Christenheit zur verbindlichen Lehre. Diesen Jahrtausendirrtum der Chrislamisten gilt es als Irrlehre zu bekämpfen."

Kardinal Montanas Blick verfinsterte sich mit jedem Wort. Auf alles war er gefasst gewesen, als Tizzi dringend um sofortige Audienz angesucht hatte, aber auf so etwas nicht.

„Rütteln die an der Unfehlbarkeit des Papstes?"

„Nein, Eminenz. Sie sagen, die gelte hier nicht. Denn die erklärte Einheit zwischen dem Gott der Christen und Allah sei nicht glaubensbewahrend oder Hinterlassenschaft der Frohbotschaft, sondern eine Erfindung, so, als ob ein achtes Sakrament erfunden worden wäre."

„Ihre Meinung, Tizzi?"

„Nein, Eminenz, die der Gruppe."

„Sie haben mich schon richtig verstanden, Tizzi. Ihre Meinung wollte ich hören, die der Gruppe haben Sie mir ja schon gesagt."

„Ein Rechtsgelehrter könnte dem etwas abgewinnen. Im Jahr 1095 hat Papst Urban II. dazu aufgerufen, gegen die Moslems loszuziehen und sie auszurotten. Papst Johannes Paul II. aber küsst stattdessen öffentlich den Koran. Ein diametraler Widerspruch zweier Päpste, aber Jahrhunderte dazwischen. Doch die Lage im Nahen Osten und eine als zu hoch gefühlte Zahl von Moslems in Europa aktualisieren den Gegensatz der beiden zu einem Streit, der sich liest und anhört wie ein Disput zwischen Papst und Gegenpapst. Die beiden Lager haben auch schon einen Namen: Wir sind die Chrislamisten, die anderen die Urbanisten."

„Steht in dem Urban-Aufruf tatsächlich das Wort ‚ausrotten'?"

„Dieses und noch einiges mehr."

„So? Meinetwegen. Für mich aber ist das Ganze eine Kriegserklärung, Tizzi. Wer von diesen Geistern wird in Castelmonte und Redipuglia dabei sein?"

Monsignore Tizzi zählte einige hochstehende Persönlichkeiten aus Politik und Kirche auf.

„Alles Häretiker, alle für das Attentat?"

„Es gab in ihrem Zirkel eine Abstimmung, Eminenz. Mir liegt das Ergebnis vor. Einstimmig."

„Können wir sie von der Liste der Wallfahrt streichen?"

„Das würde auffallen, Eminenz, und wir würden nie erfahren, wer noch aller hinter ihnen steht."

„Und die nennen uns Chrislamisten?"

„Nicht unbedingt uns, Eminenz, aber den Heiligen Vater und seine beiden Vorgänger schon."

„Wie weit sind die Dienststellen der Sicherheitsdirektion bereits informiert?"

„Über die Bedrohung ja, über die Hintergründe nicht. Da blieben wir bisher bei der islamistischen Karte, das heißt, die Bedrohung komme von irgendeinem radikalen Moslem."

„Ist auf die italienische Staatssicherheit Verlass?"

„Unbedingt, Eminenz. Ausgesuchtes Personal, schlagkräftig und durchaus nicht zögerlich, wenn Sie wissen, was ich meine."

„Ich glaube es zu wissen, Tizzi, danke." Der Kardinal überlegte und entschied sodann: „Gut, wir werden diese Urbanisten verfolgen, ihnen keine Chance lassen und sie neutralisieren. Doch nach außen business as usual. Wie sagt man? Jeder von uns ist ersetzbar. Womit ich natürlich mich in diesem Job meinte. Denn wenn etwas passieren sollte, sind wir ihn los, unseren Job meine ich. Kardinal werden Sie dann nie, mein lieber Tizzi. Enttäuscht?"

„Mein Platz in der Kirche ist da, wo ich hingestellt werde."

„Ja, das habe ich auch immer gesagt. Und die Vorgänge in Gorizia, wie schätzen Sie die ein?"

„Der Questore ist weiterhin desinteressiert und glaubt, dass ihm diese Haltung am ehesten die Idealnote zur nächsten Beförderung sichert. Also ungefährlich."

„Und dieser Commissario? Sucht er noch immer einen Islamisten bei seiner Mörderjagd?"

„Nach unseren Informationen ja."

„Hat sich an Ihrer Einschätzung betreffs seiner Person etwas geändert?"

„Nein, Provinz, allenfalls bauernschlau."

„Das sind die Gefährlichsten, Tizzi. Bauernschläue ist nichts anderes als Intelligenz im Rohzustand. Da ist Platz für jede Menge Lernfähigkeit. Kalkulieren Sie das mit ein. Nun gut, meinen Segen haben Sie, jedenfalls bis morgen."

„Da ist noch etwas, Eminenz."

„Etwas, das ich unbedingt wissen muss?"

„Eine interessante Erkenntnis, die eventuell Handlungsbedarf nach sich zieht."

„Also gut, ich höre."

„Wir erfahren aus Ägypten, dass der IS aus den Erfahrungen der Irischen Republikanischen Armee gelernt hat."

„Was bedeutet?"

„Nun, es hat seinerzeit bekanntlich Jahre gebraucht, bis die IRA zu dem Schluss kam, man sollte nicht in Belfast und Londonderry Menschen und Häuser in die Luft sprengen, sondern vor der Nase des Premierministers, um Verhandlungen mit der britischen Regierung herbeizubomben. Mit Erfolg, wie wir aus dem Karfreitagsabkommen wissen."

„Wie jeder gute Katholik faste und bete ich an Karfreitagen, daher habe ich vielleicht etwas versäumt. Helfen Sie mir also auf die Sprünge. Was war genau der Inhalt des Karfreitagabkommens?

„Der entscheidende Punkt war, dass London damit einverstanden war, zu gegebener Zeit ein Referendum der Nordiren zuzulassen, bei dem entschieden werden soll, ob Nordirland aus dem Vereinigten Königreich von Großbritannien austreten und sich mit der Republik Irland vereinigen darf. London hatte das stets trotz Bombenterror abgelehnt. Erst als die IRA-Kämpfer vor dem Kaufhaus Harrods und im Londoner Bankviertel ihre Bomben zündeten, lenkte man ein."

„Und was hat das mit dem Islamischen Staat zu tun?"

„Nun, ihre Terroristen lernen schnell. Unsere Gewährsleute in Ägypten wissen von Plänen eines IS-Kommandos, Konvertiten aus den europäischen Ländern in ihre Herkunfts- oder Gastländer Deutschland, Frankreich, Holland, England et cetera zurückzuschicken, um dort x-beliebige Menschen in Geiselhaft zu nehmen und nach bisheriger Praxis abzuschlachten. Ihre Rechnung lautet: Einmal einen Westeuropäer in der Wüste köpfen und den Hergang in das Internet zu stellen, ist wirksam. Aber wäre es nach den IRA-Erfahrungen nicht viel wirksamer, statt an einem einsamen Wüstenflecken zu köpfen, lieber in Rom, Mailand, London, Berlin, Wien oder Amsterdam das Beil zu schwingen?"

„Mit welchem politischen Ziel?"

„Unsere israelischen Freunde meinen, um den europäischen Regierungen eine andere Israel-Politik aufzuzwingen. Sie nennen diese Strategie ‚die IS-Falle': Einerseits soll durch den Terror in Syrien und Irak ein Flüchtlingsstrom nach Europa schwappen, um dort die Zahl der Moslems schneller anwachsen zu lassen, als dies durch die höheren Geburtenraten der bereits in Europa heimischen ohnedies der Fall sein wird. Dieser Flüchtlingsstrom wird den europäischen Ländern nicht nur schwer verkraftbare Kosten verursachen, sondern auch innenpolitische Kämpfe auslösen, die Arbeitslosenrate der Zuwanderer ins Unerträgliche steigern und schon allein damit destabilisierend wirken. In dieser gefährlichen Lage kommen dann ihre Botschafter des Terrors und verlegen den Schrecken der Wüste in die europäischen Einkaufsstraßen. Das mag schon manches Regierungszentrum der EU überfordern."

„In diesem Punkt kann ich die Urbanisten bis zu einem gewissen Grad verstehen. Kein Wunder, dass sie uns Chrislamisten nennen. Ist das christliche Abendland verloren, Tizzi? Wird Rom fallen wie Konstantinopel?"

„Ich bin nicht Regierungschef eines europäischen Landes und brauche mir darüber nicht den Kopf zu zerbrechen. Dafür danke ich Gott."

„Danken Sie nicht, Tizzi, sondern zerbrechen Sie, ich will Ihre Einschätzung hören."

„Nun, Eminenz, die Flüchtlinge müssen aufgenommen werden. Daran ist nicht zu rütteln. Um aber eine Unterwanderung zu verhindern, müssten die Staaten Europas totale Integrationsbereitschaft fordern, zweitens fördern, drittens den Vollzug, also die Integrationsprozesse, durch effektive Erfolgskontrollen überwachen. Das wäre nicht unmenschlich. Schließlich kommen die Moslems in unsere Ordnung, weil dort, woher sie kommen, Chaos herrscht. Daraus könnte man schließen, dass unsere Ordnung besser ist als ihr Chaos. Warum sich also unserer Ordnung nicht anpassen?"

„Dazu müsste die Kirche ihre Islam-Politik neu sortieren. Ist das Teil Ihrer Meinung?"

„Es sollte in Erwägung gezogen werden, ob die Arme der brüderlichen Umarmung nicht ein wenig zurückgenommen werden sollten."

„Wie weit, Tizzi? Ganz?"

„Das wäre unbestreitbar eine der möglichen Varianten, Eminenz."

„Sie sind ja ein halber Urbanist, Tizzi. Sehen Sie zu, dass Sie nicht wanken. Jetzt aber Schluss. Ich habe einen Termin beim Heiligen Vater und muss davor noch schlüssig werden, was ich davon weitergebe und vor allem, wie."

Die Werkstätte lag ruhig da, die Monteure hatten also bereits Feierabend. Das passte zu Vossis Absichten, weil es wenigstens ein ruhiges Gespräch ermöglichte, sollte er jemanden antreffen. Das Tor in den Hof war nicht verschlossen, sodass er ungehindert die Haustür erreichen konnte. Durch die verdreckten Scheiben der Werkstatttür war nur das wüste Durcheinander von Gerätschaften und Fahrzeugteilen zu erkennen. Die Tür war verschlossen. Also wählte er die Nummer, die ihm der Cafetier in der Via Carlo Morelli gegeben hatte. Er hörte ein Handyläuten im oberen Stockwerk, ein paar Schritte und dann meldete sich der Pächter mit „Pronto?"

„Signore Bertoni, ich bin es, Vossi, Polizei Gorizia. Ich stehe vor der Werkstatttür. Wenn Sie mir bitte öffnen, ich hätte noch ein paar Fragen wegen des gestohlenen Fahrzeuges Ihres Nachbarn Fontana."

Bertoni brauchte offensichtlich eine Weile, bis er die Aufforderung verstand.

„Der Commissario?"

„Genau."

Minuten später stand Vossi wieder inmitten der Unordnung von Bertonis Büro.

„Sie haben doch diese Werkstätte von Signore Skrinzi gemietet, stimmt das?"

„Abramo Skrinzi, ja. Um korrekt zu sein, nur den Hof und die Räumlichkeiten, den Betrieb nicht. Den gibt es schon seit zweiundzwanzig Jahren. Bevor ich ihn hierher übersiedelte, waren wir in der Via Marziale am Kanal. Weil aber das Pkw-Geschäft nachließ, habe ich mich auf Lkw spezialisieren wollen und bin dann hierher."

„Ist Signore Skrinzi in der Stadt? Ich habe versucht, ihn in seiner Wohnung zu erreichen, da sagte man mir, er wäre vielleicht hier anzutreffen."

„Also, wenn Sie Skrinzi des Autodiebstahls verdächtigen, liegen Sie völlig falsch, Commissario. Außerdem, ich höre, der Wagen von Fontana wurde gleich wieder gefunden?"

„Ist Signore Skrinzi öfter hier?"

„Na ja, er hat ja hier noch seine Werkstätte."

„Seine Werkstätte?"

„Ja, da bastelt er oft nächtelang herum. Aber wenn Sie mich fragen, Commissario, da ist auch nichts mit Schwarzarbeit. Da geht es nur um seine Hobbys, Funktechnik und Salzwasseraquarium."

„Wo ist die Werkstätte?"

„Unten im Keller."

„Kann ich sie sehen?"

„Ich kann Ihnen zeigen, wo sie liegt. Ich habe aber keinen Schlüssel und Signore Skrinzi sperrt immer ab."

Zwei Treppen tiefer standen sie vor einer mit tosischem Schloss und Vorhängeschloss versperrten Tür. Für einen Kellerraum ungewöhnlich gut abgesichert.

Vossi dachte nicht lange über Durchsuchungsvollmacht und andere Dienstvorschriften nach, sondern fragte nur: „Haben Sie einen Schlüssel?"

„Ich sagte Ihnen doch, nein."

„Dann brechen Sie die Tür auf, schweres Gerät haben Sie ja hier genug."

„Ja, dürfen Sie das?"

Vossi zeigte mit theatralischer Wichtigkeit seine Dienstmarke und sagte knapp: „Ich darf, es geht um Mord."

„Mamma mia, ist Skrinzi etwas zugestoßen?"

„Brechen Sie die Tür auf."

„Da brauch ich nichts brechen. Das eine Schloss bohr ich auf, das andere zwicke ich mit dem Beißer durch, schließlich bin ich Fachmann."

„Umso besser."

Minuten später stand Vossi in dem Raum und bat Bertoni, oben zu warten.

Im Vergleich zu dem Saustall in allen anderen Teilen des Gebäudes war dies ein Hort von Ordnung und Sauberkeit. Er hatte drei kleine Fenster, die knapp höher lagen als die Gartenfläche hinter der Werkstätte, von deren Existenz Vossi nichts bemerken hatte können, da das Werkstättengebäude in geschlossener Bauweise von Grundstücksgrenze zu Grundstücksgrenze reichte. Da die Gartenfläche von wild wachsenden Sträuchern in einen Dschungel verwandelt worden war, drang nur spärlich grünliches Licht durch die Scheiben. Davor aber standen drei Aquarien, gedämpft blau beleuchtet, jedes etwa einen Meter lang. Eine Pumpe summte und ließ in jedem Gefäß Sauerstoff in kleinen Brauseperlen aufsteigen, so als ob jemand die Fische mit Aspirin-C gefüttert hätte. Allerdings waren keine Fische in dem Behälter, sondern Gebilde, die wie Champignons ihren Boden bedeckten. Im Unterschied zu diesen waren sie jedoch nicht milchig weiß, sondern strahlten in allen Farben wie die Glaskugeln aus Murano. Vossi machte das Licht an und schloss die Tür. Die etwa vier Meter lange Seitenwand links war violett gestrichen. An ihr hingen Texttafeln, nummeriert mit römischen Ziffern von eins bis vierzehn. Das Ganze erinnerte Vossi an Kreuzwegstationen. Darüber hing ein großes Bild von zehn maskierten Männern mit Hüten, wie sie die Mitglieder des Ku-Klux-Klans trugen.

Vossi schritt von links nach rechts die einzelnen Tafeln ab und las halblaut: „Ruft dies aus unter den Heiden! Bereitet euch zum Heiligen Krieg! Bietet die Starken auf! Macht aus euren Pflugscharen Schwerter und aus euren Sicheln Spieße! Der Schwache spreche: Ich bin stark! Joel 4,9."

Auf der nächsten Tafel waren Zeitungsausschnitte als Collage angeordnet. Auf einem der Schnipsel stand: „In Pakistan werden laufend Christen wegen Beleidigung des Namens Mohammeds zum Tode verurteilt. Das Todesurteil wird zwar nicht vollstreckt, die Angeklagten werden aber freigelassen und vom Mob gelyncht."

Eher kryptisch war hingegen für Vossi Bildtafel XIV. Sie zeigte einen Mann im Ku-Klux-Klan-Kostüm mit einem Alpha auf der Brust seines weißen Umhanges und darunter in Großbuchstaben: „Gott will es."

Vossi wandte sich einer großen Werkbank zu, auf der fein säuberlich Lötkolben lagen, Schraubenzieher aller Größen, ein Werkzeugbesteck, wie er es vom Uhrmacher in der Via Roma kannte, dem letzten weit und breit, und mehrere Handys. Unter einer sicherlich nicht billigen Kamera mit Teleobjektiv lag ein Bündel von Fotos, die das Mahnmal des Ersten Weltkrieges in Redipuglia aus allen nur erdenklichen Blickwinkeln zeigten. Vossi dachte sofort an die Worte des Colonels. Einige Männer hätten sich verdächtig gemacht, weil sie das Mahnmal fotografierten. Was denn daran so verdächtig wäre, hatte Vossi dazu gemeint. Und der Colonel hatte Namen genannt, an die sich Vossi im Augenblick bei bestem Willen nicht erinnern konnte.

In einem Regal stand ein Ordner, prallvoll mit Zeitungsausschnitten über die Steinigung von Cormons, die Morde an Paolo Fontana und Don Zeccini, ein weiterer mit zig Fotos, auf denen Vossi das Opfer von Padua zu erkennen glaubte. Ein dritter Ordner enthielt Fotos einer Reihe von Männern mittleren Alters, dazu Zeitungsausschnitte und Lebensläufe sowie eine Liste von Adressen, hauptsächlich römische, wie Vossi beim Überfliegen feststellte. Die Spurensicherung würde alles abkassieren, dann konnte man das Material sondieren und studieren. Ein Griff in den Papierkorb gehörte bei solchen Gelegenheiten zu Vossis Routine, zumal ein Wust von Papierschnitzeln sein gesteigertes Interesse erregte. Es war ein Leichtes, sie zu einem Ganzen zusammmen zu fügen. Und siehe da, die Bruchstücke ergaben einen Personalausweis, ausgestellt auf einen Augusto Abramo. Eine plumpe Fälschung, offensichtlich missglückt, wahrscheinlich vor einem weiteren, glücklicheren Versuch.

Vossi schloss die Augen, um sich voll zu konzentrieren. Richtig, nach einem Augusto Abramo hatte ihn der Colonel gefragt. Augusto Abramo und Augusto Skrinzi waren ein und dieselbe Person, Skrinzi der Fälscher. Mit dem Inhalt des vierten Ordners hielt er sich gar nicht erst auf. Er nahm ihn einfach an sich.

Danach machte er das Licht aus und rief nach Bertoni.

„Bitte den Raum keinesfalls betreten und nichts berühren, bis meine Leute kommen. Und ja nicht die Aquarien zu nahe kommen. Da züchtet Skrinzi hochgiftige Korallen. Im Ernst, ich rede von Lebensgefahr. Einmal in das Wasser greifen und Sie sind über den Jordan, Signore Bertoni."

Versiegeln konnte er die Tür leider nicht, er hatte die nötigen Aufkleber nicht dabei. Deshalb ermahnte er Bertoni nochmals eindringlich, um dann zu fragen:

„Hat Signore Augusto Skrinzi einen zweiten Taufnamen?"

„Keine Ahnung", sagte Bertoni ziemlich verdattert.

„In Gorizia war von seinem Vater die Rede. Wissen Sie vielleicht dessen Vornamen?"

„Warten Sie, ich glaube, also wenn ich mich nicht irre: Abramo."

„Vielen Dank, Signore Bertoni. Sie sehen etwas mitgenommen aus. Ich glaube, Sie haben sich einen Grappa verdient."

„So recht wie Sie muss man erst einmal haben. Wollen Sie auch einen?"

„Wäre ich nicht im Dienst, ich würde Ihre Einladung gerne annehmen. Trotzdem vielen Dank, Sie haben uns sehr geholfen. Und wie gesagt: Keinen Schritt in Richtung Aquarium."

In der Questura rief Vossi nach Rita und Roberto. In seinen Notizen führte er sie seit ihrer Abkommandierung in sein Team als „RR" für Rita und Roberto. Als Jelena einmal zufällig das RR auf einem seiner Zettel gesehen hatte, hatte sie spöttisch gesagt: „Fährt der Herr Commissario jetzt einen Rolls Royce als Dienstwagen?"

Lachend hatte er davon bei einer Teambesprechung Erwähnung gemacht. Seither war Roll Royce der gängige Begriff für die beiden, zumal sie ja oft wie siamesische Zwillinge zur Recherche ausschwärmten.

„Ihr könnt bis auf Weiteres Fontanas Sonnenbrillen und die Geheimnisse der Krustenanemone vergessen. Ich bin überzeugt, wir haben den Täter, und ich bin ziemlich sicher, wenn wir ihn fassen, werden wir ihm nichts nachweisen müssen. Er wird sich seiner Verbrechen rühmen."

„Typisch Islamist", murmelte Roberto.

Vossi lehnte sich zurück, um seine nächsten Worte schwerer zu gewichten: „Da bist du nicht ganz auf dem letzten Stand der Dinge, Roberto. Unser Kunde ist kein Moslem, sondern ein Christ."

„Ein Christ?"

„Also doch", entfuhr es Rita.

Minuten später war das ganze Team versammelt und Vossi rekapitulierte: „Unser Täter ist nicht irgendein Moslem, sondern Christ." Nachdem sich das Volksgemurmel gelegt hatte, fuhr er fort: „Nicht nur das. Es gibt sogar eine ganze Verschwörung. Sie sitzen bei ihren Zusammenkünften in Ku-Klux-Klan-Klamotten herum. Sie vertiefen sich in alttestamentarische Hetze gegen die Heiden, studieren Aufrufe zu den Kreuzzügen und sammeln Zeitungsausschnitte von Christenverfolgungen der Gegenwart. Sie meinen, dem Wandel des christlichen Abendlandes in einen Ort kultureller Beliebigkeit mit islamischer Dominanz Einhalt gebieten zu müssen. Dafür planen sie Morde und Anschläge, die so ausgeführt werden, dass nur Moslems als Täter infrage kommen und die Volksseele überkocht."

„Gläubige Christen um ihrer Religion willen als Serientäter, ist das Ihr Ernst, Chef?", zweifelte einer aus der Kollegenschaft.

„Halte ich für möglich. Ich kann mir vorstellen, dass irgend so ein Eiferer als Rattenfänger Islamophobe – jetzt gebrauchte er selbst dieses ihm verhasste Wort – um sich sammelt und den Tod von, sagen wir, zehn billigend in Kauf nimmt, um sein Ziel zu erreichen."

„Was für ein Ziel, Chef?"

„Ich habe bis dato die schriftlichen Unterlagen nur flüchtig sichten können. Aber die Sekte beziehungsweise deren Anführer scheinen davon auszugehen, dass es ein friedliches Multikulti nicht geben könne, sondern es ab einem bestimmten Zeitpunkt zwangsläufig zu einem Kampf der Kulturen kommen müsse. Sie führen als Beispiel übrigens Städte vor unserer Haustür an: Split, Mostar, Sarajevo. Was die Tito-Diktatur zusammenpresste, führte bei der ersten Sauerstoffzufuhr zur Explosion."

„Glaubst du das wirklich, Bruno?", fragte Rita.

„Es geht nicht darum, was ich glaube, sondern ich versuche möglichst plastisch darzustellen, was die glauben."

„Verdammte Religionen", fluchte einer.

„Es geht nicht nur um die Religion. Für die geht es mindestens ebenso sehr um das, was wir abendländische Kultur nennen. Michelangelo, Raffael, Albinoni, Verdi, Puccini, Beethoven, Mozart – die eine Seite des Begriffes ‚Kultur'. Die andere, mindestens ebenso schwerwiegende besteht aus dem vertrauten Jahreslauf aus Festen und Brauchtum. Daran soll sich nichts ändern. Nehmt die Schweizer: Die sind doch ein ziemlich umgängliches Völkchen und fielen in der Geschichte als eher pflegeleicht auf. Aber Minarette in ihren Städten? Da liefen sie in einem Referendum Sturm."

„Und was sollen wir daraus schließen?", fragte Roberto.

Vossi breitete eine Reihe von Fotos aus: „Seht ihr, was ich sehe?"

Natürlich erkannten alle das Sacrario Militare in Redipuglia.

„Und die Aufbauten?"

„Sind die Tribünen für den Papstbesuch, die Plattform für die Ehrengäste, das ist das Gerüst für den Altar und das da sind die Türme für die Fernsehkameras."

„Sind sie nicht so fotografiert, als ob man einen günstigen Winkel gesucht hätte, um auf den Papst zu zielen?"

„Auf den Papst?"

„Es wäre nicht das erste Mal. Denkt an die Schüsse auf Papst Johannes Paul II."

„Aber warum sollte jemand den Papst töten wollen?"

„Das brauchen wir nicht zu ergründen. Wir müssen es verhindern. Seht euch das mal an. Wisst ihr, was das darstellt?"

Roberto sah sich das Foto genauer an und sagte: „Papst küsst Messbuch."

„Das ist kein Messbuch, Roberto. Auch nicht die Frohbotschaft, zumindest nicht die der Christenheit. Er küsst einen Koran."

„Und wenn schon", meinte Rita.

„Würden wir sagen. Unser Verrückter aber sieht das anders. Für ihn ist dieser päpstliche Kuss ein Verrat am Christentum, der Papst ist damit für ihn ein Judas."

Vossi unterbrach sich, um zu sehen, wie seine Worte wirkten. Roberto beeindruckten sie wenig. Die anderen erschraken beim Wort Judas, einige hielten sich die Hand vor den Mund oder rieben sich den Bart.

„Das ist das Motiv unseres Verrückten. Er mordet, weil er mit der Umarmungspolitik der katholischen Kirche gegenüber dem Islam nicht einverstanden ist. Er mordet, weil Moslems Christen morden. Aber nicht, um sie zu rächen, sondern um die Gesellschaft in Europa aufzuwiegeln. Aus seiner Sicht, damit sie sich endlich wehrt und etwas tut gegen die islamische Unterwanderung. Ein Moslem soll als Täter herhalten, um einen Glaubenskrieg auf unseren Straßen auszulösen. Er hält die Zeit für gekommen."

„Und die Rede des Papstes für den Frieden will er nicht hören. Das ist seine Gelegenheit für das Attentat", resümierte Rita.

„Genauso sehe ich das auch", pflichtete Vossi ihr bei. „Vielleicht enthält die Rede des Papstes eine weitere Verbeugung vor den

Moslems. Vielleicht hatten die Planer des Attentats Zugang zum Manuskript und wollen dies unbedingt verhindern. Vielleicht hat er sogar Gesinnungsgenossen im Vatikan. Ich weiß es nicht. Ich weiß nur: Erstens, wir müssen das Sicherheitsteam für den Papstbesuch und die Staatspolizei informieren. Und zwar sofort. Zweitens ist nach einem Abramo Skrinzi und nach einem Augusto Abramo zu fahnden. Hier ein Foto von ihm. Großfahndung, auf die ganze Republik ausdehnen und beim geringsten Hinweis, dass er im Ausland ist, Interpol einschalten. Drittens ab nach Monfalcone in Skrinzis Werkstätte. Spurensicherung in Trab setzen. Alles Bild- und Dokumentenmaterial sichern und sofort zu mir. Dann stehen da noch drei Ordner in einem Regal. Alles her, damit ich es der Staatspolizei zugängig machen kann. Und alles mit Handschuhen. Vielleicht gibt es Fingerabdrücke von Mitverschwörern. Man weiß ja nie. Ich gehe jetzt zum Colonel. Also, avanti."

„Vergiss nicht, den Questore zu informieren, Bruno", meint Rita, um den Haussegen besorgt.

„Mache ich, Rita. Aber jetzt bitte den Zieleinlauf nicht verstolpern." Damit stürmten alle los.

Vossi widmete sich zunächst mit vollster Konzentration dem Ordner, den er in der Werkstätte Skrinzis an sich genommen hatte. Es galt zu prüfen, ob der fürs Erste genügend hergab, um den Colonel zum Losschlagen zu veranlassen. Merkwürdig, Skrinzi hatte bündelweise Rechnungen abgelegt. Telefonrechnungen, Hotelrechnungen, Rechnungen von einem Werkzeuggeschäft, von Reparaturen am Mietobjekt Monfalcone und Aufzeichnungen über die Mieten, die ihm der Kfz-Schlosser für das Objekt am Hafen zahlte. Skrinzi musste ein Ordnungsfreak sein. Damit lieferte er Beweise für einen späteren Prozess en masse. Dazu fand sich eine separat abgeheftet Niederschrift von einem Treffen. Absätze waren unterstrichen oder durch Rufzeichen am Seitenrand besonders hervorgehoben. Vossi entnahm sie dem Ordner, stieg in den Aufzug und

dampfte vorbei an den sprachlosen Vorzimmerhürden, ohne anzu-
klopfen, in das Heiligtum des Colonels.

Der Mann aus Rom sah ihn zunächst nur fragend an.

„Colonel, ich muss Sie leider stören, es ist unaufschiebbar und
dringend. Wir sind da auf etwas gestoßen. Sie haben mir doch bei
unserem letzten Gespräch Namen genannt, die Ihren Leuten in Redipuglia aufgefallen sind. Sie sagten, die hätten dort fotografiert.
Können Sie mir die Namen nochmals nennen?"

Der Colonel blätterte sich durch einen Wust von Unterlagen auf
seinem Schreibtisch, hatte aber in kürzester Zeit genau das, was
er suchte.

„Peppo Murillo?"

„Weiter."

„Julio Sandrini?"

„Nein"

„Augusto Abramo?"

„Der ist es. Dieser Name machte mich stutzig. Wir haben einen
Augusto Abramo Skrinzi dringend in Verdacht, der von uns ge-
suchte Mörder von Schnabel, Fontana und Don Zeccini zu sein.
Außerdem habe ich in seinen Unterlagen Fotos von dem Opfer von
Padua gefunden."

Der Colonel sah Vossi etwas überfordert an, weshalb dieser nach-
half: „Der Mord an dem Homosexuellen, der die Demonstrationen
ausgelöst hat."

Sein Gegenüber war offensichtlich so sehr auf den Papstbesuch
fixiert, dass er von dem, was um ihn geschah, seit Wochen nichts
wahrnahm.

„Bei besagtem Skrinzi fanden sich Tiraden gegen den Papst, Material über das Attentat auf Papst Johannes Paul II., dazu Bildmate-
rial vom Monument in Redipuglia und dieses hier."

Der Colonel schien zu überlegen, ob er nach dem Hefter greifen
sollte, den ihm Vossi entgegenhielt, nahm ihn schließlich mit ei-

nem Seufzer der Resignation entgegen und las. Schon nach den ersten Zeilen war er wie ausgewechselt. Er richtete sich in seinem Stuhl auf, schluckte mehrmals, griff, ohne aufzublicken, nach dem Wasserglas zwischen den Aktentürmen auf dem Schreibtisch, nahm einen kräftigen Schluck und las begierig weiter:

Beilage zu den Ausführungen des heutigen Referats von Prälat U. über die ökumenischen Kontakte mit den orthodoxen und reformierten Kirchen der Christen zur islamischen Bedrohung in Europa.

Der Colonel blätterte in der Beilage.

Dokument „Nostra Aetate" aus 1965. Dass Christen und Muslimen den einen und denselben Gott anbeten, wird zur Lehrmeinung erhoben.

Der Colonel trank noch einmal, prüfte mit einem angewiderten Blick den schal schmeckenden Inhalt seines Glases, blätterte weiter und konzentrierte sich auf die Schlusssätze eines Manuskripts, das vermutlich die Redevorlage des zitierten U. darstellte.

Vor allem war es die Reise des Papstes nach Marokko 1985, das Küssen einer Prachtausgabe des Korans und seine Rede vor mehr als hunderttausend muslimischen Jugendlichen im Sportstadion von Casablanca, wo er wörtlich sagte: „Wir glauben an denselben Gott, den einzigen, den lebendigen, den Gott, der die Welten schafft und seine Geschöpfe zur Vollendung führt."

Die letzten Zeilen waren unterstrichen und mit einem Rufzeichen am Seitenrand hervorgehoben.

Darin erkennen wir, meine Brüder, den Jahrtausendirrtum, der mit allen Mitteln revidiert werden muss. So leistet unsere Kirche der

schleichenden Unterwanderung Europas durch die Moslems Vor-
schub ... Der Streit der Worte in den Fernsehshows von heute wird
in einem Gemetzel auf unseren Straßen enden. Es wäre das Ende des
Primats des Christentums in Europa und das Ende unserer abendlän-
dischen Kultur. Diese Bedrohung verlangt uns eine Haltung ab, die
möglichst eine freiwillige Rückkehr der Muslime in ihre Herkunfts-
länder nach sich zieht. Da wird uns vieles abverlangt. Fest steht je-
denfalls, mit Toleranz wird dieses Ziel nicht zu erreichen sein. Der
Bart des Propheten lässt sich nicht kraulen. Es ist höchste Zeit, dass
der Nachfolger Petri dies erkennt und den Fehler seiner Vorgänger
eingesteht und korrigiert.

Das schien dem Colonel zu reichen. Er drückte einen Knopf, es
summte vernehmbar im Vorzimmer und eine Stimme meldete:
„Presente!"
„Die drei verdächtigen Fotografen vom Kriegsmahnmal sofort
dingfest machen und zur Vernehmung hierher ins Haus."
„Certe, Colonel. Dingfest machen und zur Vernehmung hierher ins
Haus."
Man hörte, dass im Vorzimmer einiges in Bewegung geriet.
Der Colonel wandte sich an den Commissario: „Kann ich in das
Material Einsicht nehmen?"
„Natürlich, Colonel. Meine Leute bringen es gerade vom Fundort,
einer Werkstätte in Monfalcone, hierher in mein Büro. Ich werde
meine Leute anweisen, dass sie es gleich zu Ihnen heraufbringen."
„Ach, gehen wir lieber in Ihres. Ein Ortswechsel wird mir guttun.
Ihr Büro ist sicher angenehmer als dieses Provisorium hier."
„Dass Sie sich da nur nicht täuschen, Colonel."
Vossi hätte den Römer gerne gefragt, wie lange er an dem bevor-
stehenden Papstbesuch schon arbeite und ob er nur für Staats-
besuche zuständig sei, wusste aber, dass man Angehörigen der
Staatssicherheit keine derartigen Fragen stellte. Das hieß, er

wusste das keineswegs, sondern hatte nur irgendetwas in der Art einmal aufgeschnappt. Dem Colonel jedenfalls war erkennbar nicht nach Small Talk. Die Unterlagen aus Monfalcone lagen noch nicht griffbereit auf seinem Schreibtisch. Stattdessen warteten Rolls Royce mit einem verdatterten Signore Bertoni im Nebenzimmer.

„Keine Unterlagen", sagte Rita.

„Alles besenrein geräumt", lizitierte Roberto.

Vossi fuhr Bertoni an: „Was soll das heißen?"

„Gleich nachdem sie weg waren, kamen Ihre Leute, Commissario. Ich hab mich dreimal im Keller umgedreht, schon waren sie da. Fünf Mann hoch. Minuten später sind sie mit allem, was nicht niet- und nagelfest war, abmarschiert. ‚Sie können jetzt wieder rein', sagten sie noch."

Der Commissario sah den Colonel an, ob er die Fragen stellen wollte. Wollte dieser aber offensichtlich nicht, also fragte er selbst weiter: „Haben sie sich ausgewiesen?"

„Nein, wozu auch, Sie hatten sie ja angekündigt."

„Wie viel Zeit verstrich zwischen meinem Abgang und ihrem Auftauchen?"

„Keine fünf Minuten. Ich sagte Ihnen ja, ich war noch im Keller, als sie anrückten, bin also nicht einmal dazu gekommen, nach oben in mein Büro zurückzukehren."

„Fiel Ihnen etwas an dem Quintett auf?"

„Nein, Bullen eben, wie Sie alle. Oh, Verzeihung, das habe ich nicht so gemeint."

„Schon gut, Bertoni. Wenigsten kann ich mir darunter etwas vorstellen."

Vossi sah nochmals den Colonel an, ob er vielleicht noch etwas sagen wollte, doch der zuckte nur mit den Achseln.

„Danke, Signore Bertoni. Meine Kollegen machen nur noch ein Protokoll. Und bitte helfen Sie uns mit einer Personenbeschreibung, die über ‚Bullen eben' hinausgeht. Glauben Sie, dass Ihnen das gelingen wird?"

„Sicher, Commissario. Sie müssen entschuldigen, ich bin ja den Umgang mit Polizisten nicht gewohnt."

„Schon gut, Bertoni, wir sind hier keine Mimosen, sondern um Wahrheitsfindung bemüht."

Rolls Royce und Bertoni übersiedelten ins Nebenzimmer und alsbald hörte man das helle Klopfen von Ritas Fingernägeln gegen die Tastatur ihres Computers und Bertonis Ringen nach Worten, um seine Besucher zu beschreiben.

„Wie viele Staatssicherheiten gibt es hier, Colonel?", fragte Vossi.

„Von uns war das niemand. Kann es sein, dass Sie beschattet wurden?"

„Keine Ahnung. Ich habe mich, weiß Gott, auf anderes konzentrieren müssen und hatte nicht den geringsten Anlass, Derartiges in Betracht zu ziehen."

„Der Vatikan hat in solchen Fällen immer eigene Leute vor Ort. Mit ‚solchen Fällen' meine ich den Papstbesuch und mit ‚eigenen Leuten' meine ich eine private Sicherheitsfirma, die er mit offiziellen Ausweisen ausstattet, quasi beamtet. Vergessen Sie nicht, der Vatikan ist ja ein Staat", klärte der Colonel auf.

„Welches Interesse hätten die, unsere Indizien verschwinden zu lassen?"

„Wie ich sagte: ein Staat. Und als solcher hat der Vatikan eine Regierung, die dem Staatspräsidenten, in diesem Fall dem Papst, zuarbeitet. Diese Regierung ist aber nicht ein Monolith, sondern eine Koalitionsregierung. Sie streitet nicht über Abwasserabgaben oder Straßenbauprojekte, sondern über Glaubensfragen von Bedeutung für die Ewigkeit. So zumindest ihre Überzeugung. Bei solchen Konflikten tritt jede menschliche Schwäche zum Vorschein, die sie aus unseren Parlamenten kennen. Und Sie wissen ja, wenn die Politik scheitert, gibt es Krieg."

„Halten Sie es für möglich, dass eine Gruppe, die sogar im Vatikan vertreten ist, auch nur daran denkt, dem Heiligen Vater etwas anzutun?"

„Das weiß ich nicht. Ich weiß nur, wir Laien halten es für möglich. Denken Sie an die Gerüchte um den plötzlichen Tod von Johannes Paul I. Nun ist es aber zwangläufig so, dass sich auch der innere Kreis der Kirche aus Menschen zusammensetzt, die einmal genauso außerhalb standen wie wir. Die handelnden Personen sind uns also ähnlicher als den Bildern der Heiligen über den Altären."

Vossi fand, ein umständlicheres „Ja" hätte er nicht bekommen können.

„Und wie kommen wir jetzt zu unseren Unterlagen?"

„Ich fürchte, Commissario, die müssen wir abschreiben. Die Päpstlichen werden sie freiwillig sicher nicht herausgeben – und zwingen können wir sie nicht. Selbst wenn wir ihnen den Dokumentenklau lupenrein beweisen könnten. Aber brauchen wir sie überhaupt? Ich meine, nein. Sie suchen einen Mörder. Den werden Sie auch so überführen können, wenn Sie ihn erst einmal haben. Und ich habe die Sicherheit des Papstes zu gewährleisten. Dazu brauche ich die Unterlagen nicht, weil wir den Attentäter kennen. Was wir übrigens Ihnen zu verdanken haben ... Bei der Gelegenheit möchte ich mich für mein reserviertes Verhalten entschuldigen. Ich bitte um Verständnis. Wir sind bei dem Personenmaterial der italienischen Exekutive leider auf einem Niveau angelangt, das mich veranlasst, primär einmal einen mir unbekannten Kollegen als destruktiv dumm und korrupt einzustufen, bis er mich vom Gegenteil überzeugt. Nochmals, scusi und vielen Dank." Der Colonel reichte Vossi sogar die Hand. „Und damit würde ich vorschlagen, Sie tun jetzt das Ihre, ich das Meine."

„Und wenn sich unsere Wege kreuzen, bitte nicht schießen."

Der Colonel richtete den Zeigefinger wie einen Pistolenlauf gegen den Commissario und sagte: „Noch nie gehört? Wir schießen erst und fragen später."

XIV. Jagdfieber

Der Campingplatz von Sistiana war zum Bersten voll. Zwar war Ferragosto vorbei, doch kamen Pilger aus Kroatien, Slowenien, Österreich, Ungarn und allen Teilen Italiens, um den Papst zu sehen. Die Hotels waren längst ausgebucht, der Campinglatz keine fünfzehn Kilometer vom Mahnmal in Redipuglia entfernt. Gut, dass er rechtzeitig einen Wohnwagen gemietet, auf dem Campingplatz von Sistiana geparkt und sich als Kameraassistent von Radio Vaticano am Empfang angemeldet hatte. Natürlich wusste er, dass nach ihm gefahndet wurde. Er hatte sein Foto und darunter seien wahren Namen in den Gazetten und im Fernsehen gesehen. Das Bild war vor gut zwanzig Jahren aufgenommen worden und hatte nur entfernte Ähnlichkeit mit seinem heutigen Gesicht. Wahrscheinlich hätte er sich die Mühe mit der Maske überhaupt schenken können. Vorsicht war dennoch geboten, falls er durch dummen Zufall auf einen Bekannten aus Gorizia stoßen würde. Aber mit den Cremen und dem Puder konnte er doch sparsamer umgehen, was bei der Hitze höchst gelegen kam.

Die Strecke vom Parkplatz bis zum Kameraturm im Seitenwinkel zum Altar, an dem der Papst die Messe lesen sollte, war gut zwei Kilometer lang. Das Gewicht des Kamerastativs drückte ganz schön auf die Schulter. Solche Anstrengungen war er mit seinen sechsundfünfzig Jahren nicht gewöhnt. Dazu kam, dass die Schminke und der aufgeklebte Bart sein Gesicht aufheizten. Er spürte förmlich, wie der Schweiß von seinem Scheitel über die Stirn floss und die falschen Augenbrauen tränkte.

Der große Platz füllte sich allmählich. An der ersten Kontrolle kam er anstandslos vorbei. Er sagte dem Wachposten nur „Radio Vaticano" und durfte passieren. Der zweite prüfte den Presseausweis, verglich ihn mit der Zutrittskarte, die die Presseleute an einer Kette um den Hals zu tragen hatten, und ließ sich auch noch den Personalausweis zeigen. Dann warf er nochmals einen kurzen Blick auf das Kamerastativ und ließ ihn endlich passieren. Die weißen Tücher, mit welchen die Kameratürme drapiert worden waren, boten einen perfekten Sichtschutz. Niemand nahm davon Notiz, dass er nicht die Treppe auf das Plateau nahm, sondern hinter dem Aufwand an Textil verschwand.

Der Papst war bei Kaiserwetter auf dem Flughafen Redipuglia, international besser bekannt als Flughafen von Triest, gelandet. Schon beim Betreten der Gangway zeigte er sein herzliches Lachen, als ob er froh wäre, wieder festen Boden unter sich zu haben. Freundlich winkte er dem Rollbahn- und Bodenpersonal zu. Eine offene Limousine fuhr ihn entlang der Besuchertribüne zu einem wartenden Hubschrauber. Alle zehn Meter hielt der Wagen für ein paar Sekunden an, damit sein „Grazie" als Dank für die Viva-il-Papa-Rufe bei den Grüßenden ankommen konnte. Danach hielt der Wagen vor dem Hubschrauber. Bevor er ihn bestieg, drehte er sich nochmals um und segnete die Menge.

Der Heiligen Vater, für den solche Visiten zur Amtsroutine gehörten, registrierte nichts Ungewöhnliches, abgesehen von den vielen Sicherheitsleuten auf der Rollbahn und in der Masse der Gläubigen. Für so etwas hatte er inzwischen einen Blick. Auf dem Flug nach Castelmonte, ein Abstecher, um dort mit den Wallfahrern vor der Schwarzen Madonna des Gebirgsnestes zu beten und sie zu segnen, sprach er Kardinal Montana darauf an.

„Wir haben einen Hinweis auf einen offenbar Verrückten, den wir gerne sprechen würden, Eure Heiligkeit."

„Etwas, das ich ernst nehmen sollte, Eminenz?"

„Etwas, um das wir uns kümmern wollen, Eure Heiligkeit."

„Wie gut, dass ich vor solchen Reisen, egal wie lang oder wie kurz sie auch sein mögen, prinzipiell beichte. Da fühle ich mich weniger in Ihrer Hand und mehr in Seiner."

Castelmonte war im wahrsten Sinn des Wortes ein Nest. Wie ein solches lag es da, auf einer Bergspitze nördlich von Cividale im Dreiländereck Italien, Österreich, Slowenien. Der Papst dachte beim ersten Blick auf die Berge, die Wälder, die Felsen und die aneinandergeschmiegten Häuser mit der Wallfahrtskirche in ihrer Mitte, wie verlockend es wäre, diesen Ort mit Rom zu tauschen. Vielleicht in ein paar Jahren, falls das Gewissen das fortgeschrittene Lebensalter als Rücktrittsgrund akzeptierte? Dank des Mutes seines Vorgängers gab es ja für Päpste neuerdings diesen kleinen irdischen Silberschein vor dem Eintritt in die Ewigkeit.

Der Mann mit dem falschen Bart und den falschen Augenbrauen verfolgte dies alles auf seinem Tablet im etwa dreißig Kilometer entfernten Redipuglia in seinem Kameraturm. Natürlich hatte er den Ton ausgeschaltet, um niemanden auf sich aufmerksam zu machen. Zufrieden stellte er fest, dass die weißen Tücher keinen Blick auf ihn freigaben. Allerdings ließen sie auch nicht den leisesten Luftzug in das Versteck, weshalb ein Schweißtropfen auf den kleinen Bildschirm fiel. Er wischte ihn weg und stellte einmal mehr fest, dass er den Papst mochte. Und als dieser jetzt die Menge in Castelmonte segnete, machte er automatisch eine Verbeugung und das Kreuzzeichen. Ja, er mochte den Papst. Und anders als die Glaubensbrüder war er überzeugt, dass der Papst zur gegebenen Zeit den Fehler der Chrislamisten korrigieren würde. Zumal es gar nicht sein Fehler war, sondern der seiner Vorgänger. Als Nichteuropäer brauchte er eben noch eine gewisse Zeit, um die schrecklichen Konsequenzen dieses Jahrtausendirrtums zu erkennen.

Der Prälat war da anderer Ansicht gewesen. Ihm war es damals, bei ihrer geheimen Besprechung im Anschluss an das offizielle Meeting der „Heiligen Lanze", zunächst nur um die Strafe für die

Verräter an der Speerspitze gegangen. Dafür mussten sie sterben. Zunächst fand Ulzer ja seine Idee mit der Steinigung unpassend, ja, er gebrauchte sogar das Wort „hirnrissig". Aber schließlich konnte Skrinzi ihn überzeugen. „Genial", meinte der Prälat, als er hörte, dass so das Schärfen der Heiligen Lanze nach dem Verrat gleichzeitig das Volk mobilisieren würde, den Kreuzzug gegen die Moslems im eigenen Land auszurufen.

„Und das funktioniert?", wollte er wissen, als er ihm seinen Plan mit der Fernsteuerung der Hebebühne des Lastwagens erklärte. Er, Absolvent der Nachrichtentechnik, konnte über die Frage nur lachen. Als Zuckerguss seines Plans legte er noch das Glockengeläut nach. Wie gut, dass er ein ganzes Archiv davon hatte. Er brauchte nur auszuwählen.

Der Prälat aber legte Wert darauf, dass die drei Verräter im Stand der Gnade starben: „Ich möchte ihnen im Himmel in die Augen schauen können."

Das wollte Skrinzi auch. Und er hat sich streng daran gehalten. Alle drei starben nach einer heiligen Messe, alle hatten kommuniziert, waren also im Stand der heilig machenden Gnade. Aber das Volk hatte das Zeichen nicht verstanden. Alles Bemühen, das Nachschärfen der Heiligen Lanze als Christenverfolgung darzustellen und das Volk zu wecken, blieb ergebnislos. Ausgerechnet der Tod des Schwulen von Padua mobilisierte schließlich die Massen gegen die Moslems. Sein Tod war Gottes Wille. Nach Levitikus 18,22, gab es da gar keine Auseinandersetzung mit dem eigenen Gewissen. Er war nur der Vollstrecker. Deus lo vult.

Auf dem Weg nach Redipuglia erfuhr Commissario Vossi vom Colonel, dass er etwa vierhundert Mann vor Ort im Einsatz hatte. „Genauso viele wie mobile Scheißhäuser", schnaubte er.

Was er damit sagen wollte, blieb für Vossi unergründlich.

Der Colonel fuhr fort: „Die Leute vom Sicherheitsdienst des Vatikans stellen zweiundzwanzig Mann, die sich aber nur um den Leibschutz des Papstes kümmern. Für präventive Maßnahmen seien sie nicht ausgebildet, heißt es. In anderen Worten: Dafür werden sie nicht bezahlt, also hat es sie nicht zu interessieren. Ihre Aufgabe ist lediglich, eine etwaige Kugel abzufangen. Woher sie kommt, darf ihnen egal sein. Darum kümmern sich allenfalls die Leute vom Geheimdienst des Vatikans, aber der ist so geheim, dass ich weder offizielle noch inoffizielle Kenntnis habe."

„Und wo komme ich in diesem Organisationsschema vor?"

„Sie sind nicht vorgesehen, kommen also gar nicht darin vor. Sie sind ein Landpolizist, der einen Verdächtigen jagt. Dazu wünschen wir Glück. Mehr ist nicht. Der Zufall führt uns zwar an den gleichen Ort der Handlung, aber wir haben nichts miteinander zu tun. Schnappen wir den von Ihnen genannten Skrinzi, kommt er sogleich mit uns nach Rom. Sie versuchen derweil Ihr Glück mit dem Staatsanwalt – und bis der eine Anklage geschrieben hat, gehört Skrinzi uns. Und wenn wir überzeugt sind, das er den Papst töten wollte, gehört er noch viel länger uns. Tut mir leid, Commissario, c'est la guerre."

„Da hätte ich ja gar nicht mitfahren brauchen."

„Ich bin schon sehr froh, dass Sie dabei sind, Commissario. Vielleicht brauche ich Sie als Ausrede, wenn irgendetwas danebengeht." Dabei sah ihn der sonst so steife Knochen verschwörerisch grinsend an.

Wie hatte der Colonel sich doch verändert. Es überraschte ihn aber nicht. Er kannte das, hatte es oft erlebt. Es war das Jagdfieber, gepaart mit der ungeheuren Verantwortung.

Inzwischen war man an dem Mahnmal angekommen. Die Steinplatten, die die rund hunderttausend Gefallenen des Ersten Weltkrieges bedeckten und in Terrassen auf den einst so blutig umkämpften Monte Sei Busi führten, waren unter den Füßen von gut hunderttausend Gläubigen nicht zu sehen. Die Idee der Organisatoren, hunderttausend Pilger für hunderttausend Gefallene auf die Beine zu bringen, von denen sich jeder eines der Kriegsopfer vorstellen sollte, seine Mutter, sein Elternhaus, sein sinnloses Sterben, war angekommen. Die auf der Seite Habsburgs waren mit der Losung „Für Gott, Kaiser und Vaterland", die Italiener mit „Con dio per il re" – „Mit Gott für den König" – gestorben. Ob der Papst auch den schändlichen Missbrauch des Namens Gottes anprangern würde?

Die ganze aufbietbare Exekutive war inzwischen ausgeschwärmt, um Skrinzi dingfest zu machen. Wie Taucher in trübem Gewässer verloren sie sich in der Menschenmenge. Dazu gab es zwei Mannschaften und zwei Mannschaftskapitäne, den Colonel und Vossi. Letzterer dachte kurz über diese seltsame Konstellation nach. Das Walkie-Talkie knackte in seinem Ohr und eine Stimme ließ wissen: „Landung Papst in acht Minuten."

Der Kampf gegen die Sekunden konnte beginnen.

Wie ein Buchmacher sortierte der Commissario die Quoten. Dass die Staatssicherheit den gesuchten Mörder aus diesen Massen herauslesen konnte, war unwahrscheinlich. Damit hatte der Colonel die schlechtesten Karten. Eine nicht zu unterschätzende Möglichkeit war, dass die vierhundert Mann vom Sondereinsatz oder vom Geheimdienst des Vatikans schon eine Spur hatten und die Staatssicherheit dieser nur zu folgen brauchte. Das einzige Plus auf der Seite des Colonels. Vossi und sein Team hatten immerhin die vielen freiwilligen Ordner aus den Pfarreien der Umgebung auf ihrer Seite. Gut möglich, dass Skrinzi, der ja hier aufgewachsen war, einer oder einem von ihnen zufällig über den Weg lief. Gut die Hälfte der Frauen und Männer kannte ihn von Angesicht zu Angesicht. Sie alle hatten ein Handy, Vossis Nummer und die von Rolls Royce. Sie hatten aber auch strikte Anweisung, sich nicht zu gefährden, Skrinzi also nicht etwa festzuhalten, sondern ihm unauffällig zu folgen und ihn möglichst nicht aus den Augen zu verlieren. Der

Colonel würde ein ganz schön langes Gesicht machen, wenn sie dabei Erfolg hätten. Genau, Colonel, c'est la guerre.

Nach dieser gedachten Kampfansage gestand sich Vossi ein, dass es ihm für einen ganz kurzen Augenblick nicht darum gegangen war, ob Skrinzi geschnappt würde, sondern von wem, und schämte sich vor sich selbst ein wenig. Hatten die Schattenseiten des Questore, des Presidente und ähnlicher Typen schon auf ihn abgefärbt?

In dem Inneren des Kameraturms war es unerträglich heiß geworden – seine Körpertemperatur, die der Hunderttausend und nicht der leiseste Luftzug unter der Drapierung. Er überprüfte die Waffe und überlegte: Als er den Schwulen niederstreckt hatte, war es ihm nicht darum gegangen, die Massen zu bewegen. Doch gerade da war geschehen, was er hatte auslösen wollen. Die Menge ging gegen die Moslems auf die Straßen. Allerdings forderten sie Toleranz mit Schwulen und nicht ein Ende der moslemischen Unterwanderung. Aber das konnte ihm egal sein. Wichtig war: Diese unerwartete Wendung zeigte ihm den Weg. Je nach Bedarf brauchte er nur Schwule zu töten, um die Massen zu mobilisieren. Sie würden bestimmen, wie viele. Gott hatte schon gewusst, was er befohlen hatte. Schon damals hatte er ihm die Waffe für heute bewusst in die Hand gelegt – wie König Artus das Schwert Excalibur. Denn ob zwei Männer miteinander schliefen, war Gott – davon war Skrinzi überzeugt – an sich sicherlich egal. Aber nicht, ob seine Kirche in Europa zugrunde ging. Dafür hatte er das Gebot an Moses weitergegeben. Denn Gott plante von langer Hand. Er allein kannte die Zukunft. Skrinzi dachte an seine Opfer, Rudolfo Schnabel, Paolo Fontana und Don Zeccini, die ihn jetzt im Himmel beobachteten. Sie nickten ihm zu, sie waren wieder auf seiner Seite. Nein, er musste den Papst nicht töten, er würde vorbeischießen, das war ihm schon von Anfang an klar gewesen. Die Welt brauchte diesen Papst des Lächelns und der Liebe. Der Schuss aber war nötig, ein

Schuss vor den Bug sozusagen. Er musste den Papst aufwecken und den Christen den Schwung geben für einen Kreuzzug urbi et orbi, wie der Prälat gesagt hatte.

Für das Medienecho zu dem, was sich in Minuten vollenden würde, hatte er in Form eines Bekennerbriefes an die Nachrichtenagentur ANSA in Rom schon gesorgt. Der würde morgen ankommen und spätestens übermorgen in den Zeitungen aller Welt zu lesen sein: Ein Moslem, Mitglied einer Terroristenbande, wollte den Papst töten. Der Zorn der Christenvölker würde sich überschlagen. Sein Schuss vorbei am Heiligen Vater würde den unaufschiebbar gewordenen Kreuzzug gegen die Unterwanderung endlich auf den Weg bringen.

Ein vorsichtiger Blick aus dem Versteck ergab, dass der große Platz jetzt zum Bersten voll war. Er würde geduldig ausharren bis zum „Ita missa est", dann anlegen und schießen. Er hoffte inständig, dass der Heilige Vater nicht den Irrtum seines Vorvorgängers mit dem Quatsch des einen Gottes der Christen und Moslems wiederholen würde. Dann müsste er ihn mit dem Schuss unterbrechen, vielleicht sogar treffen. Genau wusste er das nicht. Aber so weit würde es der Heilige Geist gar nicht erst kommen lassen.

Er überprüfte nochmals die Standfestigkeit der Leiter, hörte schon den Hubschrauber des Papstes und die Fanfaren. Da teilte sich in seinem Rücken das Textil des Kameraturms ein wenig, es folgte ein metallenes Geräusch und Skrinzi sank in sich zusammen. Der Schütze musste nach vorne springen, damit der Sterbende nicht mitsamt der Leiter umfiel und das Scheppern auf das Drama aufmerksam machte. Aber selbst dann hätte niemand davon Notiz genommen. Die Menge hatte nur Augen und Ohren für den Papst und es ertönten hunderttausendfache Viva-il-Papa-Rufe.

Die Messe war vorbei. Vossi hatte sich damit abzufinden, dass er seinen Täter woanders suchen musste. Die Gläubigen strömten auseinander und behinderten die Fahrzeuge der Ambulanz, die zwischen dem Heldendenkmal und dem Krankenhaus von Monfalcone hin und her pendelten, mit Leuten deren Kreislaufschwächen ernsterer Natur waren und die nicht am Rotkreuzzelt fit gemacht werden konnten.

Der Colonel verließ die Szene im Laufschritt, als er durch Zufall am Commissario vorbeikam.

„Viel Glück, Commissario, und alles Gute. Wir packen noch in der Nacht und ab geht's mit einer Militärmaschine nach Hause. Und grüßen Sie mir Ihren Kaiser, wenn er wieder einmal Geburtstag hat."

XV. Staatsraison

Der Commissario litt unter einer Palette von Symptomen, die Jelena irgendwann einmal als „Patzenjammer" bezeichnet hatte. Ihre Wortschöpfung hatte sie mit „Katzenjammer" und „patzen" im Sinne von „etwas verpatzen" erklärt. So etwa litt sie bei Tisch unter Patzenjammer, wenn ihr ein Gericht einmal nicht ganz so gelang, wie sie es wollte – was allerdings höchst selten vorkam. Und ärgerte sich Vossi zum Beispiel darüber, dass die Wundmale von Rudolfo Schnabels Bußband mit abartigen Sexualpraktiken erklärt worden waren, war es für Jelena ebenfalls „Patzenjammer". Um einen Ärger als Patzenjammer dingfest zu machen, musste er sich auf eigene Fehler beziehen, durfte nicht gleich wieder verfliegen und musste in jedem Fall peinlich berühren.

So besehen war Vossis Ärger diesmal ein riesiger Patzenjammer. Sein Mörder hatte sich in Luft aufgelöst. Und Skrinzi war sein Mörder, diese Erkenntnis bestätigte sich mehrfach. Die letzten Zweifel daran wurden beseitigt, als Mechanikermeister Bertoni den Lastwagen wiedererkannte, den Skrinzi bei der Steinigung in Cormons verwendet hatte. Er war damit eines Nachts, kurz vor der Tat in Cormons, vorgefahren, um etwas aus seiner Kellerwerkstätte zu holen. Was Skrinzi nicht ahnen konnte: Bertoni hatte oben mit der Serviererin des Hafenespressos ein Schäferstündchen. Sie wollte es dunkel, also hatte Skrinzi keinen Grund anzunehmen, dass sein Pächter ihn bemerken könnte.

Vossi und sein Team erhöhten danach ihre Wachsamkeit um eine weitere Stufe. National wie international wurde gefahndet nach Augusto Abramo Skrinzi, alias Augusto Abramo. Die Wohnung in Gorizia wurde rund um die Uhr überwacht, man hielt ein Auge auf Bertonis Reparaturwerkstätte in Monfalcone, auf seine Monteure und auf den Taxiunternehmer Fontana. Doch keine Spur, kein neuer Hinweis. Der Gesuchte blieb wie vom Erdboden verschluckt. Nach Vossis Meinung kurvte er irgendwo als perfekt getarntes U-Boot herum. Recherchen ergaben, dass Skrinzi Opus-Urbani-Bruder war. Rückfragen etwas forscherer Natur bei Prälat Professore Ulzer eskalierten in ein Schreiduell und endeten mit einer Entschuldigung des Weihbischofs in dessen Namen, woraufhin sich auch Vossi entschuldigte.

Mitte Oktober wurden der Questore und Vossi unerwartet in das erzbischöfliche Palais bestellt. Diesmal nicht von einem griesgrämigen Kardinal, der eine Audienz zur Pflicht machte, sondern vom Erzbischof. Zu einem Ehrenakt, wie es hieß.

Zuerst hatte der Commissario vorzutreten. Der Erzbischof überreichte ihm förmlich den Silvesterorden des Papstes für Verdienste um die römisch-katholische Kirche und betonte, er habe selten so gerne eine Amtspflicht wahrgenommen wie diesmal. Vossi sah ihm dabei in die Augen und stellte fest, er meinte es so.

Danach trat Questore Donadoni vor und erhielt den Benemeriti. Der Erzbischof betonte, er habe selten so gerne eine Amtspflicht wahrgenommen wie diesmal. Benemeriti klang für den Questore nach Orden Pour le Mérite. Als er in seinem Büro in der Questura via Internet feststellte, dass Benemeriti gar kein Orden, sondern bloß eine Verdienstmedaille war, grüßte er Vossi zwei Wochen nicht und ärgerte sich jedes Mal grün und blau, wenn er daran dachte, dass er dem Erzbischof eine Kiste seiner besten Zigarren als Geschenk überbracht hatte.

Etwas Bewegung kam erst in den Patzenjammer, als Vossi über fünf Ecken erfuhr, dass dem Platzmeister von Camping Sistiana beim Winterräumen ein Wohnwagen übrig geblieben war.

Rita und Roberto konnten nicht begreifen, warum das so interessant war, aber sie mussten nach Sistiana und das Ding auseinandernehmen. Dabei stießen sie auf feinmechanisches Werkzeug, verschiedene Teile, die Roberto geschickt zu einem Kamerastativ zusammensetzte. Zwischen Backrohr und Küchenschrank fanden sich verschiedene Dokumente, die nur als missglückte Fälschungsversuche gedeutet werden konnten. Eines davon war ein verpatzter Presseausweis von Radio Vaticano.

Daraufhin hetzte Vossi die Spurensucher nach Redipuglia, um das Terrain des Kriegsmonuments abzugrasen. Schwerpunkt: Suche an den Stellen, die für Presse und Fernsehen reserviert waren. Die Gerüste für die Kameras waren noch nicht alle abgebaut. Unter einem fand die Spurensicherung ein Projektil von einer Beretta.

Tags darauf erhielt der Commissario ein versiegeltes Dienstkuvert. Es enthielt die Kopie eines Schreibens der Nachrichtenagentur ANSA an die Abteilung für Innere Sicherheit in Rom. Er las: „Anbei erhalten Sie, wie telefonisch angekündigt, beiliegendes Bekennerschreiben zum Besuch des Heiligen Vaters in Redipuglia."

Dieses Bekennerschreiben bestand aus den wirren Zeilen eines Unbekannten, der sich zu einem Attentat auf den Papst bekannte, das er im Auftrag Allahs begehen müsse. Damit war Vossi mit einem Mal klar, dass er und seine Leute fieberhaft nach einem Toten gesucht hatten, niedergestreckt von einer Beretta, deren Projektil sie unter dem Aufbau für das Kamerateam gefunden hatten. Jemand war bei der Jagd auf Skrinzi schneller als dieser und auch schneller als Vossi gewesen.

Am selben Abend sagte Jelena etwas von „Commissario Vossis ungeklärten Fällen" und steigerte Vossis Patzenjammer ins beinahe Unerträgliche. Auch der Mord an Skrinzi, dem Mörder, gehörte dazu. Und an die Möglichkeit, dass je ein Geschworenengericht über den oder die Täter urteilen würde, war nicht einmal zu denken – Staatsraison.

To H. H.
in gratitude.

Inhalt

ISBN 978-3-222-13499-9

styriaBOOKS

Wien – Graz – Klagenfurt
© 2015 by Styria Krimi in der
Verlagsgruppe Styria GmbH & Co KG
Alle Rechte vorbehalten.

Bücher aus der Verlagsgruppe Styria gibt es
in jeder Buchhandlung und im Online-Shop

styriabooks.at

Layout: Maria Schuster
Covergestaltung: Bruno Wegscheider
Coverfoto: Meplezii_Ck/istockphoto.com

Druck und Bindung:
CPI Moravia
7 6 5 4 3 2 1
Printed in EU